Demasiado orgulloso

Erótica

Lina Galán
Demasiado orgulloso
Serie O'Brien, 2

Esencia/Planeta

PEFC Certificado

Este libro procede de
bosques gestionados
de forma sostenible

PEFC

PEFC/14-38-00305   www.pefc.es

© Lina Galán, 2022
© Editorial Planeta, S. A., 2022
   Avda. Diagonal, 662-664, 08034 Barcelona (España)
   www.esenciaeditorial.com
   www.planetadelibros.com

Diseño de la cubierta: Booket / Área Editorial Grupo Planeta
Imagen de la cubierta: Shutterstock
Primera edición en Colección Booket: julio de 2024

Depósito legal: B. 11.525-2024
ISBN: 978-84-08-29028-5
Composición: Realización Planeta
Impresión y encuadernación: Liberdúplex, S. L.
Printed in Spain - Impreso en España

Biografía

Vivo en Lliçà d'Amunt, un pueblo cercano a Barcelona, junto con mi marido, mis dos hijos adolescentes y dos gatos. Después de años alejada de los estudios, porque nunca es tarde, obtuve el título de Educadora Infantil, algo vocacional que llevaba demasiado tiempo deseando hacer, aunque ejercer en estos tiempos haya resultado demasiado complicado. Y como yo parezco hacerlo todo un poco tarde, hace unos años decidí autopublicar mi primera novela, a la que ya han seguido algunas más. De esta experiencia maravillosa solo puedo tener palabras de agradecimiento para mi familia, la auténtica sufridora de mis horas frente al ordenador, y para tantas y tantas personas que me han apoyado, animado y felicitado, tanto cercanas como en la distancia. Y sobre todo para esos lectores que disfrutan con mis historias, sin los que toda esta locura, a estas alturas de mi vida, no hubiese podido ser una realidad.

Encontrarás más información sobre mí y mi obra en:
🅕 lina.galangarcia
🅞 @linagalangarcia

A todas aquellas lectoras que esperaron con ansia
la historia de Shane

He luchado en vano. No puede ser. Mis sentimientos no se dejan reprimir. Debe permitirme usted
que le diga con cuánto ardor la admiro y la amo.

JANE AUSTEN, *Orgullo y prejuicio*

Prólogo

Seattle, 2001

—¡Vamos, Nathan, corre!

—Pero, Shane, ¡son muchos...!

—¡Corre a casa y no te preocupes por mí!

Volvía a ocurrir. Shane descubría al grupo de matones de la escuela pegando a su hermano en un recodo del camino boscoso que debían tomar cada día. Una profunda rabia lo embargó, como cada vez que veía a cualquiera atormentando a Nathan, algo que llevaba sucediendo desde que tenían ocho años, y ya habían cumplido doce. Desde los primeros tiempos del colegio, su hermano ofreció una imagen demasiado frágil, con el pelo rubio, las gafas, los mofletes y su cuerpo bajito y regordete, lo que daba lugar a que otros niños se metieran con él.

Shane, sin embargo, era bastante más alto y corpulento, con el cabello negro y la piel morena, rasgos que, sumados a la singular alteración del color de sus ojos, uno marrón y otro verde, amedrentaban a cualquiera.

Mucha gente se preguntaba cómo era posible que fueran hermanos, siendo tan diferentes, y más si los oían decir que eran gemelos. Aunque esto último era una broma que ambos habían inventado. Eran hermanos, sí, incluso habían nacido el mismo día, pero no compartían genes, porque no eran hermanos biológicos.

El padre de Shane se había casado con la madre de Nathan cuando los críos contaban tres años. Tenían la misma fecha de cumpleaños, los mismos padres, el mismo apellido y el mismo hogar, aunque no tuvieran la misma sangre. Eran hermanos de corazón.

Por todo ello, y por el amor que se profesaban, Shane no dudó nunca en enfrentarse a cualquiera que osara meterse con Nathan, aunque, como en aquella ocasión, el enemigo en cuestión estuviese formado por un grupo de seis chicos de doce años. El caso es que, en cuanto había visto a Nathan con sangre en la nariz, las gafas rotas por enésima vez y la mochila pisoteada y su contenido desparramado por el suelo, toda la fuerza de su rabia fue suficiente para desafiarlos.

—¡No quiero irme! —sollozó Nathan—. ¡No quiero dejarte solo!

—¡Pues quédate detrás de mí! —gritó Shane al tiempo que protegía con su cuerpo a su hermano.

—¡Eso es! —chilló el grupo, envalentonado al verse superior en número—. ¡Escóndete detrás de tu hermanito!

—Dejadlo en paz —masculló Shane—, o juro que...

—Juras ¿qué? —se burlaron—. ¡Ya no nos das miedo, O'Brien!

—Malditos cobardes —siseó—. Ni siquiera os atrevéis a salir de uno en uno.

La pelea duró varios minutos; más de lo esperado, si tenemos en cuenta la diferencia de componentes de cada parte. Shane se defendió con uñas y dientes, pero, al mismo tiempo, la presencia de Nathan lo entorpecía, ya que debía protegerlo mientras atacaba. De esa forma, la trifulca duró hasta que Shane recibió un golpe en la sien que lo tiró al suelo y lo desorientó unos instantes. Cuando se recuperó y pudo ponerse en pie, no se preocupó de sus heridas o magulladuras, sino de buscar a su hermano, que estaba en el suelo, sentado y llorando.

—Vamos, Nathan, levanta. —Lo agarró de los brazos y lo ayudó a hacerlo—. Vámonos a casa.

Los dos hermanos entraron en su domicilio, donde Ewan y Claire, sus padres, los esperaban mientras preparaban la cena.

—¡Oh, Dios mío, Nathan! —exclamó la madre al tiempo que se lanzaba sobre su hijo—. ¿Qué ha pasado?

Claire fue en busca del botiquín y, con todo el cuidado y el cariño del mundo, limpió la sangre y la suciedad del rostro del chico.

—Lo siento, mamá —se lamentó Nathan—. Me han vuelto a romper las gafas y la mochila.

—No pasa nada, cielo —dijo la mujer antes de besar y abrazar a su hijo con ternura—. No pasa nada...

—¿Y tú, Shane? —preguntó el padre—. ¿Estás bien?

—Sí, papá, estoy bien. —Se encogió de hombros y compuso una mueca de dolor que disimuló bastante bien—. No te preocupes.

—Tu hermano tiene mucha suerte de contar contigo. —Ewan O'Brien le dio una palmada en el hombro y después se fue también a consolar a Nathan.

Sí, se encontraba bien, pero tampoco le hubiese ido nada mal un abrazo o unas manos amorosas que limpiasen sus heridas. Él mismo se dirigió al baño a lavarse, se cambió de ropa para cenar con su familia y, a la hora de acostarse, recibió la visita de su hermano en su habitación. Como de costumbre, Nathan se subió a la cama y se sentó junto a Shane.

—Gracias por defenderme de nuevo, Shane —le dijo—. Yo... tengo mucha suerte de tenerte.

—Hermanos gemelos para siempre. —Shane sonrió al tiempo que chocaba su puño con el de su hermano.

—Para siempre. —Nathan le devolvió la sonrisa.

Shane amaba a su hermano más que a nada, pero, por primera vez, descubrió que ese hecho no impedía que sintiera un atisbo de envidia de él.

Nueva York, 2011

Shane se miró al espejo bajo la mortecina luz de los focos del baño antes de salir. Compartía un piso bastante antiguo y desvencijado con su hermano y otros chicos, todos ellos estudiantes de la Universidad de Columbia. Esa noche había una fiesta en casa de alguien a quien no recordaba ni conocía. Lo único que le importaba era que allí estaría Sharon, la chica que le había robado el corazón durante aquel curso. En realidad, ella nunca le había expresado sus sentimientos, pero habían compartido mucho tiempo de estudios, de risas, de fiesta y de copas. Estaba seguro de que la joven estaba deseando que él se lanzara, por lo que se había decidido a decírselo esa misma noche, con la ayuda de un pequeño regalo.

Posó la mano sobre su bolsillo derecho. Allí había guardado una cajita que albergaba en su interior una fina cadena con un corazón de plata, en el cual podía leerse el nombre de ella en el anverso, y el de él, en el reverso. Era un muchacho de tan pocas palabras que estaba seguro de que aquel presente sustituiría a la perfección todo lo que él deseaba declararle y no se atrevía.

Volvió a levantar la vista hacia el espejo y compuso una mueca de disgusto. Shane no solía gustarse cuando contemplaba su reflejo. Se veía demasiado grande, demasiado ancho y demasiado oscuro. Para colmo, sus ojos de distinto color le otorgaban todavía un aire más distante y frío de lo que ya era.

Por todo ello, no podía evitar compararse con su hermano.

Nathan, después de años de sufrir *bullying* y acoso por parte de otros niños, había cambiado físicamente de forma tan brutal que se había convertido en un joven sumamente atractivo, alto, rubio y con unos ojos azules que iluminaban un rostro perfecto. Si a todo ello le sumabas su carácter encantador y su sonrisa constante, el resultado se traducía en verlo siempre rodeado de chicas cuyo principal objetivo consistía en que se fijara en ellas.

Sin ir más lejos, cuando Shane llegó a la fiesta, ni siquiera sabía dónde podía estar su hermano... o, mejor dicho, con quién. Él se limitó a meterse en medio del tumulto de gente que bebía, fumaba, reía y bailaba con la música a todo volumen. Sonaba *We found love*, de Rihanna, pero Shane solo podía estar pendiente de encontrar a la chica que le gustaba.

—¿Has visto a Sharon? —preguntó a varias personas, intentando que se lo oyera por encima de la música.

Todos se limitaron a encogerse de hombros y a seguir bailando, hasta que se acercó a una de las amigas de la joven.

—¡Creo que la he visto subir a la planta de arriba! —le gritó esta—. ¡Supongo que buscaba el baño!

Shane se encaminó a la escalera y ascendió hasta el primer piso, ocupado también por bastante gente, aunque con un objetivo bastante diferente al de los invitados de la planta inferior. La mayoría eran parejas que se abrazaban y se besaban por los rincones. Incluso algunas de ellas se habían colado en los dormitorios y retozaban en las camas de los dueños de la casa.

En medio de aquella vorágine de suspiros y gemidos, Shane buscó el baño, pero se detuvo antes de dar con él. La puerta de una de las habitaciones permanecía entreabierta y, sin pensarlo, desvió la vista hacia el interior y descubrió la inconfundible cabeza rubia de Nathan, quien se besaba apasionadamente con una chica sobre una cama de matrimonio.

Shane primero sonrió. Su hermano estaba donde esperaba encontrarlo, retozando en cualquier cuarto y con cualquier fémina. Sin embargo, esa sonrisa se le congeló de inmediato cuando la muchacha se movió para colocarse encima y pudo verle el rostro.

Era Sharon.

Shane nunca había sentido nada parecido..., una mezcla de rabia, ira, tristeza y desesperación. Durante un diminuto instante, pensó en entrar en el dormitorio y gritarle a su hermano que no se creyera el centro del universo y le dejara un pedacito a él, pero luego recapacitó y, sin más, se dio media vuelta, bajó la escalera y atravesó de nuevo el tumulto de invitados. Una vez en la calle, respiró a bocanadas el aire frío de la noche mientras ordenaba sus caóticos pensamientos. No podía recriminarle nada a nadie, puesto que él y Sharon solo eran amigos. Ella nunca había dado a entender otra cosa y él no le había confesado a nadie lo que sentía por la chica, ni siquiera a Nathan.

Aun así, no pudo evitar que la humedad de las lágrimas se acumulara en sus ojos dispares mientras su mano bajaba hasta el bolsillo y palpaba la forma de la cajita que contenía el corazón de plata que con tanto cariño había mandado grabar; un corazón tan duro y frío como sentía el suyo propio.

Hacía tiempo que se había dado cuenta de que a él no le iba lo de acostarse con una chica diferente cada día, como hacía su hermano, pero acababa de comprobar que lo de enamorarse resultaba bastante peor. Dolía, y él luchaba contra lo que le hacía daño.

Con rabia, se limpió los ojos y enfiló el camino de vuelta a casa.

Capítulo 1

Nueva York, en la actualidad

NATHAN

—¡Maldita sea! —exclamé en cuanto cerré la puerta—. ¡¿Qué diantres le pasa a mi hermano?!

Acababa de recibir la visita de Shane y su insufrible prometida. Habían aparecido en mi casa de repente para darme una gran noticia: se habían reconciliado e iban a casarse en pocos meses.

Lo de «gran noticia» es ironía, por supuesto.

—Vamos, tranquilízate, cariño. Ya sabes cómo es Shane de hermético, pero también de cabezota. Puedes hablar con él, pero veo bastante improbable que te haga caso. Si ha decidido casarse con Valerie, será difícil hacerlo cambiar de opinión.

Abbey, con su habitual dulzura y comprensión, me condujo al porche trasero de la vivienda, junto a la piscina, y trató de calmar la ira que me carcomía. Hacía tan solo unas semanas que mi hermano había roto con Valerie, después de saber que ella lo había traicionado... conmigo.

Era algo que me seguía haciendo sentir muy miserable, pero había ocurrido hacía muchos meses, yo estaba borracho y quería probar que ella no era la mujer adecuada para Shane...

Vale, demasiadas excusas. Al final, tuve la suerte de que mi hermano me perdonase y de que Abbey no me lo tuviera en cuenta, puesto que sucedió antes de conocerla. Me sentí muy afortunado al pensar en las personas que me rodeaban.

Y en ese momento, imaginar que mi hermano se iba a unir en matrimonio a esa mujer...

—Es que no puedo entenderlo, cariño —le dije con impotencia—. Comprendería que Shane no deseara nada serio y se limitase a rollos esporádicos mientras se centra en su carrera laboral... pero casarse sin estar enamorado, solo por escalar profesionalmente... no me cabe en la cabeza. Nunca imaginé que Shane fuese tan ambicioso.

—¿Por qué crees que lo hace? —me preguntó—. Me refiero a por qué no esperar a encontrar a alguien para casarse. ¿Estás seguro de que es por ambición?

—No lo sé —farfullé—. Siempre hemos estado muy unidos, pero, mientras que yo le describía hasta las bragas de mis ligues, él nunca me ha contado nada de su intimidad ni me ha hablado de sentimientos. Siempre ha sido tan reservado...

Abbey compuso un mohín de disgusto y colocó los brazos en jarras.

—Así que las bragas de tus ligues... —protestó—. Ya tardabas en mencionarme tu agitada vida sentimental, como el día que encontré, precisamente, una de esas prendas en tu casa.

No quería ni recordar aquel momento. La primera vez que Abbey se presentó en mi casa e hicimos el amor, se topó con unas bragas rotas en la papelera del baño. Nunca antes me había sentido avergonzado por algo así.

—Ven aquí, cielo.

La atraje hacia mí y la abracé para pegar mi cuerpo al suyo. Ambos estábamos en traje de baño, porque la inoportuna visita nos había pillado en la piscina, donde Abbey y yo habíamos empezado a besarnos... y a desnudarnos.

—Seguro que ahora me convencerás con tu labia, tu sonrisa, tus ojazos azules... —Suspiró con un gruñido.

Recoloqué un mechón de su cabello castaño detrás de su oreja y la observé con ternura. Me seguía sintiendo el hombre más afortunado del planeta por tener a una mujer como ella a mi lado, tan bonita, tan especial, tan absolutamente maravillosa. Sentí un pinchazo en el corazón, como cada vez que era consciente de lo mucho que la amaba.

¿Cómo podría hacerle entender a mi hermano que valía la pena esperar para encontrar lo que yo tenía?

—Bueno, he perdido un poco la práctica desde que solo estoy contigo... ¡Ay! —me quejé cuando mi observación me valió un codazo en las costillas y que Abbey se apartara de mí.

—¿Solo conmigo? —refunfuñó.

Me pareció atisbar una sombra de pesar en sus ojos grises, que se volvían fríos y distantes cuando alguien le hacía daño. La conocía muy bien. Y no iba a ser yo quien la lastimara nunca más. Ya lo hice bastante en el pasado.

—Cariño... —atrapé su mano y la pegué de nuevo a mí—, no creo que sea nada malo decirte que me siento como un novato en casi todo lo concerniente a ti. Es la primera vez que me enamoro; la primera vez que vivo con una mujer; la primera vez que siento que lo tengo todo. Te amo, Abbey, y nunca antes había amado a nadie como te amo a ti.

Incliné la cabeza para acercar mi boca a la suya, pero, antes de que nuestros labios se rozaran, Abbey me empujó con fuerza y caí a la piscina de espaldas. Me pilló tan desprevenido que impacté contra la superficie y formé una gran onda de agua y salpicaduras.

—No ha estado mal —me dijo desde el borde de la piscina mientras yo tomaba aire y sacudía el agua de mi cabello—. Tengo que confesar que todavía tienes bastante encanto.

Reí ante su fingida indignación. La risa era algo que no faltaba en nuestra relación.

—Pues, si solo crees que tengo «bastante» encanto, te atreverás a meterte en el agua conmigo.

—Por supuesto que me atrevo.

Abbey se lanzó al agua de cabeza con una impecable zambullida, y emergió junto a mí. Después de apartarse su mojada cabellera castaña, enlazó mi cuello con sus brazos y mis caderas con sus piernas mientras parecía repasar cada rasgo de mi rostro.

—Joder, no tengo nada que hacer —gruñó—. Tus ojos, tu pelo, tu cuerpo... Me sigues pareciendo un maldito modelo nórdico. ¡Eres demasiado perfecto!

Bajo el agua, nuestros cuerpos reaccionaron al contacto. Conforme pasaban los días, la atracción mutua seguía creciendo.

—Ya sabes que no soy perfecto —murmuré al tiempo que mis manos viajaban al lazo de la parte superior de su bikini.

—Sí para mí —me respondió, dejando que la despojara de la prenda—, porque me desarmas en cuanto te miro y me sigue saltando el corazón cuando te tengo cerca. Y no solo por tu físico, Nathan O'Brien, sino por lo que escondes aquí adentro. —Posó la mano sobre la parte izquierda de mi pecho.

—¿Y qué te crees que haces tú conmigo?

Deslicé por sus piernas la parte inferior de su bikini y, a continuación, me deshice de mi bañador. Emití un hondo suspiro de placer al abrazar el cuerpo desnudo de Abbey bajo el agua.

—Me sigues volviendo loco, Abigail —le susurré mientras mis manos apresaban sus pechos y ella cerraba los ojos tras un gemido—. Nunca tengo suficiente de ti, y a veces creo que necesitaría fundirme contigo para poder sentirte.

—Nathan... —gimió antes de que capturara su boca y la besara con todo el deseo que me hacía sentir.

—Te amo, Abbey.

Todavía sumergidos, la apoyé contra una de las paredes de la piscina y profundicé el beso mientras ella me correspondía mordiendo mis labios y mi lengua con un deseo que me volvió loco.

—Quiero pasar contigo el resto de mi vida —musité entre besos.

La alcé ligeramente para que sus pechos sobresalieran del agua y poder aferrar un pezón entre mis labios.

—Y yo contigo...

Al mismo tiempo, busqué la entrada de su cuerpo con mi miembro y me hundí dentro de ella en medio del profundo gemido de ambos. Ella se agarró a mis hombros y comenzó a mover sus caderas a un ritmo tan frenético que la superficie de la piscina se onduló, provocando que rebosara agua por cada una de sus partes. En mitad de aquella vorágine de salpicaduras y jadeos, nos abrazamos y besamos con fuerza hasta que observé cómo le sobrevenía el orgasmo a Abbey. Dediqué un instante a contemplar su cuerpo tenso por el clímax, su rostro contraído por el placer, su larga cabellera flotando sobre el agua... Me pareció tan salvaje y hermosa que, solo entonces, me dejé ir y alcancé mi propio orgasmo. Momentos después, continuábamos abrazados dentro del agua.

—Pues sí —murmuré en su oído al tiempo que lamía su oreja y saboreaba la mezcla del cloro y su perfume—, parece que sigo teniendo algo de encanto.

Creí que Abbey me daría un manotazo y saldría indignada de la piscina mientras yo me reía a carcajadas, pero no fue así. Se quedó quieta, sin dejar de abrazarme y de mirarme.

—Yo también te amo, Nathan.

Aquel era el momento. ¡Debía aprovecharlo!

—Si me quieres y deseas pasar el resto de tu vida a mi lado... entonces... cásate conmigo, Abbey.

Y, en ese instante, sí, hubo manotazo, indignación y huida despavorida.

—¡Eres un manipulador! —me recriminó—. ¡¿Vas a pedírmelo cada día?! ¡Te he dicho que no y seguiré diciéndote que no!

—Tenía que intentarlo. —Compuse una mueca.

—¡Deja de hacerlo! —exclamó antes de enrollarse una toalla alrededor del cuerpo y dirigirse al interior de la vivienda.

—Nunca —murmuré cuando me quedé solo.

Capítulo 2

SHANE

La visita a la nueva casa de mi hermano me había dejado muy mal sabor de boca. Había dado por hecho que su reacción no sería muy amistosa cuando me viera aparecer con Valerie, pero ¿qué le importaba a él con quién me casara yo? ¿Acaso él me había escuchado cuando le había aconsejado que dejara de meterla en todas partes?

—Cariño, ¿estás bien? —me preguntó mi prometida mientras bajábamos del coche, frente a la entrada de la espectacular casa de su familia.

—Sí, estoy bien —rezongué al tiempo que accedíamos al vestíbulo de la mansión de los Vanderberg.

—No tienes que ponerte así por lo que piense tu hermano. Él siempre ha hecho lo que le ha dado la gana, como liarse con esa mujer, que no es más que tu secretaria, e irse a vivir con ella y con su hermana universitaria. No le doy ni seis meses a esa relación.

Estuve tentado de decirle que si estaba ciega y no veía lo que se amaban Nathan y Abbey, que habían sido capaces de superar el engaño que habíamos orquestado para poder utilizarla con fines de espionaje industrial. No es que yo entendiera mucho de amor, pero algo parecido a una onda caliente me inundaba el pecho cuando los veía juntos.

Sin embargo, como siempre, preferí evitar una discusión con Valerie.

Recorrimos un largo corredor, dejando atrás las arcadas del techo, la colección de cuadros impresionistas colgados de las paredes, las diversas esculturas sobre columnas y los ramos de flores frescas que adornaban cada rincón y llenaban el aire de olor a otoño. Seguimos al mayordomo y salimos al jardín trasero, donde John y Anne Vanderberg reían y conversaban con un variado grupo de personas.

Me tensé un instante e inspiré con fuerza el aire impregnado de jazmín. Debido a mi cargo como CEO en la Atlantic Group Corp., debía asistir a multitud de eventos y reuniones, pero permanecía en ellas el tiempo estrictamente necesario, ni un minuto más. No me gustaban las aglomeraciones de gente, mucho menos si yo era el centro de atención.

Y, en casa de mis futuros suegros, donde en esos tiempos solo se hablaba de mi boda con su hija, yo era parte de ese jodido centro de atención. Recibí saludos, parabienes, sonrisas, estrechamientos de mano y, sobre todo, miradas de curiosidad. No podía evitar tener la impresión de que ninguna de aquellas personas me consideraba «apropiado» para emparentar con lo más selecto de la élite neoyorquina y norteamericana, puesto que, a pesar de mi importante cargo, provenía de una familia humilde, con un padre policía y una madre peluquera. Además, estaba seguro de que me veían demasiado grande, demasiado serio y demasiado oscuro. Todo eso sin mencionar que la mayoría desviaba la vista con incomodidad cuando me miraba a los ojos.

—Hola, querido —me saludó la madre de Valerie,

con un distante beso en la mejilla. A veces no tenía más remedio que recordar ciertas palabras de mi hermano, que consideraba que aquella gente parecía temer que yo les contagiase algo de vulgaridad—. Podrías sonreír un poquito más —me susurró—. Casi todos los presentes son clientes o personas importantes relacionadas con los negocios de mi marido.

—Hola, Anne —le susurré también—. Las sonrisas, lo mismo que la organización de la boda, os las dejo a vosotros.

—No le hagas caso, mamá. —Valerie sonrió tras darle otro frío beso a su madre—. Shane está encantado de que nos hagamos cargo de todo. ¿Verdad, cariño?

—Por supuesto —respondí.

—¡Mi futuro yerno! —exclamó John Vanderberg al mismo tiempo que me propinaba una palmada en la espalda y me ofrecía una copa—. Vamos, bebe, bebe. A partir de ahora todo serán celebraciones... —rodeó mis hombros y me apartó del resto, llevándome tras una de las fuentes de piedra—... y la mayor de ellas será cuando te conviertas no solo en parte de la familia, sino de mi empresa. Vais a ser la pareja más envidiada de la ciudad.

Me llevé la copa a los labios, pero apenas bebí. Aparte de un poco de vino en las comidas, no solía apetecerme el alcohol, y menos a palo seco. Pero había aprendido, en el tiempo de mi relación con Valerie, que beber —o aparentar hacerlo— formaba parte de ser aceptado socialmente. Yo era un adicto al café, pero esa clase de bebida no era adecuada para esos eventos.

—No me importa mucho lo que piensen los demás —le dije a mi futuro suegro—, pero sí lo que piense yo mismo, y tengo muchas ideas en la cabeza que me gustaría llevar a cabo en la Atlantic.

—Eso es lo que me gusta de ti, muchacho, tu avaricia, tu ambición, tus ganas. Y eso es también lo que necesita mi compañía, sangre nueva que aporte garra. Estoy deseando que llegue esta boda, por mi hija, por ti y por mí. —Sonrió de oreja a oreja.

—Gracias, John —le agradecí—, por confiar en mí.

—Por supuesto, muchacho... aunque espero no tener que arrepentirme. —Me miró con sus suspicaces ojillos azules por encima de su copa—. O, mejor dicho, que no te arrepientas tú del paso que vas a dar.

Sabía que se estaba refiriendo al período que lo dejé con Valerie, algo que sucedió porque supe, por propia boca de mi hermano, que mi novia se había acostado con él. Sin embargo, aunque mi primera intención fue acabar con la relación, decidí darnos un tiempo.

¿Que por qué habíamos vuelto?

Porque nada había cambiado. Valerie y yo nunca habíamos estado enamorados y ambos éramos conscientes de ello, pero los dos también teníamos muy claro que el amor no era para nosotros. A ella solo le importaba seguir en su círculo, ser aceptada y tener un marido que diera la talla. A mí me interesaba prosperar y ocupar un cargo importante, demostrar que valía para ello. Y tener una compañera en el proceso me parecía lo acertado.

Así, sin dramas, sin celos, sin escenas, sin decepciones... sin amor. Porque, en cuanto esa palabra entra en la ecuación, el resultado solo puede ser uno: decepción.

—Déjamelo un rato, papá. —Valerie se acercó a nosotros y me cogió del brazo para llevarme junto a una pareja que no recordaba de nada—. ¿Te acuerdas de Betsy y Anthony?

—Por supuesto. —Les di la mano sin tener la menor idea de quiénes eran, aunque, por la conversación siguiente, deduje que ella debía de ser colega de Valerie, y él, un agente de bolsa o algo así.

Tras esa pareja vinieron otras, y, a continuación, alguien que debía de trabajar para la empresa organizadora de la boda y que se acercó a preguntarnos sobre el color de unas flores o de unos lazos... No lo supe bien, porque no prestaba mucha atención. El tema y los detalles del enlace estaban empezando a agobiarme.

—Perdona, Valerie —le murmuré a mi prometida—, pero debo pasarme por la oficina. Tengo unos documentos por revisar y preferiría que estuviesen listos a primera hora de la mañana. ¿Te importa?

Decir que tenía trabajo era una buena salida, aunque en mi caso siempre era cierto.

—Claro que no. ¿Vendrás luego a cenar? Hemos invitado a algunos inversores de la empresa y...

—Si no te molesta —la corté—, preferiría cenar cualquier cosa en mi casa y descansar.

—Sí, no hay problema —respondió, algo contrariada—. ¿Cuándo piensas poner en venta tu apartamento? Sabes que, como la mejor agente inmobiliaria que soy, te conseguiré el precio óptimo. Yo ya estoy en trámites de la venta del mío, del que arreglaré todo el papeleo mientras terminamos de decorar nuestra futura casa...

Aquel espinoso tema lo evitaba como podía. Porque, desde el polvo de reconciliación que habíamos echado tras la discusión, y de eso hacía un mes, Valerie y yo no nos habíamos acostado más que un par de veces contadas. Ambos habíamos aceptado comenzar de nuevo, poco a poco, y, entre mi cargo en la Atlantic, los preparativos de boda, la nueva casa y las reuniones sociales, cada uno se marchaba a su piso casi cada noche para poder descansar.

Además, si tengo que ser sincero, el sexo con mi novia nunca había resultado demasiado satisfactorio. Se basaba en sesiones de desahogo, en empotrarla contra la pared o contra cualquier superficie dura, prácticamente sin desnudarnos, rápido y sin preliminares, procedimiento que estaría bien si se alternara con algo más pausado, con caricias, con besos, con...

Dejémoslo, no he dicho nada. No podía exigir sexo romántico si no existía amor entre nosotros. Además, tuve que enterarme por Nathan del motivo por el que mi novia prefería ponerse de espaldas y no mirarme a la cara: el hecho era que, físicamente, le atraía más mi hermano. Sí, ya sé que la perdoné, que retomamos la relación y que nos íbamos a casar porque me importaba una maldita mierda el tema del amor. Ya decidí que prefería atenerme a lo mediocre conocido que esperar jodidas flores cubiertas de purpurina que se marchitaran a las primeras de cambio.

Por todo ello, Valerie seguía insistiendo en que vendiera mi apartamento y nos trasladáramos a nuestra nueva residencia, algo a lo que seguía dando largas. Aunque me encantaba la casa y me apetecía vivir en ella con Valerie, quería tomarme mi tiempo de respiro, aprovechar lo poco que me quedaba de soledad y saborearla.

Sí, siempre me había gustado estar solo. Y, por eso, no pensaba deshacerme de mi piso. Sabía que, en el futuro, tendría mis momentos; que, de vez en cuando, necesitaría volver a mi sencillo, acogedor y pequeño espacio.

John Vanderberg le había regalado a su hija por su boda —y, por ende, a mí— una mansión de tres millones de dólares en Whitestone, que todavía estaban terminando de decorar y a la que yo apenas me había acercado todavía. Valerie había estado viviendo en su apartamento en el Upper East Side, y yo, en el mío de Cobble Hill, algo que podía resultar extraño en una pareja, pero que siempre nos había parecido lo más práctico.

Sin embargo, parecía que a Valerie empezaba a incomodarle ese hecho.

—Creo que la gente comienza a hablar, Shane —insistió—. No es lógico que vivamos separados a pocos meses de nuestra boda. ¿Por qué no te mudas ya a nuestra casa? Solo faltan unos pocos detalles, pero posee todo lo necesario para vivir...

—Ya hablaremos de eso, Valerie. —Me acerqué a ella y le di un beso en la mejilla—. Hasta mañana.

—Hasta mañana, Shane —suspiró.

***

—Buenas tardes, señor O'Brien —me saludó el empleado de la seguridad del edificio de la Atlantic Group Corp.

—Buenas tardes, Jim.

Seguía sintiendo una inexplicable satisfacción cada vez que accedía a la sede de la compañía de telecomunicaciones más importante del país, de la que yo era el CEO. Había luchado y trabajado muy duro por conseguir aquel puesto, mi objetivo desde que me convirtiera, junto con mi hermano, en el mejor ejecutivo de la plantilla. La diferencia entre nosotros había radicado en que, aunque él era bueno y disfrutaba de su trabajo, para mí era lo más relevante de mi vida.

Las oficinas permanecían vacías y me sentía bien en aquel silencio y aquella soledad. Revisé algunos documentos, firmé otros tantos, preparé la reunión del día siguiente, y hubiese seguido horas allí de no ser porque un rugido en mi estómago me recordó que llevaba demasiadas horas sin comer. Dejé la sede y, cuando ya había cogido un taxi, decidí que esa noche no cenaría un sándwich en casa. Me apetecían platos más elaborados, como los que ofrecían en uno de los mejores restaurantes de Manhattan, en el SoHo, y allí me dirigí. Me saludó el *maître*, ocupé mi mesa e hice mi elección.

Y, justo después, un remolino de color, de vida y de frescor con olor a flores irrumpió como un vendaval e interrumpió mi soledad.

Era una chica con la mitad de su pelo rubio teñido de rosa.

Capítulo 3

—¡Cuatro hamburguesas dobles, dos especiales, extra de patatas y una de ellas con nuestra salsa picante de la casa para la mesa cuatro!

—¡Oído, cocina!

Me reía cada vez que, después de gritarle el pedido a Yun, él me contestaba como si trabajásemos en un prestigioso restaurante. Había que echarle humor al hecho de trabajar en el Fried King, la hamburguesería que, a pesar del olor a fritanga y la escasa calidad de la comida, se llenaba cada día por el éxito de sus platos, llenos a rebosar de patatas, el tamaño gigante de las hamburguesas y, en especial, la salsa picante de la casa, ideada por Ben, el dueño y mi insufrible jefe.

—Menos cháchara —nos dijo precisamente Ben—. ¡Que no os pago para organizar tertulias!

—¡Tendremos que respirar! —le eché en cara—. ¡Contrata más cocineros y camareras!

—El chino se las arregla muy bien él solito —rezongó, en referencia a Yun—. Y tú y Mel también os las apañáis; no necesito contratar más camareras. Lo único que hace falta es que os deis más garbo.

—¿Aún más? —exclamé, indignada—. ¡Si debo de correr media maratón diaria en tu maldito bar!

—No intentes convencer a este tacaño de que suelte un centavo más —refunfuñó Melanie, mi compañera, que apareció en la barra con una bandeja repleta de platos y vasos vacíos—. Mientras haya pringadas como nosotras, que trabajen diez horas diarias por un sueldo miserable...

—¡Dejad de quejaros! —nos cortó Ben—. ¡A trabajar!

—Sí —masculló tras darme la vuelta—, será lo mejor. Cualquier cosa antes que seguir viendo tu barriga peluda y tu pelo grasiento.

—Calla, joder. —Mel compuso una mueca de asco—. Creo que voy a volverme vegetariana, tía. No sé si será porque me recuerda a Ben, pero empieza a darme náuseas el olor a carne. Ni duchándome con gel con cargante olor a coco soy capaz de arrancarme este puto hedor del pelo y del cuerpo.

—Es peor utilizar productos tan fuertes —le indiqué mientras nos dirigíamos a las mesas que comenzaban a llenarse—. Yo uso un champú floral bastante suave y me va bastante bien.

—¡Me cago en la puta, tía! —exclamó cuando deslizó su nariz por mi pelo—. ¡Hueles a malditas flores!

—¡Eh! —gritó un tipo del grupo que acababa de sentarse a una de mis mesas—. ¿Me dejarás también a mí que te huela, rubia?

—Antes preferiría tener una rata husmeando en mi pelo —respondí mientras preparaba mi libreta de notas—. ¿Qué vais a pedir?

—Cinco especiales, triple de patatas y ración extra de salsa, rubia.

—¿Para beber?

—Cerveza, por supuesto, gatita.

—Joder —bufé. Aguantar a tipos empalagosos empe-

33

zaba a ser normal en mi día a día, pero eso no quería decir que hubiera llegado a acostumbrarme.

Tras un bufido, mientras terminaba de apuntar el pedido, sentí cómo una mano se posaba sobre mi falda vaquera y pellizcaba mi trasero.

—¡Las manos quietas, capullo! —grité después de darle un manotazo.

¡Qué harta estaba de idiotas con las manos largas!

—No te pongas así, gatita rosa...

—La próxima vez te corto los dedos, gilipollas... —le espeté.

Tener el pelo rubio natural me hacía ofrecer una imagen demasiado angelical, así que llevaba años probando mil colores diferentes, hasta que decidí que me gustaba mi aspecto con mi color original y me decanté por teñirme únicamente la mitad de color rosa. Eso sí, solo lo llevaba hasta los hombros. No tenía tiempo apenas ni de peinarme.

—¿Necesitas una mano... o un pie? —preguntó Mel.

—No, gracias, puedo con estos neandertales.

Me dirigí a la barra para cantar a voces el pedido a través del hueco que comunicaba con la cocina y con Yun, pero, antes de lanzar el primer grito, mi jefe me detuvo con cara de pocos amigos.

—Haz el favor de ser un poquito más amable con la clientela —me reprendió—. No me puedo permitir que me los espantes.

—Me hiciste llevar falda corta —le recriminé— y desabrocharme un botón de la camisa. ¡Pero no me voy a dejar meter mano, Ben, hostias! ¡Esto es un maldito bar!

—Sí, un bar —volvió a gruñir—, pero donde vienen todos esos tipos a relajarse un rato con una cerveza, una buena hamburguesa y una sonrisa de la camarera.

—¿Acaso no confías en que vengan por tu increíble

comida? —ironizó Yun desde la cocina, donde le daba la vuelta a la carne sobre la plancha.

—Tú, cállate, maldito chino.

—Soy estadounidense, nací aquí —rezongó.

Sigues siendo un maldito chino. —Después me miró a mí—. Lo dicho, Summer. Te di la oportunidad y te la seguiré dando por respeto a Joshua, pero no me provoques...

—Hablando del rey de Roma... —intervino Mel cuando un grupo de moteros entró en el local—. Ahí tienes a tu novio.

Me giré hacia los recién llegados y contemplé cómo tomaban asiento los cuatro chicos. Joshua, mi pareja desde hacía un año, me guiñó un ojo y me lanzó una de sus sonrisas canallas mientras el resto de sus amigos le soltaba las típicas bromas, haciéndose los machotes con sus gorras de marcas de motos, sus gafas oscuras y sus brazos tatuados.

Emití un bufido. Me daba rabia cuando se comportaba de aquella forma tan engreída, como si fuese el tío más bueno del mundo. Vale, sí, reconozco que Joshua era guapo: cabello castaño, que se apartaba con un pañuelo anudado a la frente, ojos azules y blanca sonrisa de chico malo. Solía vestir con cazadora de cuero, vaqueros rotos y gruesas botas, atuendo que combinaba a la perfección con su espectacular moto, a la que le dedicaba bastantes más mimos que a mí. Era copropietario de un taller mecánico, donde se pasaba la mayor parte de su vida. Uno de sus clientes era Ben, que pensaba que Joshua era el mejor mecánico de motos del planeta y por lo que, al parecer, me aguantaba.

—Hola, fresita —me dijo cuando me acerqué para tomarles nota.

Se suponía que no nos saludábamos con un beso porque yo estaba trabajando y a Ben no le hacía gracia, pero, en realidad, yo sabía que Joshua no era partidario de demostraciones de afecto. Un abrazo, un beso, una caricia, esos gestos que todos los humanos necesitamos, eran algo que apenas me ofrecía y que ni siquiera me pedía.

Y yo los echaba de menos, tanto darlos como recibirlos.

—No me llames así —farfullé—. Ya tengo bastante con los clientes.

—Vamos, cielo. Ya sabes que no puedo evitarlo. ¿Nos pones lo de siempre?

—A veces creo que solo te gusta venir aquí porque te pongo de comer a ti y a tus amigos —gruñí.

—Que no, fresita...

—Dime, al menos, que has recordado la cita que tenemos hoy.

—¿Cita?

—¡Joshua, por el amor de Dios! —exclamé—. ¡Hoy cumplimos un año de relación y me prometiste una cena en aquel restaurante del SoHo! ¡Tenías que pedir reserva hace dos semanas!

Pareció titubear un instante, pero luego, como siempre, mostró su sonrisa más traviesa.

—Estaba bromeando contigo, fresita. Pues claro que he reservado mesa. Y, ahora, puedes traernos lo de siempre.

Tras servir su mesa y advertir que no iba a volver a hacerme caso, aproveché para tomarme un descanso en el callejón al que daba la puerta de la cocina. Solíamos reunirnos allí Yun, Mel y yo, para que mi compañera se fumase un pitillo y el resto mascásemos chicle, algo que estaba prohibido en el trabajo y que yo necesitaba desde que había dejado el tabaco.

—Os juro que, cuando lo veo tomarse tan poco en serio las cosas, me dan ganas de estamparle un puño en sus bonitos dientes —comenté después de explotar un globo de chicle con los labios.

—Es que no sé qué haces con ese tío —rezongó Yun.

—Te diría que tu opinión no vale porque te gusta Summer —intervino Mel tras darle una calada a su cigarrillo—, pero, en esta ocasión, pienso lo mismo.

—Summer es como una hermana para mí —protestó Yun.

—Y una mierda —replicó Mel—. Cada vez que te sonríe, se te quema una hamburguesa.

—Dejadlo ya —medié. Sabía de los sentimientos de mi compañero hacia mí, pero yo solo podía verlo como un amigo incondicional, algo de lo que ya me sentía muy afortunada—. Y, como respuesta, os diré que no lo sé. Supongo que insistió tanto tiempo que, al final, claudiqué.

—Y no te lo reprocho —comentó Melanie—. Es normal que te sintieras atraída por un guapo motero de sonrisa malévola, con negocio propio y que te llevaba en moto a la playa al amanecer. Y si, para colmo, te suplicó como cien veces que salieras con él...

Sonreí. Recordé aquella mañana en la que entró en el bar con sus amigos y me tocó servirlos. Me lanzó su sonrisa sexy y traviesa, me guiñó un ojo y, a partir de entonces, insistió en pedirme que saliera con él cada vez que venía al bar. Yo me limitaba a esquivar sus ataques, pero, un día, se subió encima de la barra, se puso de rodillas y gritó delante de toda la clientela que estaba loco por mí. Creo que fue la primera y la última demostración de afecto que me dedicó en público.

Dios, parecía que hacía siglos de eso, puesto que, tras aceptar, todo fue diferente. Aunque, en realidad, no puedo saber si fue él quien cambió, porque, ni entonces ni después, llegué a conocerlo lo suficiente.

—Pero, hija —prosiguió Mel—, parece que gastó todo su esfuerzo en perseguirte y pedirte salir, porque ahora se comporta como si debieras estarle agradecida por elegirte a ti. Lo siento, Summer, pero me parece bastante capullo.

—Además, no estás enamorada —indicó Yun.

—Aspirar al amor es un objetivo demasiado ambicioso —terció Mel antes de aplastar el cigarrillo con la suela de su deportiva—. Yo solo digo que me parece demasiado engreído.

No, no estaba enamorada, y era consciente de ello. Y estaba segura de eso porque, cuando me ocurría, sonaba una especie de timbre en mi cabeza que me advertía del enamoramiento. Me había sucedido un par de veces en mi vida, aunque prácticamente en la adolescencia. Oía «¡ring, ring!, ¡ring, ring!», y ya sabía que había sucumbido.

Pero ninguna de esas veces había sido con Joshua ni con la última media docena de tipos con los que había salido.

Suspiré para disimular la triste sensación que me invadió. Joshua me gustaba. Era guapo, divertido y me hacía sentir bien. No obstante, siempre esperaba algo más de los chicos con los que salía: ese apoyo incondicional; ese abrazo y ese beso de consuelo que te hacen creer que todo está bien; esas palabras de aliento que te hacen sentir que eres única en su universo.

Y temía seguir esperando.

✳✳✳

A Ben le importó un carajo que yo tuviese prisa por mi cita y no me dejó marcharme hasta que terminé mi turno. A toda prisa, me deshice del delantal negro y corrí en busca del autobús que iba a dejarme cerca de la tintorería donde trabajaba mi amiga Jenny. Le había pedido —mejor dicho, suplicado— que me dejara usar alguno de los vestidos que le llevaban las clientas de postín. Solo sería un préstamo, pero me costó convencerla hasta el punto de tener que ponerme de rodillas y ofrecerle cervezas gratis durante una semana. Necesitaba uno de esos trajes para no desentonar en el restaurante, y mi precaria economía no me lo permitía ni en mis mejores sueños.

Cuando llegué, ya me tenía preparado un vestido cubierto por una funda oscura.

—Protégelo con tu vida —me advirtió, dirigiendo hacia mí su dedo índice. Me sentí amenazada por la larga uña pintada a la perfección con brillante esmalte negro, color que usaba también para sus párpados y sus labios—. La clienta espera tenerlo listo mañana por la tarde. ¡Como lo estropees, mi jefa me mata y me quedo sin curro! ¡Y no sabría decirte qué me sentaría peor!

—¡Que síí! —le dije al tiempo que colocaba la prenda sobre mi brazo y le daba un beso a mi amiga—. Te prometo que tendré cuidado y que mañana antes del mediodía lo tendrás de vuelta. ¡Gracias, Jenny! —grité mientras corría de nuevo para salir del establecimiento—. ¡Te quiero!

—¡Con tu vida, Summer! —insistió.

Cogí otro autobús para ir a casa. Nada más apearme, llegaron hasta mí los sonidos y olores que inundaban aquella colorida calle, frontera entre Chinatown y Little Italy. Los gritos de los vendedores ambulantes se mezclaban con los vapores que surgían de las cocinas de los edificios y llenaban el aire de aromas exóticos y desconocidos. Los carteles rojos y dorados destacaban sobre las fachadas sembradas de escaleras de incendios y parecían presidir el caos del tráfico, las bicicletas y las personas, que se movían frenéticas entre puestos de naranjas y especias a granel.

Sí, lo reconozco. Ha sido una forma bastante romántica de describir mi ruidoso y agobiante barrio con olor a pescado crudo y fritanga.

Subí a toda prisa la oscura escalera, por donde me crucé con varios vecinos y a los que tuve que dar las buenas noches en diferentes idiomas. Lo bueno de vivir allí era que aprendías a saludar en cantonés, mandarín, italiano, español y alguna que otra lengua más del este de Europa.

En cuanto inserté la llave en la cerradura, percibí en la puerta la vibración que provocaba la música tan alta. Del interior de la vivienda surgían las rítmicas notas de *Don't go yet*, de Camila Cabello, que seguro que oía también el resto del vecindario. Al entrar, me encontré a Philip, mi compañero de piso, bailando y caminando arriba y abajo sobre unas altísimas plataformas que daban vértigo nada más mirarlas.

—¿Ensayando un nuevo número? —le pregunté después de pulsar sobre su teléfono para detener la música.

—Sí, chica, hay que innovar —respondió justo antes de tirarse sobre el sofá—. Las nuevas vienen pisando fuerte, nunca mejor dicho. —Rio al tiempo que señalaba sus plataformas plateadas.

Durante la semana, Philip trabajaba como contable en un concesionario de automóviles, donde solía vestir de impecable traje, acorde a su puesto. Sin embargo, los fines de semana colgaba la corbata para colocarse sus vestidos brillantes, sus pelucas, sus plumas y sus plataformas, para actuar en un espectáculo *drag* en una modesta sala de fiestas.

Nadie que no estuviese en su círculo más cercano sabía de su segunda ocupación. Yo misma lo descubrí después de llevar un tiempo viviendo con él, el día que me lo encontré de repente maquillado y con una larga melena cobriza. Aún recuerdo que, instintivamente, creyéndola una intrusa en el piso, saqué de mi bolso el espray de pimienta y, aunque solo lo rocié un segundo, el pobre se pasó toda la noche en Urgencias mientras yo le suplicaba perdón cada cinco minutos.

—Veo que tienes por aquí a tu público más fiel —bromeé al tiempo que me acercaba al hombre que miraba la

tele con unos auriculares puestos—. ¿Qué tal, Arthur?
—Le aparté los cascos y le di un beso en la mejilla.

—Aquí, intentando ver algo decente, pero no dan más que mierdas de *realities*. Por suerte, salen mujeres en bikini.

El que parece que también se enteró tarde de esa doble ocupación fue Arthur, el padre de Philip. El hombre, soldado veterano que había luchado en varias de las guerras del siglo xx, llevó bastante mal descubrir que su hijo actuaba por las noches vestido de mujer. Llevaban años sin verse y sin hablarse, pero, cuando Philip supo que el anciano vivía en un albergue para veteranos de guerra y sufría una enfermedad pulmonar crónica, no dudó en llevárselo con él y hacerse cargo de sus cuidados y los gastos médicos. Desde entonces había mejorado la relación entre ambos, si contamos con que se hablaban, pero nada más. Era como si ninguno de ellos se atreviese a dar el paso de darle un abrazo al otro. El hijo amaba al padre y no se lanzaba a decirle lo mucho que lo había admirado y lo había echado de menos. Y el padre, a pesar de saber lo que su hijo había hecho por él sin merecerlo, tampoco soltaba prenda. Nunca había visto a dos seres más cabezotas.

—¿Qué tal el día? —le pregunté al anciano mientras trataba de paliar el nudo en el pecho que me provocaba verlo atado a una máquina de oxígeno.

—Genial —refunfuñó—. Después de haber pasado la mañana en el gimnasio, he hecho surf un rato y después he escalado una montaña. Ahora pensaba ponerme mi mejor traje para irme a cenar con una morena de grandes pechos que he conocido por internet.

Philip puso los ojos en blanco y yo no pude evitar soltar una carcajada ante la irónica respuesta de su padre.

—Eres la monda, Arthur —le dije al hombre tras darle un abrazo—. Me encanta que tengas ese sentido del humor.

—Un humor bastante retorcido, diría yo —intervino Philip.

—No más retorcido que no contarnos nada de tu vida nocturna hasta que nos topamos de frente con una enorme pelirroja vestida con plumas —refunfuñó Arthur—. No supe si me entraron ganas de besarla o de salir corriendo muerto de miedo.

—¿Os vais a pasar la vida recriminándome que mantuviera ese secretillo? —rezongó Philip—. Por si no os habéis enterado, la sociedad sigue llena de prejuicios, y saber que un hombre se viste de mujer es suficiente para colgarle el sambenito de rarito.

—A ver —señaló su padre—, un poco rarito sí que es, no me jodas...

—¡Soy un artista, papá! —exclamó el hijo—. ¡Sabes que estoy trabajando mucho para labrarme una carrera y ser una de las mejores! Con mi personaje, Cherry Queen, actúo, divierto, llevo a cabo un perfecto *playback*... ¡y hago felices a muchas personas!

—Sí, sí, no te lo discuto —gruñó el hombre—, porque cantar y bailar encima de esos trastos debe de ser más arriesgado que una emboscada en pleno golfo Pérsico.

—Vale, se acabó —suspiró Philip—. Soy un artista incomprendida.

—No te pongas dramática. —Sonreí—. Ten un poco de paciencia con tu padre, que es de otra época...

No me dio tiempo a terminar la frase porque nos alertó la presencia de Ruby, nuestra vecina de al lado, que tenía la maldita costumbre de trepar por la fachada desde su ventana a la nuestra por la escalera de incendios y presentarse en nuestro salón sin avisar. Aunque, en aquella ocasión, se trataba de un acto justificado.

—¡Chicos! —musitó—. ¡Agua, agua!

Era la forma que teníamos de alertarnos de que se acercaba el enemigo... o sea, el casero.

—Mierda —gruñí al tiempo que apagaba la luz y el televisor—. ¡Vamos, protocolo habitual! ¡Todo el mundo al suelo! ¡No respiréis!

—¿Eso va por mí? —ironizó Arthur, señalando la cánula que se introducía en su nariz.

—¡Calladito, papá! —susurró Philip, que ya estaba junto a mí y Ruby, todos nosotros en el suelo, detrás del sofá por si el casero miraba a través de la cerradura. Tal vez sí que vería la silueta de Arthur en el sillón, pero, por lo quieto que se estaba, daba la impresión de estar tan momificado como la madre de Norman Bates en *Psicosis*.

Al instante, unos fuertes golpes que hicieron tambalear los pocos adornos del mueble del comedor nos sobresaltaron a todos. Cualquier día, la manaza de aquel tipo tiraría la puerta abajo.

—¡Sé que estáis ahí, *joderr*! ¡Debéis *trres* putos meses de *alquilerr*! ¡Abrid la puta *puerrta*!

Vladímir, un ruso enorme con la cabeza rapada y con tatuajes hasta en las palmas de las manos, ni siquiera era el verdadero casero, sino el esbirro de un narco, dueño de una empresa inmobiliaria que ejercía de tapadera, al que lo único que le importaba era cobrar su pasta cada mes. Suplicarle al ruso un aplazamiento en el pago del alquiler era como esperar una palabra cariñosa de un ladrillo. La única salida que teníamos hasta poder reunir suficiente efectivo era aquella, la de tirarnos al suelo e intentar no respirar, aunque resultase bastante patético.

—¿Qué tal? —susurró Ruby con una sonrisa que intuí a través de la oscuridad—. ¿No ibas a salir esta noche? —me preguntó.

—Sí —susurré también—, pero no tenía previsto cambiarme a oscuras mientras el capullo de Vladímir aporrea nuestra puerta.

—¿Has traído el vestido del curro de Jenny?

—Sí —sonreí y le señalé la funda, que aún colgaba de

mi brazo—, y es una pasada. Ya verás cuando me lo ponga y Philip, que es un artista, me ayude a maquillarme.

—Por el amor de Dios —masculló el aludido—, ¿creéis que este es momento de cháchara? ¡Y no me pelotees! ¡Ya sé que soy un maestro del maquillaje!

—¡*Volverré*! —vociferó de nuevo el ruso—. ¡Y la *prróxima* vez no *serré* tan benévolo!

Contuvimos la respiración mientras oímos alejarse los pesados pasos del esbirro. Por si acaso, hice mi habitual comprobación: repté por el suelo hasta la ventana y lo vi salir del edificio y alejarse en su destartalado Toyota.

—Despejado, chicos. —Me puse en pie y volví a encender una lamparita.

—¿De verdad que no podéis pagar un maldito alquiler con todo lo que trabajáis? —refunfuñó el padre de mi amigo.

—Tenemos muchos gastos, Arthur —suspiré—, y una mierda de sueldo. Trabajar mucho no significa cobrar mucho.

—Gastos médicos, por ejemplo —gruñó Philip por lo bajo, justo antes de que yo le diera un codazo en las costillas para que no hiciera sentir mal a su padre—. ¡Ay! —exclamó—. ¡Si es que no hay manera de que tenga en cuenta mi esfuerzo!

Mi compañero de piso llevaba razón. Tanto su seguro médico como el mío no daban ni para tiritas, y, por supuesto, no incluían la medicación de Arthur, el alquiler de la máquina de oxígeno, las visitas médicas o los ingresos en el hospital cada vez que le daba una crisis. La economía de Philip estaba bastante maltrecha por todo ello y yo no podía ayudar demasiado, puesto que también arrastraba algunas deudas del pasado que mejor no mencionar ahora...

—En fin, chicos —les dije mientras señalaba mi vestido—, voy a cambiarme. Hoy tengo una cita con Joshua en un restaurante superpijo y necesito estar a la altura. —Bufé un instante—. Espero que mi novio decida deshacerse por una noche de la banda del pelo, la cazadora de cuero o los pantalones deshilachados.

—¿Puedo echarte una mano en arreglarte? —preguntó Ruby, esperanzada.

—Claro que sí, bonita; acompáñame.

Nuestra vecina era una chica que reunía dos características demasiado peligrosas si se daban juntas: tener un físico espectacular y ser demasiado inocente. La lista de tíos que se habían aprovechado de ella resultaba infinita, por lo que, cuando el último de ellos la dejó embarazada y se largó, decidió instalarse con su bebé en aquel vetusto edificio en el que vivía su madre. Pensé con envidia y tristeza que nadie te cuida mejor que una madre; que ella siempre va a ser tu hogar, tu paz y el lugar más seguro donde refugiarte... si es que la tienes...

Por un instante, el recuerdo de mi madre calentó mi corazón. Recordé su sonrisa, esa que siempre me ofrecía a pesar de volver de trabajar catorce horas diarias; recordé las veces que se interesó por mis progresos en la escuela, aunque apenas pudiese mantenerse despierta mientras me escuchaba. Pero también recordé las primeras veces que la vi acostada en la cama porque no podía levantarse; su hermoso rostro, cada vez más pálido y ceniciento; sus «tranquila, cielo, estoy bien, no te preocupes», aunque supiera que su vida se apagaba...

Eran recuerdos felices y recuerdos tristes, pero era lo único que me quedaba de mi madre.

Después de ducharme, envuelta aún en una toalla, me senté sobre la tapa del inodoro para que Philip obrara su magia. Cada vez que debía transformarse en Cherry Queen, me mantenía horas embelesada mientras él cubría su rostro con maquillaje, purpurina, colores metálicos y pestañas postizas.

Ruby se ocupó de planchar mi pelo bicolor con la base

ondulada de la plancha para crear bucles estilo retro mientras Philip me maquillaba. Al finalizar, me coloqué primero un conjunto de ropa interior de lo más sexy, con encajes y liguero incluido, todo en color rojo y que me había costado un puñetero riñón. Deseaba parecerle irresistible a Joshua aquella noche, porque nuestra vida sexual, por aquel entonces, estaba siendo demasiado escasa. Me pareció recordar que la última vez que lo habíamos hecho, dos meses atrás, había sido en su taller, en la silla de su cutre despacho, y había durado un par de minutos, tiempo insuficiente para humedecer o preparar mi cuerpo y disfrutarlo. Esperaba que, después de la cena, pudiésemos pasar tranquilamente la noche en su casa y disfrutar de una larga velada de pasión.

A continuación, me puse el vestido que me había conseguido Jenny, también de color rojo, de suave tela satinada, con tirantes asimétricos y un fino lazo a la altura de los omóplatos. Quedaban a la vista los dos tatuajes que me había hecho en los brazos, pero los lucía satisfecha, porque me sentía orgullosa de ellos.

—Madre mía, Summer —comentó Ruby al contemplar el resultado—, estás tan guapa...

—Di mejor *es-pec-ta-cu-lar* —señaló Philip mientras me tomaba de la mano y me llevaba al diminuto salón—. ¿Qué te parece, papá? ¿Soy un artista o no?

—Por supuesto —ironizó Arthur sin despegar la vista del televisor—. Sobre todo lo serás el día que consigas parecerte a Summer cuando te pongas todos esos mejunjes en la cara.

—¿Para qué me esfuerzo en hablarle a este hombre? —protestó Philip.

—Ay, mi viejo cascarrabias. —Abracé al anciano y lo besé en la mejilla—. Menos mal que te conocemos y sabemos que has querido alabar el trabajo de tu hijo y dedicarme un piropo a mí. Gracias, Arthur.

—Márchate ya —gruñó el hombre—, o harás esperar a ese gilipollas que tienes por novio.

—¡Arthur! —me quejé.

—Pues mira —intervino Philip—, ya hay algo en lo que estamos de acuerdo este viejo insufrible y yo.

—¿Qué os pasa a todos? —les reproché—. ¿Hoy es el día de insultar a Joshua?

—Eso no quiere decir que los demás días nos parezca mejor —rezongó Philip—. Si lo prefieres, te lo recordaremos todos los días del año.

—Pues a mí me parece simpático —soltó Ruby, con un mohín en sus bonitos labios—, y muy guapo.

—Esta criatura sigue sin enterarse de nada —farfulló Arthur—. No me extraña que acabase...

—No sigas, Arthur —lo corté mientras lo fulminaba con la mirada—. Y, ahora, será mejor que me marche. Cogeré un taxi antes de que se me haga más tarde. ¡Pensaré en vosotros mientras me como una langosta! —grité al salir de casa.

Capítulo 4

Una hora. ¡Una maldita hora! Ese es el tiempo que permanecí esperando delante de la puerta del exclusivo restaurante del SoHo. Por supuesto, me pasé ese rato intentando contactar con Joshua, pero el muy capullo no se molestó en descolgar el teléfono.

—Joder, Joshua, ¿dónde coño estás? —rezongué, exhalando una nube de vaho a la fría noche.

Me sentí patética, plantada junto a la puerta del local, envuelta en el chal que me había prestado Philip y que apenas me protegía del frío nocturno; un frío que parecía presagiar lluvia y que me obligaba a no estarme quieta para no quedarme congelada. En aquel espacio de tiempo, observé malhumorada cómo varias parejas vestidas de forma elegante iban llegando y ocupando sus mesas reservadas mientras yo, la pardilla de turno, aguantaba la humedad y el dolor de pies que me producían los zapatos más incómodos del mundo.

Decidí hacer un último intento. Supuse que Joshua iría de camino en su moto y no podría contestar, por lo que me calmé un poco, pero resultó que esa vez sí que descolgó.

—¿Fresita? —me preguntó con desinterés.

—¿Dónde estás? —exclamé, furiosa—. ¡Te estoy esperando!

—¿Esperando? ¿Dónde?

—¡¿Cómo que dónde?! —grité—. ¡En la puerta del restaurante!

Silencio.

—¿Joshua?

—Perdona, fresita, pero se me ha ido totalmente de la cabeza. Tengo delante de mí todas las piezas de una Yamaha del 99 que tengo que montar esta noche y...

—¿Te estás quedando conmigo? —lo interrumpí—. ¿Me estás diciendo que has olvidado nuestra cita y que no piensas presentarte?

—Te juro que te compensaré, preciosa...

—¡Y una mierda! —chillé, fuera de mí. El portero del establecimiento me miró con reprobación, pero no pude evitar mi reacción de ira—. ¡Pues no pienso desaprovechar la reserva y cenaré en este restaurante, aunque sea sola! ¡No te necesito para que me pagues una puta cena!

—Ya... —titubeó—. En cuanto a eso...

—No me jodas, Joshua —murmuré—. ¡No hiciste la reserva!

—Oh, vamos, nena, no te pongas así. No es más que una cena pija en un restaurante pijo. Te prometo que mañana iremos a cenar a un sitio mejor que ese y...

—No, Joshua —volví a interrumpirlo—, ni te molestes. Me prometiste la celebración de hoy, pero veo que soy lo último en lo que piensas y que tus promesas no valen nada. Estoy harta de estar a la cola de tus prioridades. Por mi parte, ¡hemos terminado!

—¿En serio me vas a dejar por teléfono? —se indignó—. Joder, Summer, no seas dramática. Ya te he dicho que te compensaré por lo de hoy y...

Colgué. No quise seguir escuchando. De la furia, me

temblaban hasta las manos mientras guardaba el teléfono en el bolso. Incluso me entraron unas terribles ganas de fumar y juro que, en aquel momento, habría dado la mitad de mi fortuna por un cigarrillo.

Vale, es fácil ofrecer algo así cuando se dispone de una cuenta corriente con quince dólares con cincuenta como todo capital.

Por suerte, encontré un paquete de chicles de menta y me eché uno a la boca. Como si me fuese la vida en ello, comencé a masticar con rapidez y a hacer unos cuantos globos que acabaron pegándose contra mi lengua y mis labios, pero cada ¡plof! conseguía aplacar mis nervios de forma casi instantánea.

Y no, no se trataba solo de una cena en un restaurante caro, como me había recriminado Joshua; era mucho más que eso. Se trataba de mi relación con él, que cada día me daba más la impresión de que no iba a ninguna parte. No es que yo pensase en casarme y tener niños con veinticinco años, pero, al menos, deseaba que, si tenía a una persona a mi lado, fuese para compartir cosas, pasar buenos momentos, celebrar, conversar, reír, comer, follar...

Oh, Dios, ¡con Joshua no hacía nada de eso hacía siglos!

—Que te den, capullo —farfullé mientras observaba cómo un tipo bajaba de un taxi, saludaba al portero y se introducía en el local—. Porque yo, Summer Kelley, pienso cenar en este maldito restaurante, de una forma u otra.

Decidida y todavía demasiado furiosa, me acerqué a una de las ventanas y contemplé a todas aquellas personas que ocupaban sus mesas como si se creyesen mejores que yo. Hasta me pareció que sus risas iban destinadas a mí... «Tú no tienes derecho a estar aquí, pringada, ni lo tendrás en la vida.»

—Eso lo veremos —musité con una sonrisilla siniestra.

La mayoría de los comensales eran parejas o formaban parte de algún pequeño grupo, pero me fijé en el hombre que había visto entrar un instante antes. Él se había sentado a su mesa solo, y no parecía que fuese a esperar a nadie, porque únicamente había un cubierto sobre el mantel y ya estaba haciendo su pedido.

¡Qué idea acababa de tener!

Admito que fue la ira la que actuó por mí, la sed de venganza contra Joshua, la rabia contra mi jefe, el odio hacia mi casero y la frustración por mi falta de dinero. Y supongo que, con todo ello junto, la ausencia de seriedad por parte de mi novio fue la mano que agitó ese cóctel.

Caminé decidida hacia el portero, haciendo repiquetear mis tacones rojos sobre las losas de la entrada y apartando el chal para poder lucir mi vestido.

—Buenas noches —saludé con seguridad mientras yo misma abría la doble puerta que daba acceso al interior del local.

—Perdone, señorita... —el tipo me bloqueó la entrada—, ¿puedo ayudarla en algo?

—Pues no —contesté—, porque mi novio ya me está esperando. Lo veo desde aquí... y no se imagina lo poco que le gusta esperar. —Titubeó y aproveché el momento para colarme y caminar por el salón en dirección a mi objetivo—. No necesito que me acompañe, gracias.

Anduve todo lo rápido que me permitieron los molestos zapatos y, en cuanto llegué a la mesa ocupada por un solo cliente, me senté en la silla que había libre, frente a él.

—Lo siento, cielo, disculpa la tardanza, pero es que el tráfico estaba imposible —solté de carrerilla—. No es preciso que me pidas nada de comer, pero sí agradecería un poco de ese vino.

Atrapé una copa y yo misma me serví. El *maître* me dedicó una mueca de disgusto que cambió por otra de pesar para el hombre que había visto interrumpida su cena.

—Disculpe, señor —dijo de manera cortante—. No sé cómo ha podido pasar. Ahora mismo llamo a seguridad y...

—No —lo cortó él, alzando su mano—, no es preciso, Jacques. Todo está bien. Puede retirarse.

—Como usted prefiera, señor.

El tal Jacques volvió a fulminarme con la mirada y yo le lancé una sonrisa de triunfo, en plan «chúpate esa, Jacques».

Entonces levanté la vista y me topé con los ojos más alucinantes que había visto en mi vida. Eran de diferente color, uno verde y otro marrón, pero ambos me parecieron tan hermosos que el corazón se me aceleró. Una especie de aleteo caliente se instaló en mi estómago cuando, después, observé el resto del rostro del hombre. Me recordó al de una estatua griega, de esas que yo hubiese querido contemplar en los libros de arte que no tuve la oportunidad de estudiar. Hacía tiempo que no veía unos rasgos tan armoniosos y masculinos, realzados por la piel morena de su rostro y el cabello negro y brillante. En realidad, todo él podría haberse considerado modelo de un escultor, sobre todo por el tamaño, porque, a pesar de seguir sentado, resultaban obvias su altura y su complexión.

Como es lógico, una de las cejas del tipo se alzó, como diciendo «Pensaba cenar tranquilo y me has jodido la noche».

—Lo sé, lo sé —bufé—, y lo siento, pero se suponía que yo tenía una reserva en este lugar, pero no la tengo, y me ha puesto furiosa pensar que todo sea un complot del universo y del karma contra mí por pretender hacer algo que no me puedo permitir...

—Señorita —me cortó el desconocido—, puede quedarse aquí y beberse todo el vino que quiera. Solo voy a pedirle que me deje cenar tranquilo. Adoro la tranquilidad y el silencio, por eso me gusta este sitio, con música suave y poca luz.

Sonaba *The reason*, de Hoobastank, que me encantaba, pero, si cada minúsculo pelillo del vello que cubría mi piel se erizó fue por escuchar hablar a aquel atractivo desconocido. Su voz, ronca pero suave, resultaba tan hechizante y envolvente como su mirada.

¿De dónde había salido un espécimen así? Me pareció tan magnético, tan atrayente, tan irreal... que un inesperado cosquilleo se apoderó de las partes más sensibles de mi cuerpo.

¡¿Tan apurada estaba por la falta de sexo?! Imaginé por un instante a aquel hombretón besándome con pasión y casi me desintegro en aquella silla tan elegante pero incómoda.

Pues sí, la cosa andaba mal si me ponía a fantasear con besar al primer extraño guapo que me topaba. Quedaba bastante patente que mi relación con Joshua no atravesaba un buen momento.

—Perdone —me disculpé antes de darle un sorbo a mi copa para refrescarme. Paladeé el vino, porque nunca había bebido nada parecido—. Pero ¿por qué no le ha dicho al *maître* que soy una intrusa y se ha deshecho de mí?

—No sé... —se encogió de hombros—, supongo que he sentido curiosidad.

—Ya —musité, algo molesta al pensar en un ejecutivo aburrido que me tomaba por un mono de feria—. Puede usted seguir con su cena, por favor. Haga como que yo no estoy aquí. Beberé un poco más de este delicioso vino y, después, me marcharé.

—Eso espero —replicó al tiempo que comenzaba a cortar una gamba del plato.

Me mantuve embobada mirando los movimientos de sus manos mientras utilizaba los cubiertos. Eran manos grandes, con largos dedos y cuidadas uñas. Los puños de la impecable camisa mostraron unos gemelos azul marino con el filo de oro, y la blancura de la tela contrastaba con la piel morena y cubierta de oscuro vello de las muñecas.

Todo en él resultaba tan elegante, tan seductor, tan masculino...

Seguí después el recorrido del tenedor, con el que había pinchado una jugosa gamba que deslizó sobre la salsa y se dispuso a llevarse a la boca. Me fijé en sus labios, que se abrieron para acoger aquel suculento bocado antes de masticarlo. Me vi obligada a tragar la saliva que se acumuló en mi boca... y a cerrar las piernas, por supuesto. Menudo estreno le estaba dando al conjunto sexy de lencería...

—¿Va a mirarme mientras como? —se quejó, tras posar con suavidad la blanca servilleta sobre sus labios—. Me está poniendo nervioso.

—Es... que... eso tiene muy buena pinta —mentí; al menos, en priorizar el hambre de comida sobre la otra.

—Está bien —suspiró—. Pediré otro plato.

—Oh, no, no, de verdad. —Me sentí avergonzada—. Después de interrumpir su cena solo faltaba que tuviese que invitarme a cenar.

—No se preocupe, no es por generosidad. —Emitió una mueca que pretendió ser una sonrisa, pero que no lo consiguió—. Si la invito a cenar es para que deje de estar pendiente de mí.

Alzó una mano y, con un gesto, le pidió al camarero otro plato igual para mí.

—Gracias —susurré cuando tuve delante la cena más apetitosa que podría imaginar.

—Y, ahora, coma y deje de parlotear —refunfuñó—, ¿de acuerdo?

Cogí el cuchillo y el tenedor e intenté hacer lo mismo que él, pelar una gamba, pero lo único que estaba logrando era destrozarla.

—¿Por qué no ponen las gambas ya peladas? —masculté mientras me peleaba con el crustáceo—. Así no tendríamos que hacer un máster para pelarlas con cuchillo y tenedor.

—Deje de hacer eso —musitó el desconocido—. Está haciendo rechinar los cubiertos sobre el plato y resulta muy desagradable.

—Sí, será lo mejor —suspiré—. ¿Quiere que le pase mis gambas?

—No —gruñó.

—Pero a usted se le da bien y es una pena dejarlas en el plato...

—No —repitió.

—Pero...

—Está bien —me cortó secamente—, páseme las dichosas gambas, pero deje de moverse y de hacer ruido.

Después de librarme de aquella parte de mi plato, opté por comer los trozos de pescado que no estaban cubiertos por indeseables cáscaras. Fue justo al llevarme una porción a la boca cuando recordé que aún mantenía el chicle bajo mi lengua.

—¿No hay servilletas de papel por aquí? —pregunté mientras echaba una ojeada por la mesa.

—Esto no es el puesto de perritos calientes de la esquina —farfulló el desconocido—. ¿Es que no le gusta limpiarse con servilletas de tela?

—No es por eso —le aclaré—. Es para sacarme el chicle de la boca.

—¿Ha estado bebiendo vino con un chicle en la boca? —me planteó, contrariado.

—No me mire así —bufé—. Mastico un poco para desahogar el ansia de fumar. Y, ahora, ¿puede decirme cómo puedo deshacerme de él?

—Veré lo que puedo hacer —gruñó al tiempo que llamaba al camarero, convertido en nuestro guardián—. Paul, por favor, ¿podría traernos una servilleta de papel?

—¿Servilleta de papel, señor? —El empleado puso la misma cara que si le hubiésemos pedido buitre frito, pero, al parecer, la mirada seria del cliente fue suficiente como para entender que no bromeaba—. Enseguida se la traigo, señor.

Un momento después, le arrebaté al camarero la servilleta y, cuando se alejó, escupí el chicle con disimulo, hice una bola de papel y la metí en el bolso.

—Vale, haré como que no he visto nada —bufó él—. Siga comiendo sin obstáculos en su boca.

Tuve que contener una sonrisa. Aquel hombre me empezaba a parecer todo un enigma. Mi primera impresión había sido la de un tipo serio, esnob y estirado, pero, conforme pasaban los minutos, mi percepción iba cambiando y, poco a poco, fui descubriendo que, bajo esa fachada de tipo grande, frío y taciturno, se ocultaba un hombre menos insensible de lo que aparentaba.

—Qué bueno está todo —comenté mientras atacaba la comida y la bebida—. Hice bien en elegir este sitio para venir esta noche, aunque me hayan dejado tirada.

Esperé a que mi inesperado acompañante me pidiese algún detalle al respecto, pero parece que mi apreciación sobre que era poco hablador era algo en lo que sí había acertado, por lo que siguió comiendo como si yo fuese parte del decorado.

Fui consciente de que poco antes me había pedido silencio, pero a mí nunca me había gustado comer sin más. El hecho de compartir una comida con alguien es algo más que limitarse a engullir; es un momento de reunión, donde se comentan cosas triviales o se hace algún comentario sobre los platos, el tiempo, el precio de los alquileres...

Fui a servirme otra copa de vino, pero el camarero parecía estar al quite y me lo sirvió él.

—¿Está todo a su gusto, señorita?

—Oh, sí, todo perfecto. —Tuve que apresurarme en tragar lo que tenía en la boca para poder contestar, y casi me atraganto—. Aunque yo añadiría un poco más de cantidad en los platos. En el bar donde trabajo te ponen una hamburguesa tamaño carpa de circo y tantas patatas fritas que temes aborrecerlas para el resto de tus días.

El pobre empleado parpadeó, desconcertado, y se retiró a su lugar, a un par de metros de nuestra mesa.

—Lo siento —suspiré—. No pretendía decir semejante tontería, pero es que, cuando me encuentro en una situación desconocida, mi mecanismo de defensa me hace hablar más de la cuenta.

Y, entonces, sí, el gesto que hizo el desconocido con sus suculentos labios se convirtió en una sonrisa genuina. Casi solté un jadeo cuando un timbre sonó en mi cabeza.

«¡Ring, ring! ¡Ring, ring!»

—Pero ¿qué demonios...? —balbucí—. Eso es imposible...

Me volví a beber el contenido de mi copa para intentar acallarme, pero lo único que conseguí fue sentir un golpe de calor. Me quité el chal, lo coloqué en la silla y, a continuación, con disimulo, me quité los zapatos, que me estaban aprisionando los pies como si fuesen puños de hierro. Los hice a un lado y comencé a mover los dedos, que temía que se hubiesen fusionado, formando una masa informe de carne y uñas.

—Será mejor que te olvides del vino, no te está sentando bien —gruñó el extraño al tiempo que apartaba mi copa para colocarme otra más ancha. Con un simple gesto de su cabeza, el camarero ya me había servido agua fresca.

No se me pasó por alto que había comenzado a tutearme y me salió de forma natural hacer lo mismo.

—¿Por qué crees eso? —le dije tras beberme el agua de un trago y refrescar mis pensamientos calenturientos.

—Por el color de tus mejillas —farfulló—. Tienen el mismo tono de tu pelo, de la mitad, quiero decir...

—Ya... —Intenté paliar la tibieza que me invadió al saber que se había fijado en el color de mis mejillas y mi pelo—. Lo que veo es que se te da demasiado bien mandar. Seguro que eres jefe.

—Y tú, camarera.

Y de nuevo sonrió. ¡Otra vez!

«¡Que lo detengan cada vez que sonría, por Dios!»

¡¿Por qué demonios tenía que sonreír aquel tío?! Mientras se mantenía serio y tieso como un palo, solo tenía que aguantar que estuviese bueno. Pero, al sonreír, era como si un montón de lucecitas de colores que permanecían apagadas el resto del tiempo se encendiesen y emitiesen destellos a su alrededor cada vez que sus labios se curvaban. Y esas luces no eran más que el brillo que producía en su rostro serio su blanca sonrisa, el hoyuelo de su mejilla y las casi imperceptibles líneas de expresión que rodeaban sus enigmáticos ojos. Quedaba patente que se reía de Pascuas a Ramos.

—Eso es trampa —le dije tras apaciguar a mi corazón—. Yo ya he hecho alusión a mi trabajo.

—¿Me estás preguntando a qué me dedico? —Alzó una de sus oscuras cejas—. ¿De verdad, después de aparecer aquí de repente, ocupar mi mesa y estropear mi momento de tranquilidad, me propones que nos contemos nuestra vida?

Parpadeé, confundida y dolida. Llevaba razón, pero, después de haberse molestado en pedir mi cena o en quitarme el vino para que no siguiera diciendo tonterías, no esperaba que mi presencia lo incomodara tanto.

—Lo siento —me disculpé—. Tienes toda la razón del mundo. Aparezco aquí como una puta loca y encima espero que me des conversación.

Fue al intentar ponerme en pie cuando me di cuenta de que estaba descalza. Me asomé por debajo de la mesa y comprobé que mis zapatos habían ido a parar justo debajo de la silla del guapo y arisco desconocido.

—¿Les puedes dar una patada a mis zapatos, por favor?

—¿Cómo dices?

—Que estoy descalza —murmuré para que el resto de los comensales no me oyesen, aunque no pude evitar que un par de mujeres me mirasen con suspicacia—, y mis zapatos han ido a parar bajo tu silla.

El hombre alzó el mantel y miró bajo la mesa con disimulo.

—Es en serio —comentó, perplejo—. Te has quitado los zapatos.

—Sí, ¿qué pasa? —rezongué—. Los vi en unas rebajas y me parecieron un chollo, aunque no fuesen de mi número. Pensé que sería suficiente con humedecerlos un poco por dentro y meterles papel de periódico, pero creo que se han acabado acartonando... —Suspiré ante un nuevo alzamiento de ceja—. Vale, ya no me enrollo más. ¿Me los pasas, por favor?

—Que no me haya parecido apropiado hablar de nosotros no significa que debas marcharte —me soltó de improviso.

—Claro que debo marcharme —suspiré—. Acabo de cometer una estupidez colándome en este lugar y sentándome a tu mesa. Para colmo, te he obligado a pedir cena para mí y me he bebido tu vino...

—Tú no me has obligado a nada —replicó antes de alzar su mano para que nos trajesen café—. Nadie suele obligarme a nada.

—Tú tampoco puedes obligarme a quedarme, señor jefe de lo que sea. Ya he hecho bastante el ridículo y sé cuándo sobro, así que, si tú no me devuelves los zapatos, me quedan dos opciones: o me tiro debajo de la mesa a cogerlos, con el riesgo de que se me rompa este vestido que tengo que devolver y que mi amiga me asesine, con lo que tendrás que cargar con una muerte sobre tu conciencia, o me marcho descalza, con la posibilidad de que pise algún tipo de sustancia transmisora de virus o algún objeto cortante que me atraviese la planta del pie, por lo que tendrás que llevarme a Urgencias.

—Así que —resolvió, dubitativo—, haga lo que haga, acabas muerta o en el hospital.

—No si me devuelves los zapatos. O, mejor, déjalo: los cogeré yo misma. Asumiré los riesgos.

Hice el amago de ponerme en pie, pero la mano grande del desconocido atrapó la mía sobre el mantel.

—Puedes quedarte —me dijo en un suave murmullo.

Una especie de onda expansiva caliente se apoderó de mi cuerpo a través de la mirada del hombre, que de acerada pasó a ser cálida; de su voz, que pareció envolverme como un manto suave, y, sobre todo, del tacto de la palma de su mano, que transmitió una oleada de sensaciones desconocidas y maravillosas sobre mi piel, partiendo de mis dedos y terminando en cada recoveco de mi cuerpo.

—¿Por qué? —musité.

Ambos nos quedamos mirando nuestras manos unidas durante un fugaz instante, justo antes de que los dos decidiéramos apartarlas de golpe.

En ese extraño momento, apareció el camarero para dejar ante nosotros dos tazas de humeante café, cuyo olor llegó hasta mis fosas nasales y casi me hace babear de placer. No pude evitar probarlo y solté un gemido cuando saboreé el primer sorbo.

—Joder, esto sí que es café, y no lo que yo sirvo en el bar, que tiene el mismo color que el agua del cubo de fregar.

—¿Y nadie se molesta en decirle al dueño que lo mejore? —me preguntó tras llevarse la taza a los labios.

—A los clientes solo les importa que el plato rebose y que haya cerveza —respondí.

—Pues, si supiera de qué lugar se trata —comentó con una sutil sonrisa que me aceleró el corazón—, ya sabría adónde no ir, porque yo necesito tomar varios cafés al día, y de los fuertes.

—¿Típico adicto al café y al trabajo? —le pregunté.

—Algo así.

—En fin —suspiré—... ya sé que no te interesa en absoluto mi vida, pero creo que te debo una explicación. Hoy hace un año que acepté salir con mi novio y le pedí hace semanas que hiciese una reserva en este restaurante, pero parece que se ha olvidado de las dos cosas, tanto de hacer la reserva como de presentarse aquí esta noche.

—Y ha sido cuando has decidido entrar al precio que fuera. —El tipo me contempló por encima del borde de la taza. Sus alucinantes ojos brillaron, como si, de pronto, conversar con una desconocida que se había colado en su mesa fuese lo más interesante que le había pasado en el día.

—Ha sido un arrebato —me justifiqué—, lo lamento. Y, ahora —suspiré de nuevo—, sí que deberías dejar que me marchase, señor jefe. Se ha hecho bastante tarde y, por si se te ha pasado por alto, no estoy en mi barrio —ironicé.

—¿Señor jefe? —me preguntó, alzando su oscura ceja una vez más. Yo me encogí de hombros.

—Como lo más probable es que no volvamos a vernos, no es necesario saber nuestros nombres, pero he sentido la necesidad de dirigirme a ti de alguna forma. Y, por favor —me adelanté antes de que él replicara—, si piensas hacer lo mismo, no te dirijas a mí como «rubia», «fresita», «gatita rosa» ni nada parecido. Lo odio.

Nuevo alzamiento de ceja. Si fuese deporte olímpico, este hombre decoraría su casa con medallas de oro.

—¿En serio me imaginas llamándote «fresita»? —soltó, mordaz.

—En realidad, no te imagino llamándome de ninguna forma.

—Sí, podría —me contradijo—, aunque creo que el secreto de las cosas, la mayoría de las veces, radica en la simplicidad. Te llamaría «la chica del pelo rosa». Algo sencillo, directo y obvio.

—La chica del pelo rosa. —Sonreí—. Me gusta. Pero sigue siendo tarde y tengo que irme. ¿Me acercas los zapatos, por favor?

—Ya los tienes junto a los pies. —Sonrió fugazmente.

Mejor así, que su sonrisa durara solo un nanosegundo. Resultaba lo más idóneo para calmar el terremoto que se formaba en mi cuerpo cada vez que curvaba sus labios.

Me calcé y compuse una mueca de dolor cuando me puse en pie. Me pareció que los zapatos habían encogido a la mitad de su tamaño de repente o bien mis pies habían crecido varios centímetros durante la última hora.

—¿Estás bien? —inquirió, preocupado.

—Creo que debería haberme tomado más en serio la opción de irme descalza —gemí—. Pero no te preocupes, solo tengo que salir ahí fuera y pedir un taxi.

El camarero se aproximó en dos pasos, me ayudó a colocarme el chal y me dio el bolso.

—Casi nos hacemos amigos, ¿eh, Paul?

—Un placer, señorita. —Sonrió también—. Espero que la cena y la noche hayan sido de su agrado.

—Resultarán inolvidables, gracias.

Después me giré hacia el apuesto hombre que no había permitido que me echaran y había compartido su cena conmigo, una desconocida que había irrumpido en su mesa de la manera más loca. Se puso en pie de forma caballerosa y clavó en mí un rayo marrón y otro verde. El estómago me dio un vuelco y sentí un pinchazo en el pecho al pensar que no iba a verlo más.

—Gracias, jefe —le dije—, por la cena, por la compañía y, sobre todo, por aguantarme.

—De nada —respondió de modo bastante serio, volviendo a la expresión que tenía cuando me senté frente a él—. Adiós, chica del pelo rosa.

Inspiré con fuerza mientras recorría el salón y me dirigía a la salida. Atravesé la puerta y salí a la fría noche. Me aferré todo lo que pude al chal, pero poco podía hacer aquella suave tela contra el viento húmedo que se había levantado. Pensé en pedirle a Jacques, el *maître*, que me pidiera un taxi, pero creí que ya había abusado lo suficiente. Así que, renqueando, me alejé del restaurante por la acera, a la espera de que pasara uno de los vehículos amarillos antes de que mis pies se deformaran para siempre. Fue justo entonces cuando comenzó a llover, de pronto, con fuerza, sin avisar. Nada de caer unas gotas y darte tiempo a cobijarte, no, señor. Un aguacero en toda regla.

—¡No, no, no! —gemí al verme empapada—. ¡El vestido!

¡Jenny me iba a matar!

Miré, abatida, a mi alrededor, pero no había un solo hueco donde refugiarme. Desesperada pero derrotada, me quedé quieta bajo la lluvia y las lágrimas se mezclaron con el agua que se deslizaba por mi rostro. Era el llanto que reflejaba mi frustración, mi impotencia y una noche en la que todo había salido mal. Furiosa, me quité los zapatos, que cada vez me resultaban más insoportables, y los lancé contra la calzada con un grito de desahogo. Observé con satisfacción cómo pasaba un camión por encima y los aplastaba contra el asfalto.

Y así, calada, descalza y sin saber qué hacer, percibí de repente que algo me cubría de la lluvia. Alcé la vista para descubrir un paraguas y me di la vuelta para contemplar al hombre que lo sostenía: el mismo que había hecho aquella noche bastante más soportable.

—Dios mío, estás empapada. —Con una sola mano, se deshizo de su chaqueta, me la colocó sobre los hombros e introdujo mis brazos por las mangas.

—¿Cómo sabías que estaba aquí? —balbucí, todavía sobrecogida por su súbita aparición. Me aferré a la tela de su chaqueta y el calor y el olor que la impregnaban me tranquilizaron al instante.

—He hecho detenerse mi taxi cuando he visto a una chica vestida de rojo que lanzaba unos zapatos a la calzada —contestó con una mueca.

Observé mis pies descalzos y el vestido completamente mojado que se pegaba a mi cuerpo. Y sentí los regueros de agua que bajaban por mi pelo y mi rostro y que sin duda habían enviado al garete el maquillaje de Philip y el peinado de Ruby. Me sentí tan patética...

—El colofón ideal para una noche espantosa —me quejé.

—¿Tan horrible te ha parecido? —me preguntó en un tono claramente decepcionado.

—En realidad, no. —Sonreí—. Tú has sido lo único bueno de la velada.

—Y el vino —me dijo con un gesto travieso que volvía a acelerarme el corazón.

—Y el vino —recalqué.

—Y la cena también ha estado bien.

—Mejor que bien. —Sonreí.

—Y el café.

—Por supuesto, el café. —Reí.

Todavía permanecíamos bajo el cobijo del paraguas, rodeados por la lluvia implacable pero que nosotros habíamos acabado ignorando. Mi cuerpo helado recibió una dosis más de alivio con el calor que emanaba del suyo y fui consciente, al tenerlo tan cerca, de lo grande que era. Tuve que inclinar completamente la cabeza hacia atrás para poder contemplar su atractivo y moreno rostro.

Pero fue en sus labios donde fijé la mirada. Parecían pedirme a gritos que los besara y sentí una extraña aprensión por desear hacerlo con tanta fuerza.

Aquella noche había empezado fatal, con la certeza de que tenía una relación que debía acabar, con un vestido prestado que podría estropearse, con unos zapatos que me habrían deformado los pies y con el frío metido hasta los huesos. Pero también, como una forma de compensarme por todo lo malo, había aparecido aquel desconocido, tan serio, tan oscuro, tan misterioso, que me miraba con sus ojos dispares como si fuese algo preciado para él.

Así que, amparada en la seguridad que me brindaba que no conociéramos ni nuestros nombres, apoyé mis manos en su pecho, me puse de puntillas y posé mis labios en los suyos. En un principio, él se quedó quieto y noté su tensión, pero, un instante después, rodeó mi cintura con su brazo libre, me alzó del suelo para paliar la diferencia de altura y profundizó el beso.

Casi me mareo al sentir su lengua en mi boca, al paladear su sabor a café y a lluvia, al verme envuelta por su cuerpo grande, fuerte y caliente. Mis pies descalzos, en el aire, aumentaron la sensación de falta de gravedad, por lo que mis brazos se cerraron en torno a su cintura. Un placer indescriptible se apoderó de mí cuando abracé su torso y lamí sus labios a conciencia. Nunca un beso había sido capaz de despertar en mí un ansia tan irrefrenable. Pero es que besaba tan jodidamente bien...

Desde algún local cercano salieron las notas de *Falling*, de Harry Styles, y nos envolvieron por completo, lo que convirtió aquel beso en algo mágico y maravilloso.

—Lo siento —se disculpó, sin embargo, cuando nos separamos. Me dio la sensación de que quería parecer tranquilo, pero su acelerada respiración delató su deseo—. No suelo ir por el mundo besando a desconocidas. —Se aclaró la voz y se apartó de mí—. Pero puedes compartir el taxi conmigo. Te acompañaré a tu casa.

Claro, éramos unos desconocidos. Y fue ese hecho, precisamente, lo que me dio alas para pedirle algo que jamás le habría pedido a un hombre del que hubiese sabido su identidad o él la mía.

—¿No podríamos ir a la tuya?

Nunca el corazón me había latido tan fuerte después de pronunciar unas simples palabras. Le acababa de pedir sexo a un extraño, algo que no había hecho ni en sueños, pero tampoco había sentido nunca un deseo tan intenso. Y no me refiero solo al deseo sexual, sino al deseo de querer estar con otra persona. Sentí ganas de besarlo, abrazarlo y refugiarme en sus brazos. Sentí ganas de él.

Se me había concedido aquel regalo y me apetecía muchísimo desenvolverlo, aunque solo pudiese disfrutarlo unas horas, porque, a la mañana siguiente, tendría que devolverlo a su caja.

Me miró fijamente y pude deducir su perplejidad.

—Yo... —titubeé—, solo quiero pasar esta noche contigo. No sé tu nombre ni tú conoces el mío, y así seguirá hasta que desaparezca mañana y no vuelvas a verme nunca más. Solo será una noche, una fantasía. ¿Te apetece vivirla conmigo?

Continuó en silencio, mirándome con expresión pétrea, como si se estuviera debatiendo entre el deseo y el deber. Alarmada, dirigí la vista hacia sus manos, por si se me hubiese pasado por alto una alianza en su dedo.

—No estás casado, ¿verdad?

—No —respondió—, todavía no.

¡Ah, claro!, ahí estaba la respuesta a sus dudas. No estaba casado, pero sí prometido. Una losa de decepción me cayó sobre la espalda.

—¿Y tú? —me preguntó—. ¿No tenías novio?

—Lo he dejado con él esta misma noche. —Me encogí de hombros—. En fin —suspiré—, entiendo tu negativa. ¿Sigue en pie lo de llevarme a casa en tu taxi? Creo que estoy empezando a dejar de sentir mis pies por un inminente estado de congelación.

—Sí, perdona.

Azorado, plegó el paraguas y me tomó en brazos para avanzar hasta el taxi, que esperaba junto a la acera. Aunque ya había comprobado lo grande que era, fue al percibir que me levantaba del suelo como si pesara menos que una pluma cuando fui consciente de su fuerza y su envergadura.

—No era necesario. —Sonreí cuando me depositó en el asiento trasero con suavidad.

—No quiero ser el responsable de la congelación de tus pies. —Esbozó otra de sus escasas sonrisas y se acomodó a mi lado antes de que el taxi arrancara bajo la lluvia.

Un suspiro de alivio escapó de mis labios cuando respiré la primera bocanada del aire tibio que inundaba el habitáculo. Mi cuerpo, húmedo y frío, también agradeció la templanza y pronto me sentí más tranquila y relajada, hasta el punto de cerrar los ojos y apoyar mi cabeza en el hombro del desconocido. Volví a sentir la tensión de su cuerpo, pero, pasados unos segundos, percibí su relajación. Me pareció que su mano apartaba de mi frente un mechón de mi pelo mojado, pero, adormilada como estaba, no supe discernir si fue real.

Sí que fui consciente de que el coche se detuvo, y, con un gran esfuerzo por lo a gusto que me encontraba, me incorporé para disponerme a abrir la puerta y descender del coche. Fruncí el ceño cuando no reconocí el panorama que se divisaba desde la ventanilla.

—Ahora que lo pienso... —balbucí—, no te he llegado a dar mi dirección.

Sin ofrecerme respuesta, mi acompañante pagó la carrera, se apeó del vehículo y lo rodeó para abrirme la puerta y ayudarme a bajar.

—¿Dónde estamos? —le pregunté cuando me encontré delante de un edificio de ladrillo, de esos que habían sido algún tipo de nave industrial y que reformaban para convertirlos en apartamentos para pijos.

—En mi apartamento —contestó con seriedad—. Si

tu petición sigue en pie, le diré al taxista que puede marcharse. Si has cambiado de opinión, puedes subir al coche para que te lleve a casa.

Mi primera intención fue preguntarle el motivo de su cambio de parecer si el hecho de que tuviera novia seguía existiendo. Sin embargo, no lo hice, me callé la boca. ¿Quién era yo para juzgarlo? No lo conocía, no sabía el tipo de relación que mantenía y no tenía ni idea de su vida.

Y, al revés, pasaba lo mismo. Yo me escudé en el hecho de haber roto con mi novio, pero, en el fondo, sabía que lo nuestro no se iba a acabar con un cabreo y una discusión telefónica. Para lo único que serviría ese lapso sería para sentirme mejor y no pensar que le estaba poniendo los cuernos a Joshua. Me autoconvencí de que disponía de una sola noche para llevar a cabo una fantasía; una fantasía de metro noventa y con los ojos más alucinantes del mundo.

Él no era mío, yo no era suya y nunca lo sería, pero, aquella noche, podríamos pertenecernos solo durante unas horas.

—Sí, sigue en pie —aseveré con una sonrisa.

Capítulo 5

El chico de los ojos bonitos inspiró con fuerza, como si no esperara una respuesta afirmativa por mi parte, y despidió al taxista antes de acercarse a mí. Todavía llevaba puesta su chaqueta y seguía descalza. Ya no llovía, pero mis pies volvieron a helarse al entrar en contacto con el suelo mojado.

—Vayamos dentro antes de que pilles una pulmonía.

—Sí, jefe. —Sonreí.

Me dejé atrapar por sus fuertes brazos y me aferré a su cuello mientras accedíamos al reformado ascensor que habría sido un montacargas industrial algunas décadas atrás. Los segundos que duró la ascensión, él permaneció callado y yo, acurrucada en su pecho, hasta que accedimos a la vivienda y volvió a depositarme en el suelo.

—Qué lugar tan... interesante —le dije mientras admiraba aquel *loft*.

No había tabiques que dividieran las estancias, aparte del muro de cristal opaco que le daba intimidad al baño. Las paredes perimetrales eran de ladrillo y los mue-

69

bles daban la sensación de ser cómodos y funcionales. Me pareció un lugar sobrio pero acogedor, muy acorde con su dueño, aunque la parte más llamativa eran los altos techos y los grandes ventanales que rodeaban toda la vivienda. Estaban situados a tanta altura que daba la impresión de que se podía disponer de un gran pedazo de cielo nocturno en el interior de la casa.

—¿Vives aquí solo?

—Sí —contestó, sin más explicaciones—. Te traeré algo de ropa seca para que puedas quitarte el vestido mojado.

—Te agradecería que me trajeses también una percha —le dije mientras me desprendía de su chaqueta y se la devolvía—. Tengo que colgar el vestido para que se seque sin deformarse, aunque de la bronca de mi amiga no me libra nadie.

—Ahora mismo —musitó antes de acercarse a su vestidor y buscar lo que le había pedido. Un instante después, me tendió la percha y un par de prendas dobladas—. Será mejor que te des una ducha caliente. Hay toallas en el armario.

—Gracias —le respondí al tiempo que me dirigía al baño.

En el interior de la estancia, me quité el vestido, lo coloqué en la percha y lo colgué detrás de la puerta. Emití un suspiro al verlo tan mojado y arrugado. Después me deshice del bonito conjunto rojo de ropa interior por el que había pagado una desorbitada cantidad y bufé cuando lo vi hecho una bola de encaje.

A continuación, pasé varios minutos bajo el agua caliente, que devolvió a mi cuerpo la temperatura que le correspondía. Tras secarme, me puse una camiseta negra y sonreí al verme en el espejo. No necesitaba nada más, puesto que aquella prenda me llegaba a las rodillas. Aunque, antes de abrir la puerta, me lo pensé mejor. Las bragas y el sujetador eran las únicas prendas que habían aguantado casi secas, y me pareció una pena no lucirlos.

«Pero ¿estás segura de que te vas a acostar con este hombre?», susurré para mí misma.

Sí... No... No lo sabía, aunque lo deseaba muchísimo. Dudé varias veces antes de decidirme que valía la pena ser previsora, así que volví a colocarme el conjunto debajo de la camiseta y salí al salón. Aunque, bien pensado, a aquello se le podía considerar salón, cocina y dormitorio, todo en uno.

Me encontré al dueño de la casa conectando la cafetera en la parte destinada a cocina. Él también había cambiado el traje formal, empapado por mi culpa, por prendas más cómodas. Casi se me seca la garganta al contemplar cómo se ajustaba la camiseta negra a la anchura de su espalda o cómo marcaba el pantalón gris de algodón su prieto trasero y sus estrechas caderas. Si hubiese podido, me habría hecho una encuesta a mí misma para decidir si aquel hombre estaba más guapo con traje o con ropa informal, pero creo que hubiese acabado en empate. Debí de quedarme sonriendo como una idiota antes de que me hablase.

—¿Has terminado? —me preguntó sin darse la vuelta, mientras vertía café y un poco de leche en dos tazas.

—¿Perdona? —le pregunté, sobresaltada. ¿Se había percatado de mi escrutinio visual y de mi sonrisa de boba?

—Me refiero a la ducha. —Me ofreció una de las tazas.

—Oh, sí —respondí, aliviada—. Pero creo que esto no me va a hacer falta. —Deposité el pantalón sobre un taburete—. Una camiseta de tu tamaño me sirve de vestido. —Sonreí.

Me pareció que su expresión se volvía taciturna cuando le hice el comentario sobre su tamaño. Fruncí el ceño. ¿Acaso no se sentía orgulloso de su cuerpo?

—Sé que ya hemos tomado café —comentó tras dejarse caer en la barra de la cocina—, pero creí que nos iría bien beber algo caliente. Si prefieres una copa, puedes mirar tú misma en el armario que tienes a tu derecha, pero no sé lo que contiene.

—Por mí está bien el café, no te preocupes. —Le di un sorbo a la taza—. ¿No bebes alcohol? —le pregunté.

—No mucho. —Se encogió de hombros—. Simplemente, no me gusta. Solo bebo vino en las comidas y alguna cerveza en compañía de mi hermano muy de vez en cuando.

—El jefe es un tipo abstemio. —Compuse una mueca—. Creo que no me he topado con ninguno, sobre todo en el bar.

—Lo imagino —se limitó a decir. Ya me había quedado claro desde el principio que se trataba de un hombre poco hablador.

A partir de ahí, el silencio se volvió un poco más espeso. Seguía sin saber por qué había accedido a llevarme a su casa, puesto que había imaginado que, una vez entráramos en ella, se abalanzaría sobre mí para aprovechar lo que yo le había puesto en bandeja. Me desconcertó que no hubiese sido así, aunque no me pasó por alto que, a pesar de esquivar mi mirada, cada vez que se tropezaba con ella, un fugaz brillo de deseo titilaba en sus misteriosos ojos.

No tuve claro si se había arrepentido o esperaba que yo diese el primer paso. De cualquier forma, mi deseo por él no había amainado ni un ápice, y no estaba dispuesta a renunciar a aquella fantasía. Porque eso me seguía pareciendo la idea de pasar una noche con él, una auténtica fantasía. Y decidí ir a por ella.

—¿Puedo besarte? —le pregunté después de dejar la taza vacía sobre la encimera.

Él también dejó la taza y se pasó los dedos por entre el

pelo con una expresión apesadumbrada con la que deduje su reticencia.

—Vale, vale, no pasa nada —le dije, levantando las manos—. Supongo que me he puesto un poco insistente y seguro que me has traído a tu casa para que no me sintiese rechazada, pero no te preocupes, no voy a traumatizarme ni nada parecido. Si me disculpas, voy a por mi vestido.

Fue justo al darme la vuelta cuando sentí sus manos grandes en mi cintura. El calor de su pecho calentó mi espalda y su boca rozó mi pelo, que comenzaba a secarse.

—Espera —me pidió con un tono de voz atormentado—. Yo... no acostumbro a hacer este tipo de cosas...

Me giré entre sus brazos y coloqué mis manos en sus mejillas, ásperas por el asomo de barba del día.

—Yo tampoco me acuesto con desconocidos —suspiré—. Es solo que creí que podríamos concedernos una noche y, más tarde, olvidarnos, como si hubiese sido un sueño...

No me dejó seguir hablando. Un instante después, sus labios estaban sobre los míos y su lengua, enredada con la mía. De nuevo, paladeé su sabor a café, amargo y oscuro, como él mismo, en un beso como yo no recordaba haber compartido nunca. Me besó de una manera intensa, pero suave; con deseo, pero con ternura. Ambos emitimos un gemido ronco cuando enlacé su cuello con mis brazos y él rodeó mi cintura para pegarme a su cuerpo. Un denso calor líquido se apropió de mi sexo cuando sentí sobre mi estómago su miembro, duro y excitado.

¿Desde cuándo no me sentía así? No podía ni calcularlo. El sexo con Joshua era rápido y sin apenas preliminares, por lo que la mayoría de las veces no me daba tiempo ni a prepararme físicamente. Se basaba en un mete-saca y cigarrillo de después. Eso era todo.

Por eso estaba viviendo aquel excitante encuentro tan intensamente. Me aparté un instante para sacarme la camiseta por la cabeza y poder mostrarme ante él con tan solo el conjunto de lencería sobre mi cuerpo. Y me alegré inmediatamente de haberlo hecho, puesto que los misteriosos ojos del desconocido se abrieron de forma desmesurada y pude sentir su caricia en toda la extensión de mi piel desnuda.

Unos segundos después, se acercó a mí y deslizó las yemas de sus dedos sobre mis brazos, mi vientre, mi garganta, como si pretendiera venerarme; como si me creyera lo más bonito del mundo. Como respuesta, me quité el sujetador y las bragas y me quedé desnuda delante de él. Inspiró con tanta fuerza que su pecho se hizo todavía más grande.

—¿Puedo llevarte a la cama? —me preguntó con un murmullo.

Aquel cuidado que empleaba conmigo, pedirme permiso a cada paso... No estaba para nada acostumbrada a tratar con hombres así y fue como sentirme envuelta en un manto de ternura.

—Claro —jadeé al recibir el impacto de su hermosa mirada en mis pechos y el vértice de mis piernas—. Esa es la idea.

Con el mayor cuidado, me cogió en brazos y me depositó sobre las sábanas color ocre de su cama. Cuando se inclinó para besarme, posé una mano en su tórax para detener su movimiento.

—Desnúdate tú también —le pedí.

Él titubeó un instante, justo el tiempo que pude observar cómo su mirada se tornaba turbulenta. Su ojo marrón se oscureció y el verde se apagó.

¿Qué le sucedía a ese hombre con su cuerpo? ¡Si era espectacular!

—Vamos, yo te ayudo —le espoleé.

Se quedó quieto mientras yo le sacaba la camiseta, aunque clavó en mí aquella mirada sombría, como si esperase mi veredicto. Me arrodillé sobre la cama y me planté frente a él, todavía impresionada al contemplar su torso al aire.

—Tienes el cuerpo más hermoso que he visto en mi vida —musité al tiempo que posaba mis manos y mis labios sobre su duro tórax. Al besar su piel caliente, mis fosas nasales se llenaron de su olor, un aroma algo fuerte y picante pero delicioso que provocó que me diera un par de vueltas la cabeza.

—Y tú... eres preciosa —susurró mientras deslizaba sus dedos sobre mis pechos.

Me dio la impresión de que aquel hombre, tan atractivo, tan atrayente y tan impresionante, sentía inseguridad, y no entendí que pudiera ser así. ¿Acaso no tenía una prometida que se encargase de recordarle lo guapísimo que era?

Hice una mueca mental al pensar que ese era el problema del que yo me quejaba con Joshua. Mi novio no creía importantes las caricias, los besos ni los cumplidos, y, por ello, sentí una especie de conexión con aquel extraño. Ambos necesitábamos más de lo que nos ofrecían.

—Gracias —respondí antes de llevar mis manos a la cinturilla de su pantalón para ayudar a bajárselo.

Cuando lo tuve desnudo delante de mí, casi se me salen los ojos de la cara.

¡Madre del amor hermoso! Aquel hombre parecía esculpido en piedra, tan duro, tan grande. Tragué saliva cuando su miembro saltó, enhiesto, entre los dos, con el tamaño acorde al resto de su cuerpo.

«Y ahora será cuando se lance sobre mí y me empotre contra el colchón», pensé cuando comenzó a besarme.

Pero nada más lejos. Me besó con la misma ternura con la que me tendió sobre la cama o la que empleó a la hora de colocarse sobre mí, aguantando su peso sobre los codos. La sensación del tacto de su cuerpo sobre el mío fue lo más maravilloso que había sentido en mucho tiempo. El cosquilleo del vello de su pecho en mis pezones, la aspereza de sus piernas en mis piernas...

Me besó durante minutos, utilizando su lengua, sus labios y sus dientes mientras mis manos se deleitaban en acariciar su espalda y su duro trasero. ¡Dios, era puro acero! Después bajó su boca por mi garganta y mis pechos, logrando que me arquease sobre la cama cuando comenzó a lamer y mordisquear mis pezones. Gemí de una manera descontrolada cuando mi sexo chocó con la dureza de su miembro. Mis piernas se abrieron por instinto, esperando recibirlo en mi interior.

—Por favor... —le supliqué mientras introducía mis dedos en su pelo y me maravillaba con su suavidad.

Se incorporó ligeramente y me miró con una sonrisa. Casi me explota el pecho... y otras partes más abajo.

—¿Quieres una noche o un polvo rápido? —me preguntó con un punto de diversión.

—Las dos cosas —contesté con una sonrisa—. Porque te juro que pensaba que me traerías a tu casa y me follarías rápido y duro contra la pared.

—Si es eso lo que quieres... —musitó con un deje de decepción—. Pero, si me permites, me gustaría alargarlo todo lo posible. Quisiera saborearte, sentirte, dibujarte con mis manos y mi boca...

—Todo —siseé, atrayéndolo hacia mí para volver a besarlo—. Házmelo todo.

Pareció relajarse al oír mi respuesta y me abrazó con fuerza mientras volvíamos a besarnos. Aproveché el momento para rodar mi cuerpo sobre el suyo y poder colocarme encima, atrapar sus manos y colocarlas sobre su cabeza.

—Yo también voy a dibujarte con mi lengua, jefe —le dije ante su sorpresa, asombro que se convirtió en gemido cuando besé y mordí sus pectorales, sus hombros, su estómago...

Cuando empecé a mordisquear su muslo, me cogió

por los brazos y me colocó de espaldas sobre las sábanas. Tal y como había dicho, dibujó con su lengua cada contorno y cada recoveco de mi cuerpo. Lamió mis pechos, mi vientre, mis rodillas...

Nos dimos un auténtico festín.

Y no fue hasta que nos cubrimos de besos que abrió mis piernas y posó su boca entre ellas.

—¡Ay, Dios! —grité cuando sus labios y su lengua se apoderaron de mi sexo.

Mantuvo quietas mis piernas con sus grandes manos mientras obraba magia con su boca y yo empezaba a sentir el placer más maravilloso y ardiente. Aferré su pelo, embestí contra su rostro una y otra vez y acabé gritando de puro gozo cuando el orgasmo atravesó mi cuerpo. Intenté apartarlo, tirando de su pelo, cuando las oleadas cesaron, pero no pude conseguirlo. Continuó lamiendo hasta beberse la última gota de mi placer.

—Si sigues así, me correré otra vez —me quejé con un jadeo.

—No me importaría —respondió a la vez que se incorporaba—. Porque quiero hacer que te corras muchas veces.

—¿De verdad? —pregunté, divertida, mientras lo observaba colocarse un preservativo. De nuevo, tuve que tragar para hacerme a la idea de que todo aquello tenía que caber dentro de mí.

—Tendré cuidado —me dijo al percibir mi preocupación.

—¿Más todavía? —Sonreí.

—Ya te he dicho que si prefieres que sea un poco más brusco...

—No —lo interrumpí—. Me gusta la manera en la que haces el amor. Bueno —compuse una mueca—, todavía no lo he comprobado del todo. Aunque tu cuerpo me parece precioso, todo tú eres muy... grande.

Mi amante ocasional dudó un instante antes de sentarse sobre la cama y colocarme sobre su regazo.

—Ven aquí. De esta forma, tú controlas los movimientos y el ritmo —me dijo mientras me acariciaba la mejilla.

Me encantó que me propusiera aquella posibilidad.
Me pareció una postura muy íntima, con nuestros rostros
casi pegados, yo abrazada a sus hombros y él, rodeando
mi cintura. Me situé sobre su miembro, lo guie hacia la
entrada de mi cuerpo y comencé a bajar poco a poco, hasta que, en mitad del fuerte gemido de ambos, acabé totalmente ensartada por él.

Jamás había sentido nada parecido, tan completamente llena, y no solo por tener alojada aquella potencia en mi
interior, sino por sentirme colmada y acariciada desde
dentro...

Sin dejar de mirarnos ni de abrazarnos, empecé a moverme arriba y abajo, con la ayuda de sus manos en mis
caderas y con la fuerza de mis rodillas. Con la fricción, mis
pezones se endurecieron contra su pecho y, jadeante, clavé
mis uñas en su espalda. Su aliento caliente penetraba en mi
boca, y el mío, en la suya. El placer se hizo más intenso, más
ardiente, y pensé que acabaría estallando en llamas, literalmente. Mordí su labio inferior y, en respuesta, él introdujo
su lengua en mi boca, con lo que pude beberme cada jadeo.
Un instante después, un rayo pareció atravesarme de arriba
abajo y exploté en el más alucinante de los orgasmos, un
segundo antes de que él se estremeciera también dentro de
mi cuerpo. Y, en mitad de aquellas sacudidas, fundimos
nuestras bocas en un beso húmedo y apasionado, mientras
las oleadas de placer iban remitiendo. Luego, todavía abrazados, nos dejamos caer sobre la almohada en espera de
que nuestros corazones se apaciguaran.

Capítulo 6

SHANE

Como un soplo de viento de primavera; como una pincelada de color en un lienzo gris; como un rayo de sol en una fría mañana de enero.

Así fue como apareció en mi vida la chica del pelo rosa.

Admito que, en un principio, me jodió bastante su irrupción y su teatro para sentarse a mi mesa e interrumpir mi cena. Pero, cuando pensaba echarla porque creí que se habría montado aquel circo solo para comer gratis, algo en ella me hizo detener al *maître*. Como ya le dije a ella, sentí curiosidad. Luego, ganas de que se quedara. Después, ansia de que no se fuera.

Pero lo hizo, tenía que marcharse, y yo no podía detenerla. ¿Para qué? No era más que una desconocida que masticaba chicle durante la cena, con el pelo de dos colores, media docena de aros en cada oreja y un par de tatuajes demasiado grandes.

Sin embargo, nunca en mi vida me había fascinado tanto una mujer.

Por eso, cuando la vi empapada en mitad de la noche,

tirando sus zapatos con rabia, no dudé en bajar del taxi y cubrirla con un paraguas y con mi chaqueta. Una especie de desconsuelo se apoderó de mí al verla llorar, tan mojada, tan triste y a la vez tan enfadada.

Y entonces sonrió. Y después me besó. Y fue como concederme un regalo ansiado durante mucho tiempo... aunque no tan sorprendente como su siguiente petición cuando le propuse llevarla a casa.

«¿No podríamos ir a la tuya?»

Me habló de sueños, de fantasías, de una sola noche.

Y quise negarme, lo prometo. Pensé en Nathan, mi hermano, al que tantas veces había amonestado por tirarse a desconocidas de las que no sabía ni su nombre. Pensé en Valerie, con la que tenía previsto casarme en pocos meses. Incluso pensé en mi futuro suegro, John Vanderberg, al que imaginé amenazándome con destruir mi carrera profesional por haber engañado a su hija...

Y, entonces, la chica del pelo rosa se acurrucó contra mi pecho en el taxi, confiada, tranquila, sin preguntas sobre mi ocupación o mi éxito profesional, sin prejuicios porque mi familia fuese o no fuese lo suficientemente importante, sin la curiosidad o el rechazo que provocaba mi físico. La misma chica que me había robado una sonrisa, ¡o dos!, algo que creía tan difícil conseguir de mí.

Y dejé de pensar en nadie que no fuese ella, y en nada que no fuese tenerla toda una noche para mí. Éramos unos desconocidos, no nos volveríamos a ver, nadie lo sabría nunca...

Y fue tan jodidamente alucinante hacer el amor con ella... Ni recordaba cuándo había sido la última vez que había disfrutado sin reservas del cuerpo de una mujer. Y mucho menos me acordaba de la última fémina que me había mirado de aquella manera, con tanto deseo y pasión, a la vez que con ternura... Y sabía que en ella no había un ápice de fingimiento. Era franca, sincera, directa. Me resultó sorprendente que se pudiera conocer tanto a una persona sin saber de ella ni siquiera su nombre.

—¿Sabes que tienes un ojo de cada color? —me dijo, sonriente, en su línea de sinceridad y frescura, mientras pasaba la yema del dedo por mis párpados.

Después de haber explotado ambos de placer, nos quedamos sobre la cama, enredados entre las sábanas y entre nuestras propias piernas, mirándonos y jugueteando con el cuerpo del otro.

—¿En serio? —bromeé también—. Es la primera noticia que tengo.

—Nunca había visto a una persona con los ojos de diferente color —me comentó con un mohín—. ¿Es algo de nacimiento?

—Sí —respondí—. Creo que lo heredé de un antepasado por parte de padre.

—Son preciosos —murmuró—. Son los ojos más bonitos que he visto en mi vida.

La miré, desconcertado. Mis ojos habían llamado la atención de hombres y mujeres. Habían causado temor, curiosidad, fascinación o rechazo, pero jamás nadie les había dedicado una sola palabra relacionada con la belleza.

—Gracias —musité.

Mientras hablábamos —más bien, ella preguntaba y yo respondía—, acaricié los suaves mechones rubios y rosas de su cabello, y sonreí al pensar que me recordaba al pelo de una muñeca, de aquellas con el cuerpo blando que, según decía la publicidad, olían a fresa, limón o vainilla. En su caso, olía a flores silvestres. También pasé la yema de los dedos por los pequeños aros que atravesaban sus orejas y, después, reseguí los tatuajes que adornaban cada uno de sus hombros. Uno representaba una escultura griega, sin cabeza ni brazos, y el otro, una columna con capitel corintio.

Todo en ella me fascinaba.

—Seguro que no sueles salir con mujeres con tatuajes, *piercings* en las orejas y el pelo teñido de colores, ¿verdad? —me preguntó con una mueca.

—No, no lo he hecho nunca —me limité a contestar.

—Lo imaginaba. Está claro que te mueves por otros ámbitos. Eres un jefe. —Sonrió.

Preferí omitir que había salido con muy pocas mujeres en mi vida. Pero no pude evitar pensar en Valerie y compararla con aquella chica. Fue como comparar una perfecta rosa roja aterciopelada con una flor silvestre mecida por el viento en mitad de un prado.

—Perdona —suspiró—, no quería hacerte pensar en tu prometida...

—Chist. —Coloqué un dedo en sus labios—. Dijimos que esto sería un sueño, ¿no?

—Sí —sonrió y se puso encima de mí—, una fantasía. —Me besó en los labios y deslizó después la lengua por mi mandíbula hasta llegar a mi oído para poder susurrarme—. Eres la fantasía más alucinante que he tenido en mi vida.

Si aquella chica hubiese sabido lo que sus palabras me provocaban... Hubiese resultado demasiado patético confesarle que había tenido que ser una desconocida que no iba a volver a ver jamás y con la que no iba a compartir más que una noche de sexo la que me hiciera creer que yo era un hombre tan deseable.

—Hum, no me mires así —ronroneó mientras besaba mi garganta, mi pecho y mi estómago—. Me haces pensar que nadie te dice lo guapo que eres.

—La verdad es que no me lo dicen mucho —murmuré, ahogando un gemido cuando la chica siguió regando de besos mi cuerpo y las puntas de su cabello rozaron mi piel.

Se incorporó de golpe y no pude evitar sonreír al verla tan sorprendida e indignada. Se me hizo muy extraño estar conversando con una mujer mientras ambos permanecíamos desnudos, en mi cama. Me pareció algo tan íntimo y a la vez tan natural...

Ella seguía encima de mí, mirándome, gesticulando, hablando. Aunque me había fascinado desde el principio, fui consciente en ese momento de lo bonita que era. Su belleza no resultaba llamativa, pero poseía unos grandes y vivarachos ojos castaños, unos labios llenos y suaves y una naricilla respingona a la que un puñado de diminutas pecas le daban un aire infantil. Y si lo rematabas todo con su cabello mitad rubio y mitad rosa, te encontrabas con un rostro aún más bonito de lo que había pensado al verla. O, tal vez, la belleza de las personas se acentúa cuando las conoces y descubres lo bonitas que son por dentro.

Quizá, por eso, mi seriedad contribuía a que la gente me considerase demasiado tosco.

Pero, entonces, ¿cómo era posible que aquella chica, sin conocerme, fuera capaz de ver tanta belleza en mí?

—¿Qué me estás contando? —se indignó con un mohín—. ¿Estás rodeado de tías ciegas o qué?

Volvió a hacerme sonreír. Joder, no sonreía tanto desde... Vale, nunca había sonreído así. Yo mismo me había labrado mi fama de tipo hosco y serio.

La tomé por la cintura y la levanté para tumbarla sobre la cama y situarme de nuevo encima de ella. Ya no me apetecía seguir hablando. Deseaba besarla y hacerle de nuevo el amor. Me apoderé de su boca y me estremecí al oír su gemido. Mis manos se pasearon por su cuerpo como si quisiera memorizarlo, acariciando sus pechos pequeños, su vientre y su sexo.

—Me encanta todo lo que me haces, jefe —gimió al tiempo que se arqueaba, cuando deslicé los dedos por sus pliegues más íntimos—. Espero que también te guste lo que te hago yo.

Aferró mi miembro con su mano y me acarició de forma lenta, arriba y abajo, arriba y abajo...

—Joder —musité cuando el placer hizo estremecer mi columna—. Sí que me gusta, chica del pelo rosa... Me gustas tú...

No fui consciente de lo que le dije. Simplemente, me dejé llevar.

—Tú también me gustas —jadeó ella entre besos.

Tuve que apartar sus manos de mi miembro para acercarme a la mesilla y coger otro preservativo. Fruncí el ceño y a la vez sonreí cuando pensé que no recordaba cuándo había sido la última vez que había tenido que utilizar más de un condón en una sola sesión de sexo. Debió de ser allá por mi época universitaria, cuando, después de encontrar juntos a Nathan y a Sharon, decidí tirarme todo lo que se movía... pero no duró mucho tiempo.

—¡Déjame ayudarte! —exclamó ella tras saltar de la cama para coger el sobre plateado de la mesita. Se situó frente a mí y comenzó a desenvolver el contenido mientras, muy concentrada, se mordía el labio inferior. Me entraron unas enormes ganas de hacer lo mismo.

—No es necesario...

Pero no me dejó acabar. Absorta en su tarea, deslizó el preservativo sobre mi erección y después me abrazó para besarme apasionadamente. Ninguno pareció ser consciente de que nos movíamos hasta que chocamos contra la encimera de la cocina. Sin pensarlo, la cogí de la cintura y la senté sobre la fría superficie.

—Vaya, jefe —jadeó—. Veo que también te gusta usar otros lugares que no sean una cama.

Me quedé inmóvil un instante. Llevaba años intentando hacer el amor con Valerie en la cama mientras ella se negaba, alegando que le gustaba más de forma brusca, sobre una mesa o contra la pared. Y, después de llevarlo a cabo, por fin, con aquella chica desconocida, descubrí que, con ella, no deseaba hacerlo solo entre las sábanas. En realidad, me importaba un carajo dónde nos apoyáramos.

Porque lo importante no era el lugar, sino la compañía.

Sin mediar palabra, la besé con ansia mientras le abría las piernas y acariciaba sus pechos y su sexo. En cuanto la noté húmeda y preparada, enlacé su cintura, la cogí en vilo y la penetré de pie, de una sola embestida. Ella se aferró a mis hombros y yo continué sujetándola por la espalda mientras la ayudaba a subir y bajar. La chica gimió y gritó; tiró de mi pelo y yo del suyo; mordió mi boca y yo la suya...

Fue como arder por dentro. Me estremecí con el orgasmo más sublime de mi vida.

—Joder, jefe —jadeó ella cuando pudimos respirar.

Ambos caímos sobre la cama, agotados, y, en cuestión de un minuto, nos quedamos dormidos.

***

Percibí enseguida la falta de calor del cuerpo de la chica. No estaba acostumbrado a dormir con nadie, y no solo porque lo hubiese dejado con Valerie durante un tiempo, sino porque apenas habíamos dormido juntos, en el sentido literal de la palabra. Nos limitábamos a follar y, después, cada uno a su casa.

Por eso, al sentir el mismo vacío de siempre, pude darme cuenta de que volvía a dormir solo.

Abrí los ojos con rapidez. Temí que la desconocida del pelo rosa se hubiese marchado ya, sin decirme nada, algo que hubiese entrado dentro de lo normal, porque no tenía por qué quedarse ni despedirse. Aun así, nada más incorporarme sobre la cama, emití un suspiro de alivio al contemplar su llamativo cabello. La chica se encontraba sentada en un sillón, frente a uno de los ventanales. Faltaba poco para que amaneciera y las primeras luces del alba empezaban a iluminar el cielo. Me puse unos bóxers y me acerqué a ella. Comprobé que se había vuelto a poner mi camiseta y apoyaba la barbilla sobre sus rodillas, embelesada con el panorama que se divisaba a través de la ventana.

—¿Puedo acompañarte? —le pregunté.

—Claro, como si estuvieses en tu casa. —Sonrió.

No dijo nada cuando la cogí de la mano para que se levantase, ocupar su sitio y volver a colocarla sobre mi regazo, donde se acomodó y se apoyó en mi pecho. Ambos nos quedamos mirando cómo se despertaba el día.

—Ver amanecer en la playa o en una montaña es algo precioso —musitó—, pero hay que reconocer que también es todo un espectáculo ver salir el sol sobre el cielo de Manhattan.

Tenía razón, pero, en mi línea de pocas palabras, no dije nada. Me limité a deslizar mis dedos por su pelo mientras veíamos ascender el sol. Si en aquel momento alguien me hubiese preguntado qué es la felicidad, habría contestado que aquello mismo que me estaba pasando: ver amanecer sobre Manhattan, desde el salón de mi casa y con aquella mujer entre mis brazos.

—En fin —dijo unos instantes después, tras levantarse de mi regazo, ponerse en pie y estirar los brazos para desentumecerse—, creo que ya va siendo hora de que me marche.

Podría haberle pedido que se quedase más tiempo. Podría haberle ofrecido un café o un desayuno. Podría haberla vuelto a besar y llevar a la cama para hacerle el amor una vez más... pero no emití sonido alguno. La fantasía había terminado.

—¿Necesitas que llame a un taxi o...?

—Claro que no —me cortó mientras se dirigía al baño—. Joder, el vestido sigue hecho un asco. Más vale que le pida ayuda a Philip para plancharlo antes de devolvérselo a Jenny...

¿Philip sería su novio?

Salió del baño con el vestido puesto, tal y como la había conocido, aunque el cabello se le había alisado y el maquillaje había desaparecido completamente. Además, me fijé en un detalle que me hizo fruncir el ceño.

—Estás descalza —mencioné—. Tiraste los zapatos.

—Lo sé. —Rio y pasó la yema del pulgar por mi entrecejo—. Y deja de fruncir tanto el ceño. Estás más guapo cuando estás relajado.

—No puedo evitarlo —gruñí.

—He podido comprobarlo. —Sonrió mientras se envolvía en el chal—. Pero inténtalo, al menos.

—Pero... no puedes marcharte así... —insistí—. Y te aseguro que no tengo calzado de tu número para ofrecerte...

—No importa. —Sonrió y se encogió de hombros—. No será la primera vez que tenga que caminar descalza por la calle.

Parpadeé, desconcertado.

—Es muy temprano —le dije—. ¿Quieres que te acompañe o...?

—Que no, de verdad —aseguró—, no necesito nada.

Me tensé ligeramente cuando dio un paso hacia mí y me dio un breve beso en los labios.

—Has sido la mejor fantasía de mi vida —musitó—. Adiós, jefe.

No era un «hasta pronto» o un «hasta la vista». Era un «adiós» con todas las letras y no podía ser de otra forma.

La vi desaparecer por la puerta antes de oír cómo se cerraba detrás de ella.

—Adiós, chica del pelo rosa.

Capítulo 7

Hola, mamá. ¿Sabes una cosa?
Anoche conocí a un hombre. ¡No, no!
¡No solo a un hombre! Conocí al
hombre de mis sueños.

Vale, vale, sé lo que estarás pensando.
No es normal ni lógico pensar que un
desconocido del que no sé ni su
nombre me pueda parecer mi hombre
perfecto. Pero ¿quién decide lo que es
normal y lógico? Seguro que fue
alguien muy aburrido y sin sueños en
la vida.

Como te iba diciendo, lo conocí
anoche, de una manera muy peculiar.
¡Te vas a reír! ¡Sí! Fue intentando
vengarme de Joshua, que, como ya
imaginarás, no se presentó a la cita.
Lo sé, lo sé, Joshua no es el hombre

de mi vida, pero ¿qué quieres? Estoy sola y tener novio me hace pensar que no lo estoy tanto.

¿Recuerdas las veces que me echaste la bronca por pillarme enrollándome con algún chico? Desde los catorce años no he dejado de salir con alguno, primero por las horas que pasaba sola, después porque me dejaste demasiado pronto y sentía que con alguien al lado se me hacía más llevadero el vacío.

El caso es que, después de pasar la noche con ese desconocido, descubrí que estar junto a la persona equivocada puede hacernos daño a los dos. No amo a Joshua y él no me ama a mí, siempre lo he tenido claro, pero, ahora, más que nunca, he decidido que prefiero estar sola y esperar a que llegue la persona que de verdad me haga sentir especial.

Y tranquila, no te preocupes, que no me va a pasar como a ti. El guapo desconocido se desvaneció, como cuando despiertas de un sueño. Además, me dijo que estaba prometido, por no hablar de la pinta de alto ejecutivo que tenía. Seguro que toda la situación te recuerda a lo que te sucedió a ti con el innombrable, ¿verdad? Pero no será

ese mi caso, porque no voy a
volver a verlo.

¡Por cierto! ¿Te he dicho ya que tiene
los ojos de diferente color? ¡Nunca
había visto nada parecido!

Capítulo 8

SHANE

Como en tantas ocasiones, volvía a presidir la mesa de la sala de juntas de la sede neoyorquina de la Atlantic Group Corp. Frente a mí, todo el óvalo se hallaba rodeado de ejecutivos, miembros del consejo y accionistas, algunos de los cuales se podían observar a través de la pantalla situada sobre la pared del fondo, fraccionada en varias imágenes que mostraban diferentes rostros. La mayoría de ellos asistían a la reunión desde diversos puntos del país.

Sí, todo estaba igual que siempre, con información de las buenas cifras, con estadísticas que iban al alza, algunos pequeños problemas de plazos que yo exigía que se cumplieran...

La verdad, me gustaba mi trabajo. El mero hecho de organizar los equipos, de conocer si las estrategias de marketing estaban funcionando, de tomar decisiones importantes que dejaran satisfechos a accionistas, clientes, empleados, colaboradores o entidades... me satisfacía por completo. Y disfrutaba cuando todo iba bien, aunque siguiera sintiendo la incomodidad de sentirme el centro de atención y las miradas de los demás.

91

De todos modos, aquel día había en mí algo diferente, aunque yo no me hubiese dado cuenta. El que sí lo apreció fue Nathan, que, en cuanto se dio la reunión por finalizada, se acercó a mí y fijó sus chispeantes ojos azules en mis manos.

—¿Te ocurre algo? —me preguntó.

—¿A mí? —Me encogí de hombros—. ¿Qué me va a ocurrir?

—No sé... Hace días que te veo un poco ausente, despistado.

—Eso es imposible —gruñí—. En el trabajo me concentro al cien por cien.

—Ya... —Sonrió maliciosamente—. Entonces, explícame por qué te has pasado toda la reunión garabateando sobre una hoja de papel, como un adolescente en una aburrida clase de filosofía kantiana.

Miré hacia abajo y comprobé que todavía sujetaba la pluma con la que había dibujado toda clase de líneas curvas, rectas o espirales. La guardé de inmediato en el bolsillo de mi chaqueta.

—No me pasa nada —rezongué mientras me ponía en pie—. Si acaso, demasiado estrés con los preparativos de la boda.

—Ya —ironizó Nathan—. Te refieres a esos preparativos en los que tú no participas para nada.

—Tengo una reunión en cinco minutos con el presidente de la Reserva Federal. —Tiré de los puños de mi camisa y comprobé que los gemelos permaneciesen en su sitio—. Si no tienes ninguna tontería más que decirme...

—En realidad, tendría unas cuantas —bufó—, pero paso de volver a insistir en lo descabellado de tu idea de casarte y de convertirte en socio del jodido Vanderberg...

—Nos vemos luego, Nathan —lo corté mientras salía por la puerta de la sala en dirección a mi despacho.

—¿Sabes una cosa, Shane? —me preguntó antes de que

me alejase—. Por un momento he llegado a pensar que tu despiste podría ser causado por una mujer, y no imaginas lo feliz que he sido durante unos pocos minutos.

—La única mujer en la que pienso es en Valerie —repliqué, tenso e incómodo.

—Ya..., eso es lo malo.

Se largó antes de que pudiera amonestarlo, aunque tampoco me quedaban muchas ganas a aquellas alturas, a pesar de saber que no llevaba razón. Sí, era consciente de que había tenido una aventura, de que había echado una cana al aire antes de casarme, pero ya lo había olvidado. Hacía ya dos semanas de la súbita y extraña aparición de la chica del pelo rosa, así que ni siquiera recordaba su cara. Además, ¿qué importancia podía tener? Aquella joven no era más que una camarera con *piercings* y tatuajes que masticaba chicle en mitad de una comida y a la que no le importaba caminar descalza en plena calle. No fue más que un polvo de frustración, y no se repetiría jamás, porque nunca podría tener nada con ese tipo de mujer. Me jugaba mi trabajo y mi futuro, años en los que no había hecho otra cosa que encerrarme en despachos y estudiar estrategias de mercado.

Seguro que parte de mi desasosiego se debía al cambio de secretaria. Abbey, la novia de Nathan, había ocupado ese puesto durante unos pocos meses y me había acostumbrado a su serena presencia. Sin embargo, desde que eran pareja oficial, se les había hecho muy difícil mantener las distancias en el trabajo, y yo, como jefe, no había podido seguir haciendo la vista gorda. En un par de ocasiones los había pillado con las ropas arrugadas y el pelo alborotado, y, aunque como hermano me hacía gracia, como superior no lo podía permitir. Abbey fue la más sensata y encontró trabajo como secretaria en una pequeña empresa informática. Desde entonces, seguía intentando acostumbrarme a la presencia de Susan, una mujer seria y adusta que todavía hablaba menos que yo.

—Le recuerdo que el señor Sullivan lo espera en su despacho, señor O'Brien —se limitó a decirme en aquella ocasión.

—Gracias, Susan.

Nada más atravesar la puerta, pensé en Valerie y en nuestra próxima vida juntos, y, a continuación, me centré en el hombre que se acercaba a saludarme. Inspiré, espiré, y me sentí mejor... aunque, ya sentado en el sillón de mi despacho, mientras oía hablar al presidente del banco más importante del país, fui consciente de que volvía a deslizar mi pluma sobre una hoja en blanco. Cuando más tarde descubrí las formas geométricas que había dibujado sin darme cuenta, arranqué la hoja, hice una bola con ella y la tiré con rabia a la papelera.

**

A pesar de que mi relación con Valerie siempre había carecido de pasión o amor, solíamos tener nuestros momentos de pareja. Íbamos a cenar o al teatro, a recepciones o veladas, normalmente con otras parejas que yo apenas conocía pero que me interesaba conocer para abrirme las puertas a un mundo permitido solo a unos pocos.

Desde que habían comenzado los preparativos de la boda, no nos quedaba ni eso. Nuestro tiempo juntos se limitaba a pasar horas en casa de sus padres, hablando de la ceremonia o el banquete, o departiendo con socios y clientes de la compañía de Vanderberg, que se esforzaban por hacerme creer que yo les agradaba y que nada tenía que ver que fuese el futuro yerno del dueño.

Por suerte, seguía teniendo la excusa del trabajo para escabullirme de allí y marcharme a la tranquilidad de mi apartamento, aunque, aquella noche, Valerie se adelantó a mi movimiento de despedida y me cogió de la mano para alejarme del salón.

—¿Qué ocurre? —le pregunté cuando vi que tiraba de mí hacia la escalera que llevaba a la planta superior—. Tengo que irme y no me he despedido de tus padres...

—Chist. —Hizo que me callara y la seguí hasta una de las puertas del pasillo. Cuando la atravesamos, me di cuenta de que se trataba de uno de los dormitorios.

—¿Qué hacemos en tu antigua habitación? —Alcé una ceja al observar cómo cerraba por dentro.

—¿En serio me vas a preguntar eso? —respondió con un mohín mientras se acercaba a mí y colocaba sus manos en mis hombros. Me tensé de inmediato y traté de apartarla.

—Valerie, no creo que sea el momento ni el lugar...

—Oh, vamos, Shane —se quejó—. ¿Cómo puedes aguantar tanto tiempo sin sexo? ¡Apenas lo hemos hecho dos veces en el último mes!

—No he tenido tiempo ni de pensar en ello —gruñí mientras trataba de no recordar la noche de pasión que había compartido con una desconocida.

—¿Pretendes seguir castigándome? —me dijo con exasperación—. ¡Se supone que me has perdonado! ¡Sabes que ni siquiera he vuelto a mirar a tu hermano!

Puede que tuviera razón. Era cierto que la había perdonado, pero yo mismo sabía que había sido para poder seguir adelante con la boda. En el fondo, mi orgullo seguía herido por saber que, de nuevo, una mujer se había sentido más atraída por Nathan que por mí. Por ello, mi perdón había tenido un punto de egoísmo, puesto que decidí que nada trastocaría mis planes de casarme con Valerie, ocupar un puesto relevante y seguir ascendiendo en mi carrera profesional. Mi frustración personal había contribuido a mi ansia de poder, y ya me importaba un carajo si mi matrimonio iba a ser una farsa donde cada uno haría su vida, como tantas y tantas parejas en el mundo de los poderosos.

—Claro que no te estoy castigando, Valerie... Solo estoy cansado y ocupado.

—¿Y cuál es tu idea? —me recriminó—. ¿Esperar a la noche de bodas?

—Por supuesto que no —suspiré—. Solo es un poco de estrés...

—Pues lo que yo creo es que el estrés se alivia, precisamente, con sexo.

Volvió a rodear mi cuello con sus brazos y comenzó a besarme, primero de manera suave y después profundamente. Y cerré los ojos y me dejé llevar. Mi cuerpo, a pesar del trabajo y del estrés que habíamos mencionado, necesitaba de aquel contacto femenino. Necesitaba placer y una liberación que mis propias manos nunca podrían igualar.

Bueno, en realidad, sí que había habido alguien que me había proporcionado todo aquello que mi cuerpo y mi mente precisaban. Apreté con más fuerza los párpados cuando la lengua de Valerie inundó mi boca y yo enredé los dedos en su cabello, porque no fui capaz de evitar las imágenes y sensaciones que me asaltaron: el olor a flores, el sabor a menta y café, los destellos de color rosa...

Y, entonces, frustrado por no tener aquello que tanto deseaba, aferré a Valerie por la cintura, le di la vuelta y la acerqué a su antigua cómoda para que apoyara sus manos y me diera la espalda.

—Sabes que me gusta así, Shane —gimió—, pero, si prefieres ir más despacio, en la cama...

—No —la corté al tiempo que alzaba su vestido y le arrancaba el tanga de un tirón. Abrí mis pantalones para extraer mi miembro, me coloqué un preservativo y la penetré con un solo movimiento.

—Oh, sí, Shane —gimió Valerie con ganas—. Cuánto tiempo hacía de esto... Sigue así, más duro...

Yo no escuchaba, no veía... tan solo deseaba alcanzar

la liberación de forma inmediata. Alcé la cabeza, cerré aún más mis párpados y me concentré en embestir el cuerpo femenino mientras clavaba mis dedos en sus glúteos y sus caderas. El ambiente se llenó de gemidos y de choques de carne, aunque yo me evadí mentalmente hasta mi apartamento, a mi cama, a mi cocina, lugares donde nunca había hecho el amor con Valerie. Lugares que tenían otro rostro, otro tacto y otro olor...

Alcancé el orgasmo en cuestión de segundos, justo antes de que mi prometida se estremeciera también y gritara de gozo entre convulsiones y jadeos.

—Dios mío, Shane —me dijo tras darse la vuelta y posar sus manos en mi pecho—, ¿qué te ha pasado hoy? ¡Ha sido espectacular! —Me dio un beso en los labios—. Ya te he dicho que lo mejor para relajarse es una buena sesión de sexo.

«Esto no ha sido ninguna sesión de sexo, sino un maldito polvo rápido», pensé.

—Tal vez... —musité mientras me aseaba y recomponía mis ropas.

Valerie se limpió, se bajó el vestido y se retocó el pelo frente al espejo de la cómoda para luego sonreírme.

—Cuando quieras, repetimos —me dijo con un insinuante mohín y un aleteo de pestañas, gestos que tiempo atrás me habían parecido muy sensuales y que ya no me decían nada.

—Cuando quieras. —Sonreí también, sin embargo.

Le di un fugaz beso en los labios y me dirigí a la puerta.

—Lo nuestro funcionará —aseguró antes de que saliera al pasillo—. Seguimos siendo un buen equipo, Shane.

—Por supuesto —aseguré mientras me encaminaba a la escalera.

Sí, lo éramos, así que más valía que dejara de soñar con chicas con el pelo rosa.

Durante el recorrido en taxi a mi casa, no pude evitar

pensar que yo había actuado igual o peor que Valerie. Porque me había sentido como una mierda al saber que ella pensaba en mi hermano mientras follaba conmigo... pero, en ese momento, me sentí como una jodida basura al saber que había necesitado pensar en otra para follar con mi prometida.

Capítulo 9

—Oye, tía, no te hemos pedido hamburguesas dobles, sino triples. Y las patatas debían estar acompañadas de cebolla y beicon. Y la salsa tenía que ser barbacoa.

—Vale, vale, ahora lo cambio todo —bufé al tiempo que me daba la vuelta con la bandeja en la mano para, a continuación, dirigirme al hueco que comunicaba con la cocina—. Oye, Yun, lo siento, me he equivocado con el pedido.

—De lo que te has equivocado es de mesa —aclaró Melanie—. Ese mismo pedido era para la tres, la que todavía espera. Y bastante impaciente, por cierto.

—¡Joder! —oímos gritar desde dicha mesa—. ¡¿Cuándo vienen esas putas hamburguesas?!

—¡Que nos morimos de hambre!

—¡Que se me acaba la batería del móvil!

—¡Ya voy, ya voy! —gruñí mientras volvía a coger la bandeja y acercaba su contenido a los hambrientos clientes—. Aquí tenéis, chicos. Que os aproveche.

—¡Ya era hora! —masculló uno de ellos—. Más vale que nos invites a birra, guapa, si no quieres que nos quejemos a Ben de la inútil de su camarera.

—¡¿Birra gratis para los cuatro?! —me indigné—. ¿Qué coño creéis que me paga Ben? ¡Pagaos vosotros vuestra jodida cerveza!

—¿Qué te pasa, tía? —preguntó uno de ellos con sorna y descaro—. ¿No te folla bien tu motero últimamente?

—Pues no —contesté, furiosa—. Sobre todo ¡desde que me cambió por tu puta madre!

—¡Oye, zorra...!

—¡Está bien, está bien, chicos! —los apaciguó Ben, que dejó la barra un instante para acercarse al altercado—. Tendréis vuestras birras gratis. Yo me ocupo.

Mi jefe me cogió del brazo y me llevó hasta la cocina, donde Yun mantenía la plancha y la freidora en su máximo apogeo.

—¡¿Se puede saber qué coño te pasa?! —me abroncó tras soltarme de manera brusca—. ¡Llevas varios días que no das una!

—¡Vale! —admití—. ¡Me he equivocado un par de veces, pero no tengo por qué soportar las gilipolleces de esos tipos!

—¡Pues claro que sí! —me respondió él al tiempo que se acercaba a mí y me señalaba con su dedo índice y su sucia uña. Tuve que aguantar la respiración cuando llegó hasta mí el olor de su pelo grasiento y de su aliento a alcohol—. ¡Tú estás aquí para aguantar gilipolleces, palmadas en el culo y lo que haga falta! ¡¿Me has entendido?! ¡Y si no estás conforme, ahí tienes la maldita puerta!

—Déjala en paz —me defendió Yun—. Somos humanos, jefe, y podemos equivocarnos.

—Tú calla y dedícate a lo tuyo, jodido chino.

Estuve a punto de insultar a mi jefe al ver cómo nos trataba y nos despreciaba. Tuvo que ser Mel quien interviniera para hacerme callar. Ella me conocía bien y sabía que solo aguantaba aquella mierda de trabajo porque no había otro esperando y sí muchas facturas que pagar.

—Venga, Ben, tío, dale un respiro. —Melanie se acercó a nosotros y compuso una expresión inocente para calmar al jefe—. La pobre tiene problemas con Joshua, pero ya verás como pronto lo solucionan y tenemos aquí a la Summer de siempre.

—La Summer de siempre también es una tocapelotas —refunfuñó Ben—. Pero está bien, te concederé una tregua. —Acercó aún más a mí su mofletuda cara y su bigote brillante por el sudor. Contuve una arcada—. Ponte las putas pilas, rubia descarada, o te echo de aquí de una patada.

Cerré los puños con fuerza. Estaba tan cabreada que tuve que tragarme las enormes ganas de estamparle la bandeja a mi patrón en su fea cara. Me vi obligada a pensar en el maldito ruso que aporreaba nuestra puerta, en Arthur y en Philip, para quedarme quietecita y, encima, pedirle disculpas y darle las gracias.

—Lo siento, Ben —farfullé entre dientes—. No volverá a pasar.

—Eso espero —refunfuñó—. Podéis tomaros un descanso los tres, yo me hago cargo. ¡Pero de dos minutos, ni uno más!

Melanie volvió a intervenir al ver mi tez cada vez más morada.

—¡Gracias, jefe! —le dijo mi compañera mientras me agarraba del brazo y le hacía una seña a Yun.

En cuanto salimos al callejón, Mel encendió un cigarrillo y Yun me ofreció un chicle.

—Hoy no quiero masticar —rezongué con ira—, quiero fumar.

Alargué la mano hacia el bolsillo del delantal de mi amiga y cogí su paquete de tabaco. En cuanto me coloqué el pitillo entre los labios, ella misma me lo arrancó de un manotazo.

—De eso, nada. No vas a tirar por la borda un montón

de meses dándome la murga con tus condenados globos de chicle de menta.

—¡Joder! —Tomé el chicle que me ofrecía Yun y me lo eché con rabia a la boca—. ¡A la mierda Ben y su puto bar!

—Si encuentras algo mejor, nos avisas —respondió Melanie con sarcasmo.

—¿Todo esto es por la discusión con el idiota de tu novio? —preguntó mi compañero.

—Exnovio —respondí con sequedad.

—La verdad, Summer —comentó Mel tras dar una calada a su pitillo. Inspiré con ganas cuando expulsó el humo y me alivió ligeramente sentirlo en mis pulmones—, no pensaba que una ruptura con ese capullo fuera a trastornarte tanto.

—No estoy trastornada —gruñí—. Estoy furiosa.

—Demasiado has tardado en darte cuenta de que con ese tío no ibas a ninguna parte —sentenció Yun.

—Seguro que fue la gota que colmó el vaso —prosiguió Mel—. Estaba hasta las narices de él y solo tuvo que dejarla plantada una vez para que lo enviara a la mierda.

—¡No es por eso! —exclamé, demasiado iracunda. Yo misma me desconcerté ante esa salida de tono—. Lo siento, chicos, pero no sé qué me pasa. Supongo que la insistencia de Joshua para que hablemos, las broncas de Ben y mi falta de pasta están contribuyendo a mi cabreo.

—¿Qué pasó esa noche, además del plantón de Joshua? —preguntó Melanie al tiempo que tiraba al suelo la colilla y la pisaba—. Porque, desde entonces, estás de lo más extraña, tía, y ya han pasado dos semanas.

—No pasó nada —rezongué—. Me cabreé con él, eso es todo.

—Pues déjale claro que no quieres volver —comentó Yun—. Estás dándole demasiadas vueltas. —Me cogió una mano entre las suyas y me miró fijamente con sus ojos oscuros y rasgados—. Nos tienes a nosotros, tus amigos, ya lo sabes.

Me quedé un instante perdida en la expresión tierna de Yun. En aquel momento, pensé que ojalá hubiese correspondido a sus sentimientos. Todo habría sido mucho más fácil. Pero la verdad era que solo podía sentir cariño y amistad hacia él.

En cuanto a Joshua... Ni siquiera sabía qué sentía por el que había sido mi novio durante el último año.

Aparté con brusquedad mi mano de la de mi amigo cuando el sonido inconfundible de una moto sonó al final del callejón.

—Mira, ahí lo tienes de nuevo —bufó Mel—. Si quieres un consejo, habla con él de una maldita vez, en lugar de enviarlo a la mierda constantemente. Está llegando a darme pena, y no lo soporto.

—Tiene razón —insistió Yun—. Si no deseas seguir con él, déjaselo claro. Y, por si os interesa, a mí no me da ninguna pena.

—No sé, chicos... —titubeé—. En realidad, no fue tan grave la cosa. Creo que mi cabreo es debido a que quiero culpar a Joshua de algo que ni yo misma sé qué es.

—No entiendo a qué te refieres —dijo Melanie—, pero sería mejor que hablases con él ahora. Nosotros volvemos al curro.

—Sí —suspiró Yun con desidia—. Será mejor que entremos. Ya han pasado los dos minutos de gracia.

—Y no te preocupes —musitó Mel antes de alejarse—. En cuanto le digamos a Ben que estás con Joshua, pasará por alto tu ausencia. Nos hará currar como cabrones y ya está.

—Os debo una —suspiré.

—Yo diría mil. —Mi compañera sonrió, con un guiño.

Me giré en la dirección de Joshua y me quedé unos instantes fascinada ante aquellos movimientos que yo conocía tan bien: cómo se bajaba de la moto, la levantaba ligeramente para apoyarla sobre la pata de cabra y, a continuación, se acercaba a mí mientras se sacaba el casco. Su abundante cabello castaño aparecía revuelto y él trataba de peinarlo con sus dedos mientras me lanzaba su blanca y pícara sonrisa. No podía dejar de reconocer lo bien que le sentaban los vaqueros ajustados, la chaqueta de cuero o la cinta en el pelo. Joshua estaba realmente bueno y era un encanto cuando se lo proponía.

Pero todos aquellos gestos habían dejado de impresionarme, y no estaba muy segura del momento exacto o del motivo. Sí, reconozco que la noche en cuestión me había asaltado la mente más de una vez, pero estaba casi olvidada. Había seguido con mi vida, diciéndome que aquello seguiría siendo un sueño, una fantasía, y que resultaba una total casualidad que, desde entonces, me diera cuenta de que no me conformaba con la relación que mantenía con Joshua.

Aunque reconocía que me gustaba demasiado aquel sueño y sentía unas inesperadas cosquillas en el vientre cada vez que lo recordaba.

—Hola, fresita —me saludó Joshua.

—¿Qué haces aquí? —le pregunté con un deje de fastidio.

—Hoy vengo en son de paz. —Levantó las manos, mostrándome las palmas—. Quiero invitarte a dar una vuelta. —Señaló su moto—. Siempre te ha encantado. —Me ofreció un casco.

—Tengo que volver al trabajo...

—Ya he hablado con Ben. No hay problema en que salgas un poco antes.

«Claro, cómo no...»

—Está bien —claudiqué.

Tal y como habían dicho mis amigos, era el momento de zanjar aquello. Me desprendí del delantal, que dejé colgando de la puerta de la cocina, me puse el casco que me tendía Joshua y me monté en la moto detrás de él. Pronto me invadió el subidón que sentía cuando oía arrancar el motor, me agarraba a la cintura masculina y comenzaba a percibir el viento alrededor de mi cuerpo.

Todo eso lo sabía Joshua, y me complació llevándome a gran velocidad por toda la ciudad, sorteando coches, acelerando cuando podía, provocando que tuviera que abrazarme con fuerza a su cuerpo. Cuando las luces empezaron a decorar el paisaje con sus puntos brillantes, Joshua paró delante de su taller. Bajó de la moto, se quitó el casco y me miró con una expresión inocente que no le pegaba mucho.

—Quería invitarte a subir a casa.

Su vivienda, por cierto, estaba situada justo encima del local que albergaba su negocio de mecánica. En el mismo edificio podía trabajar, vivir, beberse unas birras con sus amigos... o enrollarse con su novia... o exnovia.

—Joshua... —suspiré tras quitarme también el casco.

—Solo es para que cenemos —me interrumpió—. Son unas tristes pizzas congeladas, pero podríamos compartirlas y charlar un rato...

Con Joshua no se podía charlar de casi nada que no fuesen motos, piezas de motos o pilotos de motos, pero acepté igualmente. El chico se estaba ganando que le concediese aquella petición.

—Está bien, vamos.

Sonreí al tiempo que dejaba que me cogiese la mano para subir por la escalera exterior, abrir la puerta y acceder al reducido salón.

Fue una grata sorpresa encontrarme con aquella estancia recogida, sin ropa y calzado por todas partes, latas de cerveza vacías o ceniceros atiborrados de colillas. En su lugar, la mesa, con un bonito jarrón con flores y un par de cubiertos, presidía el espacio.

—Siéntate —me pidió, algo nervioso—. ¿Qué quieres para beber?

—Cerveza estará bien. —Sonreí.

Se afanó por servirme la bebida en un vaso mientras las pizzas se hacían en el microondas. Hubo un instante de silencio incómodo, pero, al final, fue él quien habló primero.

—Lo siento, Summer.

Un punto para él si me llamaba por mi nombre.

—De verdad, lo siento muchísimo. Ya sabes que no soy hombre de detalles, de flores o bombones...

Sí, lo sabía, pero eso no quitaba que no me gustara su forma de ser.

—Perdóname —insistió—. Solo fue un olvido. Entiendo que fuese importante para ti que recordase esa fecha, el día que comenzamos a salir, pero, aunque yo no lo tenga apuntado en un calendario, sigue siendo lo más valioso para mí.

Carraspeó. Estaba clarísimo que se habría aprendido de memoria todo aquel discurso y me emocionó que se tomara tantas molestias.

—Si pudiese volver atrás, yo...

—Estás perdonado —lo interrumpí, colocando mi mano sobre su antebrazo—. Yo tampoco le doy tanta importancia a esas cosas, Joshua. El problema es que ya no estoy enfadada por eso, sino por nuestra relación en general. Creo que no queremos las mismas cosas y...

—Déjame demostrarte que sí —me cortó él, colocando a su vez su otra mano sobre la mía—. Estamos hechos el uno para el otro, fresita, y ni siquiera he puesto los ojos en ninguna otra mujer desde que estamos juntos.

Torcí un poco el gesto. Tanto a Joshua como a sus amigos les solía satisfacer recordarme que estaba conmigo a pesar del montón de mujeres que se abalanzaban sobre él a diario.

—Solo una oportunidad más —insistió, mirándome con sus penetrantes ojos azules.

—Será mejor que comamos, Joshua.

No puedo negar que lo pasé bien aquella noche. Entre bocados de pizza recalentada y tragos de cerveza, charlé y reí con Joshua. A pesar de todas mis quejas, habíamos creado una confianza especial entre los dos que nos hacía disfrutar de momentos como aquel. El fallo por mi parte fue no pensar en lo que vendría después.

Yo me estaba riendo a carcajadas sobre el sofá, recordando una de nuestras locas vivencias, cuando Joshua me cogió por el cuello y posó sus labios en los míos. En un principio no lo rechacé, puesto que la calidez de su boca me trajo bonitos recuerdos. Sin embargo, cuando posó su mano sobre uno de mis pechos y buscó la abertura de la blusa para colarse dentro, me aparté.

—¿Qué haces? —le recriminé mientras me ponía en pie de un salto.

—¡Creo que está bastante claro! —exclamó, contrariado—. Seguimos juntos, ¿no?

Me quedé un momento callada. No se me ocurría una respuesta clara que darle. ¿Seguíamos juntos? Por mi parte, pretendía que no. Pero... ¿el motivo lo tenía claro?

En aquel instante, me sentí realmente mal al pensar que todas mis dudas sobre Joshua provenían de una noche con un desconocido.

¿Que había sido mágica? Sí. ¿Especial? También. ¿Inolvidable? Totalmente.

Pero aquello había pasado. Había sido, tal y como yo le había insistido al chico de los ojos bonitos, un sueño, una fantasía, algo imposible. Además, no se puede conocer a alguien en una noche de sexo. Lo que me había atraído aquella persona, la conexión que había sentido, los pinchazos en el estómago o el timbre en mi cabeza... todo había formado parte de la fantasía.

Y, por primera vez, sentí que había sido injusta con Joshua. Lo había comparado con una quimera, con una utopía, con un espejismo, y resultaba imposible salir vencedor. Mientras aquel recuerdo no era más que una ilusión, el hombre que tenía delante era real, de carne y hueso, auténtico.

Más valía que me bajase de la higuera y pisara tierra firme. Le debía una oportunidad a Joshua.

—Sí, me gustaría seguir contigo —suspiré—. Pero poco a poco, Joshua. Preferiría pasar esta noche en mi casa.

Estaba claro que él esperaba el ansiado polvo de reconciliación, pero todavía debía acabar de mentalizarme de que íbamos a volver.

—Está bien —bufó mientras se pasaba una mano por el pelo—. Aguantaré como pueda.

—Gracias, Joshua.

Le di un beso en la mejilla y le pedí que me llevase a casa, aunque, a mitad de camino, le hice parar frente a la entrada del Club Divine. Me despedí de él en la puerta y atravesé el pequeño vestíbulo bañado con luces de color fucsia.

***

Si algo me relajaba en una vida llena de horas de pie, de broncas de mi jefe y de pellizcos en el culo de los clientes, era sentarme en una silla del camerino de Philip y ver cómo se transformaba frente al espejo y bajo los focos en Cherry Queen. Me fascinaba contemplar todos aquellos estuches organizados sobre el enorme tocador, repletos de colores y brillos, de pinceles y brochas, de espesas pestañas, lentillas de colores y bustos con pelucas. Miraba, embelesada, cómo mi amigo difuminaba capas y capas de maquillaje por su piel, las sombras de colores metálicos sobre sus párpados o los diversos tonos que disimulaban los marcados ángulos de su rostro. Me encantaba observar cómo repartía purpurina y pequeños brillantes alrededor de sus ojos, cómo se dibujaba las cejas con una precisión increíble, y, lo mejor de todo, cuando acoplaba sobre las suyas unas enormes pestañas postizas que parecían acariciarte cada vez que pestañeaba.

Por cierto, Philip era la única persona a la que le había contado mi secreto. Sí, tenía amigos de confianza, pero con él me unía algo más que una amistad. Con él tenía un nexo difícil de explicar. No sabía si era porque ambos guardábamos secretos, porque me podía dirigir a él tanto como a un hombre como a una mujer... El caso es que, al llegar a casa por las noches, sabía que encontraría la paz que necesitaba, porque ahí estaba Philip/Cherry para escucharme y no juzgarme. Y, si le tocaba actuación, como aquella noche, más de una vez me había desplazado hasta el club solo para verlo maquillarse. Tardaba horas, pero valía la pena solo por la calma que me transmitía.

—¿Lo has dejado con Joshua, por fin? —me preguntó mi amigo mientras trazaba el contorno de sus labios con un perfilador.

—No —suspiré—. He decidido darle una oportunidad.

—¿Y tu caballero andante con ojos de diferente color? —señaló tras elegir el tono adecuado de carmín. Justo después, comenzó a pintarse los labios con un pincel impregnado de color morado brillante.

—¿Qué tiene él que ver con Joshua?

—Vamos, bonita —gruñó, sin dejar de mirar al espejo—. Ya que me lo contaste, no te hagas la tonta conmigo. Desde que volviste aquella mañana, histérica porque habías estropeado el vestido que te había conseguido Jenny, y me contaste lo que había sucedido, tú no actúas igual, cariño. Por cierto, de nada por conseguir la plancha de vapor del club y arreglarte el estropicio.

—Fue una tontería... —resoplé—. Los hombres como

él no se fijan en chicas como yo, y yo no aspiro a ese tipo de hombre. Créeme, lo sé bien.

—Pero aquella noche rompisteis las reglas... si es que existen esas absurdas reglas que acabas de mencionar.

—Algo así.

—Has vuelto a pensar en él, admítelo —insistió Cherry mientras guardaba los pinceles en sus estuches—. Lo describes como si fuera tu hombre ideal, como si se te hubiese aparecido aquella misma noche el genio de la lámpara y te hubiera soltado: «Dime cómo es tu hombre perfecto y yo te lo concederé».

—Y luego se hicieron las doce de la noche y volví a mi calabaza —gruñí.

—Estás mezclando cuentos, cariño.

—No importa —suspiré—. Tú lo has dicho. Él no existe, Philip, es el príncipe de un cuento, sea el que sea. Fue un bonito sueño, pero no se puede vivir de sueños.

—Yo estoy realizando el mío —comentó al tiempo que se colocaba la exuberante peluca pelirroja y se arreglaba algunos mechones—. ¿Cuál es el tuyo, Summer?

—Si empiezo a enumerarlos, no acabo. —Compuse una mueca.

—¿Crees que los llevarías a cabo con dinero? —me preguntó justo antes de desprenderse del cuello el protector de papel para no mancharse la ropa.

Se roció el rostro con espray fijador y aleteó sus pestañas frente a su imagen. Estaba perfecta.

Pensé en ello un instante. Sí, un montón de pasta me evitaría unos cuantos problemas... por ejemplo, tener que aguantar a Ben o a Vladímir. Sin embargo, seguiría habiendo un vacío dentro de mí que ni todo el oro del mundo podría llenar.

—No todos —respondí con sinceridad.

Deslicé mis dedos sobre sus impresionantes uñas postizas y admiré el bello rostro que lograba crear.

—Cherry Queen en todo su esplendor. —Sonreí.

—Gracias, cielo.

Philip se puso en pie y mostró su alto cuerpo enfundado en un ajustado vestido morado, con un escote que marcaba el relleno del pecho y tan corto que dejaba a la vista sus largas piernas y las altas botas negras a juego con los guantes de cuero.

—Joder, tía, qué envidia de piernas —bufé.

—La ventaja de no tener ascensor y poder hacer piernas y glúteos sin tener que ir al gimnasio —comentó, riendo, mientras se colocaba su más querido complemento: una estola de plumas del rojo más brillante y que hacía honor a su nombre artístico.

—Estás tan preciosa... —suspiré al tiempo que le daba un abrazo, con cuidado de no estropear su maquillaje o su pelo.

—Gracias, Summer. —Apretó mis manos como sustituto de un beso—. Y ya verás como muchos de esos sueños se hacen realidad. Solo tienes que perseguirlos. Aunque, por experiencia, ya te aviso que será durante bastante tiempo, y que a veces se hacen de rogar, los muy hijos de...

—Te entiendo. —Sonreí—. Y, ahora, sal ahí y cómete el escenario. Ojalá pudiese verte actuar Arthur. Se sentiría orgulloso.

—¿Ese viejo insufrible? —Me hizo un gesto con la mano—. Aunque pudiese despegarse de esa máquina de oxígeno, jamás vendría a verme. Sería rebajarse demasiado para un marine.

Disimulé que fui consciente del brillo en los ojos de Philip y que nada tenía que ver con la purpurina. Mi amigo deseaba con todas sus fuerzas agradar a su padre y habría estado encantado de que lo viese actuar en directo, pero jamás se atrevería a sugerírselo.

Pero, cuando existen dos personas tan cabezotas, solo

111

alguien que las quiera a las dos puede hacer algo por ellas sin que sean conscientes.

Después de que la anunciaran al público, Cherry Queen salió en mitad de los aplausos y comenzó su actuación, moviendo su cuerpo y sus labios al ritmo de *Born this way*, de Lady Gaga. Y yo, como ya había hecho otras veces, pulsé en mi móvil para realizar una videollamada a Arthur. A continuación, alcé el teléfono y lo dirigí hacia el escenario. Tal vez fuera un viejo cascarrabias, pero intuí la emoción al otro lado de la pantalla.

Desde el día en que le propuse al hombre la idea de la videollamada, aceptó sin dudar el poder ver a su hijo. El trato era no decirle nada a Philip, pero sabía que era cuestión de tiempo que se enterase.

De tiempo... o de algo más.

Capítulo 10

—Así que serán cuatro especiales, cuatro cervezas... —apunté en mi libreta—. ¿Algo más, chicos?

—Sí —respondió el que estaba sentado a mi derecha, que no había dejado de mirarme y sonreírme desde que había entrado junto a sus amigos—: que me digas a qué hora sales de trabajar.

Ya me había tocado el plasta de turno.

—No tengo ni idea —bufé—. Y, si lo supiese, tampoco te lo diría.

Silbidos y abucheos de sus colegas me rodearon de repente. Puse los ojos en blanco.

—Vamos, preciosa —insistió al tiempo que colocaba la mano en mi muslo, demasiado cerca de la abertura de la falda—. Podríamos pasarlo bien tú y yo...

Mi reacción normal habría sido apartar su mano de un puñetazo, pero, en los últimos tiempos, Ben estaba demasiado pendiente de mí. Podía sentir sus ojos clavados en mi nuca desde su posición en la barra, y no podía permitirme el lujo de perder el trabajo ni de que la tomara con mis compañeros, que acababan recibiendo los gritos y

113

reproches del jefe al mismo tiempo que yo. Por ello, me limité a agarrar el bolígrafo, colocar la punta sobre la mano del tipo y presionar con fuerza antes de hablarle con disimulo, sin perder la sonrisa.

—Si no apartas tu mano de ahí, apretaré tan fuerte que conseguiré que el boli atraviese la carne y llegue hasta el hueso. Te saldrá tanta sangre que nos salpicará a los dos y tú te pondrás a chillar como un cerdo. Tus amigos gritarán también, pero yo lograré sentirme mejor, después de aguantar horas, días y semanas a tanto capullo.

El tipo retiró la mano de inmediato y me lanzó una mirada plagada de odio.

—Así me gusta. —Sonreí—. Ahora mismo vuelvo con vuestra comida.

Me acerqué al hueco que comunicaba con la cocina y le pasé la nota a Yun.

—¡Aquí tienes el pedido de la cuatro, Yun! —le grité por encima del ruido de las planchas y los extractores de humo—. ¡Aprovecho para ir al baño, que no he podido hacer pis en toda la mañana!

—¡Tranquila! —me respondió él con una sonrisa que pude ver a través del vapor—. ¡No vayas a mearte encima!

—Cualquier día, Ben nos obliga a llevar una sonda —gruñó Melanie, que apareció en aquel momento con otro pedido para Yun—. He visto lo que ha pasado —bufó—. No sé qué se han creído todos esos tipos que nos acosan, tía. Somos las camareras y nos tratan como si estuviésemos en el menú. Malditos cabrones... Qué asco me dan.

Le di un achuchón y un beso.

—Lo bueno de todo esto, si es que lo hay —comenté—, es que aprendemos a sobrevivir, Mel. Nos hacemos fuertes y podemos defendernos solitas.

—Pues qué quieres que te diga, hija —rezongó—. Creo que preferiría vivir más tranquila y no tener que defenderme tanto.

—Espera a que te toque la lotería o búscate un novio rico —le dije entre risas mientras me dirigía al baño.

—¡No sé cuál de las dos cosas es más improbable! —replicó, riendo, ella.

Después de utilizar el servicio, me lavé las manos, me sequé con una toalla de papel y me dispuse a abrir la puerta. Seguro que el déspota de mi jefe debía de estar cronometrando mi ausencia. Pero, nada más abrir, me topé de frente con el tipo de la mano larga; el último de ellos, quiero decir.

—Vaya —murmuró—, si es la camarera psicópata.

—Vaya —respondí mientras pasaba de largo—, si es el cliente gilipollas.

—¡Eh, tú! —exclamó a mi espalda—. Sigue en pie mi oferta. Me gustan las gatitas que arañan, como tú. Y con ese pelo rosa, eres como una versión malévola de Hello Kitty. Me encanta. —Se relamió los labios y contuve una mueca de repulsión.

—Perdona, tengo trabajo —farfullé mientras me alejaba—. No puedo perder el tiempo con capullos.

—¡Las que os ponéis tan estrechas sois las que más deseáis un revolcón! —exclamó de forma que se enterasen los clientes de las mesas más cercanas—. ¿No te enseñaron en casa tus papis a ser más complaciente?

De repente, todo se me volvió rojo. Hacer alusión a mi casa y mis padres resultaba para mí como mencionar solo a mi madre, y fue como desatar a la bestia que llevaba demasiado tiempo dormida. Sin pensarlo, sin meditarlo, agarré la primera jarra de cerveza que encontré llena y la vacié en su cara engreída, con la mala suerte de que se la acerqué demasiado y acabé dándole un golpe en la nariz, que expulsó sangre a borbotones. El tipo reaccionó trastabillando y cayendo hacia atrás sobre una mesa ocupada por comensales y, del impacto, todo acabó en el suelo: los platos, los vasos, la comida, la gente y el imbécil. Nunca había visto un estropicio semejante en el bar de Ben.

—¡Joder! —gritaron los clientes de esa mesa, tirados en el suelo y cubiertos de bollos y patatas fritas—. ¡¿Qué le pasa a esta loca?!

—¡Me has destrozado la nariz! —chilló el cretino sobre los restos de la mesa mientras se llevaba las manos al rostro y las empapaba de sangre.

Yo me encontraba tan fuera de mí que no fui del todo consciente de lo que supondría aquello hasta que apareció mi jefe.

—¡Summer! ¡¿Qué cojones has hecho?!

—¡No pretendía esto, Ben! —respondí—. ¡Pero es que este imbécil...!

—¡Estás despedida! —bramó—. ¡Coge ahora mismo tus cosas y lárgate de mi bar! ¡No quiero volver a verte más por aquí en mi puta vida!

—Ben, tío... —trató de calmarlo Melanie.

—Tranquilízate, Ben... —intervino Yun.

—¡Y vosotros, a vuestro maldito trabajo! —les ordenó, sin embargo—. ¡Agradecedle a vuestra amiguita que ahora tengáis que hacer su parte! ¡Y si volvéis a defenderla, os juro que seréis los siguientes!

Mel se dispuso a hablar, pero yo misma la hice callar con un gesto.

—Dejadlo, chicos —les pedí mientras me quitaba el delantal y cogía mi mochila de la cocina—. Quedándoos sin trabajo no solucionaréis nada. Además —miré a Ben—, esto solo era cuestión de tiempo. Estaba hasta los ovarios de aguantar a un jodido explotador y a sus clientes de mierda. Me largo.

—¡¿Clientes de mierda?! —vociferó Ben—. ¡Pues a ver qué encuentras ahora, señorita finolis!

—Peor que esto no va a ser —afirmé.

—¡Y si esperas que te pague —prosiguió—, lo tienes claro! ¡Tu sueldo servirá para abonarme los destrozos!

Apreté los labios y los puños con fuerza.

—Que te jodan, Ben —le espeté—. Acabarás quedándote solo y atendiendo tú mismo la cocina y el bar, porque no habrá nadie que te soporte a cambio de la miseria que pagas. Nos vemos, chicos —les dije a mis compañeros en el momento de salir por la puerta.

Mientras iba sentada en el autobús, lloré de rabia e impotencia. ¿Cómo iba a afrontar a partir de entonces el alquiler y los gastos? ¿Qué les iba a decir a Philip y a Arthur? La mera idea de abandonarlos me producía una honda presión en el pecho.

Me bajé cerca del taller y la vivienda de Joshua. No pensaba pedirle, ni por un momento, que hablara con Ben para que me readmitiera. Lo único que necesitaba en esos instantes era un poco de consuelo, un abrazo, un beso... o lo que surgiera.

—Hola, chicos —saludé a los mecánicos que trabajaban para mi novio—. ¿No está Joshua por aquí?

—Eh... —titubeó uno de ellos—, no, no está. Ha salido.

—No puede ser. —Sonreí con suspicacia—. Su moto está ahí fuera, y Joshua no iría a ninguna parte sin ella.

—Ya, pues... —balbució otro—, está averiada. Ha tenido que coger la mía.

—Si estuviese averiada, ya estaría arreglándola —alegué—. Lo conozco bien.

Demasiadas vacilaciones, demasiadas miraditas... Uno de los mecánicos elevó sus ojos hacia el techo y después miró al resto de compañeros.

Lo comprendí de inmediato. Joshua sí que estaba en casa. La duda consistía en averiguar si estaba solo.

Me dirigí a la escalera que conducía directamente a su vivienda y subí los escalones de dos en dos.

—¡Espera, tía! —me gritaron, alterados, los mecánicos—. ¡Te hemos dicho que no está!

117

Pero, antes de que terminasen de advertirme, yo ya estaba abriendo la puerta del dormitorio de Joshua. Y ahí estaba él, mi supuesto novio, desnudo en su cama, con una mujer también desnuda. Ella estaba de rodillas sobre las sábanas, agarrada al cabezal, mientras él la embestía desde atrás entre gemidos y chirridos de los muelles del somier. Solo tardó un segundo en verme.

—¡Summer, joder! —gritó al tiempo que salía del cuerpo de su amante y caía sobre la colcha—. ¡¿Qué haces aquí tan temprano?!

—Con razón podías esperar —le dije con ironía—. Solo tenías que conseguir hacer más llevadera la espera.

—Fresita, cielo, déjame que te explique...

Se levantó de la cama y se acercó a mí, todavía con el miembro erecto y enfundado en un condón.

—¡Ni te acerques, Joshua! —le chillé—. Puedes continuar follándotela. Siento haberos cortado el rollo... pero, no te preocupes, no volverá a ocurrir, porque no me verás más.

Me di la vuelta y comencé a bajar los escalones tan rápido como los había subido.

—¡Summer, esto no significa nada! —continuó gritando—. ¡Yo te quiero a ti!

—No, Joshua —repliqué en el único instante en que paré—. Ni tú me quieres a mí ni yo te quiero a ti. La prueba está en lo que hemos hecho.

—¿Hemos?

Pero ya no seguí hablando ni escuchando. Después de aquello, corrí y corrí hasta que mis pulmones estuvieron a punto de explotar. Sin embargo, no lloré, porque no sentí lo que debía sentir: rabia, tristeza, celos... Lo único que pude experimentar fue culpabilidad.

Porque me merecía aquella traición.

**

118

—Mira que te lo advertimos —refunfuñó Arthur—, que ese tipo no era de fiar.

—Papá, por favor —lo amonestó Philip—. No es el momento de un «te lo dije».

—No importa —contesté mientras me cambiaba de ropa, después de darme una ducha. Me vestí con unos tejanos estrechos, una sudadera blanca con capucha y unas deportivas del mismo color—. Tu padre tiene razón. Soy la típica necia que está más enamorada del amor que de la otra persona; una tía patética que necesita cariño y no entiende que, para eso, es mejor tener un perro.

—Tú no eres nada de eso, cielo —suspiró Philip—. Eres una chavala de puta madre, y, si ningún tío es capaz de ver eso, pues que les den. Ya nos tienes a nosotros, que te queremos hasta el infinito y más allá.

De nuevo, me invadió la presión en el pecho. Todavía no les había contado nada sobre haber perdido mi empleo, y que, si otro trabajo no lo remediaba, iba a tener que mendigar un techo bajo el que vivir.

—Gracias, Philip —respondí, emocionada—, gracias, Arthur. Sois lo mejor que me ha pasado. Pero, ahora, necesito despejarme un poco. He quedado con Jenny, Mel y Yun para tomar unas copas. Paso de quedarme en casa llorando por un tío.

—Sí, diviértete sin tíos, cariño —me aconsejó Philip—, porque vaya racha que llevas, bonita...

—Joder —refunfuñó el anciano—, menudo piropo le acabas de echar a la chica. ¿Acabas de llamarla... dispersa?

—Tiene razón, Arthur —suspiré—. Joshua es el que más me ha durado en mucho tiempo y va siendo hora de pensar en mí. Solo estaré con una persona que me valore de verdad.

—O la que te enamore de verdad —señaló mi amigo, acompañando la frase con un guiño.

Me eché mi mochila al hombro, donde había metido

mi cartera y mi tarjeta con mis últimos dólares. Los emplearía en el taxi y en las copas. No podían tener mejor destino.

Desde el interior del vehículo, contemplé la luz del crepúsculo sobre los altos edificios de Manhattan. Me sentí impasible e indiferente a lo que me rodeaba, como si mi cuerpo y mi mente hubiesen dejado de pertenecerme. Únicamente percibí frío, y recordé que no había cogido el abrigo, error garrafal para salir de noche por Nueva York. Me subí la capucha e introduje las manos en los bolsillos de la sudadera justo antes de recostarme en el asiento para admirar, inmóvil, el paisaje que me ofrecía la ciudad con las primeras luces... pero fue la visión de un edificio en concreto lo que me hizo incorporarme de nuevo y gritarle al taxista.

—¡Pare! ¡Pare, por favor!

—Pero... usted me había dicho que la llevase a...

—No importa —lo corté después de ofrecerle la tarjeta para que me cobrase—. Me bajo aquí.

El hombre cobró su importe y yo bajé del vehículo para quedarme sola en mitad de la noche, ante un edificio de ladrillo, de altos techos y enormes ventanales. Había decidido apearme del taxi en cuanto apareció ante mí aquel lugar que todavía recordaba a la perfección. Lo reconocí pese a verlo desde la ventanilla de un coche que sorteaba el caótico tráfico de la ciudad. Fue como si la visión de aquel edificio hubiese sido lo único que me hubiera inyectado un poco de alegría en un día demasiado duro.

Sin embargo, en cuanto me vi allí, sola y muerta de frío aun llevando puesta la capucha de la sudadera, me sentí totalmente idiota.

—¿Qué coño hago aquí? —rezongué en voz baja—. ¿Por qué he hecho semejante insensatez?

¿Acaso esperaba verlo de nuevo? ¿Acaso pensaba que me reconocería? ¿Acaso suponía que se acordaría de mí?

Me respondí un «no» rotundo a todas esas preguntas.

Dispuesta a marcharme de allí caminando, contemplé cómo paraba un taxi junto a la acera y se apeaba de él un hombre, del que reconocí su ancha y alta silueta, sus andares elegantes, su porte distinguido, a pesar de la envergadura de su cuerpo. Seguí su avance con la mirada, y, cuando pasó bajo la luz de una farola, divisé su rostro, sus bellas y atractivas facciones y su mirada hechizante.

Pero él no me había visto todavía. Segura de que no me recordaría, volví a meter las manos en los bolsillos y agaché la cabeza antes de comenzar a andar. Me cruzaría con él y ni tan siquiera se percataría de mi presencia, lo tenía muy claro.

Un hormigueo extraño me asaltó al ponerme a su altura, un hormigueo que se convirtió en sobresalto cuando noté una mano rodear mi brazo. A continuación, otra mano me bajó la capucha y dejó mi cabello al descubierto.

—La chica del pelo rosa... —musitó.

Cerré los ojos un segundo, antes de volver a abrirlos y contemplar un brillo verde y otro marrón. Mi corazón saltó al instante y una sensación suave y caliente me inundó por completo.

—Hola, jefe.

—¿Qué haces aquí? —me preguntó, sin dejar de clavar en mí aquellos ojos inolvidables.

Como solía pasar, los nervios me hicieron hablar más de la cuenta y sin el más absoluto orden ni sentido.

—Yo... no pretendía venir aquí... Ha sido una casualidad... Estaba en un taxi, mirando por la ventanilla, y, de pronto, ha aparecido este lugar, y le he pedido al conductor que se detuviera, y luego me he preguntado que qué diantres estaba yo haciendo aquí y...

Y frené mi perorata porque mi boca fue silenciada por la boca del hombre. Emití un desgarrador gemido cuando sentí su lengua acariciar mi lengua y su sabor a café, a misterio, a sueño imposible, a fantasía disparatada. Sus grandes manos sostuvieron mi rostro y yo afiancé con fuerza la solapa de su chaqueta mientras me sentía envuelta en el olor que emanaba de su ropa y de su piel.

¡Dios! Me había sido imposible olvidar aquella maravillosa forma de besar, tan tierna a la vez que tan profunda y sensual, de la misma manera que habían permanecido en mi memoria su olor a perfume caro o el profundo tono de su voz.

Volví a soltar un jadeo cuando él dio por finalizado el beso y me sentí vacía y desprovista de su calor. Ambos apoyamos nuestra frente en la del otro mientras inhalábamos el aire frío de la noche y expulsábamos nubes de vaho a la oscuridad.

—No importa el motivo —me susurró con su voz ronca y suave, la misma que me susurraba por las noches en mis sueños más descabellados—. Lo que importa es que estás aquí.

—Sí —sonreí al tiempo que me decidía y rodeaba su cuello con mis brazos. Me sentí tan bien... Fue como recuperar aquel regalo que solo me dejaron disfrutar una noche—, estoy aquí.

Él respondió estrechándome contra su cuerpo grande y acercando su boca a mi oído.

—¿Quieres volver a pasar la noche conmigo?

Me aparté un instante para poder mirarlo a los ojos. No estaba segura de si lo que me había pedido había sido real o me lo había imaginado. ¡Porque lo deseaba muchísimo! Pero él lo interpretó como una duda y se apresuró a convencerme.

—En los mismos términos —murmuró—. Sin preguntas, sin conocer nuestros nombres, sin promesas...

—Sí —respondí de inmediato—. Sí, jefe.

Él sonrió ante mi efusividad. Y, en cuanto recibí el impacto de aquella sonrisa, oí los acelerados latidos de mi corazón, un montón de timbres en mi cabeza, redobles de campanas, mi propia risa... Toda una sinfonía.

Y me sentí feliz.

Capítulo 11

—Qué sorpresa, señor O'Brien... quiero decir, Shane... Bueno, en realidad no sé cómo llamarlo, acostumbrada a pensar en usted como el jefe de mi hermana, pero también en su cuñado...

—Tranquila, Candace —acallé a la chica—. Que me llames Shane estará bien. Además, ya no soy el jefe de Abbey, muy a mi pesar...

Las hermanas Howard habían perdido a sus padres cuatro años atrás, por lo que, en su momento, Abbey tuvo que hacerse cargo de la casa, el trabajo y una adolescente, tareas que había llevado a cabo de forma ejemplar para ser tan joven.

Desde que había acabado el verano, Candace se había trasladado a una residencia de estudiantes en Cambridge para estudiar Medicina en Harvard, algo que había conseguido gracias a sus buenas notas, a una recomendación y a una beca. De todos modos, cada vez que podía, se escapaba a Nueva York, para pasar unos días con su hermana y poder ver a su novio, Liam, un joven de aspecto extraño pero amable que a veces había visto por allí.

—Perdona, Shane, pasa —me dijo la chica tras abrir del todo la puerta—. Mi hermana se está cambiando porque vamos a salir, pero Nathan andaba por ahí...

Abbey apareció en aquel instante en el vestíbulo y me recibió con un abrazo. Nos había costado algún tiempo tenernos aquella confianza, aunque con el paso de los meses habíamos conseguido rebasar esa barrera que mantuvimos bajada por el hecho de haber participado junto a mi hermano en una jugada empresarial que incluía engañarla a ella. Pero, en cuanto su relación con Nathan se afianzó, fue imposible no quererla.

—¡Shane! —Se alegró al verme—. Siento no poder estar un rato con vosotros. Compré hace ya tiempo las entradas para el concierto de esta noche y...

—Tranquila —le dije después del abrazo—. Disfruta de la visita de tu hermana.

—Gracias. —Sonrió con indulgencia—. Nathan está en la cocina. Creo que te ha oído y ya se ha puesto a hacer café. ¡Hasta luego!

Me despedí de ambas y me dirigí a la cocina, donde, como bien había dicho Abbey, se encontraba Nathan haciendo café.

—¿Ocurre algo? —me preguntó mientras vertía el líquido oscuro en las tazas—. Si es por lo de la reunión de hoy, yo también pienso que tenemos que conseguir ese contrato con...

—No —lo interrumpí—. No he venido por nada del trabajo.

—¿Entonces? —me preguntó, contrariado.

—Te echo de menos, Nathan —le confesé sin titubear—. Te echo muchísimo de menos y no lo soporto. Somos los imparables gemelos O'Brien, ¿recuerdas?

Mi hermano se quedó quieto un instante, todavía con la jarra de cristal en la mano. Ya se había cambiado y llevaba puestos unos vaqueros y una camiseta e iba descalzo, como siempre le gustaba andar por casa; un sencillo atuendo con el que volvía a brillar, aunque, en los últimos tiempos, le hubiese notado algo más apagada su pícara mirada azul. Nos estábamos distanciando y eso me mataba por dentro, porque, a pesar de su traición, no podía evitar sentirme culpable.

Tras mi confesión, soltó la jarra sobre la encimera y se lanzó sobre mí para rodearme con sus brazos y estrecharme con fuerza. Puede que yo fuera el que lo salvaba de los apuros y se quejara de lo poco en serio que se había tomado la vida en ciertos momentos, pero era él quien siempre había tenido una sonrisa con la que alegrarme y un abrazo para darme. Nos queríamos profundamente, desde que nos conocimos con solo tres años y nos convertimos en miembros de la misma familia, y eso nada ni nadie podría cambiarlo.

—Yo también te he echado de menos, Shane —admitió, aún dentro del abrazo—. Y siento todas las tonterías que te he dicho sobre tu boda, sobre Valerie y los Vanderberg...

—De algo de eso quería hablarte —le comenté cuando, tras finalizar el emotivo momento, nos acercamos a la isla de la cocina y cogimos cada uno nuestra taza de café.

Observé su expresión interrogante, pero alcé la mano al instante.

—La boda sigue en pie —le aclaré.

—No lo he dudado. —Compuso una mueca—. Sé que no vas a cambiar de opinión a estas alturas. Eres muy cabezota y pareces tenerlo todo muy claro, aunque me recuerdes a Robocop.

—Ven —suspiré—, vayamos al salón.

Ambos tomamos asiento en uno de los sofás de la agradable y acogedora estancia. Los últimos rayos de sol de la tarde impactaron contra las cristaleras y difuminaron su brillo dorado sobre las paredes y los muebles, aunque fuera el cabello rubio de Nathan lo que más resplandeciera.

Bebí el último sorbo de la taza, la dejé sobre la mesita de centro y me recosté en el sofá en medio de una larga inspiración. Puede parecer una tontería, pero, debido a mi carácter reservado, apenas había compartido secretos con nadie hasta entonces, ni siquiera con mi hermano.

—Le he sido infiel a Valerie —le confesé.

Nathan casi se atraganta con el café y empezó a toser. Soltó también la taza y parpadeó, desconcertado, antes de hablar.

—Joder con la noticia. ¿Te has querido vengar de ella?

—No, y esa es la cuestión. No ha sido nada premeditado ni planeado. Surgió... por casualidad.

—Es lo que tiene de bueno el sexo no planeado, Shane —me aseguró, complacido, mientras se cruzaba de brazos—, que es el mejor. Hay cosas que no puedes calcular al milímetro, mi querido hermanito.

—Nathan, joder...

—Vale, vale, nada de sermones. A ver, ¿quién es? ¿La conozco?

—No —suspiré—. Ni siquiera la conozco yo.

—No me jodas, Shane. —Contuvo una carcajada—. ¿Mi hermano el serio, el sensato, ha echado un polvo con una desconocida?

—Ni siquiera nos dijimos el nombre —rezongué.

—Ay, Dios. —Nathan se puso en pie y se revolvió el pelo mientras caminaba sobre la alfombra—. Esto sí que es fuerte. Y debe de haberte dejado huella, si estás así de preocupado.

—¡Claro que no! —exclamé molesto—. ¡Era demasiado joven! ¡Una cría inmadura que no dejaba de masticar chicle y de parlotear!

—¿En serio? —Alzó una de sus rubias cejas—. No pensaba que fuesen por ahí tus gustos.

—¡No era mi tipo para nada! —volví a quejarme—. Llevaba un montón de pendientes en las orejas, varios tatuajes y, para colmo, el pelo de dos colores: rubio y rosa.

—No puede ser...

El muy idiota ya no pudo aguantar más y explotó en una carcajada que consiguió humedecer sus ojos por la risa compulsiva.

—Lo siento, lo siento, Shane —señaló después de reírse a gusto mientras se limpiaba las lágrimas con el dorso de la mano—, pero es que no puedo imaginarte con una mujer tan distinta a... las que suelen rodearte.

—No me hace ni puta gracia —espeté.

—Oh, vamos, Shane, no te pongas así. Por mi parte, mantendré bien guardado tu secreto, como si nunca hubiese sucedido. A no ser... —me miró con suspicacia—... que seas tú el que no puede olvidarla...

—Por el amor de Dios, Nathan... —farfullé con desidia—. ¿Cómo no voy a olvidarla? No era más que una vulgar camarera que apareció de pronto en el restaurante con toda su cara dura y...

—¡Eh, eh, tiempo! —me cortó—. ¿Qué está pasando aquí? ¿De verdad no significó nada o te jode que fuera una chica corriente, sin modales exquisitos ni familia influyente la que te dejara huella? Te recuerdo que nosotros mismos procedemos de una familia trabajadora y ambos nos sentimos orgullosos de ella.

—¡Joder, Nathan, no lo entiendes! —Me puse en pie de un salto—. ¡Todos mis proyectos, todos mis objetivos! ¡Todo depende de que siga el plan! ¡No puedo salirme del camino trazado por un calentón con una camarera!

—¿El plan? —preguntó, perplejo—. ¿Qué plan? ¿El de renunciar a tu felicidad? ¿O es que te has vuelto tan superficial que tu felicidad depende de tu estatus social?

—Mi felicidad nada tiene que ver con tirarme a desconocidas con el pelo de colores —gruñí.

127

—Ah, ¿no? —me lanzó de repente—. Déjame que te haga una pregunta, Shane: ¿fuiste feliz mientras estuviste con ella?

Me dejé caer de nuevo en el sofá mientras expulsaba un suspiro de derrota. Era la primera vez que me sentía tan expuesto delante de mi hermano, como si, con aquellas preguntas, hubiese ido despojándome de capas y capas hasta dejarme desnudo; hasta desnudar también mi alma.

—Maldita sea, Nathan —protesté al tiempo que me llevaba las manos a las sienes—, no me hagas esto...

—¿Tan difícil es contestarme a esa pregunta?

Hasta mí llegaron recuerdos que había intentado mantener ocultos en el cajón más escondido de mi mente: la irrupción de una desconocida en mi mesa, la decepción al verla marchar, mi esperanza al encontrarla bajo la lluvia, su proposición de venir a mi casa, el momento de contemplar el amanecer con ella en mi regazo...

—Para mí, sí —murmuré—. Porque fue la mejor noche de mi vida.

—Entiendo... —musitó mi hermano tras la sorpresa ante mi respuesta—. ¿Y por qué no tratas de buscarla? Sé que somos ocho millones de neoyorquinos, pero...

Volví a la realidad y a ponerme en pie.

—Porque no tendría ni idea de por dónde empezar —farfullé—. ¡Y porque no quiero buscarla, Nathan!

—¿Y qué harías si te la encontraras? —me planteó de pronto, a la vez que también se levantaba del sofá—. Es muy difícil, lo sé, pero las coincidencias existen. ¿Cómo reaccionarías?

—No tengo ni puta idea —gruñí.

—¿Volverías a pasar la noche con ella?

«Sin pensarlo.»

Incluso a mí me sobresaltó esa respuesta que me di de inmediato.

—¡Por supuesto que no! —le contesté a Nathan, sin embargo.

—No sé, no sé —masculló mi hermano—. Esto me huele a enamoramiento, Shane. Hay veces en las que sucede poco a poco, pero, en algunas contadas ocasiones, nos encontramos con personas tan afines a nosotros, y con una atracción mutua tan brutal, que ya no somos capaces de olvidarlas.

—¡No digas gilipolleces, Nathan! ¡¿Cómo voy a enamorarme de una desconocida con la que solo he compartido un par de polvos?!

—Voy a confesarte algo, Shane. Creo que yo me enamoré de Abbey en el instante en el que la contemplé en una fotografía. ¿Recuerdas la reunión con Gideon, tu antecesor, en la que me ordenó obtener información a través de ella? Pues yo ya había decidido que quería algo más. Sentí una conexión difícil de explicar. Y puede que a ti te haya pasado algo parecido.

—Estupideces, Nathan —rezongué mientras me dirigía al vestíbulo—. Esas cosas no ocurren.

—Ah, ¿no? —Sonrió mientras me seguía—. Y, entonces, ¿cómo llamas a lo que nos sucedió a Abbey y a mí?

—Lo vuestro fue diferente —volví a refunfuñar, sin dejar de caminar—. Estáis hechos el uno para el otro.

Me arrepentí al instante de haber utilizado aquel tono que apenas escondía el atisbo de envidia que seguía sintiendo por mi hermano, aunque fuera envidia de la buena.

«Es envidia de la mala, Shane, reconócelo. Lo que pasa es que es tu hermano y te sientes mal por ello.»

Abrí la puerta con demasiado ímpetu y me planté en el porche de la bonita casa. Aproveché para sacar el móvil y llamar a un taxi.

—En fin, Nathan —le dije tras colgar—, me alegro de haber hablado contigo. Me voy, que he quedado con Valerie y una pareja de amigos.

—¿Amigos vuestros o de ella y los Vanderberg? —inquirió, mordaz.

—No empieces, Nathan...

—Vale, vale. En fin, Shane. —Me dio un rápido abrazo, ya que a él le costaba muy poco demostrar el afecto, mientras que a mí me suponía un mundo—. Yo también me alegro de que hayas venido a contarme tu secretillo. Ahora entiendo la cara de lelo que te he visto en las últimas reuniones.

—Ya está aquí el taxi —masculló—. Hasta mañana, Nathan.

—Hasta mañana, hermano. Y recuerda —insistió mientras me montaba en el vehículo—: aprovecha los buenos momentos que te dé la vida. Luego puedes arrepentirte de no haberlos vivido.

Durante el trayecto, me sentí nervioso e incómodo. Era la primera vez en mi vida que me había abierto de esa manera a alguien, aunque me alegraba que hubiese sido con mi hermano. No tenía a nadie más en quien confiar como lo hacía con él.

De todos modos, aquella conversación y tantas confesiones en un día me habían dejado cansado y apático. Me entró una pereza enorme al pensar en compartir con otras personas una velada que se alargaría hasta las tantas. Si hubiese sido solo con Valerie, me habría animado, pero con aquellas personas que apenas conocía...

Tras un suspiro, llamé a mi prometida para pedirle disculpas por rehusar aquella invitación.

—Ve tú, Valerie —le pedí—. Pásalo bien con tus amigos y disfruta de la cena. Yo comeré cualquier cosa y me iré a la cama.

—Está bien, Shane —suspiró al otro lado de la línea—. Aunque yo también estoy cansada y sin ti no será lo mismo, así que cenaré y me iré pronto a casa.

—Como quieras. Hasta mañana, Valerie.

—Adiós, Shane. Nos veremos en casa de mis padres.

No me había dado cuenta de que el taxista ya había parado a un lado de la calle, frente a mi domicilio. Le pagué la carrera y bajé del coche entre las sombras de la noche que ya se habían adueñado de la ciudad. Contemplé de reojo una figura apostada al otro lado de la acera, pero no le hice caso. La sudadera blanca ocultaba casi la totalidad de la cabeza de esa persona y a duras penas pude distinguir que se trataba de una mujer. Empecé a caminar y, al pasar bajo la luz de una farola, atisbé el rostro escondido bajo la capucha, que se alzó para mirarme un breve instante. Un intenso cosquilleo se adueñó de mi nuca y mi estómago, y todo mi cuerpo se puso en alerta. Aunque la supuesta chica volvió a dirigir su vista al suelo, fue justo al pasar por su lado cuando un remolino de aire frío me trajo una fragancia que reconocería en cualquier parte: olor a flores silvestres.

Fue instintivo. Ni siquiera lo pensé. Mi mano, ajena a mi cerebro, se movió y rodeó el brazo de la joven para detenerla. A continuación, mi otra mano bajó la capucha y, ante mi sorpresa, mechones rubios y rosas cayeron por sus hombros.

—La chica del pelo rosa... —musité.

—Hola, jefe. —Me lanzó una sonrisa que se clavó en la parte izquierda de mi pecho.

—¿Qué haces aquí? —le pregunté.

¿Qué era aquello?, ¿una broma del destino?

«¿Y qué harías si te la encontraras? —Hasta mí llegó la voz de mi hermano—. ¿Volverías a pasar la noche con ella?»

—Yo... no pretendía venir aquí... Ha sido una casualidad...

Ni siquiera escuché lo que decía. Solo fui consciente de su bonito rostro, ese que me obligaba a olvidar cada día mientras que mi memoria no me lo permitía; de su sonrisa, mezcla de inocencia y picardía; del torbellino de color que la acompañaba.

Y ya no pude resistirme más. ¡Al diablo con todo, aunque fuera solo durante una noche!

Silencié su perorata agarrándola por la nuca para besarla. No sé si fue ella o fui yo el que gimió al volver a saborear la menta de su lengua, al volver a inhalar su perfume a limpio, a naturaleza salvaje...

—No importa el motivo —le susurré entre jadeos—. Lo que importa es que estás aquí.

—Sí, estoy aquí —me dijo mientras rodeaba mi cuello con sus brazos, tan sonriente, tan feliz. Nunca había disfrutado aquella eufórica sensación de percibir la alegría de alguien por estar conmigo. Quizá aquella chica solo había sonreído y se había alegrado de verme, pero a mí casi me explota mi jodido y frío corazón.

La estreché contra mi cuerpo y me acerqué a su oído para susurrar las palabras que llevaban presas en mi boca durante tanto tiempo.

—¿Quieres volver a pasar la noche conmigo?

La joven desconocida se separó de mí y pareció dudar un instante. Me apresuré a recordarle que aquello no nos obligaba a nada, que volvería a ser una fantasía.

—En los mismos términos —le dije—. Sin preguntas, sin conocer nuestros nombres, sin promesas...

—Sí —respondió de inmediato—. Sí, jefe.

Sonreí como si acabasen de concederme mi mayor anhelo. Y eso fue realmente lo que acababa de suceder.

¿Desde cuándo no tenía sueños?

Capítulo 12

En aquella ocasión no hubo ducha, ni café, ni conversación. En cuanto accedimos al apartamento, mi atractivo jefe de ojos bonitos se abalanzó sobre mí y me besó como si, en lugar de una noche, solo dispusiéramos de un minuto. Yo respondí con la misma ansia mientras nuestras manos volaban sobre el otro para despojarnos de hasta la última prenda de ropa. Por un diminuto instante, recordé que aquella vez ya no llevaba un vestido bonito, o lencería carísima, pero no me importó. Aquella era yo de verdad y a mi guapo amante no parecía importarle el cambio.

Eso sí, me alegré de que mi ropa interior fuese decente y estuviese conjuntada. Aunque, si no hubiese sido así, tampoco habría importado, porque estuve desnuda en lo que dura un parpadeo. Y, poco después, nos hallábamos sobre la enorme cama, en un barullo de brazos, piernas y besos.

Y, de nuevo, la increíble sensación de estar rodeada por su cuerpo grande y fuerte; la maravillosa plenitud de tenerlo sobre mí, y dentro de mí, mientras sus hermosos ojos no dejaban de mirarme. Cuando empezó a moverse en mi interior, me arqueé sobre las sábanas, clavé las uñas en su espalda y lancé un grito a la penumbra cuando el placer se adueñó de mi cuerpo y de mi mente. Unos segundos después, él también gritó su orgasmo y cayó a mi lado sin dejar de abrazarme.

***

Pensé que, tras el arrebato de pasión, llegarían la calma y también la incomodidad o el arrepentimiento. Pero nada más lejos. Él se encargó de cubrir nuestros cuerpos con el edredón y continuamos juntos en la cama, mirándonos, con aquella extraña conexión que parecía unirnos de alguna forma y que nos proporcionaba paz, plenitud, confianza, seguridad, como si nos conociéramos y nos entendiéramos. Él acariciaba mi pelo y yo reseguí con los dedos los marcados músculos de sus brazos. Un segundo después, los dos comenzamos a reír. El vínculo invisible volvía a actuar.

—Qué extraño todo, ¿verdad? —le dije entre risas.

—Un poco, sí —me respondió, aunque se puso serio de repente. ¿Y si se había arrepentido de aquel arrebato?

—Tal vez preferirías que me marchara —le sugerí, al ver la sombra que cruzó su rostro.

—No —respondió al instante, al tiempo que tomaba mis manos entre las suyas y se las llevaba a los labios—. Quédate.

«Quédate...»

Nunca una simple palabra me había emocionado tanto.

—Vale. —Sonreí—. Me encuentro a gusto aquí, contigo.

Por una parte, cuanto más rato pasaba y más lo miraba, más ganas me daban de preguntarle detalles de su vida, su nombre, lo que pensaba de mí..., cualquier cosa. Pero, por otro lado, me resistía a dar por terminada aquella ilusión. Porque un sueño bonito puede vivir eternamente, pero la realidad suele ser bastante más corta y más dura.

Decidí buscar un término medio, porque reconocí que, aunque ambos evitáramos las preguntas incómodas, me gustaba conversar con él. El deseo de estar con aquel desconocido de ojos misteriosos iba más allá de la atracción sexual. Me sentía bien cuando estaba con él.

—¿Qué tal ha ido tu día? —le pregunté.

—Largo —me contestó—, cansado. Extraño.

—Y, para colmo, llegas a tu hogar y te encuentras a una loca acechando tu casa. —Reí—. Menuda forma de acabar el día.

De inmediato, levanté la cabeza de la almohada y me apoyé en un brazo.

—Oye, pero que no ha sido así, ¿eh? —le aclaré de forma atropellada—. No te estaba acechando ni nada, ha sido algo extraño que todavía no entiendo y...

—Tranquila —me acalló mientras volvía a acomodarme sobre la almohada—, no hace falta que trates de explicarlo. Yo tampoco tengo respuesta para muchas preguntas. Y tu día, ¿cómo ha sido?

—Una auténtica, horrible y enorme mierda —respondí con un bufido.

—Me ha quedado claro que ha sido un mal día —comentó con una mueca.

—¡Ni te lo imaginas! —bufé—. Entre otras cosas, me he quedado sin trabajo.

—Vaya, lo siento —se limitó a decir.

—En realidad, sabía que acabaría sucediendo más tarde o más temprano —le expliqué—. Estaba hasta las narices de ese empleo y de mi jefe. Lo malo es que tengo que ponerme a buscar mañana mismo, o me quedaré en la calle por no tener para el alquiler. Puta vida...

—Lo... lamento —titubeó mi guapo desconocido ante la perorata que acababa de soltar.

—Vale, ya no te doy más la tabarra con mis quejas. —Me impulsé con un brazo y me coloqué sobre su cuerpo. Apoyé las manos en su tórax y lo miré con una sonrisa torcida—. En los sueños no existen problemas, jefes capullos o facturas que pagar. Creo que me apetece más besarte.

Tal y como me encontraba, completamente encima de su cuerpo grande y caliente, comencé a diseminar besos sobre su piel morena y cubierta de vello oscuro. Besé su abdomen, su pecho, sus hombros, y acabé hundiendo el rostro en la curva de su cuello. Inhalé con fuerza.

—Hum, qué bien hueles. Me encanta tu olor. Hueles a perfume caro y exquisito, y me dan ganas de morderte por todas partes.

Comencé a dar pequeños mordiscos por su áspera barbilla, su cuello y sus hombros, y él respondió tensando su cuerpo, acaparando el mío entre sus grandes manos, buscando mi boca con la suya. Acepté la invasión de su lengua y dejé que abriera mis piernas tras ponerse un preservativo, tanteara mi sexo con su miembro y me penetrara con un solo empuje de su cintura. Encima de él, acompasé mis movimientos a los suyos con el impulso de mis piernas y mis caderas, abrazada a él, besándolo. Nunca me había costado tan poco excitarme, ni alcanzar el orgasmo. Me retorcí de placer enredada en sus brazos y, cuando cesó el temblor de mi cuerpo, volví a dejarme caer sobre el pecho masculino, que subía y bajaba a toda velocidad.

—Y nunca había tenido orgasmos tan alucinantes —suspiré mientras la respiración se normalizaba.

Justo después, fui consciente de que mi último pensamiento había salido de mi boca.

—Me alegro —murmuró él.

Pude sentir a la perfección el vaivén de su pecho debido a la risa contenida.

—¡Lo he dicho en voz alta! —exclamé, escandalizada.

—Eso parece.

—Oh, mierda. —Escondí mi rostro en el valle de su cuello—. Cuando me da por hablar...

—No importa —señaló él—. Así hablas tú por los dos.

Y, por si aquel desliz no hubiese sido lo suficientemente abochornante, le dio a mi estómago por rugir en aquel momento. El sonido hueco rebotó contra el abdomen de mi amante y se oyó el eco por toda la habitación. Imposible poder disimularlo.

—Vale —musité, avergonzada—, lo que me faltaba para terminar con la dignidad por los suelos. Creo que no recuerdo cuándo ha sido la última vez que he comido.

—No pasa nada. —Separamos nuestros cuerpos y me aparté a un lado—. Mira a ver si tengo algo en la nevera que te apetezca.

—Pues no voy a decirte que no.

Me puse las bragas y la camiseta de tirantes que llevaba bajo la sudadera, y me dirigí a la cocina. Por supuesto, el frigorífico era enorme y brillante, aunque pensé que quizá me llevaría una desilusión al verlo por dentro. Ese hombre tenía pinta de comer siempre fuera, de compartir cenas y comidas de trabajo y no tener en casa ni un triste tetrabrik de leche. Sin embargo, en cuanto abrí la doble puerta, me llevé una gran y grata sorpresa.

—¡Madre mía! —exclamé, alucinada—. ¡Dios, aquí hay de todo!

—¿Y qué esperabas? —señaló él mientras se vestía con un pantalón de chándal negro y una camiseta blanca de manga corta—. ¿Que me muriera de hambre por vivir solo?

—Algo así —respondí con la boca llena, mientras empezaba a probar un poco de todo lo que allí había: fruta, queso, galletas y un buen trago de zumo de naranja que bebí directamente de la botella—. Al menos, suponía que siempre comerías fuera.

—Y es así la mayoría de las veces —me indicó—, pero algunas noches prefiero estar en casa y me gusta que haya comida.

—Qué maravilla —le dije mientras me limpiaba la boca con el dorso de la mano—. Nuestra nevera no está nunca tan repleta. Y, ahora, si encuentro lo que estoy pensando, te juro que daré un bote de alegría.

Abrí la puerta del congelador y, *voilà*!, allí estaba lo que más deseaba: un gran tarro de helado.

—¡Madre mía, madre mía, madre mía! —chillé, con el bote en la mano, mientras mis pies descalzos rebotaban contra el suelo de cemento pulido—. ¡Y de nueces y caramelo! ¡¿Cómo es posible que lo tengas sin abrir todavía?!

—Ni siquiera recuerdo cuándo lo compré. —Se encogió de hombros.

—Eso es un sacrilegio —gruñí.

Busqué dos cucharas en un cajón y señalé los dos taburetes que había frente a la encimera antes de sentarnos. Le di a él uno de los cubiertos y abrí el tarro de helado. A continuación, cogí una buena cantidad con mi cuchara y me la llevé a la boca.

—Por favor... —me relamí—, hum, qué delicia... Vamos, coge una buena cucharada y saborea lo mejor del mundo.

—Hace mucho tiempo que no como helado —gruñó mientras arañaba un poco la parte de arriba—. No soy muy goloso.

—Pues es lo mejor de la vida, no sabes lo que te pierdes —afirmé mientras saboreaba el delicioso caramelo.

Volví a llenar la cuchara de helado y comencé a chuparla poco a poco, para disfrutar despacio de aquel manjar dulce y crujiente. Deslicé la lengua por la parte de arriba, luego por la de abajo...

Y así me quedé, con la boca abierta y la lengua fuera,

cuando me di cuenta de que mi atractivo acompañante me miraba embelesado. Su ojo marrón se oscureció y el verde brilló con un destello cegador. Con solo un par de encuentros, había aprendido a interpretar sus miradas, y aquella era de hambre... y no de helado, precisamente.

Sin decir nada, me llevé un poco de helado a la boca y, antes de tragarlo, me acerqué a él, posé mis labios en sus labios, y le pasé el contenido de mi boca.

—¿Qué te parece? —susurré—. ¿Sigue sin gustarte el helado?

—Diría que me va gustando cada vez más —respondió con la voz ronca mientras se relamía.

Volví a hacer la misma operación, pero al revés. Introduje helado en su boca y lo besé mientras él lo pasaba a la mía.

—Hum... —musité—. No puede haber nada mejor en el mundo que tus besos rellenos de helado de caramelo.

—Sí que lo hay —gruñó él al tiempo que me sacaba la camiseta por la cabeza y dejaba libres mis pechos. A continuación, deslizó la cuchara llena de helado por un pezón, y luego por el otro, impregnándolos del dulce. Emití un gemido ahogado por la impresión del frío en mis sensibles puntas.

Pero lo que me hizo gemir de verdad fueron los labios masculinos succionando mis pechos. Aquella mezcla de frío y calor, de labios, lengua y dientes...

—Oh, Dios...

Tuve que sujetarme a la barra de la encimera mientras me arqueaba y trataba de mantener el equilibrio sobre el taburete. Como si de un número de contorsionismo se tratase, le quité a él su camiseta y me senté en sus piernas, sobre su asiento, para poder abrazarlo y besarlo.

¿Cómo podía ser posible aquella atracción tan inmediata, aquella necesidad de tocarlo y de sentirlo...?

Yo misma aparté mis bragas a un lado, bajé la cinturilla de su pantalón para afianzar su miembro y lo introduje en mi cuerpo en cuanto él se colocó el preservativo. Fue toda una proeza el mantenernos sobre aquel inestable taburete mientras yo me agarraba a la encimera y a su cuello y él me sujetaba por la cintura y continuábamos besándonos. Fue un encuentro rápido, visceral, que terminó en un clímax igual de intenso. Al finalizar, ambos nos miramos, jadeantes, durante largos segundos. Me perdí en sus ojos, tan misteriosos y cargados de secretos.

Pero el momento profundo fue interrumpido por una suave melodía que provenía de un teléfono móvil.

—Tengo que cogerlo —me comentó, deteniendo así nuestra conexión visual.

—Oh, sí, claro... perdona.

Me bajé como pude del taburete y volví a ponerme la camiseta mientras él se recolocaba los pantalones y se acercaba al teléfono. Descolgó y se alejó unos metros. A pesar de que traté de entretenerme con las vistas nocturnas que se apreciaban desde los inmensos ventanales, no pude evitar escuchar los murmullos de la conversación. Aunque solo oyese una de las partes, pude imaginar quién estaba al otro lado.

—Sí, ya te dije que me quedaría en casa —le decía a su interlocutor—. ¿Ha ido bien la cena con Jason y Samantha? Me alegro. Sí, pronto me voy a la cama. Un beso, buenas noches. Mañana nos vemos.

Aquello fue como una bofetada de realidad. Si estaba en mitad de un sueño, alguien me había despertado con un cubo de agua fría en toda la cara.

—Bueno... —titubeé, incómoda—, empiezo a estar cansada. Ha sido un día muy complicado. —Simulé un bostezo que me salió de pena.

—Sí —respondió él a la vez que pasaba sus manos sobre sus ásperas mejillas y su pelo—, yo también estoy cansado.

En realidad, era cierto. Teníamos que estar agotados después de todo lo que habíamos hecho...

—En fin..., voy a vestirme. —Fui en busca de mis vaqueros y mi sudadera.

—La otra vez te quedaste a dormir —le oí decir a mi espalda.

—Lo sé, pero...

—Si no te apetece, no pasa nada.

—No es eso y lo sabes...

¡Claro que me apetecía! ¡Muchísimo! Suponía alargar un poco más el sueño de una noche, aunque también sabía que aquello era como alargar más el chicle, que estiras y estiras... y se acaba rompiendo.

Me encontré ante una gran disyuntiva. ¡Quería quedarme pero no debía! Aquello era como encontrarme un cigarrillo encendido cuando pretendía dejar de fumar; como un enorme *cupcake* que tienta a un diabético; como lanzarse a un vacío del que no ves el final.

—Me gustaría que te quedases —insistió—. Creo que... me iría bien tener a alguien esta noche a mi lado.

Fue como oírle decir que me necesitaba. Y ese fue el empujoncito que me faltaba para hacer lo que tanto deseaba.

—Si lo estaba deseando, tonto. —Reí.

Con una expresión que interpreté como alivio, se deshizo totalmente de su ropa, se metió en la cama y abrió la otra parte. Yo también me desnudé, trepé hasta el enorme colchón y me acurruqué a su lado.

—Buenas noches —le dije después de acomodarme y cerrar los ojos.

Él se limitó a abrazarme más fuerte y a besarme en el pelo.

***

¡Y tanto que estaba cansada!, puesto que no me desperté hasta que la claridad del alba atravesó las altas vidrieras. ¡Qué a gusto había dormido!

Parpadeé y, aunque algo borroso, pude contemplar a mi apuesto caballero sin nombre preparando café. Hasta mí llegó el delicioso aroma.

Me levanté, fui al baño y me vestí a toda prisa. Sin pedírselo, me ofreció una taza.

—Gracias y buenos días —le dije.

—Buenos días —me contestó de forma adusta, como si no fuera el mismo hombre que me había casi rogado que durmiese junto a él.

Tomamos la revitalizante bebida en silencio y dejamos las tazas en el lavavajillas.

—Tengo que vestirme para ir a trabajar —me comentó.

—Sí, claro. Ya me voy...

—Y creo que... no deberíamos volver a vernos —concluyó.

Fue como recibir un mazazo, pero sabía que tenía razón y que era lo mejor. ¿Acaso se me había ocurrido pensar que aquella noche sería eterna? Además, ya se había hecho de día. Era como si, de repente, hubiesen aparecido la calabaza y los ratones que hechizó el genio de la lámpara.

Vale, he vuelto a liarme con dos cuentos diferentes, pero da igual.

—Estoy de acuerdo —respondí con un intento de sonrisa—. Repetir una vez ya ha sido suficiente fantasía. Yo también creo que no deberíamos volver a vernos.

—Yo... voy a casarme... —me comentó como si intentase justificar aquella decisión.

—Lo sé. —Lo miré un instante a sus ojos turbios—. ¿La quieres mucho?

Una especie de rictus se formó en su boca y creí apreciar un leve tic en su mejilla, sombreada ya por la oscura barba matutina.

—Vale, vale, perdona —suspiré—. Creo que he pisado terreno pantanoso y no me incumbe en absoluto. Lo siento.

Me calcé las deportivas, cogí mi mochila y me dirigí a la puerta.

—Espera un momento.

Me detuve ante aquella petición.

Observé cómo cogía su cartera de la mesa del salón, la abría y se acercaba a mí de nuevo.

—Espero que no lo malinterpretes, pero quiero ayudarte.

Miré su mano con desconcierto. Me ofrecía un puñado de billetes.

—¿Qué significa eso? —le pregunté, con el corazón latiendo a mil. No podía ser...—. ¡¿Qué coño estás haciendo?!

—Solo quiero ayudarte... —repitió, sorprendido por mi reacción.

—De verdad —le reproché—, pensaba que eras un buen tío, pero a la vista está que eres un maldito impresentable. ¿De qué vas, imbécil? ¿De *sugar daddy*?

—¡Te aseguro que no pretendía incomodarte! —declaró, turbado—. Es solo que mencionaste que te habías quedado sin trabajo y que no podrías pagar el alquiler...

—¡Ya sabes que tengo la lengua muy larga! —lo corté—. ¡No debería haberte dicho una mierda!

—Te juro que lo siento. —Parecía realmente abochornado—. Yo... no tengo mucha idea de estas cosas, pero he pensado que podría ayudarte. Es solo un dinero para hacerle frente al alquiler hasta que encuentres trabajo y no te echen a la calle. No te estoy pagando nada. No pretendía insultarte ni nada parecido. Ha sido como... echarle una mano a una amiga.

Llegué a creerlo. Podía no conocerlo de nada, haber pasado únicamente dos noches de sexo con él y no saber ni su nombre, pero presentía que era sincero. Aquella mirada bicolor, tan desconcertada y compungida, no era fingida.

Por ello, dudé un diminuto instante. Pensé en Philip y en Arthur, en lo bien que les vendría aquel dinero extra para hacer frente a cualquier emergencia médica, o lo bien que nos vendría a todos para pagar al maldito Vladímir...

Pero ¿en qué estaba yo pensando? ¡Jamás! ¡Y yo menos que nadie, después de haberlo vivido en mi propia piel!

—Pues sí, me has insultado —lo increpé—, porque tú nunca me habrías ofrecido dinero en cualquier otra circunstancia. Me lo das a cambio de haber follado contigo, así que puedes meterte tu maldita pasta por el culo.

Lo vi guardar los billetes en su cartera y tirar esta sobre el sofá.

—Lo último que haría en esta vida sería insultarte o hacerte daño —aseguró con un tono de amargura y de crispación—. Adiós, chica del pelo rosa.

—Adiós —le dije—. Al final, mi fantasía se ha convertido en la más cruda realidad. Qué decepción. Eres como todos.

—¿Acaso pensabas que era diferente? —musitó.

—Sí, lo hacía.

—Pues me quedo con ese breve pensamiento.

—Pues que te aproveche —le espeté.

Salí del apartamento y bajé en el ascensor con la horrible sensación de haberla cagado. No tenía muy claro si por no coger el dinero, por insultar a aquel hombre, por saber que no volvería a verlo más, por haberme acostado con un desconocido y haberlo disfrutado tanto...

Joder, le diera las vueltas que le diera, ¡la había cagado!, ¡y mucho!

Antes de abrir el portal, dirigí la vista hacia la pared de la izquierda, donde se ubicaban un par de filas de buzones. Se me erizó el vello de la nuca al pensar que solo tendría que acercarme, buscar el del último piso y leer la inscripción para saber el nombre del inquilino del apartamento. Desde mi posición podía vislumbrar un nombre y un apellido, pero no alcanzaba a leerlo.

Dudando acerca de si mover los pies y saciar mi curiosidad, oí el sonido del portal al abrirse y el momento de duda terminó. Aproveché la entrada de un vecino para salir a la calle, colocarme la capucha y caminar sin mirar atrás.

Capítulo 13

SUMMER (*MENSAJE DE AUDIO*)

Hola, mamá. Seguro que notarás en mi voz que he llorado. Y no, no es solo porque el hombre de mis sueños me haya decepcionado, que también... es porque ayer fue un día de mierda. Para empezar, el cerdo de Ben acabó echándome del trabajo.

¡Ya no tengo curro! ¿Se puede caer más hondo?

Justo después, fui a casa de Joshua. Ni siquiera sé para qué me presenté allí, pero pensé que, si al final íbamos a volver, mi novio era la persona indicada de la que recibir apoyo y consuelo, ¿no?

Sin embargo, una vez más, he tenido que admitir mi propio error. No debería haberme planteado volver con él. ¿Y sabes lo peor? Que verlo tirarse a otra ni siquiera me ha hecho daño. En realidad, me ha hecho recordar que yo me he tirado a otro un par de veces.

Seguro que crees que soy lo peor... aunque, como mi madre que eres, me tranquilizarás con tus palabras de consuelo, y me dirás que no soy mala persona, que solo busco algo que no encuentro...

¿Tú también crees que mi desconocido de ojos bonitos solo pretendía ayudarme, tal y como me dijo él mismo?

La verdad, no sé qué pensar. Por un lado, creo que fue sincero y que no pretendía insultarme... pero, por otro, no puedo olvidar lo que el innombrable te hizo a ti.

Aunque, ¿qué más da, si esta vez sí que estoy segura de que no voy a volver a verlo más?

Pero no me eches la bronca por presentarme en su casa, porfa. A ti no puedo engañarte y decirte que fue un arrebato, como me dije a mí misma. Tú eres la única que sabe que no podía olvidarlo y que, al bajarme del taxi, lo único que deseaba era encontrarlo de nuevo. Quise volver a contemplar aquellos ojos inolvidables, oír aquella voz tan envolvente, sentir sus suaves caricias y esa ternura que tan pocos hombres son capaces de demostrar...

Total, para lo que me ha servido...

Capítulo 14

Mi cargo de ejecutivo en la Atlantic seguía exigiéndome mucho, por lo que, en demasiadas ocasiones, me veía obligado a trabajar también desde casa. Así que aproveché aquella tarde en la que Abbey salió con Candace y me encerré en la habitación que habíamos habilitado como despacho. Tras una hora de lectura de contratos y de cláusulas, un par de toques en la puerta me hicieron levantar la vista. Ya sabía de quién se trataba y emití un suspiro de tristeza.

—Perdone, señor O'Brien —se excusó la mujer—. Vengo a traerle las llaves y a despedirme. Ya lo hice esta tarde de la señorita Howard.

—Cuánto voy a echarla de menos, señora Ferris —me lamenté.

Cinco años atrás, cuando me mudé al ático que adquirí, puse en manos de una agencia la labor de contratar a una persona de confianza para la limpieza de la casa... y no habían podido acertar más. Desde entonces, la señora Ferris había sido un ejemplo de eficiencia, discreción y seriedad. Jamás tuve una queja o exigencia, a pesar de las

149

mujeres desnudas con las que se tropezó o de lo que se encontrase tirado por cualquier rincón de la casa.

—Y yo a usted, señor O'Brien. Ahora que había sentado la cabeza...

En su línea de prudencia, no sonó a reproche.

—¿Y no puedo hacer nada para que cambie de opinión? —insistí—. Un aumento de sueldo, un horario más reducido, una habitación para usted en la casa...

—No —rio—, no se trata de nada de eso. Simplemente, me he hecho mayor y me duelen todos los huesos. Además, quiero pasar más tiempo con mi marido y con mis nietos...

—Tiene usted toda la razón, señora Ferris. —Sonreí—. Dedique más tiempo a usted misma y a los suyos. Perdone por haber entrado en pánico. —Compuse una mueca.

—No se preocupe. —Sonrió con indulgencia—. Ya he avisado a la agencia y le mandarán a una persona mañana sin falta. Yo misma haré alguna recomendación para que le envíen a alguien de total confianza.

—Gracias, señora Ferris.

Tras la marcha de la mujer, perdí la noción del tiempo hasta que Abbey y su hermana regresaron del concierto. Candace nos dio las buenas noches antes de retirarse a su cuarto, y Abbey apartó algunos objetos de mi mesa para sentarse sobre ella. Después se quitó los zapatos y colocó los pies sobre mi regazo al tiempo que rodeaba mi cuello con sus brazos y me daba un beso.

—Estoy molida —suspiró—. Me he pasado una hora y media cantando y bailando.

Posé mis manos sobre sus pies y comencé a masajearlos. No era la primera vez que lo hacía y sabía lo que la relajaba.

—Hum, qué bien se te da esto, cariño...

Apoyó las manos en la mesa y echó la cabeza hacia

atrás en mitad de un suspiro, visión que consiguió que me pusiese duro como una piedra, a pesar del cansancio del día. Sin dejar de acariciar sus pies, deposité suaves besos en sus muslos, lo que hizo que Abbey volviera a rodear mis hombros y a rozar mi rostro con sus labios.

—Oh, cariño... —musitó—. Juro que, si no temiera quedarme dormida en mitad del proceso, dejaría que me hicieses el amor aquí y ahora.

—Podríamos intentarlo...

—Vale —murmuró. Bajó hasta mi regazo, se sentó sobre mí y se dejó caer en mi pecho. La tenía suave y dispuesta entre mis brazos, pero no me pasaron por alto sus ojos cerrados ni su respiración acompasada.

—Mejor lo dejamos para otro momento. —Sonreí al tiempo que apartaba el cabello de su cara y besaba su frente.

—Lo siento —dijo con una mueca antes de levantarse.

Una vez estuvo en pie junto a mi escritorio, me miró y frunció el ceño.

—Qué raro que no hayas aprovechado este momento de debilidad para pedirme... lo que ya sabes.

—Si te refieres a pedirte que te cases conmigo, de momento, queda aplazado. —Señalé el primer cajón de mi mesa—. Dejaré ahí la caja hasta que tú decidas que vuelva a pedírtelo.

—Lo lamento, Nathan —suspiró Abbey—. Ya sabes que mi decisión no cambia para nada lo que siento por ti. Tienes que comprender que hace demasiado poco tiempo desde la última vez que organicé mi propia boda. Solo hace unos meses que tuve que anular la ceremonia, el banquete, devolver los regalos, el vestido...

No había forma de evitar los celos corrosivos que me invadían cuando imaginaba a Abbey a punto de casarse con el capullo de su ex, que rompió con ella una semana antes de la boda porque había dejado embarazada a otra mujer. La imaginaba probándose el vestido de novia, ilusionada con su boda con otro...

Y yo quería ser el que cumpliese esa ilusión, pero la definitiva. Quería ser su marido.

—Perdóname tú a mí —suspiré mientras me pasaba los dedos por entre el pelo—. Me he puesto demasiado insistente.

—¿Cómo es? —me preguntó.

—¿A qué te refieres?

—Al anillo. Todavía no lo he visto.

—¿Quieres que te lo enseñe? —le planteé, algo desconcertado.

—No sé... —respondió, turbada.

—¿Qué hiciste con... el otro?

—Lo vendí. —Se encogió de hombros—. Ni siquiera me dio tiempo a devolvérselo a Carter, porque ya se estaba casando con otra, así que lo empeñé y saqué unos dólares para comprarle un ordenador a Candace.

Dudé un instante, pero acabé abriendo el cajón y sacando la caja de terciopelo. Me planté delante de Abbey, abrí el estuche y le mostré el interior.

—No es muy ostentoso —le comenté—. Quería algo muy concreto que supuse que te gustaría.

—Oh, Dios mío, Nathan... —musitó—. Qué preciosidad —dijo, emocionada—. Es un zafiro... ¿Y las piedras que hay alrededor?

—Son aguamarinas —respondí—. Me has dicho muchas veces lo que te gustan mis ojos, que por ellos el azul es tu color favorito... así que decidí comprarte algo muy azul. —Sonreí.

Noté a la perfección el desconcierto y la emoción de Abbey. Fue un momento mágico, que duró un efímero instante, mientras ambos mirábamos aquella joya que contenía tanto significado.

—¿Quieres probártelo? —le propuse.

—No me líes, Nathan... —Cerró los ojos un segundo, como si no supiera si hacerme caso a mí o a su juicio.

—No voy a engañarte, cariño. Sabes que te lo prometí. Nunca te mentiría en algo así.

—Está bien —musitó—. Pónmelo, pero solo un momento.

—Por supuesto.

Saqué el anillo de su estuche, cogí la mano de Abbey y deslicé la joya por su dedo anular. Fueron solo unos leves instantes, pero no dejamos de mirarnos durante aquel gesto tan íntimo, tan especial. Una vez tuvo puesto el anillo, Abbey se miró la mano y luego me miró a mí. Sus ojos grises se volvieron turbulentos, reflejando la batalla que tenía lugar dentro de ella.

—Solo es un anillo, Abbey —le indiqué—. Puedes llevarlo puesto porque tú lo desees, sin compromisos ni promesas.

Volvió a dudar un instante, en el que pude percibir su dilema, su confusión, su deseo frente a la razón.

—Será mejor que no, Nathan. —Se sacó el anillo y lo depositó en mi mano—. Siento que lo hayas comprado para nada.

—No voy a devolverlo —le aclaré mientras volvía a introducirlo en su caja—. Seguirá aquí hasta que estés preparada.

—Puede que no suceda nunca, Nathan...

—Sabes que soy perseverante —le recordé con una sonrisa y una caricia en su mejilla—. Logré que me perdonases a pesar del daño que te hice.

—Eso fue distinto —suspiró—. Nada cambia el hecho de que te amo. Y seguiré amándote sin anillo en el dedo. Ya me considero tu mujer, Nathan.

—Yo también te amo y te amaré siempre, Abbey.

Tras un lapso de silencio en el que ninguno se atrevió a hablar, Abbey se dirigió a la puerta que daba al pasillo.

—Ahora sí, Nathan, me voy a la cama. ¿Vendrás enseguida?

—Solo tardaré unos minutos. Buenas noches, cariño.

Una vez solo, volví a meter el estuche en el cajón de mi escritorio. Quizá Abbey tenía razón y no hacían falta anillos o contratos para demostrar nuestro amor, pero me seguía pareciendo algo bonito, un recuerdo que atesorar. Desde pequeño, había contemplado en mi casa las fotografías de la boda de mis padres, y siempre pensé que, algún día, yo tendría esa clase de recuerdos en mi propia casa.

Capítulo 15

—¿Cómo ha ido? —me preguntó Philip, que aún llevaba puesto el traje formal que utilizaba en su trabajo como contable—. Vale, mejor no pregunto —murmuró cuando me vio tirarme sobre el sofá.

Mientras esperaba alguna respuesta de los trabajos que había buscado por internet a primera hora, decidí ir a patearme la ciudad en busca de letreros que anunciasen vacantes de camarera o dependienta. Había recibido tantas negativas y tantas miradas hostiles que, desesperada y agotada, volví a casa odiando el mundo. Lo único que pudo suavizar mi mal humor en aquel momento fue la visión de Ian, el bebé de Ruby, que jugaba sobre una mantita dispuesta en el suelo. Junto a su madre, agitaba sus manitas regordetas y mordisqueaba un juguete al tiempo que nos dedicaba sonrisas húmedas y balbuceos indescifrables.

—No, mejor no preguntes —gruñí—. ¿Sabéis que se ha corrido la voz por el sector de que soy una camarera problemática? Me cago en Ben y en su bigote apestoso.

—¿Y no puedes hablar con Joshua? —aportó Ruby—. Seguro que él te ayudaría...

—No quiero volver a oír hablar de Joshua ni de que me ayude un tío, ¿de acuerdo? —le respondí. Observé el mohín que compuso con sus sensuales labios y me sentí fatal. Había pagado con ella mi propia frustración—. Lo siento, Ruby, perdona. Sé que solo quieres echarme una mano.

—Tranquila. —Sonrió.

—Que le den a ese cerdo de Ben —refunfuñó Arthur—. No tienes por qué seguir aguantando pellizcos en el culo y gritos de tu jefe.

—Mi viejo e insufrible padre vuelve a tener razón —terció Philip—. Seguro que encuentras algo, no te desmorones tan pronto.

—Os recuerdo que Vladímir está a punto de hacer su aparición estelar —bufé—. Y, esta vez, os aseguro que tirará la puerta abajo.

—No te preocupes, mi chica —me calmó Philip—. Haré horas extras en el concesionario, pediré más actuaciones en el club...

—Y, a ese paso —lo corté—, harás el papel de la Bella Durmiente, porque te quedarás dormido en cualquier momento —farfullé.

—También podríais llevarme de nuevo a la residencia de veteranos —intervino Arthur—. Soy una maldita carga para vosotros y eso no me hace sentir precisamente bien —rezongó.

—Ni se te ocurra volver a mencionarlo —lo reprendió Philip—. Eres mi padre y no te dejaré otra vez en aquel horrible lugar.

—La carga soy yo, Arthur. —Me arrodillé frente al anciano y tomé una de sus manos entre las mías. Me afligió percibir la fragilidad de su piel, tan fina que las venas parecían poder tocarse—. Soy yo la que tendría que marcharse para que vosotros pudieseis acoger a otro inquilino que os pagase cada mes.

—No —negó el hombre al tiempo que apretaba con fuerza mis manos—. Ni se te ocurra hablar de marcharte. —Advertí el miedo en sus acuosos ojos claros, aunque intentó componer una expresión dura—. No puedes dejarme solo con mi hijo, el rarito. Discutiríamos tanto que nos acabaríamos tirando los platos a la cabeza.

Tanto Philip como yo reparamos en la angustia del anciano. Nos habíamos convertido en una familia y la falta de un miembro lo asustaba. A pesar de sus gruñidos, sus peleas con Philip o el humor negro que solía utilizar consigo mismo, Arthur me pareció, en aquel instante, más que nunca, el viejo enfermo y desvalido que en realidad era.

—No quiero irme, Arthur, te lo aseguro, pero...

—¡Se me acaba de ocurrir algo! —nos interrumpió Ruby—. Ya sabéis que mi madre y yo trabajamos en una agencia que busca empleadas domésticas. Ella lleva muchos años y, gracias a la confianza de su jefa, yo también tengo trabajo. Nos turnamos el cuidado de Ian y así puedo colaborar en la economía familiar.

Una luz de esperanza me iluminó al instante.

—Oh, Ruby... —Me acerqué a ella y caí de rodillas sobre la manta donde seguía jugueteando su bebé—. ¿Crees que tu madre podría hablarle de mí a su jefa?

—Claro que sí. —Sonrió, sacó su móvil del bolsillo y envió un mensaje—. Ya está. Le he comentado que estás interesada, a ver si puede hacer algo.

—Gracias, Ruby —le dije en mitad de un abrazo.

Unos minutos después, oíamos la melodía del teléfono de nuestra vecina.

—Dime, mami —respondió—. ¿En serio? ¿Tan pronto? ¡Gracias, mami!

—¿Qué ocurre? —le pregunté, tratando de no ponerme histérica.

—Pues que le he enviado el mensaje a mi madre justo cuando estaba hablando con su jefa, que le preguntaba si podía recomendarle a alguien de confianza para una casa en Dyker Heights. ¡Y le ha hablado de ti!

—¡¿De verdad?!

—¡Sí! ¡Quiere que vayas ahora mismo a la oficina para conocerte!

—¡Te como esa cara bonita que tienes! —grité entre besos—. ¡Voy a cambiarme ahora mismo!

***

Entré en la oficina que me habían indicado en la entrada y allí me encontré con Helen, la madre de Ruby, a la que le di un abrazo nada más llegar. La acompañaba una mujer detrás de una mesa, que supuse que era la responsable, y otra más mayor, situada al otro lado de la estancia.

—Imagino que tú eres Summer —me dijo la jefa mientras me repasaba con la mirada de arriba abajo—. No sé si tu aspecto será un problema para la familia que busca empleada. Son gente seria y de cierto nivel.

—Yo también soy seria —repliqué con cierta tensión—. Por si le interesa saberlo, llevo trabajando desde los diecisiete años, y sé lo que es currar en cualquier cosa, incluida la limpieza en casas de ricos.

—Summer es una chica muy madura, responsable y trabajadora —intervino Helen, que quiso acudir en mi ayuda—. Mi hija y yo estamos encantadas de tenerla como vecina, siempre dispuesta a ayudar, ya sea para cuidar de mi nieto como para hacerse cargo de un anciano enfermo con el que comparte vivienda. Si te la he recomendado, Julia, es porque estoy convencida de que dará la talla.

—Gracias, Helen —murmuré, con una sonrisa de agradecimiento.

—¿Qué le parece a usted, señora Ferris? —le preguntó la tal Julia a la tercera mujer, que había seguido la conversación con interés.

—Hola, Summer —me saludó la señora con una sonrisa bondadosa y comprensiva—. Yo soy Angela y he trabajado con el señor O'Brien durante cinco años, aunque hace poco que se mudó con su pareja a esta bonita casa. Es un alto ejecutivo, acostumbrado a ciertos detalles lujosos, pero te puedo asegurar que, tanto él como la señora, son personas sencillas a las que seguro que el color de tu pelo será lo que menos les importe en el mundo.

—Está bien —claudicó la jefa—. Confiaré en el criterio de Helen y en el de Angela. —Después volvió a mirarme con cierto recelo—. Es una casa grande —me explicó—, pero los dueños trabajan casi todo el día, así que dispones de las mañanas para realizar tareas de limpieza, colada, plancha... También te debes hacer cargo de un ala anexa, donde vive una joven estudiante y hermana de la señora, aunque solo viene algún fin de semana y fechas señaladas.

—No tienen grandes manías —añadió Angela—, son buenas personas y estarás muy tranquila.

—Suena bien —le comenté.

—De momento —terció la jefa—, estarás a prueba, hasta que el cliente dé su visto bueno. Te presentarás en la casa esta misma tarde.

—Por supuesto —contesté, alzando la barbilla. A continuación, le di las gracias a la señora Ferris y un abrazo a la madre de Ruby.

—Ya verás como te cogen —me susurró.

—Gracias por todo, Helen.

***

En la dirección que me indicaron en la agencia, me encontré con una bonita casa de piedra con las ventanas blancas y un cuidado jardín. Nerviosa, me acerqué a la puerta y, antes de tocar al timbre, le eché un último vistazo a mi atuendo. Me había puesto unos vaqueros, una blusa blanca y unas deportivas del mismo color, y me había dejado mi melena bicolor lisa y natural. Me vi sencilla pero presentable, y me daba igual lo que hubiese pensado Julia de mí. Mi físico formaba parte de mi personalidad, y quien me quisiera me aceptaría tal y como era.

Por fin, mientras aferraba con fuerza la mochila que solía llevar al hombro, toqué al timbre y apareció una chica joven, que tendría solo unos pocos años más que yo, y que me pareció muy agradable a primera vista.

—Hola —me saludó con una sonrisa—. Tú debes de ser Summer, ya me han avisado de la agencia. Pasa, por favor. Yo soy Abigail, pero puedes llamarme Abbey.

—Hola, Abbey —le respondí al tiempo que la acompañaba al salón.

—La señora Ferris nos ha abandonado con muy poco margen de maniobra —comentó—, así que iremos al grano y te enseñaré la casa para que puedas comenzar cuanto antes. Este es el salón, esta es la cocina...

La chica me enseñó la totalidad de la vivienda y, poco a poco, fue consiguiendo que me relajara. Todo estaba limpio y ordenado, y ella se comportó conmigo de forma afable y natural. En mi vida me había topado con tantos ricachones con ínfulas de superioridad que me tranquilicé al pensar que trabajaría para aquella joven tan sencilla y agradable.

Tras echarle un vistazo a la parte principal de la casa, accedimos, a través de una terraza, al ala de la que me habían hablado, donde supuse que vivía la hermana estudiante. Me pareció una pasada que aquella chica dispusiese de habitación, baño, salón y cocina para ella sola.

No esperaba encontrármela allí, pero la descubrimos junto a un chico que me pareció muy mono, a pesar de su tez pálida y su expresión sombría. Ambos preparaban una maleta.

—Hola —se presentó la estudiante—, yo soy Candace, y este es Liam.

—Encantada —les dije.

—No vamos a coincidir mucho —sonrió mientras cerraba el equipaje—, porque ya me voy de nuevo. Mis responsabilidades me esperan en Harvard —bromeó—. Encantada de haberte conocido; ya nos iremos viendo.

—Igualmente —le respondí.

—Hasta pronto, Abbey. —Le dio un abrazo a su hermana—. Y no te preocupes, Liam me acompaña al aeropuerto.

—Ten cuidado, hermanita.

—Sííí, tranqui.

Mientras volvíamos a la zona principal, detrás de la joven pareja, oímos saludos y risas.

—Ese debe de ser Nathan, que llega ahora del trabajo. —Abbey sonrió—. Se estará despidiendo de Candace. Ven conmigo, te presentaré.

Nos encontramos con el tal Nathan en el vestíbulo, justo después de que Candace y su novio salieran por la puerta.

—Cariño, esta es Summer, que va a ocupar el puesto de la señora Ferris.

—Encantado de tenerte por aquí. —Me estrechó la mano.

Me quedé muda durante un instante. Aquel hombre no se podía catalogar sencillamente de atractivo. El tipo era guapísimo a un nivel bajabragas espectacular: alto, rubio, con unos ojazos azules que te deshacían el cerebro y una sonrisa que te aceleraba el corazón; cada movimiento que realizaba resultaba de lo más sensual; olía tan maravillosamente fresco que daban ganas de darle un lametón, y le sentaba tan bien el traje que solo podías pensar en hacerle una fotografía y colgarla en una valla publicitaria para que todas las mujeres pudiésemos fantasear con él.

—I... igualmente, señor O'Brien —le respondí—. La señora O'Brien ya me ha puesto al día y me ha enseñado la casa.

—No estamos casados —intervino Abbey—. Todavía conservo mi apellido, Howard.

Ambos se lanzaron una fugaz mirada que me hizo sentir ligeramente incómoda.

—Pero como si lo estuviéramos —aclaró él.

—Siento la confusión con el nombre —me disculpé—. En fin, puedo empezar mañana mismo, siempre y cuando informen a la agencia de que me aceptan para el puesto.

—Por supuesto que sí —me dijo ella con una sonrisa amable—. Tienes nuestra total confianza, Summer. Bienvenida a nuestra casa.

—Gracias, señorita Howard.

—Llámame Abbey, por favor. —Me ofreció un juego de llaves de la casa y me hizo memorizar el código de la alarma—. Si te parece bien, comenzarás cada día a primera hora, justo cuando nos vamos a trabajar, y finalizarás a las cuatro, poco antes de que regresemos, así que apenas coincidiremos. Cualquier cosa que necesites, no dudes en llamarme. Te doy mi teléfono y el de Nathan, por si surgiese cualquier emergencia.

—Gracias, Abbey. —Nos intercambiamos los teléfonos y, después, me dirigí a la puerta—. Pues, entonces, quedamos así. Muchas gracias por todo.

—A ti, Summer —me contestó Abbey.

—Encantado de conocerte —se despidió el guaperas.

Me desconcertó que me mirara durante un instante con un extraño interés.

***

—¡Celebremos que has encontrado curro tan pronto! —exclamó mi amiga Jenny, alzando su copa.

—¡Y que no vas a tener que aguantar al cerdo de Ben, so cabrona! —bromeó Melanie.

—¡Ni a clientes pesados! —añadió Yun.

—¡Ni olor a fritanga! —terció Philip.

¡Síííí! —grité por encima del volumen de *Beggin'*, de Måneskin, y del ruido del bar que habíamos escogido para la celebración—. ¡Y todo gracias a Ruby! —Achuché a mi vecina, sentada junto a mí.

—No ha sido nada. —Ella sonrió con un mohín, dejándose abrazar—. También lo has conseguido tú, porque les has gustado a los dueños de la casa de la que te vas a encargar.

—¡Oh, es cierto! —señaló Philip—. ¡Se deshace del apestoso de Ben y lo cambia por una jefa que es un cielo y un jefe que está cañón!

—¡Tal cual! —Reí—. Es una pena que vaya a verlos tan poco, porque ya os digo yo que tendría que fregar del suelo mis propias babas cada vez que lo tuviese delante.

—Mejor así —comentó Melanie—. No sabes la suerte que tienes de trabajar sola y a tu aire.

—¿Cómo os va? —les pregunté a mis, hasta entonces, compañeros.

—Como siempre —respondió Yun, encogiéndose de hombros—. Ben, gritando, llamándome chino, y los clientes, quejándose por todo para que les sirvamos más patatas o cervezas gratis.

—¿Y no van a llamar a nadie para cubrir mi puesto?

—Hoy mismo ha empezado una camarera nueva —explicó.

—Pobrecilla —dije.

—De pobrecilla tiene poco —gruñó Mel—. Le encanta que la piropeen y le pellizquen el culo, así que la muy zorra se lleva todas las propinas. Y no solo ha ocupado tu sitio en ese sentido —añadió con una mueca—: ahora es con ella con la que se le van los ojos a Yun.

—Tendré que mirarla si me pasa los pedidos —se defendió mi amigo.

—Qué pronto te has olvidado de Summer —le dijo ella en tono de broma—. Y yo que creía que acabaríais juntos algún día...

A pesar de las risas y las bromas, me sentí ligeramente culpable, como si hubiese abandonado de alguna forma a mis compañeros y amigos. Pero, por otra parte, sentí un atisbo de alivio al pensar que no tendría que volver a aquel cochambroso bar, donde me pasaba el tiempo lamentándome de mi falta de dinero y culpando de ello a la persona que más odiaba en este mundo.

**

Después de llevar una semana trabajando en aquella casa, no podía estar más contenta. El autobús me dejaba muy cerca de la vivienda, donde, solo en una ocasión, había coincidido con los dueños, que salían raudos a sus trabajos tras desayunar juntos. Una vez sola, me ponía una bata de rayas blancas y azules y un calzado más cómodo, me sujetaba el pelo con un pasador y me colocaba un solo auricular para poder escuchar música y estar atenta al timbre por si llegaba algún paquete. Para pasar mejor las horas, no podía faltar en el bolsillo de mi bata una caja de chicles de menta, porque, de vez en cuando, me daba el bajón y no quería volver a fumar.

Y así, tarareando *Bad habits*, de Ed Sheeran, y haciendo globos de chicle que me estallaban en la boca mientras pasaba el plumero por los cuadros del salón, sentí que alguien me tocaba el hombro. Di un grito y un salto tan grande del susto que estuve a punto de girarme y estamparle el plumero en la cara a quienquiera que me hubiese tocado.

—¡Joder! ¡¿Quién cojones...?!

Menos mal que no lo hice, porque se trataba de mi

rubio y buenorro jefe. A toda velocidad, me saqué el auricular de la oreja y lo metí en el bolsillo.

—¡Señor O'Brien! ¡Qué susto me ha dado!

—Perdona, perdona, no pretendía asustarte.

¡Pero qué bruto eres, Nathan! —lo reprendió Abbey—. ¿No has visto que estaba despistada?

—Espero que Summer me perdone. —Me lanzó una de sus sonrisas fulminantes y me noqueó por completo.

—Claro que lo perdono —respondí—. Soy yo la que debería haber estado más atenta.

Menudo cabrón estaba hecho. Cómo sabía utilizar su encanto.

—Mejor no le hagas caso —señaló Abbey—, o corres el peligro de quedar atrapada en su red para siempre, como me pasó a mí.

—¿Se supone que te atrapé? —le preguntó él al tiempo que alzaba una ceja.

—Pues claro que me atrapaste —siguió ella con la broma—. Fue verte la primera vez y ya no tuve escapatoria.

—Cariño —prosiguió mi jefe con dulzura, pero con un brillo pícaro en sus ojos azules—, fui yo el que quedó enganchado a ti mortalmente.

A pesar de las pullas, ninguno de ellos podía disimular el amor que sentía por el otro. Ambos se miraban con tanta adoración que temías que se te escapara un sonoro suspiro.

—Tenemos público, Nathan —murmuró ella cuando él parecía a punto de besarla.

—Sí, claro, lo siento. —Carraspeó.

—Perdona, Summer, pero hoy hemos salido más temprano del trabajo —me explicó mi joven jefa—, lo que nos ha venido genial para encontrarte y pedirte un favor. ¿Podrías pasarte un rato mañana sábado? Te aseguro que se te pagará como extra, por supuesto.

—Te lo pedimos porque tenemos visita —añadió Nathan.

—Es para que me ayudes con la mantelería y los cubiertos... —aclaró ella.

—Tampoco hace falta que saques la cubertería de plata —refunfuñó él.

—Perdona, cariño, pero, tratándose de tu futura cuñada, todo lo bueno es poco.

—No me recuerdes esa boda, por favor —volvió a gruñir.

—Vale, vale —traté de interrumpirlos sin parecer borde—. No se preocupen, aquí estaré para echar una mano.

—¡Oh, gracias, Summer! —Abbey me dio un abrazo—. No sabes cuánto te lo agradecemos.

—Tampoco tengo mejores cosas que hacer. —Sonreí con una mueca.

—¿En serio? —se sorprendió ella—. ¿No tienes novio?

—No. —Me encogí de hombros—. Y no es porque no quiera, pero no doy con la persona adecuada.

«O esa persona es inalcanzable... o un capullo que cree que aceptarás que te pague por follar con él...»

—Ya aparecerá. —Abbey sonrió—. Por experiencia puedo decirte que esa persona puede aparecer en el lugar y el momento menos esperados. Por ejemplo, en mitad de la calle mientras lloras por el cerdo de tu ex, se te cae el bolso al suelo...

—¿Perdona? —le pregunté, desconcertada.

—Pero luego resulta que todo es mentira, que solo pretendía espiarte...

Parpadeé, perpleja.

—Déjalo, Summer, es una historia larga y complicada —intervino su novio al tiempo que abrazaba a mi jefa por la cintura—. Gracias por acceder a venir mañana.

—Aquí estaré —respondí mientras me alejaba del salón.

Sonreí. A pesar de los extraños comentarios de la pareja, me había quedado claro que habían protagonizado una gran historia de amor.

Capítulo 16

—¿De verdad tenemos que ir a comer hoy a casa de tu hermano? —refunfuñó Valerie mientras se montaba en el coche.

—Alguna vez tenía que llegar el día —rezongué al tiempo que ponía el motor en marcha—. Ya lo hemos pospuesto bastante.

—No quería que te sintieras incómodo, cariño.

—Ya está más que olvidado —le dije mientras me incorporaba al tráfico.

—Y luego está ella, la secretaria... No sé, creo que no conectamos.

—Abbey es una buena chica —le comenté—. Mi hermano ha tenido suerte.

—Sí, supongo. —Torció el gesto—. Quizá merezca un monumento, la pobre. Con lo que ha tenido y tendrá que aguantar...

—¿Qué ha tenido que aguantar? —No me agradó en absoluto el tono que utilizó.

—Oh, vamos, Shane, tú también conoces a tu hermano. Se cansará de meterla siempre en el mismo sitio.

Valerie bajó el parasol para poder mirarse en el pequeño espejo de cortesía y retocarse el maquillaje y el pelo, aunque ya estuviera absolutamente perfecta, con sus exuberantes labios rojos, las pestañas postizas y el cabello negro y brillante, además del exclusivo vestido estampado, del mismo diseñador del bolso y los zapatos. Pero, aun así, mi prometida llevaba la intención de brillar por encima de todos. Era a lo que estaba acostumbrada.

—Nathan no le hará daño a Abbey —le aclaré—. Desde que la conoció, no ha mostrado interés por ninguna otra mujer.

—Ya veremos cuánto dura eso. —Compuso un mohín antes de levantar el parasol—. Hasta que se aburra de esa pobre incauta.

—No se aburrirá —gruñí—. Es más, quiere casarse con ella.

—Pero, por lo que sé, la secretaria lo rechaza —se burló—. Quizá, al final, no sea tan tonta como parece.

—No lo rechaza —repliqué, bastante molesto por su tono—. Es solo que hace tan poco tiempo que estaba inmersa en su propia boda que prefiere seguir así.

—Menuda bobada. Eso es porque no está segura. —Colocó su mano sobre la mía—. Nosotros sí que seremos marido y mujer, Shane. ¡Qué ganas de que llegue el día de nuestro enlace! ¿No lo estás deseando tú también?

—Por supuesto —respondí, forzando una sonrisa.

Quería casarme, pero, al contrario que Valerie, estaba deseando que el día pasara, dejarlo atrás, y tener una vida plácida donde mis horas se llenaran con el trabajo y la estabilidad de un hogar. Pensar en el día del casamiento en sí me producía una ansiedad que casi nada podía mitigar. Esperaba que ese almuerzo en casa de mi hermano me ayudase un poco a relajarme.

Aparqué mi deportivo frente a la bonita casa de Nathan. Bajé del coche, le abrí la puerta a Valerie y dejé que

se cogiera a mi brazo para acercarnos a la entrada. Durante un diminuto instante, me sentí culpable por no estar
enamorado de aquella mujer espectacular, tan elegante,
tan hermosa... aunque, en realidad, agradecía no tener que
padecer los problemas o debilidades que produce el amor.

—No me gusta nada esta casa —murmuró Valerie mientras caminábamos por las losas de la entrada—. Es pequeña, anticuada y con detalles de mal gusto, nada que ver
con nuestra futura mansión. No entiendo que un gran
ejecutivo como tu hermano se haya conformado con una
vida tan... familiar y simple.

Inspiré con fuerza para obviar el comentario.

—Oh, ya estáis aquí... —Abbey sonrió cuando nos
abrió la puerta—. Adelante, bienvenidos. —A mí me dio
un abrazo y, cuando intentó hacer lo mismo con Valerie,
esta se limitó a hacer un ligero gesto con la cabeza y a
pasar de largo.

En el vestíbulo también estaba presente Nathan, a
quien le di otro abrazo, pero entre él y mi prometida seguía habiendo la misma tensión de siempre.

—¿Qué tal, Valerie? —la saludó Nathan con un deje
de mordacidad.

—Perfectamente —le respondió ella sin mirarlo.

—Hemos preparado la mesa en el jardín —anunció
Abbey con entusiasmo—. Un servicio de *catering* se ha
encargado de todo, aunque Summer nos ha ayudado un
montón.

—¿Summer? —pregunté.

—Oh, es la chica que sustituye a la señora Ferris. Nos
la envió la agencia hace solo unos días y estamos encantados.

—Qué fastidio tener que cambiar a alguien del servicio —se quejó Valerie—. Tener que buscar, hacer que se
acomoden a tus exigencias, enseñarles todo de nuevo...
Qué pereza.

Estuve tentado de decirle que tener a alguien ocupándose de las tareas de la casa ya era un privilegio, algo que distaba mucho del ejército de criados que tenían los Vanderberg.

Nos acercamos al jardín, donde, bajo una carpa, se había engalanado una mesa para los cuatro. Un empleado de la empresa de *catering* se encargaría de servir los platos que había preparado el cocinero allí mismo.

Me invadió una pequeña ola de culpabilidad. Aunque pareciera que montaran toda aquella parafernalia por Valerie, había llegado el momento en que sabía que lo hacían por mí también, porque yo ya formaba parte de la élite donde se movían los Vanderberg. Me había vuelto tan orgulloso y esnob como ellos, pero me lo tomaba como un simple daño colateral, donde primaban los intereses y mi ambición.

—Tomad asiento, por favor —nos señaló Abbey—. Enseguida nos servirán el vino.

—No ha quedado mal la mesa —comentó Valerie mientras se sentaba—, pero se nota que no la ha preparado alguien con experiencia. Ya no se lleva colocar así las servilletas.

—Lo he hecho yo misma —comentó Abbey, tratando de no perder la sonrisa—, con ayuda de Summer. La pobre chica se ha pasado la mañana planchando y sacando brillo a cubiertos y copas solo por hacerme un favor. Todavía está encerrada en el cuarto de la plancha.

—Esa gente no te hace ningún favor —contraatacó Valerie después de darle un sorbo a su copa de vino—. Les pagas por ello.

—Pero era su día de descanso —insistió Abbey—. Por supuesto que me ha hecho un favor.

La tensión comenzó a palparse en el ambiente. Y yo que creía que un almuerzo familiar me relajaría...

—¿Qué os parece si hacemos un brindis antes de comer? —Nathan alzó su copa para dar por zanjada la conversación sobre el servicio—. Por Shane; por su felicidad. —Me lanzó una intensa mirada en la que pude leer su descontento, aunque, como siempre, mi hermano ofrecería su mejor sonrisa en deferencia a mí.

Todos le correspondimos y bebimos justo antes de que nos sirvieran la comida. Durante varios minutos, fuimos intercalando los silencios, los sonidos de los cubiertos contra los platos o los comentarios de mi prometida sobre las últimas tendencias en arquitectura o decoración. Valerie se dedicaba a vender casas de lujo y era muy buena en lo suyo.

—Oh, por cierto —comentó Nathan en determinado momento—, no os lo había comentado todavía: a Abbey la han ascendido en su nuevo trabajo.

—¿De verdad? —inquirí con una sonrisa—. Me alegro por ti, Abbey. Te mereces un buen puesto por tu valía.

—Gracias, Shane —me dijo con cariño—. Entré como una simple administrativa, pero el señor Wallace, el director, me ha escogido como su ayudante personal. Estoy muy contenta.

—Debe de ser todo un reto para una secretaria —intervino Valerie con evidente tono de desprecio. Clavé con fuerza el tenedor en la carne—. Aunque, hoy en día, solo se puede decir que has triunfado, laboralmente hablando, si tienes tu propia secretaria.

—Pero alguien ha de ser esa secretaria, digo yo —señaló Abbey con cierta ironía.

—Sí, claro, no todo el mundo triunfa.

—Valerie... —la reprendí.

—¿Qué ocurre? —alegó ella—. Entiendo que es complicado llegar a lo más alto a nivel laboral, como sí nos ha sucedido a nosotros. No todo el mundo lo consigue.

—Nathan es un gran ejecutivo. —Sentí la necesidad de defender a mi hermano, como había acostumbrado a

172

hacer toda la vida—. Lo mismo que me eligieron a mí como CEO, podrían haberlo nombrado a él. Éramos, y somos, los mejores de la Atlantic.

—No es necesario que me sigas protegiendo, Shane... —murmuró Nathan.

—Supongo que tuvieron que inclinar la balanza hacia un lado por algo —insistió Valerie—. Por ejemplo, el tipo de vida de cada uno. Mientras que tú eras serio y formal y tenías una relación estable, tu hermano llevaba un ritmo de... dispersión bastante preocupante, acostándose con una mujer distinta cada día.

—O tal vez tenga algo que ver contar con el apoyo de John Vanderberg —sentenció Nathan, visiblemente crispado—, tu queridísimo padre.

—Oh, ya está aquí el postre —exclamó Abbey, que aguantaba como podía los ataques de mi prometida—. El cocinero nos ha preparado un granizado de sandía y frutos rojos que me ha parecido espectacular.

—Seguro que estará delicioso, como todo —comenté yo después de inspirar con fuerza.

Pero ni aquel postre helado pareció ser capaz de apaciguar un poco las constantes pullas de Valerie. Observé de reojo cómo torció el gesto a la hora de probarlo y, justo después, dejó la cuchara sobre el platillo, dando así por entendido que no le había gustado.

Fue cuando decidí levantarme de la mesa para despejarme un poco.

—Disculpad —dije mientras me ponía en pie—, voy un momento al baño. ¿Dónde está? —le pregunté a Abbey.

—Al final del pasillo, la segunda puerta a la izquierda.

—Gracias —musité.

Caminé por donde me había señalado mi antigua secretaria, pero tan ofuscado iba por el fracaso de aquella reunión que ya no recordaba qué puerta me había indicado, así que abrí la primera que encontré.

Aquella estancia no era el baño. Se trataba de un cuarto destinado a la colada y la plancha, y por cuyas ventanas entraba el sol de la tarde. Los rayos dorados envolvían a la persona que, en ese momento, doblaba y apilaba prendas de ropa. En un principio, ni siquiera alcé la vista de la bata de rayas que llevaba puesta y me limité a disculparme.

—Lo siento —musité.

Pero, justo entonces, uno de los rayos de sol impactó sobre el cabello de la mujer y se convirtió en un destello de color rosa. Al mismo tiempo, ella se giró y me vio.

Y yo la vi a ella.

Vi a la chica del pelo rosa.

Vi a la mujer que no había podido olvidar ni a fuerza de arrancármela de la cabeza.

Y vi su rostro, el mismo que atormentaba mis sueños. Y hasta mí llegó su perfume floral, el que todavía, a veces, me parecía oler en mis propias sábanas.

Nunca en mi vida me había quedado más impresionado por ver a una persona. Ambos nos miramos durante un instante que me pareció eterno, en el que el ambiente se cargó de imágenes, palabras y recuerdos; de risas y de emociones... hasta que su imprecación rompió el momento de magia... si es que aquella magia se podía romper.

—Joder —farfulló ella—. Pero ¿qué coño hace este aquí?

—¿Perdona? —le pregunté con mordacidad—. ¿Qué haces tú aquí?

—Trabajo aquí —me recriminó—. ¿Y tú?

—Yo soy...

La presencia inesperada de Abbey me evitó contestar.

—Oh, veo que has conocido a Summer —comentó, risueña.

«Summer... Su nombre es Summer», pensé.

—Summer, cariño, este es Shane O'Brien, el hermano de Nathan, que ha venido a comer con su prometida.

—Pues mucho gusto —murmuró sin mirarme—. Ya he terminado aquí —le dijo a Abbey—. Será mejor que vaya a la cocina para ayudar a recoger.

—Gracias, Summer —respondió Abbey mientras la chica se alejaba. Luego me miró a mí—. Supongo que quieres café, Shane.

—Sí, claro —respondí, todavía bajo los efectos de la impresión—. Perdona, pasaré primero por la cocina a por... un vaso de agua.

—¡Hay una jarra en la mesa! —gritó Abbey al tiempo que me retiraba por el pasillo e ignoraba su sugerencia.

No era lo más apropiado. En realidad, era una auténtica locura, pero una fuerza mayor que mis razonamientos me impulsó a caminar hacia la cocina. Allí me encontré con la chica del pelo rosa... con Summer. Todavía me costaba pensar en ella con ese nombre.

Pero ¿qué diantres hacía pensando todavía en ella?

—Perdona —dije tras acceder a la estancia y verla recogiendo los utensilios que habíamos utilizado para comer—. ¿Me puedes dar un vaso de agua, por favor?

Aún dándome la espalda, la oí bufar, pero llenó un vaso de agua y me lo ofreció, de nuevo sin levantar la vista del suelo.

—Tenga, señor O'Brien. —Recalcó mi nombre.

—¿Te da miedo mirarme? —musité después de beber del vaso.

—Pues claro que no.

Me arrepentí al instante de haberla incitado a mirarme, porque, cuando volví a contemplar tan de cerca aquellos grandes ojos castaños, aquellos bonitos labios o las pecas de su nariz, me sentí perdido y desconcertado... como si hubiese vuelto a encontrarme con algo muy querido; con algo mío que llevase tiempo perdido.

—¿Saciada su sed, señor O'Brien? —me dijo con cier-

175

ta inquina, aunque no me pasó desapercibido el rubor que cubrió la suave piel de sus mejillas.

—Sí, gracias.

—De nada. Y no es necesario que me pague a cambio. Está incluido en mis servicios.

—¿Eso es lo único que recuerdas de mí? —le pregunté, dolido—. ¿Que la cagara contigo sin ninguna intención de hacerlo?

—Yo no recuerdo nada de usted —declaró con desdén—. Y vuelva con su prometida. No sería adecuado que lo pillara en la cocina departiendo con la sirvienta.

—No creo haberte tratado como tal —repliqué con hostilidad, desconozco si enfadado con ella, con Valerie o conmigo mismo.

—Es verdad, menuda ocurrencia —exclamó con fingida perplejidad—. Nunca me trató como a una criada. ¡Me trató como a una puta!

—Sabes que no es cierto. —Me acerqué a ella y rodeé su muñeca—. Jamás te haría eso...

Durante unos instantes nos mantuvimos tan cerca que ambos pudimos respirar el aliento del otro, pero la presencia de la dueña de la casa volvió a romper la conexión visual y la surrealista conversación y me obligó a soltar a Summer con rapidez.

—Summer, cariño, puedes marcharte —le pidió Abbey con una sonrisa de agradecimiento—. Ya has hecho bastante por hoy.

—Gracias, Abbey.

—Gracias a ti por tu ayuda, Summer.

—¿Dejas que el servicio se dirija a ti por tu nombre? Ya tardaba Valerie en hacer su comentario esnob.

—Me siento más cómoda así —respondió Abbey.

—La falta de costumbre, supongo —señaló mi prometida mientras le echaba un vistazo a Summer con displicencia—. Al menos, deberías haberle dicho que se cambiara el color del pelo. Por favor, rosa... y solo la mitad de la cabeza... Queda de lo más vulgar y barriobajero, como todos esos *piercings* en las orejas.

Percibí la tensión de Summer en mi propia piel y me sentí tan indignado como si me hubiesen atacado a mí. Hacía tiempo que Valerie no me cabreaba de aquella manera y creo que llegué a odiarla por dirigirse con aquel menosprecio a la chica.

—No tengo por qué hacer algo así —se quejó Abbey—. Summer no va a trabajar mejor por llevar el pelo de otro color.

—A mí me gusta —intervino Nathan, que acababa de aparecer y no dejaba de mirarme con curiosidad. Le sonrió a Summer y le guiñó un ojo, y ella le respondió con cierto rubor en las mejillas.

«¿También te la vas a ligar a ella? —pensé con furia—. ¿Me la vas a quitar a ella también?»

Vale, menuda gilipollez. No podía quitarme algo que no era mío. Pero, aun así, una ira corrosiva se adueñó de mis venas al ver a mi chica del pelo rosa babeando por Nathan... como siempre, como todas. Como todas las que lo elegían a él, siempre a él...

—A ti te gusta todo, querido cuñado —gruñó Valerie—. Todo lo que tenga que ver con cualquier cosa femenina.

—Tengo que comentarle un asunto laboral a mi hermano —rezongó Nathan mientras me agarraba de la manga y me guiaba hacia su despacho—. Solo será un momento.

Accedimos al despacho y Nathan cerró la puerta detrás de él. No parecía muy contento, y yo tampoco.

—Ya lo sé —gruñí—. No ha sido una buena idea lo de venir a almorzar.

—No me importa —señaló mi hermano— lo que la esnob de tu novia me diga a mí, que ya estoy curado de espanto, pero no tolero que le hable de forma tan despectiva a Abbey. Ella ha preparado esta comida con muchísima ilusión y cariño, y te aseguro que, si no fuese porque me lo ha pedido expresamente, habría cogido a tu prometida y le habría dicho cuatro cosas. Y eso siendo sutil en deferencia a ti, porque, por mi parte, la habría echado a patadas de mi casa... después de ponerle por sombrero el jodido sorbete de sandía.

Estaba siendo duro, pero no podía estar más de acuerdo con él.

—Lo lamento... —le dije tras un suspiro. Mi rabia por ver a Summer mirando a Nathan embobada me había hecho olvidar por un momento los desafortunados comentarios de Valerie.

—Ya, Shane —me cortó—. ¡Qué le vamos a hacer! Tu prometida es una niña mimada insoportable, pero no vamos a hacer un drama por ello. La has elegido para que sea tu futura esposa y tengo que aceptarlo.

—Pensaba que me habías traído aquí para despotricar de ella...

—No, no lo he hecho por eso.

De repente, la atractiva boca de mi hermano se curvó en una sonrisa que conocía demasiado bien.

—Nunca he creído mucho en las coincidencias —señaló, sonriente—, pero voy a hacerlo a partir de ahora. —Sonrió todavía más—. ¿Es ella, Shane? ¿Summer es tu chica del pelo rosa? Y que no se te ocurra mentirme, porque os he pillado mirándoos y, si no llegamos a aparecer los demás, mi cocina habría salido ardiendo.

Mi primera reacción fue negarlo categóricamente. Admitir que me había acostado con aquella chica, que para colmo era la empleada de la limpieza en casa de mi hermano, me resultaba muy difícil, incluso bochornoso. Pero, entonces, vi aquel brillo tan característico de los ojos azules de mi hermano. Era un brillo de ilusión; de ilusión por mí.

Suspiré. No tenía escapatoria. Maldito fuera Nathan por conseguir ablandarme el corazón una vez más.

—Sí, es ella —rezongué.

—¡No puede ser! —Lanzó una risotada y me agarró por los hombros para zarandearme—. ¡Joder, hermano! Te juro que, cuando la vi por primera vez, pensé: «Imposible, demasiada casualidad. Nueva York es enorme y debe de haber multitud de chicas con el pelo teñido de rosa». ¡Pero algo me decía que era ella! —Volvió a reír y a palmear mis brazos.

—Qué perspicaz —gruñí.

—Tengo que reconocerte tu buen gusto —comentó, sonriente—. Desde que empezaste a salir con Valerie, creí que lo tenías atrofiado. Sin embargo, Summer es una monada. —Rio por su propia broma.

Yo no me reí. Solo podía pensar en el hecho de que mi hermano hubiese llamado «monada» a Summer.

—Maldita sea, Nathan —protesté—. ¿Cómo puede hacerte tanta gracia algo así? ¡Ha sido un jodido contratiempo! ¡Se suponía que no iba a volver a verla!

—¿Y qué has sentido al verla de nuevo? —me preguntó, interesado.

—Nathan, joder...

—Oh, vamos, hermanito. Después de habérmelo contado y haberme confesado ciertas... intimidades, no puedes volver a encerrarte en ti mismo. Confía en mí, Shane...

—Confío en ti —musité—. Es que no me siento cómodo al compartir mis intimidades. Ni siquiera contigo, ya lo sabes.

—Pues deja que te eche una mano —me dijo antes de sentarse sobre el filo de su mesa y cruzar los brazos—. Nunca te había visto mirar a una mujer como has mirado a esa chica, Shane. Tu expresión delataba tanta felicidad...

Obvié decirle que sí había mirado a algunas mujeres con interés, pero que, como ellas siempre se quedaban prendadas de él, ni siquiera había sido consciente de ello... o quizá era cierto que a aquella la había mirado de diferente manera...

—Chorradas —masculé—. Me ha sorprendido, eso es todo.

—Ya, claro, y yo soy un monje franciscano.

—¡Joder, Nathan! —exclamé, furioso—. ¡Me he encontrado cara a cara con la única amante que he tenido! ¡En tu casa y con la presencia de Valerie! ¡¿Qué quieres que te diga?! ¡¿Que he encontrado a mi amor platónico?!

—Pues no te diría yo que no...

—Se acabó escuchar tantas tonterías —lo corté, furibundo, mientras me dirigía a la puerta del despacho—. Será mejor que me marche.

—Solo una pregunta más, Shane —insistió Nathan, todavía con su particular y traviesa sonrisa—: ¿Qué has sentido cuando Valerie la ha despreciado?

—Me niego a contestar a eso.

—¿Lo mismo que he sentido yo cuando ha menospreciado a Abbey?

—Que te den, Nathan —bufé al tiempo que abría la puerta y me dirigía al salón, donde Abbey y Valerie intentaban aguantar el incómodo silencio—. Nos vamos, Valerie —le dije a mi prometida—. Ha sido un placer, Abbey. —Le di un abrazo—. Nos vemos en la oficina, Nathan.

Mientras circulaba a través del tráfico, intenté desconectar de Valerie y de sus desdeñosos comentarios sobre la comida, la casa o la chica del pelo rosa.

—Por favor, Shane, una carpa en el jardín, qué vulgaridad. Aunque, si hablamos de vulgaridades, debería mencionar la mantelería o el menú, que parecían sacados del bar de la esquina. ¡No! —Rio de forma cruel—. En el top de la ordinariez estaba la chica de la limpieza. ¿De dónde la habrán sacado? ¿De algún programa de reinserción?

Una furia ardiente me recorrió por dentro al oír sus desprecios. Y maldije a mi hermano por saber perfectamente lo que sentía y lo que pensaba.

Capítulo 17

¡Oh, mamá! ¡He vuelto a verlo! ¡Sí, a él, al hombre de mis sueños! Pero esta vez no ha sido como en las anteriores ocasiones...

¡Con lo feliz que estaba por haber encontrado un buen trabajo!

Porque resulta que ¡es el hermano del dueño de la casa! ¿Te imaginas qué cuadro? ¡Y apareció con su prometida! Que, por cierto, ¡menuda zorra!

Y no me recrimines esta vez mi vocabulario. ¡Me ha insultado en mis narices!

¿Se puede saber qué hace Shane con esa mujer?

Oh, claro, no te lo había dicho.
El chico de los ojos alucinantes ya
tiene nombre. Se llama Shane O'Brien
y es un maldito CEO, como lo oyes.
Y sí, no puedo evitarlo, me sigue
pareciendo el hombre de mis sueños,
lo que no evita que sienta un
irremediable desprecio por él ahora
mismo.

¿Porque me quiso dar dinero después
de pasar la noche con él y me sentí
insultada?

Eso es lo que le he dado a entender,
pero solo tú sabes que no es del todo
cierto... que el verdadero motivo es
que se va a casar con otra, que nunca
podrá ser mío...

Capítulo 18

Allí estaba, en la pantalla de mi móvil, una fotografía de él, bajo la cual podía leerse: «Shane O'Brien, nuevo CEO de la Atlantic Group Corp.», lo primero que había encontrado sobre él al buscar su nombre en Google.

«Shane... Shane...» Mi mente parecía haberse llenado del eco de esa palabra; del eco de su nombre.

Bloqueé el móvil. Me negaba a seguir viendo o leyendo nada más.

—¿Era él? —me preguntó Philip, que preparaba algo de cena en la cocina antes de marcharse al club, donde volvería a darle vida a Cherry Queen.

—Sí —rezongué—. El señor O'Brien —añadí con mordacidad.

—No está mal —me comentó al tiempo que untaba el pan con mayonesa—. Un poco grande y oscuro para mi gusto.

—La fotografía no le hace justicia —masculé.

—Entendido —murmuró con una mueca traviesa—; está más bueno en persona.

184

—Es el puto director ejecutivo de una importante multinacional —gruñí.

—Algo que tú ya habías deducido por la pinta que tenía. Ya sabes: restaurante caro, apartamento exclusivo, traje impecable, camisa con gemelos de oro, modales de caballero... No creo que te pille por sorpresa saber su ocupación.

—Claro que lo deduje —farfullé—. Lo que no predije fue que me lo encontraría en toda mi cara porque resultaría ser el hermano del señor de la casa en la que trabajo.

—¿Y qué vas a hacer? —me preguntó tras darle un bocado a su sándwich—. ¿Pedir que te envíen a otra casa?

—¡Por supuesto que no! —exclamé—. A la directora de la agencia ya no le caí demasiado bien. ¡Solo faltaría que fuese con exigencias! Y no pienso renunciar al mejor trabajo que he tenido en mucho tiempo, Philip. ¡Y mucho menos por un tío!

—Vale, vale, no me comas, guapa. Supongo que no volverá a darse una casualidad semejante en mucho tiempo. Quizá no vuelvas a coincidir con él nunca más.

Eso debió de ser, una casualidad. Pero ¡menuda casualidad!

Todavía me palpitaba el corazón con fuerza cada vez que pensaba en el momento en el que me giré y me encontré con aquel rostro inolvidable; con aquellos alucinantes ojos que seguían mirándome intensamente cada vez que cerraba mis párpados y lo encontraba ahí, en mi maldita cabeza. Llegué a creer que se trataba de una alucinación...

Y cuando me llamó por mi nombre... casi me derrito de gusto.

Pero ¡¿en qué coño estaba yo pensando?! ¡Era el hermano de mi jefe y estaba prometido! Debía seguir siendo un sueño, una fantasía...

—Y seguro que no volveréis a coincidir —prosiguió Philip—, porque, por lo que me has contado, fue un desastre de almuerzo. Menuda bruja, la prometida...

—Una auténtica gilipollas es lo que es —gruñí—. No imaginas lo que me costó no enviarla a la mierda. Que se lo agradezca a la falta que me hace el trabajo y al respeto que siento por Abbey y Nathan. —Volví a refunfuñar—. No entiendo qué hace Shane con esa mujer... Ni siquiera le pega.

—Oh, oh, lo has llamado por su nombre —soltó Philip, que recogía los restos de la cena—. Te gusta ese tipo.

—Pero ¡¿qué dices?! ¡Solo he echado un par de polvos con él!

—Sonaba más bonito cuando decías que era como el príncipe de tu cuento. —Torció el gesto.

—Bueno, pues, aunque sea el príncipe de mi fantasía, nos hemos limitado a follar un par de veces —rezongué.

—Mentirosa.

—Dramática.

—Dramática, tú, que te da por decir a estas alturas de siglo que un hombre como ese no podría fijarse en una chica como tú. ¿Por qué, si puede saberse? ¿Porque eres demasiado mona para él?

—Si hubieses visto a su prometida, no me harías esa pregunta.

—¿Te refieres a la esnob gilipollas?

—Me refiero a la tía perfecta y con clase que se convertirá en su esposa. Porque, por si se me había olvidado mencionártelo, se va a casar con ella.

—Tú misma has dicho que no pegan.

—Soy yo la que no le pega. Me refería a que él me había parecido diferente..., no tan estirado como ella.

—Supongo que te refieres a lo que pensaste de él en vuestros... encuentros.

—No pensé nada de él. —Me encogí de hombros—. Solo que folla bien.

—Vuelves a mentir.

—Y tú, a incordiar.

—Pues deja de darle vueltas, Summer. Son ricachones. Vete tú a saber por qué están juntos.

—Pero, si va a dar el paso de casarse, será porque la quiere.

—Oh, sí, muerto de amor por ella. —Puso los ojos en blanco de forma teatral—. Por eso se tira a la primera loca que interrumpe su cena.

—Debía de pasar por un mal momento, como yo.

—Pues tú has acabado rompiendo con tu novio. Tal vez él haga lo mismo con su novia.

—¿Por mí? —me burlé—. Sigue soñando, guapo.

—¿No serás tú la que sueñas con eso?

—¿Queréis dejar de decir estupideces los dos?

Ambos nos giramos con rapidez hacia la puerta y nos encontramos a Arthur de pie, guiando con una mano el carrito que transportaba su máquina de oxígeno. Se me rompía el corazón cada vez que lo veía levantado, puesto que se hacían más visibles su delgadez y sus huesos encorvados. Era como si, al despegarse de su sillón, pusiera en evidencia su fragilidad y la gravedad de su enfermedad.

—¿Qué haces levantado? —preguntó Philip con preocupación.

—Necesitaba mear —se quejó el anciano—. ¿O voy a tener que llamaros para sacármela?

—Vamos, siéntate —le pedí al tiempo que lo cogía de la mano—. Esta noche voy a quedarme aquí, contigo, haciéndote compañía. ¿Qué te parece?

—Una mierda —refunfuñó mientras se sentaba—... al menos, para ti. ¿Qué chica joven y bonita no sale un sábado por la noche?

—Te recuerdo que me quedo contigo la mayoría de los sábados —repliqué—, que es cuando trabaja Philip en el club.

—Pues ve a verlo actuar. —Me miró con un lejano

brillo en sus ojos desvaídos—. Puedo llamar a Ruby para que me haga compañía. Le caigo bien al pequeño Ian.

—O podéis venir los dos —intervino Philip—. Tengo pase vip —bromeó.

—Ni hablar —rezongó el anciano—. No pienso ir a ese antro de mala muerte para verte con peluca, vestido y pestañas postizas.

—Ya lo sabía —suspiró mi amigo—. En fin, me voy. Hasta luego, Summer. —Me dio un beso—. Hasta luego, progenitor insoportable.

—¿Por qué sigues sin querer ir a verlo? —le pregunté al hombre cuando nos quedamos solos—. Te aseguro que la realidad supera con creces un vídeo en un móvil.

—Porque no —gruñó.

—¿Qué respuesta es esa? —le advertí, incrédula—. ¡No puedes ser tan cabezota, Arthur! ¡Si continúas en tus trece, le diré a tu hijo que has visto varias de sus actuaciones y que te encantan!

—Inténtalo —me retó, achinando los ojos—. Porque, si te chivas, yo me chivaré de algo que sé de ti.

—¿De qué demonios estás hablando?

—De tu origen; de tu padre.

—¡¿De qué hablas, viejo chismoso?! ¡¿Cómo puedes saber tú nada de eso?!

—Porque un día buscaba unos papeles médicos en tu habitación y encontré, al fondo de un cajón, una carpeta que contenía recortes de periódico con fotografías e información de un hombre. Como nunca has querido hablar de tu padre, sumé dos más dos y...

—¡¿Cómo te atreves a fisgar en mis cosas?! —Me puse en pie por la furia—. ¡¿Con qué derecho?!

—Con el derecho que me da ser un anciano moribundo que sabe que no le darás una paliza —me rebatió con total impunidad—. Total, me quedan cuatro días en este maldito mundo.

—Eres... ¡lo peor! —le dije, rabiosa.

—¿Ese hombre es tu padre? —inquirió, con un tono bastante más paternal.

—Arthur, joder... —Me dejé caer en una silla y apoyé el rostro en mis manos.

—Los secretos nos pudren por dentro, Summer —me dijo el anciano al tiempo que colocaba su mano en mi rodilla—. Mira mi hijo. El día que confesó su misterio, debió de ser el día más difícil de su vida, pero seguro que es más feliz desde entonces.

—¿Y cómo me va a hacer feliz a mí decir quién es mi padre? ¡Ni siquiera soporto mencionar su nombre!

—Pues no lo hagas —me tranquilizó—. ¿Qué ocurrió? ¿Os abandonó a ti y a tu madre?

Sonreí con tristeza al evocar ciertos días de mi infancia.

—De niña, mi madre me contó que mi padre había muerto en alta mar, trabajando en un gran buque mercante, y que por eso no había ninguna tumba. Al crecer, supe que era mentira, puesto que no había fotografías de él por ninguna parte ni tenía familia paterna. No me confesó su nombre hasta que se encontró en su lecho de muerte, donde me explicó que mi progenitor era un hombre importante y que no había tenido otra opción. Me pidió perdón por habérmelo ocultado.

Sentí las lágrimas surcar mi rostro. El recuerdo de la enfermedad y la muerte de mi madre me seguía destrozando el corazón.

—¿Y no quisiste conocerlo, presentarte ante él?

—No —respondí—. Él era asquerosamente rico y tenía su propia familia. Puede que ni se acordara de mi madre, que solo era una camarera con la que habría tenido una aventura. Además, me importaban una mierda él y su dinero.

—Pero estarías en tu derecho si le exigieras que te reconociera...

—No —negué con rotundidad—. Tuve que dejar el instituto durante la enfermedad de mi madre para ponerme a trabajar y pasar muchas penurias, así que, cuando me quedé sola, supe seguir buscándome la vida. No iría a pedirle limosna a ese desgraciado ni aunque me estuviese muriendo de hambre.

—Malditos ricos... —rezongó Arthur—, siempre jodiéndolo todo.

Sí, ese era mi mantra: putos ricos. Tal vez por eso —mejor dicho, seguro que por eso— me cabreé tanto con Joshua la noche que me dejó plantada, porque sentí que todo se volvía en mi contra para poder cenar en aquel lugar de pijos, como si el destino volviera a negarme el derecho a mezclarme con ellos. Y por eso me colé en el restaurante y me planté en la primera mesa que encontré con un tipo que estuviera solo, porque estaba muy enfadada con Joshua y con el mundo.

Y también, por todo ello, decidí aquella noche vivir una fantasía de pasión con aquel hombre, porque seguía pensando que los tipos con clase como él no tenían nada serio con chicas como yo. Que se lo dijeran a mi madre...

—No recuerdo bien el nombre de ese ricachón que es tu padre —gruñó Arthur—. ¿Cómo se llamaba?

—Vanderberg —respondí, al fin—. Mi padre se llama John Vanderberg. Y será la última vez que hablemos de él.

Capítulo 19

SHANE

—Hola, Abbey —saludé con prisa al tiempo que entraba en casa de Nathan.

—Hola, Shane —dijo, desconcertada, mientras se hacía a un lado para dejarme pasar—. ¿Qué ocurre? ¿Qué haces aquí a estas horas?

—Que mi querido hermano se ha olvidado de llevarse al trabajo unos informes que guarda en su ordenador —gruñí—. Me ha llamado para que me pasase, porque me pillaba más cerca que a él, que ya está en la oficina.

—Summer no está —me dijo Abbey con una sonrisilla diabólica—. No ha llegado todavía.

Quedé paralizado en mitad del pasillo.

—¿Ya te lo ha contado el bocazas de mi hermano? —protesté.

—Recuerda que es una de las bases de nuestra relación —me explicó con un gracioso mohín—: nada de mentiras.

—Se trataba solo de no contarte nada —rezongué de nuevo mientras entraba en el despacho de Nathan.

—Pues ya ves —ella sonrió desde la puerta—, nos lo contamos todo.

—Pues genial —refunfuñé al tiempo que desbloqueaba el ordenador e insertaba un *pendrive*—. Voy a copiar los archivos, Abbey. Tardaré unos minutos.

—Pues date prisa si no quieres cruzarte con Summer —me soltó con un deje de diversión—. Ella viene a las nueve y faltan veinte minutos.

—Ya lo sé, Abbey, maldita sea. ¡Y deja de pincharme!

Lo sabía; lo sabía perfectamente.

Cuando mi hermano me había llamado esa mañana para hablarme de su olvido, estuve a punto de mandarlo a la mierda y colgar. Y no únicamente por la importancia del asunto, sino porque, al señalarme que ya había llegado al trabajo y que yo me encontraba de camino, supe cuál iba a ser la solución: que me pasara por su casa.

«Y no te preocupes —me había dicho el muy capullo—. Te dará tiempo a hacerlo antes de que llegue Summer. O, si lo prefieres, te esperas unos minutos y coincidirás con ella.»

Encima se cachondeó en mi puta cara.

Aunque era cierto que nunca le había metido tanta prisa a un taxista en mi vida. Porque no podía volver a encontrarme con la chica del pelo rosa. No podía, no debía...

—Vale, vale, relájate. —Abbey rio—. Voy a por mi bolso, que se me hace tarde para el trabajo. ¿Te encargas tú de cerrar, por favor?

—Sí, sí, tranquila.

«Copiando... 10 %...»

¿Por qué aquella copia tardaba tanto?

—Vamos, Shane, no te enfades.

Abbey se acercó a mí y me dio un abrazo y un beso en la mejilla. Después, reímos los dos.

—¿Recuerdas cuando te odiaba? —me preguntó, sonriente—. ¿O cuando me dabas miedo?

—¿Es que ya no te lo doy? —bromeé.

—Claro que no —respondió—. Ya no te temo en absoluto.

—Y espero que tampoco me odies...

—Sabes que no. —Sonrió con ternura—. Ahora te quiero, Shane. Eres una de las mejores personas que he conocido, y ojalá los demás vieran en ti lo que yo veo. Nathan es muy afortunado de tenerte.

Una ola de tibieza me inundó el pecho. Ojalá aquella mujer dulce y especial acabara casándose con mi hermano.

—Y yo a ti —le dije, emocionado, a pesar de lo que me costaba hablar de sentimientos. Abbey tenía ese don, el de sacar lo mejor de mí—. Gracias, Abbey, por ser como eres.

—Las personas que me rodean tienen mucho que ver —me dijo al tiempo que salía del despacho—. Soy feliz, Shane. ¿Puedes tú decir lo mismo?

Acto seguido, oí la puerta de la calle.

Refunfuñé para mis adentros. Sí, muy dulce la chica, pero cómo lanzaba pullas...

«Copiando... 45 %...»

—Va, va —apremié al ordenador—. Acaba ya, maldita sea...

Miré el reloj de mi muñeca: las nueve menos diez. Disponía de esos minutos para coger los archivos y largarme de allí...

—¡¿Hola?! —oí decir a alguien que acababa de entrar—. ¡¿Abbey?! ¡¿Señor O'Brien?! ¡¿Hay alguien?!

—Mierda... —musité—. Te has adelantado diez jodidos minutos.

Por supuesto, no podía ser de otra manera. Iba a coincidir con la chica del pelo rosa. Ella fue la que apareció en el despacho mientras esperaba todavía a que terminase el condenado ordenador.

—Señor O'Brien, he visto que la alarma estaba sin conectar y...

Se calló de golpe al verme a mí. Como ya nos había ocurrido en anteriores ocasiones, nuestros ojos se encontraron y, durante un largo instante, nos miramos sin decir nada.

—Soy yo, Summer —le dije al fin—. He venido a por unos documentos. Me marcho enseguida.

—Oh, si es el otro señor O'Brien... —comentó con retintín—. Por mí no lo haga —añadió con un deje de desdén—. Yo me voy a limpiar... Ya sabe, lo que hacen las chicas del servicio, cuando sea y a la hora que sea, que para eso nos pagan.

—Lamento lo que tuviste que escuchar el otro día...

—No importa —me cortó—, no hace falta que se disculpe. Yo solo soy la chica de la limpieza.

—No digas eso.

—¿Por qué? —replicó con ironía—. ¿Le molesta haberse acostado con una simple limpiadora? Oh, vaya, lo siento —dijo con mordacidad—. Debería haberme puesto un letrero...

—Summer, joder... —Me puse en pie y me acerqué a ella—. Sé que todo esto es muy extraño. El maldito destino a veces resulta ser un jodido contratiempo y...

—Si ha acabado ya —me volvió a interrumpir—, tengo cosas que hacer.

Hizo el amago de darse la vuelta, algo que yo debería haber permitido, incluso facilitado, pero allí seguía, incapaz de alejarme de ella, incapaz de dejar de mirarla.

Incapaz de no volver a desearla.

—Espera, Summer... —La afiancé por un brazo, pero ella se desasió de mí con fuerza y con rabia.

—Suélteme, señor O'Brien. Ya se ha disculpado, ya puede irse a dormir tranquilo. Ahora, haga el favor de terminar lo que haya venido a hacer y lárguese de mi vista. Porque, en este momento, no hay visión que me moleste más que su puta cara.

Furiosa, se alejó del despacho y yo cerré los ojos, avergonzado, y no solo por el recuerdo de las palabras de Valerie, sino por las mías propias. Sin pensarlo demasiado, salí de la estancia y me dirigí a la cocina. Ella ya se había puesto la bata de rayas y conectaba música en su móvil. A continuación, se colocó un auricular, sacó un chicle del bolsillo y se lo llevó a la boca. Al comenzar a masticar, un intenso olor a menta llegó hasta mí y me trajo recuerdos que no debería rememorar.

—¿Desea algo más, señor O'Brien? —me preguntó mientras abría un armario y sacaba el aspirador.

«Sí, a ti.»

¿De qué jodido rincón escondido de mi mente habrían salido esas palabras?

—Solo pretendía disculparme y...

Sin hacerme caso, se dirigió al salón y conectó el aparato. Pronto, el ruido ahogó mis palabras.

—¡Lo siento, pero no le oigo! —gritó.

Y continuó aspirando la alfombra mientras creaba globos con el chicle y los hacía estallar contra su boca. Sentí un tirón en la entrepierna cuando contemplé cómo su lengua recogía los restos de chicle de sus labios.

—Olvídalo —refunfuñé mientras regresaba al despacho.

Tantas disculpas me estaban resultando absurdas incluso a mí.

¿Qué pretendía? ¿Que cayera rendida en mis brazos?

Menuda gilipollez. Ninguna mujer había caído rendida nunca ante mis «encantos».

La copia ya se había efectuado y saqué el *pendrive*, pero me quedé un momento sentado en la silla de mi hermano. Deslicé los dedos por mi pelo y suspiré. Mi mente racional me instaba a marcharme corriendo de allí, pero algo en mi interior me atormentaba con la idea de volver a acercarme a ella. Era una especie de necesidad con la que no podía luchar y que no entendía.

Frustrado, salí del despacho. Al pasar por el salón, vi el aspirador en el suelo y capté ruido en la cocina. Summer estaba en la puerta y me miraba con una mezcla de irritación y remordimiento.

—Estoy preparando café —me dijo—. ¿Le apetece una taza?

—Sí, gracias —musité mientras accedía a la luminosa estancia.

Summer me daba la espalda mientras sacaba una taza, una cucharilla y el azucarero.

—¿Tú no vas a tomar? —le pregunté.

—No —respondió al tiempo que vertía el café—. Solo quería mostrarle mis disculpas por comportarme de forma tan maleducada con el hermano del señor de la casa. Tome. —Me ofreció el platillo con la taza.

—Tomaré si tú tomas también.

—Estoy trabajando —rezongó—. Tenga su café.

—Deja de llamarme de usted.

—No puedo llamarle de otra forma. Haga el favor de coger su maldita taza.

—Si me respetas como dices, tendrás que hacerme caso. Sírvete otro para ti.

—¡Le estoy diciendo que no puedo! ¡Coja el puto café!

Me lo ofreció con tanta fuerza que la taza chocó contra mi mano y todo el contenido cayó sobre mi pecho. Di un salto en cuanto el líquido caliente impactó en mi ropa y el calor llegó a mi piel.

—¡Joder! —grité al ver la humeante y negra mancha sobre la chaqueta, la camisa y la corbata—. ¡Y encima estaba hirviendo!

—Mierda, mierda... —Soltó la taza en la encimera y se acercó a mí—. Rápido, quítate la chaqueta. Oh, joder, tu ropa...

—Y tengo una importantísima reunión en media hora —masculló mientras deshacía el nudo de la corbata y separaba la camisa empapada de mi piel—. Joder y mil veces joder...

—Lo siento, lo siento... —se lamentó Summer—. Tengo productos para lavar en seco. Si me das la ropa podría probar...

—A ver si puedes hacer algo con la americana. —Le di la chaqueta—. Miraré de encontrar una camisa y una corbata entre la ropa de mi hermano.

Bufando por aquel contratiempo, subí la escalera que llevaba a la planta superior, ocupada casi en su totalidad por el dormitorio principal. Me acerqué al vestidor de Nathan y, al abrir la doble puerta, aparecieron ante mí sus trajes y sus camisas. Suspiré. Evidentemente, mi hermano y yo no teníamos las mismas medidas. Yo utilizaba un par de tallas más de camisa, así que comencé a deslizar perchas de un lado a otro para intentar encontrar alguna un poco más holgada. Aproveché para desnudarme de cintura para arriba y tiré las prendas al suelo en mitad de un gruñido. Iba a ser la primera vez en mi vida que iba a llegar tarde al trabajo, situación que me hacía sentir enfadado y a la vez vulnerable.

—La chaqueta parece que ha quedado bien. —Summer apareció en el dormitorio mientras yo seguía con la cabeza metida en el armario—. Es oscura y, si ha quedado cerco, no se notará. ¿Buscas una camisa? —me preguntó.

—Sí —contesté—. Trato de encontrar una en la que pueda caber.

—Espera, te ayudo —se ofreció—. Como soy quien las plancha, recuerdo la que puede ser un poco más amplia.

Summer se acercó al armario, deslizó un par de perchas por la barra y fue directa a una de las camisas.

—Esta creo que te servirá.

Al ofrecerme la prenda, ambos quedamos cara a cara. Como habíamos estado inmersos en la búsqueda de la ropa, no habíamos sido conscientes de lo cerca que estábamos el uno del otro... y mucho menos de que yo estaba desnudo de cintura para arriba.

El rostro de Summer quedó justo delante de mi pecho, donde comencé a notar su tibia y acelerada respiración. Mi tórax también comenzó a subir y bajar más aprisa en cuanto contemplé los labios de Summer tan cerca de mi piel.

—Cre... creo que esta es un poco más holgada —musitó justo antes de levantar la cabeza para que sus ojos conectaran con los míos.

Debería haber cogido la camisa, haberme vestido y haberme largado corriendo, pero, una vez más, la visión del rostro de Summer me dejó bloqueado. Sus ojos velados, sus labios entreabiertos, su cuerpo inmóvil frente al mío... Todo ello indicaba deseo; el mismo deseo que se apoderó de mi cuerpo y que me hizo levantar la mano y deslizarla por un suave mechón rosa. Inspiré con fuerza el suave aroma floral de su pelo.

—Summer... —musité. El mero hecho de pronunciar su nombre me dejaba un rastro de su sabor en mi boca.

—Shane...

Cerré los ojos con fuerza. Si me encantaba decir su nombre, oírla a ella pronunciar el mío me hacía sentir un estremecimiento por toda la columna vertebral.

Cada vez estábamos más cerca. Su ropa y las puntas de su cabello rozaban mi pecho, y su boca se acercaba peligrosamente a la mía. Mi mirada se concentró en sus labios, tan llenos, y el resto del mundo dejó de tener importancia para mí. No existían la Atlantic, la reunión, Valerie... Solo podía pensar en besar aquella boca que exhalaba su aliento en mi propia boca. Bajé la cabeza, ella alzó la suya, solo nos separaban unos pocos milímetros... Y, si ya no había bastante con la cercanía, Summer dejó caer la camisa al suelo y posó sus manos en mi pecho desnudo. El calor de sus palmas me llegó hasta lo más hondo, atravesando piel y músculos, extendiéndose hasta mis huesos...

Y ya no pude más. Posé mis labios en los suyos y comencé a lamerlos justo antes de que ella los abriera y yo introdujese mi lengua en el interior de su boca. Ambos emitimos un sonoro gemido al tiempo que profundizábamos el beso y saboreábamos nuestras bocas a conciencia. Rodeé su cuerpo con mis brazos y la atraje hacia mí con fuerza, para poder sentirla, para poder tocarla, para poder unirla a mí. Ella, al mismo tiempo, clavó sus dedos en mi pecho, mis hombros, mi cuello, y acabó abrazándome tan fuerte como lo hacía yo.

No nos dimos cuenta de que, a trompicones, nos habíamos ido moviendo en dirección a la cama, que fue donde caímos, todavía abrazados y besándonos. Summer se colocó encima y dejó de devorar mi boca para besar y lamer mi garganta, mi pecho, mi estómago... Casi pierdo el control al contemplar su cabeza rubia y rosa tan cerca de mi cintura. Pero, justo después, se incorporó y, en pocos segundos, se deshizo de la bata y de la camiseta y se quedó en sujetador. Se lanzó de nuevo a besarme mientras sus manos forcejeaban con la hebilla de mi pantalón y yo hacía lo mismo con los botones de sus vaqueros. Ella terminó antes y tuve que soltar un profundo jadeo cuando sentí sus manos bajo la cinturilla y mi ropa interior, tratando de liberar mi palpitante erección. Casi grito de placer cuando la agarró entre sus dedos.

—Dios, Summer... —gemí. Un fuego abrasador recorría mis venas y cada tramo de piel. Boqueé como un pez fuera del agua, porque un deseo tan repentino, fuerte y visceral no había estallado en mi cuerpo jamás en mi vida.

Summer se deshizo del sujetador, agarró mis manos y las colocó sobre sus pechos. Mi miembro se endureció hasta el punto de llegar al dolor.

—Te deseo, Shane... —gimió mientras terminaba de desprenderse de la ropa interior y se colocaba sobre mí.

Yo también me había deshecho de mis pantalones de una patada. Ambos estábamos desnudos, piel con piel, besándonos, en una unión perfecta de brazos, piernas, bocas...

—Dame un preservativo, Shane —jadeó ella al tiempo que frotaba su sexo contra el mío.

—No... no llevo encima...

—Miraré en la mesilla de tu hermano...

Aquella frase fue como si un despertador actuara en mi cabeza, y que hizo precisamente eso, despertarme.

¿Qué cojones estaba haciendo? ¿Follar en la cama de mi hermano con la chica que limpiaba su casa?

Aparté a Summer a un lado y me incorporé sobre las sábanas. Emití un quejido cuando tuve que aguantar el dolor del placer interrumpido, pero me levanté y comencé a vestirme.

—Vístete tú también —le pedí.

—Lo que usted diga, señor O'Brien —replicó con acritud—. Le agradezco que se haya dado cuenta a tiempo de que follar con la sirvienta tiene menos glamur que hacerlo con una desconocida, aunque sea la misma persona.

—No es por eso, Summer, no empieces...

—¡Y una mierda que no! —me soltó mientras buscaba mi ropa con furia—. ¡Niégalo si te atreves!

No pude hacerlo; no contesté. La respuesta se me había atascado en la garganta... o, simplemente, no tenía respuesta.

Tras quedarme callado, nos vestimos en silencio y dándonos la espalda. Yo pude hacerlo con mis pantalones y una camisa y una corbata de mi hermano. Me coloqué la chaqueta y fui al baño para mojarme las manos y pasármelas por la cara y el pelo. Al salir, descubrí a Summer abrochándose la bata de rayas. Su rostro evidenciaba la tensión y la rabia y me maldije en silencio por ello.

En dos zancadas, volví a ponerme frente a ella y acaricié su mejilla.

—Summer, lo siento...

—Yo también lo siento —musitó a pesar de apartar mi mano.

— No... no puedo... Sabes que voy a casarme, y no sería justo ni para Valerie ni para ti...

—¡Ya lo sé! —exclamó antes de empujarme para alejarme de ella. Aun así, pude comprobar que sus bonitos ojos castaños estaban húmedos por las lágrimas.

—Summer, lo lamento...

—¡Ya te he oído! —gritó—. ¡Deja de disculparte de forma penosa y vete! ¡Déjame en paz!

Inspiré con fuerza, pero me costó hacerlo debido al nudo que se había formado en mi pecho.

—Sí, me voy —le dije—. Y te prometo que haré todo lo posible para que no volvamos a encontrarnos.

—¡Pues venga! —volvió a ordenarme—. ¡He dicho que te largues!

Una lágrima rodó por su mejilla y ya no pude más. Me acerqué a ella con rapidez y la abracé con fuerza mientras la besaba en el pelo.

—No me hagas esto, mi chica del pelo rosa —musité.

Ella se dejó abrazar y besar durante unos pocos segundos. Justo después, volvió a zafarse de mí.

—Solo una cosa más antes de marcharte, Shane O'Brien —me dijo mientras se limpiaba con rabia las lágrimas con el dorso de la mano—. Me dijiste que nunca te habías liado con desconocidas, y estoy segura de que nunca antes habías engañado a tu prometida. ¿Por qué conmigo lo hiciste?

—Yo... —parpadeé, desconcertado—, no lo sé... ¿Y tú? —pregunté después, supongo que para dejar de pensar en mi respuesta—. ¿Por qué me propusiste ir a mi casa si tampoco lo habías hecho antes?

—Porque me gustaste, Shane —me respondió sin titubear—. Porque, aun sabiendo que nunca podría tenerte, quise quedarme un pedacito de ti.

Me demostró tener más huevos que yo.

—Tú también me gustaste a mí, Summer, pero...

—Pero no soy como tu Valerie, ¿verdad? —me cortó.

—No es eso...

—¡Claro que lo es, no mientas! —me chilló, alterada—. Eres demasiado orgulloso como para aceptar que te gusta una chica como yo. ¡¿Qué dirían de ti, del gran CEO de la Atlantic, si supiesen que estás liado con la de la limpieza?!

No era la primera vez que alguien me dedicaba ese adjetivo, «orgulloso», pero nunca me había resultado tan ofensivo como me pareció en aquel momento, porque no era cierto.

¿O sí?

—Tranquilo, no voy a volver a intentar acercarme a ti. No pienso acabar como mi madre.

No entendí qué quiso decir con aquello.

A continuación, cogió del suelo la ropa manchada que yo mismo había tirado y se dirigió a la planta de abajo.

—Lavaré su ropa y le diré a Abbey que se la haga llegar. Adiós, señor O'Brien.

Capítulo 20

Dos cosas, mamá. Una, pedirte perdón
por haber pronunciado su nombre.
Prometí no hacerlo, te lo juro, pero ya
sabes cómo es Arthur y lo mucho que
quiero a ese anciano cascarrabias.
Espero que nos perdones, tanto a él
como a mí... Seguro que lo haces.
Siempre perdonas mis errores, porque
dices que es mi forma de aprender.
Y, por ende, perdonas a las personas
que quiero.

Y la otra... que he estado a punto de
acostarme con Shane otra vez, en la
cama de su hermano, mi jefe...

¡Estoy fatal!

Pero es que, cuando se acerca a mí,
no puedo pensar. Me invade su olor y

me envuelve con esa enigmática
mirada con la que no puede ocultar el
deseo que siente por mí, a pesar de
saber que me rechaza por no estar a
la altura de sus expectativas...

Después de lo que te pasó a ti, no
entiendo que pueda ser tan idiota...

Me estoy enamorando de él, ¿verdad?

Capítulo 21

ABBEY

Poco a poco, me fui adaptando al nuevo trabajo y a mi nuevo jefe. Torcí el gesto. Por avatares del destino, llevaba tres trabajos y tres jefes distintos en pocos meses. La diferencia radicó en aquel momento en que la última vez había sido algo voluntario, porque trabajar en la misma empresa que Nathan resultaba muy complicado, aunque a veces echaba de menos vislumbrar su rubia cabeza y su sonrisa perfecta en mitad del día.

Tras el ascenso a secretaria personal del director, cambié mis enseres al nuevo despacho. Coloqué algunos objetos sobre la mesa, incluida una pequeña planta que me había regalado Nathan como deseo de buena suerte en un lugar nuevo, y me acomodé en la silla. Emití un suspiro y una sonrisa. Esperaba que aquel entorno se me hiciese familiar cuanto antes. De momento, los compañeros se comportaron de forma muy amable y no dejaron de felicitarme.

Eso supuse que deseaba hacer también la chica rubia que se presentó aquella misma mañana.

—Toc, toc —anunció como aviso, aunque la puerta

estaba abierta—. Soy Elise, jefa de compras. ¿Puedo pasar?

—Claro. —Le sonreí—. Yo soy Abbey.

—Ya lo sé. —Compuso un mohín al tiempo que entraba y cerraba la puerta tras ella. Me confundió ese gesto—. Ya he oído hablar de ti.

—Espero que bien. —Sonreí, algo desconcertada.

—Oh, sí. Tu ascenso ha sido merecido, según dicen por aquí.

—Gracias —respondí, a pesar de las malas vibraciones que recibí.

—Sé que estás saliendo con Nathan O'Brien —me soltó sin esperarlo.

—Es mi pareja, sí —contesté, envarada—. Vivimos juntos. ¿Tiene eso algo que ver con mi trabajo?

—No, por supuesto —respondió con una sonrisa forzada—. Es solo que tenía curiosidad por conocerte. ¿Cómo lo llevas?

—No entiendo. —La miré con desconcierto.

—Me refiero a salir con un hombre como Nathan, que necesita tanta variedad. Y sé de qué te estoy hablando, porque yo salí con él a principios de este mismo año... pero, como le pasa con todas, se cansó de mí, y eso que soy el prototipo que más le gusta.

Fui consciente en ese instante de la mujer que tenía delante: alta, rubia, exuberante, con una cara perfecta y un cuerpo curvilíneo marcado por la ajustada ropa. Una auténtica *barbie*, pero con tetas grandes. Y sí, era el tipo de Nathan... al menos, antes de conocerme a mí.

—Mira, Elise —le dije, bastante molesta—, no entiendo a qué has venido. Si pensara mal, diría que te has presentado en mi propio despacho para decirme que te acostabas con Nathan antes de conocerme, pero como no quiero ser una malpensada...

—Vamos, Abbey, no te pongas así —respondió con

engreimiento—. No te habrás dado cuenta, pero he venido a ayudarte, porque entre mujeres debemos apoyarnos. No me gustaría que acabaras llorando por ese capullo porque de buenas a primeras te cambiara por otra más... más...

—Más guapa que yo, quieres decir.

—No te pongas tan a la defensiva. —Su sonrisa forzada pasó a mueca de mala leche—. Te podría contar mil historias que te dejarían con la boca abierta, pero que te harían conocer mejor a tu novio.

Estaba tan alucinada que no se me ocurrió protestar y seguí escuchando a aquella antigua amante de Nathan.

—Aunque solo fue unos días, yo también estuve viviendo en su ático —me explicó—, tan genial y perfecto como su dueño. ¿Sabes que llegó a olvidarse de mí y a presentarse con otra mujer mientras yo lo esperaba en casa? Tuve que marcharme para no tener que oírlos follar en mis narices.

—No me interesa...

—O el día que, sencillamente, me echó de su fantástico dúplex. ¿Sabes cómo lo hizo? Enviando a su hermano. El gilipollas de los ojos extraños metió mis cosas en una bolsa y me dijo que me largara con viento fresco de allí, que Nathan estaba de viaje y que le había pedido que despejara su apartamento. Ni huevos tuvo de decirme que se había aburrido de mí.

—Te he dicho que no me interesa —insistí—, y menos que me cuentes tu vida...

—Lo peor es cómo te hace sentir, que no vales nada —prosiguió, sin embargo—. Se cree tan irresistible que te hace sentir la más afortunada del mundo porque te haya mirado dos veces.

—Eso era antes...

—La gente no cambia —insistió—, sobre todo los tíos que chasquean los dedos cada vez que quieren una mujer y la tienen.

—Basta, Elise...

—¿Acaso no te has sentido nunca utilizada por él? ¿No te ha engañado nunca?

Con aquellas preguntas me tocó donde más dolía. A mi mente afloraron los recuerdos de su engaño y su manipulación, lo fácil que le resultó engatusarme y mentirme.

—Veo que he dado en el clavo —comentó, satisfecha—. Seguro que piensas en ello cada vez que lo miras y lo ves tan atractivo y fascinante y luego te contemplas tú en el espejo. Tardarás muy poco en preguntarte hasta cuándo estaréis juntos, hasta cuándo le gustarás, hasta cuándo no se cansará de ti.

—Vete, por favor —le dije cuando empecé a sentir una fuerte presión en el pecho—. Y, mientras no tengas que decirme nada relacionado con el trabajo, te pediría que no volvieras a molestarme.

—Tranquila, Abbey —comentó al tiempo que caminaba hacia la puerta—, solo he querido ponerte sobre aviso de lo que, con toda probabilidad, va a ser tu futuro con Nathan... si es que eso existe.

Me levanté de un salto, me dirigí a la puerta y la abrí para hacer que aquella mujer se marchara de una vez. Si aquello no hubiese ocurrido en mi lugar de trabajo, juro que le habría tirado a la cabeza cada objeto que tenía sobre mi mesa, incluido el ordenador. Pero había entrado hacía poco en la empresa, me acababan de ascender y lo último que necesitaba era pelearme con una examante de mi novio resentida. Me limité a cerrar la puerta cuando se fue y volví a sentarme frente a mi escritorio, pero ya no pude concentrarme en nada en todo el día...

***

Fue un día pésimo. Al llegar a casa, tiré el bolso y los zapatos en la entrada, literalmente, a ese suelo donde se encontraba mi ánimo. Estaba irascible y cabreada, y no habría soportado en aquel momento ni que me soplaran. Lo peor de todo fue cuando, al fondo del salón, divisé a Nathan. Estaba de pie, apoyado contra la mesa, y leía algo en su móvil, con una pose tan descuidada y sensual que parecía un jodido anuncio publicitario, como siempre. Llevaba una camiseta blanca y un pantalón de chándal gris, bajo el que asomaban sus pies descalzos sobre la alfombra. Le encantaba andar descalzo sobre la alfombra...

Y, en aquel momento, lo odié, por ser tan absolutamente perfecto, por el estallido de amor que sentía en el pecho cada vez que lo miraba o por el deseo que me entró de besar, lamer y morder cada centímetro de su cuerpo. Sabía que estaba cabreada, que la rubia tetona me había jodido el día y que la jornada había sido una mierda, pero, aun así, fue Nathan el que me hizo estallar.

No quiero justificarme, pero, en ocasiones, tenemos un mal día y lo pagamos con el que menos culpa tiene o con quien tenemos más cerca. Yo necesitaba desahogarme y no se me ocurrió otra cosa que arremeter contra Nathan. Al fin y al cabo, llevaba todo el día imaginándolo follando con la petarda de Elise. Para colmo, en aquel mismo instante, me giré hacia el espejo que decoraba una de las paredes del vestíbulo y contemplé mi imagen. Me vi tan normal... Fui consciente de la sencillez de mi rostro, de mi cabello castaño, de mi cuerpo demasiado delgado...

No sentía una crisis de baja autoestima tan grande desde que Carter, mi ex, me plantó una semana antes de la boda porque había dejado embarazada a mi examiga Amelia.

«Seguro que piensas en ello cada vez que lo miras y lo ves tan atractivo y fascinante y luego te ves tú en el espejo. Tardarás muy poco en preguntarte hasta cuándo estaréis juntos, hasta cuándo le gustarás...»

—Hola, cariño. —Levantó la vista y me dedicó la más increíble de sus blancas sonrisas. Casi emito un jadeo al contemplar la belleza de su rostro—. ¿Qué tal el día?

Cuando se me acercó para besarme, me aparté de su camino.

—Ahora no tengo ganas de hablar —le contesté—. Me voy a la ducha.

—Espera, cielo...

—Estoy cansada, Nathan —insistí, sin poder contener la irritación—. Me ducharé y luego me iré a la cama.

—Está bien —aceptó con desconcierto—. En un rato subiré yo. ¿Quieres que te suba algo? ¿Leche o...?

—No quiero nada —lo corté antes de encerrarme en el baño.

Algo más tarde, lo oí desnudarse y meterse en la cama. Me abrazó por la espalda y llevó sus labios a mi oído.

—Supongo que has tenido un mal día —me susurró al tiempo que apartaba mi pelo y deslizaba sus labios por mi nuca y mi cuello—, pero sabes que aquí tienes al experto en relajación...

«Sí, tú eres un experto en todo...»

El tiempo que había estado en la cama lo había pasado imaginando a Nathan con Elise y con otras cien mujeres más, cuyos rostros había inventado yo misma sobre la marcha, por lo que sentí un repentino rechazo a la idea de hacer el amor con él.

—Estoy cansada, Nathan.

—Algo rapidito —insistió mientras deslizaba sus manos por mis muslos, mis caderas, mi trasero...

Una excitación instantánea se apoderó de mis entrañas y sentí cómo el deseo brotaba al mismo tiempo que la humedad entre mis piernas. Y mi cabreo subió hasta el máximo nivel al saberme tan vulnerable e indefensa ante sus caricias.

—Hoy no me apetece, Nathan. —Aparté sus manos, a pesar del placer que me estaban provocando.

—Está bien. —Rodeó mi cintura con sus brazos y pegó su cuerpo desnudo al mío—. Te abrazaré entonces. Buenas noches, cariño. Te quiero.

Quise gritar de frustración. ¡Tampoco me apetecía que me abrazase! ¡Ni que me dedicara palabras de amor!

En cuanto oí su respiración acompasada, aparté sus manos, me levanté de la cama y me acosté en la habitación de invitados de la planta baja. Nada más caer sobre la almohada, rompí a llorar.

**

Fueron varios días los que pasé sumida en una oscuridad que me arrebataba las fuerzas para seguir adelante. Para lo único que me servían esas tinieblas era para imaginar a Nathan con otra mujer, o diciéndome que se había cansado de mí, o para temer encontrármelo en mi propia cama con alguna rubia como Elise. De nada servía que me repitiese una y otra vez que me quería, que deseaba casarse conmigo, que yo le gustaba a él y, lo más importante, que yo me gustaba a mí misma y me importaba un carajo lo que él hubiese hecho antes de conocerme porque se había quedado conmigo.

Pero no conseguía superar tanta negatividad, por lo que, una mañana, en el trabajo, tomé una drástica decisión: necesitaba tiempo; necesitaba espacio. Debía pensar.

No dejé de llorar mientras cogía algo de ropa del armario y la metía en una maleta, aunque sabía que lo más duro llegaría cuando apareciera Nathan y tuviera que explicarle el motivo de aquella huida.

Por supuesto, lo primero que hizo al verme fue preguntar. Ver su cara de desconcierto me destrozó por dentro.

—¿Qué estás haciendo?

—Coger unas pocas cosas —le respondí, justo antes de alzar la mirada para enfrentarlo—. Me voy, Nathan. Solo serán unos días, pero necesito estar sola.

Parpadeó, confuso, como si no entendiera nada. En realidad, ni yo misma entendía nada.

—¿Me estás diciendo que te vas?

—Sí.

—Pero ¿por qué? —preguntó, sin moverse.

—Es complicado de explicar...

—A ver, cariño... —sonrió y se acercó a mí—... tiene que haber alguna confusión, porque estoy entendiendo que... me dejas.

—Te he dicho que serán unos días, hasta que me aclare.

—¡Por Dios, Abbey! ¡¿Qué estás diciendo?! —Me abrazó con fuerza—. Llevas unos días algo apagada, pero seguro que es algo que podemos solucionar...

—Tengo que solucionarlo yo sola.

—¡¿El qué?! —insistió, cogiéndome las manos—. ¡¿Qué te ocurre?! ¡Explícamelo!

—No sabría decirte, Nathan, yo... tengo algunas dudas.

—¿Sobre qué? ¿Sobre tus sentimientos?

—¡No! —exclamé—. Te quiero, ya lo sabes.

—¡Yo también te quiero, Abbey! ¡Y pensar en la mera posibilidad de perderte me destroza!

—No me vas a perder...

—Entonces, ¡cuéntame qué ocurre!

—¿Conoces a una tal Elise? —le pregunté, dejándolo aún más confundido—. Trabaja conmigo.

—¿Elise? No conozco a ninguna Elise...

—Te diría que es rubia, con grandes tetas y muy guapa, pero creo que te estaría describiendo a cualquiera de las mujeres con las que has estado.

—¿Se trata de eso? —profirió—. ¿De haberte encontrado con una ex que te ha contado sabe Dios qué?

—No, no es solo por eso —le dije, molesta—. Ya te he dicho que quiero estar sola.

—Pues te dejaré espacio, Abbey. —Volvió a acercarse a mí y posó su mano en mi mejilla—. Haré lo que sea con tal de que no te vayas. ¡Te quiero! Y lo que más deseo ahora mismo en la vida es casarme contigo, pero, si te has sentido presionada o agobiada, te juro que no volveré a mencionarlo...

—No tiene nada que ver con eso, Nathan.

—¿Es por algo que te haya dicho esa mujer? Ni siquiera la recuerdo, cariño. —Acunó mi rostro con sus manos y apoyó su frente en la mía—. Sabes que tengo un pasado... pero una vida nueva comenzó para mí el día que te conocí. No te vayas, Abbey, por favor...

Gruesas lágrimas bajaron por mis mejillas. Contaba con el duro momento, pero la realidad superó con creces lo que yo había imaginado. Aun así, decidí ser fuerte, me había preparado para ello. Tenía claro que debía pasar por aquello si no hacerlo representaba vivir a medias. Necesitaba asegurarme de que yo era más fuerte que cualquier reminiscencia del pasado.

—Volveré en unos días, Nathan —sollocé—. Te lo prometo.

—Eres mi vida, Abbey. —Me partió el alma verlo llorar también—. No tengo nada si no te tengo a ti...

Me zafé de sus brazos, me alejé de él y cogí la maleta. Traté de no derrumbarme mientras me alejaba por la puerta.

—¿Por qué nos haces esto, Abbey? —musitó.

No respondí, no pude hacerlo. Bajé la escalera, salí de la casa y corrí hasta la calle, donde me esperaba un taxi. No tuve fuerzas para mirar lo que dejaba atrás.

Capítulo 22

—Vamos, Summer, come algo —me dijo Philip mientras me veía remover el contenido del plato—. Estás destrozando los huevos.

—Son huevos revueltos, ya están rotos —rezongué—. Además, no tengo hambre.

—Si es por culpa de... quien tú ya sabes, que le den.

—Podrías ser más discreto —refunfuñé.

—Si lo dices por mí —intervino Arthur, que desayunaba con nosotros—, no es necesario que disimuléis. Ya imagino que es por un tío.

—No sé a qué te refieres... —intenté hacerme la sueca.

—Pues a que estás enamorada.

—¡No! —exclamé—. Pero qué cosas se te ocurren, Arthur...

—A mí no me tomes por idiota, chica. Estás en Babia, no comes y, cuando te hablo, ni te enteras. Y, como ya dejaste al chulo macarra, está claro que has conocido a otro que te ha sorbido el seso.

—¡No estoy enamorada de nadie! —seguí en mis trece.

—Alto ahí, Summer —intervino Philip—. Mi padre tiene razón. Estás enamorada y punto.

—Gracias por extender la noticia —le recriminé.

—Oh, es por eso —ironizó el anciano—. Claro, tienes miedo de que lo comente en mi partida de *bridge* de las siete... o con mi último ligue, o en el club de petanca, o que lo publique en Facebook...

—Vale, vale, papá —lo cortó su hijo—. Nos ha quedado claro que no tienes amistades ni vida social. —Luego me miró a mí—. Pero el viejo gruñón vuelve a tener razón, Summer. Nadie más que nosotros se va a enterar de que te has colgado de tu señor O'Brien.

—¿Quién es ese O'Brien? —preguntó Arthur.

—Shane O'Brien —respondió Philip, a pesar de mi mirada furibunda—. Un alto ejecutivo de un pedazo de empresa, la Atlantic Group Corp. Ya sabes: traje, gomina, maletín de piel y cochazo. No es rico de cuna, pero parece que se ha currado su puesto.

—¿Y cuál es el problema? —rezongó Arthur—. ¿Es un cabrón? Porque ya te digo yo que esos tipos suelen serlo.

—No es un cabrón, Arthur —resoplé—. Es...

—Un amor de hombre, dilo ya —volvió a entrometerse Philip—. Según me contaste, es todo un caballero, aunque sea parco en palabras. Además, no es de los que te empotran contra la pared. Te trató con delicadeza y...

—Vale ya, Philip —gruñí—. ¿Vas a hacer una descripción detallada de mi intimidad?

—Tranquila, chica —señaló el anciano—. No voy a escandalizarme a estas alturas. Pero sigo esperando que me digas cuál es el problema.

—Está prometido —respondí con exasperación—. ¡Al final voy a tener que contarlo todo!

—Es cierto —suspiró Philip—. Con una pija esnob y gilipollas.

—¿Y él? —prosiguió el veterano con el interrogatorio—. Algo tendrá que decir el ejecutivo, digo yo.

—Pues que tiene su vida muy esquematizada —volvió a interceder Philip—. Tiene fecha de boda, casoplón en las afueras y, con seguridad, un futuro muy ambicioso.

—Pues olvídate de él —sentenció Arthur—. Tú vales para mucho más que para ser la amante o el segundo plato de nadie.

—Está enamorada, papá —le dijo Philip—. Contra eso no se puede luchar.

—¿Y quién ha dicho que esté enamorada? —bufé.

—No hace falta que lo diga nadie —respondió mi amigo—. Solo tienes que admitirlo tú misma cuando te respondas a ciertas preguntas. ¿Piensas en él a menudo? Y, cuando lo haces, ¿sientes un hormigueo en el estómago que va subiendo por el esófago y se atasca en la garganta? Cuando lo ves, ¿tu corazón da una voltereta? ¿El sexo con él fue lo más alucinante del mundo?

—Vale, vale —lo interrumpí—. Estás muy pesado, Philip.

—Debe de ser que, como el mundo que nos rodea está tan asqueroso últimamente, un poco de romance siempre viene bien.

—Yo solo digo que no te menosprecies, chica. —El anciano posó su mano sobre la mía—. Y que el tiempo dirá si ese tipo te merece.

—Yo le aseguro que ese hombre también se ha prendado de ella y que acabará dejando a su novia pedante y odiosa —añadió Philip.

—No, no lo va a hacer —insistí, poniendo los ojos en blanco—. Es demasiado orgulloso y muy ambicioso...

Unos gritos desde la ventana del salón interrumpieron la conversación y nos pusieron en alerta.

—¡Agua, agua! —gritó Ruby.

—¡Mierda! —grité—. ¡Cuerpo a tierra!

Philip y yo terminamos en el suelo, bajo la mesa, ante la mirada escéptica de Arthur, que siguió comiendo tan campante.

—¡Vamos, *abrrid* la *puerrta*! —oímos gritar a Vladímir—. ¡Esta vez la *tirrarré* abajo, *joderr*!

—Pero ¿vosotros no teníais ya el dinero para pagar el alquiler? —nos planteó Arthur tras darle un trago a su vaso de zumo.

—¡Hostias, es verdad! —exclamó Philip—. ¿Y qué coño hacemos tirados en el suelo?

—A mí me parecía divertido. —Ruby sonrió.

—Es la puta costumbre —rezongué mientras me ponía en pie—. Ya voy yo.

Abrí la puerta y me encontré con el matón, que era tan enorme que te crujían las cervicales al levantar la cabeza para mirarlo.

—¿Tienes la pasta o qué? —siseó.

—Sí, la tengo —gruñí antes de coger el sobre que ya había dejado sobre la pequeña consola de la entrada—. Toma, y que le aproveche a tu amo, gilipollas.

—No te pongas chulita —me advirtió mientras contaba los billetes—. Tienes todavía una deuda pendiente con el *señorr* Santos, y la paciencia no es su *fuerrte*.

—¿Qué cojones quiere ahora tu señor Santos? —repliqué sin alzar la voz, para que no me oyeran desde el interior de la casa—. ¡Me dio cinco años para pagar!

—¿Y cuántos te *crrees* que han pasado, chica estúpida?

Precisamente, era su expresión de pocas luces la que me ayudaba a no cagarme de miedo al tener casi encima a aquel montón de músculos cubiertos de tatuajes.

—Mierda —musité—. ¿De cuánto tiempo dispongo?

—Tienes un mes para *conseguirr* la pasta. Cinco mil *dólarres*.

—¡Cinco mil! —bramé—. ¿Cómo coño voy a deber todavía tanto dinero?

—Los *interreses*, chica estúpida. ¿O te *crrees* que el *señorr* Santos es santa *Terresa*?

—¡No creo que pueda reunirlo en tan poco tiempo!

—Tú misma. —Sonrió de forma perversa, el esbirro—. Si no *quierres* acabar tú y tus amigos en la puta calle... o algo *peorr*...

—¿Qué ocurre? —preguntó Philip, que se acercó a la puerta al escamarle mi tardanza.

—Nada —solté—. Vladímir ya se iba.

—Un mes —dijo el ruso antes de marcharse.

—¿Qué ha sido eso? —insistió Philip cuando cerré la puerta—. ¿Qué habéis hablado tanto rato?

—No seas cotilla. —Lo empujé hacia el interior—. Tengo que irme a trabajar y creo que tú también. —Me dirigí después a la vecina—. Ruby, puedes quedarte con Arthur esta mañana, ¿verdad?

—Por supuesto. —Sonrió.

—Gracias, preciosa.

Le di un beso a la chica, otro a mi amigo y otro al anciano. Sentí un escalofrío de miedo al pensar que alguien pudiese hacerles daño por mi culpa.

***

Con todo el lío del ruso se me hizo un poco más tarde de la cuenta, así que supuse que ya no coincidiría con Nathan ni Abbey en la casa. Por eso me sorprendió encontrar la alarma sin conectar, aunque no tanto como la oscuridad que reinaba en el salón o el olor a agrio que inundaba el aire.

—¿Hola? —pregunté con cautela—. ¿Abbey? ¿Señor O'Brien?

Me dirigí a una de las ventanas y abrí las cortinas para dejar pasar la claridad del día. Al girarme, di un respingo cuando contemplé a una persona durmiendo boca abajo en el sofá. Por la rubia cabeza, supe que se trataba de Nathan, aunque me descolocó encontrarlo todavía con los pantalones y la camisa que, si no recordaba mal, eran las mismas prendas que vestía el viernes, hacía tres días, aunque parecía que las hubiese llevado un mes, por su aspecto arrugado y desaliñado.

Di un paso hacia el sofá, pero me tropecé con los vasos y botellas que inundaban el suelo. El olor que había notado al entrar era a alcohol.

—¿Señor O'Brien? —Como no recibí respuesta, me acerqué hasta él y toqué su hombro—. ¿Señor O'Brien?

Mi jefe rezongó, se removió, levantó la cabeza unos centímetros y me miró, aturdido. Sus ojos, extraviados, el cabello, alborotado, y la barba que cubría su mandíbula daban fe del tiempo que llevaba en aquel estado.

—Ah, Summer, eres tú... —murmuró con dificultad—. Hoy no hace falta que te quedes. Puedes marcharte a casa —volvió a dejarse caer sobre el cojín—, o adonde te dé la gana.

—¿Dónde está Abbey? —le pregunté, alarmada por su aspecto y su comentario.

—Abbey no está —gruñó—. Se ha marchado.

—¿Cómo que se ha marchado? —insistí—. ¿De viaje?

—No —volvió a gruñir—. Se ha marchado, sin más.

—Pe... pero... no entiendo...

—Pues ya somos dos —respondió, y continuó en la misma postura.

—Yo... —Me quedé sin palabras. No daba crédito a que aquello fuese cierto—. ¿Necesita algo? ¿Café? ¿Algo de comer?

—¡No necesito nada! —Alzó la cabeza y gritó con una furia que nunca había visto en él—. Márchate, Summer, por favor.

Azorada, salí de la casa y me senté en los escalones de la entrada. Tal vez se tratara de una riña de pareja y no fuera de mi incumbencia, pero había tanto dolor en la mirada azul de Nathan que todavía estaba temblando de la impresión.

Algo titubeante, cogí mi móvil y marqué el número de Abbey.

«En estos momentos no puedo atenderte, por favor, deja un mensaje...»

—Mierda —farfullé al colgar.

¿Qué estaba pasando allí? Como chica de servicio que tiene que ver, oír y callar, debería haberme ido y esperar al día siguiente. Sin embargo, como persona, me preocupó pensar en aquel hombre solo, sin más compañía que el alcohol, sin nadie que lo consolara. ¿Y si Abbey no volvía nunca? ¿Lo sabría su hermano? Si no se había enterado, me dije que tendría que saberlo, puesto que me había hablado de lo unidos que estaban.

Tenía que decírselo. Si ya lo sabía, quedaría como una entrometida, pero, si lo ignoraba, podría ir a interesarse por su hermano...

Decidida, busqué información sobre la Atlantic hasta encontrar un número de teléfono. Hablé con una docena de personas y me sacaron de quicio otras tantas hasta que conseguí que se pusiera la secretaria de Shane.

—Lo siento —me informó—, pero el señor O'Brien tiene una visita. Puede dejarme el recado y tomaré nota.

—¿Quiere escucharme? —insistí por enésima vez—. ¡Es un asunto familiar urgente!

—¿Es usted alguien de su familia?

Solo había una manera de llamar la atención de su jefe.

—Dígale que lo llama Summer, por favor, y que es importante.

—Lo intentaré —contestó con un tono bastante hostil—. Tendrá que esperar a que pueda informarlo.

Solo pasó un minuto hasta que lo oí al otro lado.

—¿Summer? —preguntó, desconcertado.

—Siento... siento molestarte, Shane, pero se trata de tu hermano. Él... está mal.

—Nathan está de viaje por un asunto de trabajo —respondió de forma cortante—. El viernes me lo comunicó él mismo.

—No se ha ido, Shane, está en casa. Abbey lo ha dejado.

Hubo un instante de espeso silencio.

—Por favor, Summer, no te muevas de ahí —me pidió después—. Voy enseguida.

Me mantuve unos minutos en el porche hasta que, cuando un taxi paró junto a la acera, me puse en pie. Shane salió del coche y se acercó con rapidez. Su alta y robusta figura enfundada en un traje oscuro me volvió a dejar sin aliento, lo mismo que su brillante cabello negro o su atractivo rostro, aunque, en aquel momento, mostrara una evidente preocupación.

—¿Dónde está? —me preguntó mientras esperaba a que yo abriese la puerta.

—En el salón —respondí.

Accedí a la estancia detrás de Shane, que se acercó en dos zancadas al sofá en el que se hallaba su hermano. Se agachó ante él, lo agarró del hombro y le dio la vuelta.

—Nathan, por el amor de Dios, ¿por qué no me has dicho la verdad?

—¿Qué haces aquí? —rezongó el hermano rubio—. Summer, eres una chismosa —gruñó.

—Vamos, deja de quejarte y levántate.

—Déjame en paz, Shane —protestó Nathan.

—De eso nada. Soy tu hermano, para lo bueno y para lo malo.

Shane no se preocupó por su traje impecable, por arrugarlo o mancharlo con las ropas malolientes y desaliñadas de Nathan. Ni siquiera se quitó la chaqueta para pasar un brazo de su hermano por su cuello y levantarlo del sofá.

—Por favor, Summer —me pidió cuando mantuvo a Nathan a su lado y comenzó a arrastrarlo hacia el pasillo—, adelántate y abre la ducha.

—Voy ahora mismo.

Accedí a la mampara, abrí el grifo y preparé unas toallas mientras los hermanos entraban en el baño.

—Puedo ducharme solito —refunfuñó Nathan—. Deja de ejercer de jodido hermano protector.

Shane ignoró sus comentarios y comenzó a desabrocharle la camisa y a sacársela por los brazos. Algo tibio y suave me brotó por dentro cuando contemplé la delicadeza con la que trataba a su hermano, el cariño que ponía en cada gesto y en cada palabra.

Cuando tiró del cinturón para bajarle el pantalón, me di la vuelta con rapidez para darles intimidad.

—Voy a... buscar algo de ropa.

La habitación principal estaba todavía tal y como la había dejado el último día de trabajo. Nathan ni siquiera había utilizado la cama. Cogí del armario un pantalón de chándal, una camiseta y ropa interior y bajé hasta la planta inferior. A través de la mampara de cristal divisé la silueta de mi jefe, que permanecía bajo el agua de la ducha, quieto, pero sin dejar de despotricar contra su hermano. Dejé la ropa sobre el mueble del lavabo y fui a la cocina, donde me encontré a Shane sentado en una silla, con la cabeza apoyada en sus manos, gesto que delataba su preocupación.

—Abbey no contesta al teléfono —murmuró.

—Lo sé, lo he intentado —comenté al tiempo que me sentaba a su lado. No pude evitar poner mi mano sobre una de las suyas. Él respondió aferrándola entre sus dedos, y me emocionó aquel gesto de confianza.

—No entiendo qué demonios la ha llevado a marcharse. Se aman, maldita sea.

—Claro que se aman —le dije—, pero, a veces, las personas necesitamos un tiempo para asimilar las cosas. Puede haberse sentido abrumada por haberle pasado tantas cosas en tan poco tiempo.

Shane alzó la vista y clavó en mí sus increíbles ojos; marrón y verde, oscuridad y pasión. Y supe que me estaba dando las gracias por avisarlo, por acompañarlo, por estar allí. Y también supe en aquel instante que mi chismoso compañero de piso y su anciano padre cascarrabias tenían razón: me había enamorado de aquel hombre reservado y taciturno. Me había sentido atraída por él desde el principio, tanto por su físico como por su forma de ser, tan cuidadoso conmigo, tan amable, tan tierno. Y lo único que me había hecho falta para corroborarlo había sido ser testigo del amor que sentía por su hermano.

—Por favor, no os enrolléis delante de mí —refunfuñó Nathan al entrar en la cocina y ver cómo nos mirábamos.

—Voy a hacer café —dije para cortar el momento de conexión.

—Te lo agradecería en el alma —suspiró Nathan al tiempo que se sentaba frente a Shane.

Llené dos tazas de la humeante bebida y las coloqué delante de los hermanos.

—Yo... me voy a recoger el salón y el baño.

—Siento el desastre —se disculpó mi guapo jefe con una mueca.

—No pasa nada, es mi trabajo.

—Tienes tiempo de hacerlo después —sugirió Shane—. Por favor, Summer, hazme caso esta vez y sírvete otra taza de café. Y te lo tomas con nosotros.

—No, de verdad —me negué—. Querréis hablar a solas y...

—Hazle caso al cabezota de mi hermano —Nathan sonrió—. Vamos, Summer, haznos compañía.

Algo reticente, accedí y volví a ocupar mi silla junto a Shane.

—Siento haber montado todo este numerito —se lamentó Nathan—. Abbey solo me pidió un poco de tiempo, pero me pilló tan de sorpresa que me he puesto paranoico.

—Ella volverá —le aseguré—, no lo dude.

—Lo sé. —Sonrió.

Shane bebía de su taza, en silencio, ensimismado en sus propios pensamientos, tan taciturno como siempre.

—No te preocupes, hermanito, en serio —le dijo Nathan—. Estoy bien.

—Si estás bien, te vienes a trabajar conmigo —gruñó Shane.

—No creo que sea buena idea...

—Si no vienes, me quedo en casa contigo —sentenció—. No voy a dejarte solo otra vez.

—¡Oh, vamos, Shane! ¡No seas plasta! ¡Sé cuidarme yo solito a estas alturas!

—¿En serio? —soltó con sorna—. Pues no lo parecía hace un momento. ¡Llevas tres putos días tirado en el sofá bebiendo!

—¡Seguro que estás cabreado porque te he hecho dejar alguna maldita reunión a medias! —le reprochó Nathan—. ¡Y podré sobrevivir a tres días de vodka!

—No estoy cabreado por eso y lo sabes —farfulló Shane—. Yo... no quiero que estés mal. Nunca he soportado verte sufrir...

Aunque yo me había desplazado hasta el vestíbulo, me sentí una intrusa en aquella discusión de hermanos, sobre todo cuando ambos se miraron durante un largo instante, como si guardaran secretos y los pudiesen recordar con una sola mirada.

—Lo sé, Shane —dijo mi jefe, que se acercó a su hermano y presionó su hombro—. Perdona. Iré a vestirme y te acompañaré a la oficina. Me irá bien distraerme un poco. Ahora vuelvo.

Shane se giró hacia la ventana y fijó su mirada en la lejanía.

—Tener hermanos debe de ser una pasada —le comenté cuando nos quedamos solos.

—Sí —respondió con un amago de sonrisa—. Con Nathan no me he aburrido nunca.

—Seguro que te pasaste la vida cuidando de él. —Sonreí—. Nathan debía de ser el que se metía en líos, y tú, el que lo rescatabas, como buen hermano mayor.

—No soy mayor que Nathan —señaló con una mueca.

—Ah, perdona —me disculpé, desconcertada—. Como eres así, tan serio, supuse que tú serías el mayor, y no Nathan.

—Tampoco es él el mayor —puntualizó—. Somos iguales. Nacimos el mismo día.

—Shane O'Brien. —Me acerqué a él con los brazos en jarras—. Si no te hubiese conocido ya un poquito, aseguraría que me estás gastando una broma.

—Es la verdad —me aseguró, un poco más relajado—. Te he dicho que nacimos el mismo día, pero no que fuese en el mismo parto.

Esperé, expectante, la explicación.

—Nuestros padres se casaron, pero mi padre ya me tenía a mí y mi madre, a Nathan. Casualmente, nacimos el mismo día, por lo que, de pequeños, le decíamos a todo el mundo que éramos gemelos.

—Debían de flipar —reí— cuando os miraran a uno y a otro.

—No puedo saberlo con seguridad —suspiró—. Me pasé mi infancia pegándome con los niños que se metían con Nathan. Sufrió acoso por ser pequeño y algo regordete y siempre acababa en el suelo con las gafas rotas.

—Oh, Shane... —musité al tiempo que me acercaba él

y tomaba sus manos—, por eso sigues tan pendiente de él, y por eso no has dudado en dejar a medias tu reunión: porque sigues preocupándote por él.

—Supongo que no lo puedo evitar.

Sin ser consciente de ello, Shane hablaba mientras jugueteaba con mis dedos y hacía rodar los anillos que los rodeaban.

—Gracias otra vez por todo, Summer —murmuró. Después alzó la vista y descubrí una oscura tempestad en cada uno de sus ojos—. Ojalá... ojalá pudiese ser de otro modo...

—No prometas nada, Shane, por favor. —Rodeé su cuello con mis brazos y él abrazó mi cintura. Ambos apoyamos nuestra frente en la del otro—. No me gusta esa palabra. «Ojalá» significa sueños imposibles, deseos irrealizables.

Mientras susurraba aquellos lamentos, me sentí invadida de nuevo por el aroma picante de Shane, por su calor. Su aliento tibio impregnado de café chocó contra el mío, tan próximas estaban nuestras bocas. Y, con él tan cerca, me resultaba imposible pensar en otra cosa que no fuese volver a sentir sus labios, volver a saborear su lengua. Poco a poco, entre respiraciones entrecortadas, nos fuimos aproximando más y más hasta que Shane posó sus labios sobre los míos y sentí que mi corazón estallaba desde dentro. Ni siquiera fue más allá, se limitó a rozar tiernamente mi boca con la suya, a besar mis labios una y otra vez. Hubiese pasado así horas y horas.

Pero, de nuevo, el sueño se había acabado. Y el «ojalá» también.

—No debería... —susurró a milímetros de mí—. Sería arriesgar demasiado...

—¿Y qué arriesgas estando conmigo, Shane? ¿Tu relación o lo que puedes conseguir a través de ella?

—Esa sería solo una parte del riesgo —musitó antes

de acariciar mi pelo y darme un beso en la frente que me supo amargo como la quina—. Mi chica del pelo rosa...

Envueltos en aquella bruma de ansia, sensualidad y tristeza, oímos detrás de nosotros el carraspeo de Nathan.

—Siento interrumpir —se disculpó—, pero ya estoy listo. Y, por cierto, tardo muy poco en vestirme.

Shane y yo nos separamos con rapidez. Yo cogí el trapo y el espray que había preparado para limpiar el salón, y él se dirigió a la puerta al tiempo que sacaba el teléfono del bolsillo de la chaqueta.

—Ya he llamado yo a un taxi —señaló Nathan—. Algo tenía que hacer mientras... esperaba.

Shane se limitó a protestar al abrir la puerta y salió a la calle sin despedirse siquiera.

—Gracias por todo, Summer. —Nathan me guiñó un ojo y salió detrás de su hermano.

Cuando me quedé sola limpiando el salón, fui consciente de lo absurdo que era lo que acababa de pasar.

—Pero ¿qué coño estoy haciendo? —farfullé mientras pasaba con rabia la bayeta sobre la mesa de cristal—. Después de lo que le pasó a mi madre, ¿me voy a liar con un tipo que va a casarse con otra y para el que lo más importante es su estatus social y su carrera laboral?

Continué limpiando con furia.

—¿Qué pretendes, Summer Kelley? —me insistí—. ¿Esperar a que se case para convertirte en su amante? ¿O languidecer de pena porque nunca podrá ser tuyo?

Me fui a la cocina y empecé a recoger los platos sucios mientras evocaba el recuerdo del dulce beso con Shane.

—¡Qué complicado es todo! —grité al silencio—. ¡Puta vida...!

Capítulo 23

Durante el recorrido en taxi, Nathan estuvo animado y parlanchín, aunque yo pasé el tiempo mirando por la ventanilla, ignorando todos sus comentarios graciosillos sobre mi situación con Valerie y Summer.

Quién me lo hubiese dicho... Yo, Shane O'Brien, el hermano oscuro, antipático y borde, pensando en dos mujeres... no de la misma forma, por supuesto. Una era una fantasía; la otra, mi futuro.

—Eso no te lo esperabas, ¿verdad? —me pinchó Nathan.

—¿El qué? —pregunté con desidia.

—Enamorarte en el momento más inoportuno. A los treinta y dos años decides que el amor es una mierda y que te vas a casar con una mujer por la que no sientes nada y, ¡pum!, aparece tu alma gemela.

—No sé qué hablas de almas gemelas —masculló.

—Y... ¿qué vas a hacer ahora? —me preguntó, después de ignorar mi gruñido.

—No sé a qué te refieres —murmuré, todavía sin dejar de mirar hacia el tráfico de la ciudad.

—Hombre... casarte con alguien a quien no amas porque te importa un carajo el amor ya me parece una puta mierda, pero llevar adelante ese matrimonio cuando has descubierto que te has enamorado es de juzgado de guardia.

—Una cosa, Nathan. —Me giré hacia él con hostilidad—. ¿Cómo te sientes ahora mismo? Si has sido consciente del tiempo, ¿cómo te has sentido todo el fin de semana, tirado en un sofá a base de vodka? ¿Y cómo te sentiste cuando Abbey se marchó?

Y aún me mordí la lengua para no preguntarle: «¿Qué te ha aportado a ti el amor? ¿No estabas más feliz cuando te limitabas a ir de flor en flor?».

—No estamos hablando de mí...

—Pues es de la única persona de la que debes preocuparte —protesté—. Al menos, en lo que a amor, pareja o matrimonio se refiere. Y métete en la cabeza que no voy a anular mi boda con Valerie. Seguiré adelante con ello porque es lo que quiero y lo que deseo.

A partir de ese momento, Nathan se apagó. Me culpé por haberle quitado la ilusión del día, que no era otra que pensar que me había liado con Summer, pero necesitaba hacerle ver a él —y, de paso, a mí— que no iba a cambiar mis planes... a pesar de ser la primera vez que llegué a planteármelo, aunque fuese un diminuto instante.

***

Sentado en el despacho de John Vanderberg, mi suegro me explicaba la participación que iba a tener en su empresa, las acciones de las que sería titular junto a Valerie en cuanto nos casáramos, el futuro que me esperaba cuando él se hiciese mayor y todo pasara a mis manos y las de su hija. Mientras tanto, Valerie escuchaba, satisfecha, a mi lado, sonriente y radiante. Parecíamos un cuadro de la realeza: yo, sentado, y ella, con la mano en mi hombro.

Fue la primera vez que todo aquello me aburrió: pensar en un futuro junto a Valerie, como miembro de aquella familia, formando parte de algo que antes tenía muy claro y que, de repente, no lo estaba tanto. Me insistí en el hecho de que iba a triunfar en la vida, de que iba a ser una persona influyente y respetada, de que habría cumplido todos mis objetivos.

Pero ¿a cambio de qué? ¿De vender mi alma?

Mi estado de ánimo no mejoró con el transcurso de las horas, mucho menos cuando, en un salón del Plaza, donde tenía lugar uno de los tantos eventos a los que eran invitados los Vanderberg, me vi asediado y observado por un montón de gente que no conocía de nada... o quizá no la recordaba, ya que solía hacerme a un lado en esas multitudinarias reuniones. Pero, como futuro e inminente miembro de mi ilustre familia política, cada vez se me exigía más presencia, más participación. Apretones de manos, sonrisas fingidas, caras y más caras, una invasión de imágenes, voces y risas que empezaron a hacerme sudar. Comenzó a molestarme el cuello de la camisa y sentí la humedad en la espalda y en la frente. Noté, incluso, que me faltaba el aire, lo que me hizo pedir disculpas a la persona que tuviese en ese momento frente a mí y salir corriendo hasta el baño. Abrí el grifo y me mojé las manos, la cara y el pelo, y, antes de secarme, levanté la vista hasta encontrarme con mi imagen en el espejo.

Parpadeé, desconcertado, mientras las diminutas gotas bajaban por la piel morena de mi rostro y las pestañas húmedas hacían brillar todavía más el verde y el marrón de cada uno de mis ojos.

Porque no me reconocí.

Sí, físicamente era yo, el tipo moreno, oscuro, grandote y serio. Pero quise buscar al hombre que llevaba demasiados años con un objetivo marcado y no lo encontré.

«Joder, ¿qué cojones te pasa? —pensé—. ¿Por qué te

sientes distinto? ¿Tienes dudas a estas alturas? ¿Las pullas de Nathan te están haciendo efecto después de ignorarlas durante años?»

Sacudí todas esas preguntas incómodas de mi mente y me sequé con una toalla con letras bordadas antes de salir del elegante baño. Durante un instante, me quedé clavado en mitad del pasillo, mirando a izquierda y derecha, divisando a un lado la multitud que me ponía tenso y nervioso y, al otro lado, la salida. Volvieron los sudores y las palpitaciones y, como si mis pies le ganaran la batalla a la razón, salí disparado hacia el exterior del hotel, donde, una vez que recibí el aire frío de la noche, empecé a respirar a toda velocidad para que mis pulmones volvieran a funcionar con normalidad.

Hui. Sí, hui literalmente de aquel lugar, sin despedirme de nadie. Pedí las llaves de mi Jaguar Coupé y me lancé a conducir a la ciudad y a la noche. Le di demasiado al acelerador y me salté un par de semáforos, pero me importó un carajo. Ya me vendrían las multas a casa y las pagaría, como buen ciudadano.

«¿No te cansas de estar siempre tan programado? A veces creo que, si te abriera el pecho, solo hallaría cables y circuitos en lugar de vísceras...»

Todas esas palabras eran de Nathan, de las veces en que me reprochaba tener la vida tan calculada. Si él supiera el motivo...

El sonido estridente de un claxon me hizo frenar en seco, hasta hacer rechinar las ruedas en el asfalto y oler a goma quemada.

—¿Dónde vas, gilipollas? —gritó el conductor por mi despiste—. ¿Te crees el amo de la carretera por llevar ese cochazo de mierda?

Me aparté a un lado de la calzada y paré junto a la acera para apaciguar el susto y llegar a la conclusión de que yo no valía para hacer locuras... aunque últimamente hubiese cometido unas cuantas.

La vibración de mi teléfono me trajo de nuevo a la realidad. Miré la pantalla: era Valerie. Y, aunque ya acumulaba varias llamadas perdidas, la rechacé.

Con el móvil en las manos, la tentación fue muy fuerte. Sí, había hecho algo que se salía de la norma, al menos, de mis normas. Había accedido al correo de mi hermano y había encontrado sus contactos con la empresa de servicios que le había enviado a Summer. En uno de esos correos, aparecían los datos de la chica del pelo rosa.

No pensé, no razoné; simplemente, actué. Introduje la dirección en el GPS y me puse en marcha de nuevo.

***

Aparqué en cuanto llegué a mi destino, en aquella calle y aquel barrio ruidoso y atestado de gente, de olores, de colores y de sonidos, tan diferente al mío. La puerta del edificio permanecía abierta, y me crucé con una variada cantidad de personas de diversos orígenes y etnias que me miraron con interés, puesto que aún iba vestido con un formal esmoquin. Cuando llegué al tercer piso, me planté delante de la descascarillada puerta y di un par de golpes con los nudillos al no encontrar timbre alguno. Un instante después, la puerta se abrió y apareció Summer. Si se había sorprendido en su día al encontrarme por primera vez en casa de mi hermano, no podría describir con palabras la cara de asombro que puso al verme en la puerta de su apartamento, apoyado en el marco y vestido de esmoquin, aunque la pajarita colgara, deshecha, del cuello.

—Hola, Summer —la saludé, algo cohibido.

—Shane... —musitó—. ¿Qué... qué haces aquí?

Sabía que llegaría esa pregunta. Y no tenía una jodida respuesta.

—No tengo ni puta idea —opté por responderle.

—¿Se puede saber cómo has descubierto dónde vivo?

Esa pregunta ya no la esperaba.

—El CEO de la Atlantic tiene recursos.

—Si has venido a hacerte el interesante y a alardear de tu estatus social... —Hizo el amago de cerrarme en las narices.

La verdad, mi respuesta había sido la peor posible.

—Espera, Summer. —Coloqué un pie en el hueco para impedir que la cerrara—. No sé por qué he buscado tu dirección, y no sé por qué he decidido venir. —Me pasé la mano por la cara y el pelo y emití un suspiro—. Solo sé que necesitaba verte; que, en una noche de mierda, lo único que me ha calmado ha sido pensar en ti... y que, ahora que estoy aquí, viéndote, siento que ya no necesito nada más.

Pude ver la sorpresa en su bonita y cálida mirada, y, una vez más, nos contemplamos durante un largo instante. Sus grandes ojos castaños parecieron acariciarme y un estremecimiento de ternura me sacudió el cuerpo. Me pareció tan bonita... Iba ligeramente maquillada y llevaba una falda larga estampada, un top negro ajustado y unas deportivas blancas, atuendo que le sentaba realmente bien. Mientras miraba cada parte de su rostro, no hubiese podido decidir si me gustaba más cómo le sentaba el pelo rubio o el rosa, y pensé que, así, con los dos colores, estaba perfecta.

—Me prometiste que no volveríamos a vernos —me recordó—, y, por un motivo u otro, no dejamos de hacerlo.

—Sí, te lo prometí —señalé—, pero ¿de verdad querías que cumpliera esa promesa?

Se dispuso a decir algo, pero la interrumpió una voz que provenía del interior de la vivienda.

—¡Chica, cierra la puerta de una vez, que entra corriente! ¡Y, quien sea que esté contigo, que entre o que se largue de una jodida vez!

Parpadeé ante los gritos de quien supuse un anciano.

—¿Es tu padre? —le pregunté.

—¿Sabes qué? —Summer se cruzó de brazos—. Tal vez sea bueno que entres en mi casa, conozcas a Arthur y veas dónde vivo. Oh —dijo con guasa—, y te adelanto que en nada se va a parecer a tu preciado *loft*.

Se hizo a un lado para dejarme pasar y accedí directamente a un pequeño salón. Los pocos muebles que había no concordaban unos con otros y parecían salidos de una película de los años setenta, pero todo estaba limpio y recogido. El televisor apenas tenía volumen y un anciano lo miraba sentado en un sillón. Estaba pálido y delgado, síntomas que supuse relacionados con la cánula nasal que lo unía a una máquina de oxígeno.

—Él es Arthur —me lo presentó Summer—. Y no es mi padre. No he tenido esa suerte. —Sonrió con tristeza.

—Encantado, señor. —Le ofrecí mi mano.

—Mayor —me corrigió—, mayor Caldwell: 24.º Regimiento de Marines, participante en la operación Tormenta del Desierto.

—Mucho gusto, mayor Caldwell.

Pareció satisfecho y, entonces, sí que me estrechó la mano.

—Tú debes de ser el ejecutivo —gruñó—, el que está con mi chica aunque vaya a casarse con otra.

Busqué la ayuda de Summer con la mirada, pero ella se limitó a encogerse de hombros, como si pretendiera decirme «Te jodes y apechugas».

—Yo... —titubeé.

—No voy a meterme en vuestra vida —me interrumpió el hombre—, pero estoy casi seguro de que Summer te gusta más que la estirada que tienes de prometida.

—¡Arthur! —gritó Summer.

Volví a verme asediado por las indirectas del anciano y a quedarme sin respuesta. Menuda noche llevaba. Si ya era parco en palabras, en aquella ocasión me estaba luciendo. Con lo bueno que era en mi trabajo, ¡qué desastre resultaba en mi vida social!

—Por cierto —insistió el hombre—, la chica va a salir, que ya era hora de que hiciese algo un sábado por la noche. ¿Por qué no la acompañas?

—Arthur, joder... —volvió a quejarse Summer—. ¿De qué vas ahora, de celestina?

—Así le presentas a Philip.

—¿Quién es Philip? —pregunté, interesado, puesto que ya había oído mencionarlo—. No será tu novio...

En menos de dos segundos, Summer y Arthur estallaron en risas.

—Su novio, dice. —El anciano se carcajeó justo antes de que un ataque de tos lo dejara sin respiración. Me alarmé y me acerqué a él con rapidez.

—Dios mío... ¿Se encuentra usted bien? —Me dirigí a Summer, que le acercó un vaso de agua a los labios—. ¿No habría que llamar a un médico o llevarlo a un hospital...?

—Qué fácil resultan esas opciones cuando tienes dinero para pagarlo —murmuró—. Está todo controlado. ¿Verdad, mi viejo cascarrabias?

Me enterneció ver cómo acariciaba su ralo cabello blanco y su mejilla, ajada y huesuda.

—Estoy bien, estoy bien —carraspeó el hombre mientras se nos quitaba de encima—. Marchaos y dejad de preocuparos por un anciano moribundo.

—¿Vamos a dejarlo solo? —pregunté, preocupado.

—No hagas caso a su dramatismo —dijo Summer con los ojos en blanco—. No se va a quedar solo. Y lo del «vamos» sobra. Yo me voy, pero no contigo. Tú puedes volver a tu castillo de diseño.

—Vamos, Summer, no seas cabezota —gruñó Arthur, que todavía se recuperaba del ataque de tos—. Deja que conozca a Philip. —Los acuosos ojos del anciano brillaron de regocijo, al igual que los de Summer.

Justo entonces, una voz cantarina me hizo girarme hacia la ventana, por donde se colaba una guapa chica rubia.

—¡Hola, hola! —saludó—. Oh, ¿quién eres? —me preguntó, como si fuese lo más normal del mundo entrar por una ventana.

—Soy Shane, un placer. —Le tendí la mano, pero ella me dio dos sonoros besos en las mejillas.

—Encantada. Yo soy Ruby, la vecina, y vengo a hacerle compañía a Arthur. Tú debes de ser el ejecutivo pijo del que nos ha hablado Summer, ¿verdad? —Me miró con una expresión tan candorosa que no pude molestarme. Me chocó bastante el contraste entre su sonrisa infantil y su cuerpo de estrella porno.

—Tú, deja de babear —me reprendió Summer con un manotazo en la espalda que casi me hace trastabillar—. Voy a por mi bolso y salgo enseguida.

—Entonces —comentó Ruby—, debe de ser tuyo el cochazo que hay aparcado en la calle, ¿no?

—Si te refieres a uno deportivo oscuro, sí... —murmuré mientras me inundaba el pánico.

—Pues parece que le ha encantado al grupo de chicos que lo han rodeado y no dejan de mirarlo.

—Mierda —rezongué—. Será mejor que bajemos ya. Un placer haberos conocido.

—Igualmente —dijo Ruby.

—Mayor... —saludé al hombre, quien, antes de dejarme marchar, tiró de mi chaqueta y acercó mi rostro al suyo.

—Mira, tipejo —me susurró—: si te he parecido un viejo chocho simpático y campechano que está deseando que te tires a la chica, estás muy equivocado. Después de esta noche, quiero que te olvides de ella para los restos, ¿estamos? Desaparece y no vuelvas a acercarte a ella ni a un kilómetro de distancia.

No pude envararme más.

—¿Y si no puedo hacerlo? —musité—. ¿Y si no lo consigo, a pesar de intentarlo una y otra vez?

—Pues que dejarás de aspirar a lo que sea que aspires y la acabarás odiando por creerla culpable de tu fracaso —me soltó—. Y a ella le partirás el corazón, como su padre hizo con su madre.

—¿Qué pasó con su padre? —inquirí.

Pero Summer apareció y el anciano me soltó al tiempo que componía una sonrisa de viejecito encantador. ¡Menuda pieza, el mayor Caldwell!

—Hay que darse prisa —le dije a Summer, una vez en el oscuro rellano de la escalera— o me quedo sin coche.

—Te lo tendrías bien merecido —refunfuñó—, por venir a chulear de deportivo.

Me planté en la calle todo lo rápido que pude, y me encontré con un grupo de chicos que merodeaban alrededor del vehículo.

—¡Joder! —grité—. ¡Fuera de ahí!

Cuando se dieron la vuelta, comprobé que no eran más que unos niños de no más de quince años.

—¿Eres el dueño? —preguntó uno de ellos—. Es una pasada. ¿A cuánto se pone?

—Creo que llega a los doscientos cincuenta —le respondí con una sonrisa—, aunque nunca lo he comprobado.

—Vamos, vamos, chicos —los apartó Summer—. Ya va siendo hora de que volváis a casa, es tarde.

—¡Adiós, Summer! —se despidieron mientras nos acomodábamos en el coche.

Me quedé más tranquilo. A veces no podemos evitar tener prejuicios y pensamos que alguien va a ser un delincuente solo por su aspecto o por el barrio en el que vive.

—¿Adónde vamos? —le pregunté. Sentí una inexplicable emoción por el simple hecho de tenerla a mi lado, en mi coche, como si fuese algo habitual compartir aquel espacio con ella.

—Al Club Divine —me contestó con una extraña y sibilina expresión—. Vamos a conocer a Philip.

***

Aparqué el coche y, tras acceder al club por una entrada trasera, seguí a Summer por un pasillo hasta llegar a una puerta, donde rezaba en un cartel CHERRY QUEEN. La chica del pelo rosa abrió y ambos accedimos a un camerino bastante reducido. Un hombre, vestido con un brillante kimono rojo, se maquillaba frente a un espejo, bajo una fila de pequeños focos, muy concentrado en el color frambuesa de sus labios. Al vernos a través del espejo, le sonrió a nuestra imagen.

—Hoy traes compañía —comentó mientras terminaba de perfilar su boca.

—Hola, Philip —lo saludó Summer—. Él es Shane; Shane O'Brien.

—Un placer —le dije.

—Igualmente. —El tal Philip comenzó a difuminar las líneas de maquillaje que había trazado por su rostro, pero sin dejar de perderme de vista—. ¿Y a qué se debe... esta visita?

—Quería que os conocierais. —Summer se encogió de hombros—. Él es Philip, mi compañero de piso y mi amigo, e hijo de Arthur —me aclaró—. Contable de día y Cherry Queen al caer la noche.

—Vamos, que soy *drag* —señaló—. Y tú debes de ser el famoso CEO de la Atlantic, ejecutivo y prometido de día, y fantasía de chicas incautas al caer la noche.

—Parece que le has hablado de mí a todas tus amistades. —Compuse una mueca, sin dejar de observar, embelesado, los progresos de Philip con la caracterización.

—Ellos son mi familia —me aclaró Summer—. Son lo más parecido a un padre y a un hermano que podría tener.

No hacía falta convencerme de ello. No había más que mirarlos para saber la relación especial que existía entre ellos. Fue cuando fui consciente de lo sola que estaba aquella chica en el mundo. Yo buscaba siempre la soledad y evitaba la afluencia de gente, pero porque en el fondo sabía que, en cualquier momento, tendría a mi hermano o a mis padres para lo que necesitase, aunque siempre hubiese preferido no compartir con ellos mis deseos o esperanzas.

No, no me había olvidado de Valerie. Fui consciente de su ausencia en mi pensamiento. Iba a casarme con ella y jamás la había sentido cercana o de confianza. Se había convertido en un medio para alcanzar un fin, lo mismo que yo para ella. Y cada vez se me hacía más insoportable esa idea de futuro.

—¿Me ayudas con la peluca?

Summer agarró la exuberante peluca pelirroja y la colocó sobre la cabeza de su amigo mientras este la acomodaba en su sitio. Me fascinó el cambio brutal que dio su imagen.

—Si te parece —le dijo Summer—, hoy nos sentaremos a una mesa y veremos tu actuación como parte del público.

—Me parece perfecto —le dijo él en un aleteo de enormes pestañas—. Me encantará tener cerca a una pareja tan bonita.

—No hagas como tu padre —rezongó la chica antes de tirar de mí para salir del camerino—. Celestinas de pacotilla...

—Te estoy vigilando, CEO —le oí decir a Philip cuando

fui a cerrar la puerta. Sus sonrisas y sus revoloteos de pestañas habían desaparecido—. Si vas a seguir adelante con tu boda y tu organizada vida, olvídate de ella y déjala tranquila.

—Digno hijo de su padre —farfullé.

Volví a seguir a Summer hasta la zona que había mencionado. Eligió una de las mesas de la primera fila y nos sentamos mientras miraba a mi alrededor. No era un local muy grande ni muy exclusivo, pero había bastante gente en aquel ambiente de luces fucsias y azules.

—Yo voy a pedirme un mojito —me dijo cuando se nos acercó el camarero—, pero no sé si tú...

—Lo mismo para mí —le indiqué al chico. Después miré a Summer—. Creo que hoy me vendrá bien una copa. —Sonreí.

—¿No te parece un poco extraño todo? —me preguntó después de que nos trajesen las bebidas y le diera un trago a la suya—. Que estemos aquí, tranquilamente, tomando un mojito mientras nos disponemos a ver el espectáculo *drag* de mi amigo...

—La verdad es que sí —sonreí—, aunque he sentido un leve *déjà vu*: tú y yo en la misma mesa, compartiendo la bebida...

—Parece que haga siglos de aquello —musitó.

Un presentador anunció la actuación de Cherry Queen. Summer aplaudió, enfervorizada, y yo no pude quedarme más atónito cuando salió al escenario enfundada en un ajustado vestido morado, unas altísimas botas y unos guantes hasta el codo. Comenzó a sonar la música y ella, a mover sus labios en un perfecto *playback* de *Man! I feel like a woman*, de Shania Twain. Aplaudí como el que más al finalizar la actuación.

—Es muy bueno —le comenté a Summer.

—¿A que sí? —dijo, entusiasmada—. Philip es un artista, y mi propósito más inmediato es traer a Arthur para que pueda verlo en directo.

—¿No lo acepta?

—Claro que sí. Lo que pasa es que es demasiado orgulloso como para reconocerlo. Y con el orgullo no se va a ninguna parte.

Me removí, incómodo, en mi silla.

—¿Por qué has venido realmente, Shane? —me preguntó de pronto.

«Porque necesitaba verte, estar contigo; porque soy incapaz de borrar de mi cabeza las dos noches que pasamos juntos; porque tengo tu olor y tu sabor incrustados en mi piel; porque, desde que te conozco, no dejo de replantearme muchas cosas y me estás volviendo completamente loco...»

—Porque me gusta estar contigo —le respondí, sin embargo.

—A mí me gusta estar con Philip, pero no me apetece acostarme con él.

Eso significaba que...

—Y no me mires como si te hablase en chino, Shane —me dijo, ofuscada—. Sabes perfectamente que existe atracción entre nosotros, a pesar de ser tan diferentes.

—No creo que seamos tan distintos, Summer...

—Yo jamás me casaría con alguien por conveniencia —me soltó.

—Perdona —le dije con un deje de hostilidad—, pero tú no sabes nada de mis motivos o mi vida.

—Sé que tienes a tu hermano —me señaló—, a tus padres, a Abbey, gente que te quiere, que es bastante más de lo que tenemos algunos. ¡Eres un puto CEO! ¿Qué más quieres? ¿O qué quieres demostrar?

Me tensé y le di un sorbo al vaso. La bebida me supo amarga y me la tragué con dificultad. Lo siguiente que salió de mi boca no tenía, aparentemente, ningún sentido... pero sí lo tenía para mí.

«¿Qué quieres demostrar...?»

—¿Te gusta Nathan, Summer? —le pregunté. El corazón me latió más aprisa y percibí cómo se movían mis piernas en un vaivén nervioso.

—Pues claro que me gusta, tendría que estar ciega para no gustarme —contestó, como si no le importase el dolor que me causaba con esas palabras—. Es atractivo, simpático, amable y sexy. Es condenadamente perfecto. Abbey se lo tiene que pasar de muerte con él.

De repente, todo se volvió rojo, como si la sangre que circulaba por todo mi cuerpo se hubiese acumulado delante de mis ojos. Furioso, me levanté de la silla, tirándola en el proceso, y atravesé la sala en busca de la salida. Antes de llegar a la puerta, Summer me alcanzó.

—¡Espera, joder! —Me agarró del brazo—. ¿Qué demonios te ocurre?

—No es de tu maldita incumbencia —respondí al tiempo que me zafaba de su agarre—. ¿No deseabas dejar de verme? Pues deseo concedido. Te aseguro que no volveremos a coincidir.

—¡Te has puesto celoso! —exclamó, con una sonrisa que no entendí—. ¿Es eso lo que te ha pasado?

Sentir celos a causa de Nathan era una maldita pérdida de tiempo.

—Por supuesto que no.

Volví a apartarla de la salida y empujé la puerta para abandonar el club. No había dado más que dos pasos por la acera cuando las palabras de Summer me detuvieron en seco.

—Te lo he dicho porque quería enfurecerte, Shane, perdóname. Tu hermano es guapo y perfecto, pero no me tiemblan las piernas cuando lo veo. No se me acelera el corazón cuando se me acerca. No sueño con él cada noche.

Un instante de silencio. Todavía no me había dado la vuelta.

—Y tampoco estoy enamorada de él.

Capítulo 24

Los nervios me hacían hablar más de la cuenta. ¡Lo sabía! Así que, ¿cómo se me ocurrió abrir la bocaza?

Alarmada, vi cómo Shane se daba la vuelta y, en dos largas zancadas, se colocaba frente a mí. Su ojo verde brilló en la oscuridad como una esmeralda, y el marrón se oscureció hasta parecer negro. Jamás los había visto tan diferentes y me parecieron más hermosos que nunca.

—Summer... —musitó al tiempo que acunaba mi rostro entre sus manos y apoyaba su frente en la mía. Sentí su aliento en mis labios antes de sentirlo en el interior de mi boca, cuando se apoderó de ella y me besó con la misma ternura de siempre, pero con un punto más de pasión. Un hondo gemido emergió de mi garganta justo antes de apartarlo de un empujón.

—Basta —murmuré mientras trataba de apaciguar mi corazón, desbocado de nuevo por el sabor y el aroma de Shane—. Ha sido una estupidez decirte eso. Únicamente me sentía mal por lo que te había dicho sobre tu hermano.

—Summer... —susurró, con expresión apesadumbra-

243

da. Su mirada radiante se apagó y un dolor lacerante se adueñó de mi pecho.

¡Pero era él el que se iba a casar con otra, joder!

—¡¿Por qué te crees que te he dejado entrar en mi casa, Shane?! —le reproché, exaltada—. ¡Para que vieras dónde, cómo y con quién vivo! ¡Para que comprobaras que tus prioridades y las mías no se parecen en nada!

Ni siquiera me rebatió una sola de mis afirmaciones.

—No acabé el instituto —le recordé—. Trabajo como camarera o chica de la limpieza, y eso cuando lo consigo. El edificio en el que vivo tiene tantos años que oigo hasta cuando caga el vecino de al lado. —Él seguía sin decir nada—. Vivo con un contable *drag* y con su padre enfermo. Cada invierno tememos que se nos muera porque en el hospital público no le hacen ni puto caso.

Más silencio.

—Así que, si pretendes llegar muy alto, ¡conmigo lo tienes jodido!

—¿Y qué te hubiese gustado estudiar? —me preguntó con tranquilidad.

Era lo último que esperaba oírle decir.

—¿Cómo dices?

—Si hubieses acabado el instituto, quiero decir —señaló—. ¿Qué hubieses estudiado después?

—No lo sé... Nunca me lo llegué a plantear. Me gusta el arte.

—¿Por eso llevas tatuados un busto griego y un capitel?

—Supongo. —Me encogí de hombros—. A mi madre, en lugar de llevarme al cine, le gustaba llevarme a los museos. Era capaz de pasarme horas delante de un cuadro, solo por el placer de apreciarlo de cerca. —Sonreí con tristeza—. Ella me decía que debía estudiar para tener una vida mejor que la suya, y que ella trabajaría mucho para que pudiera hacerlo. —Tuve que inspirar con fuerza—. Está claro que no le dio tiempo.

Shane posó la yema de sus dedos sobre el tatuaje de mi brazo, el que representaba una estatua griega, y lo re-siguió con delicadeza. Nunca imaginé que una caricia tan sutil con la punta de los dedos pudiese alterar de aquella forma todo mi cuerpo.

—Perdona —balbució cuando aparté su mano.

—He oído a Arthur —musité— cuando te ha dicho que, si me eligieras a mí, acabarías odiándome, y no po-dría soportarlo.

Cuánto dolía decir aquello que, aunque lo había pensa-do muchas veces, sonaba más duro expresado en voz alta.

—Y, por eso —insistí—, entiendo ahora a mi madre más que nunca. Nunca le exigió nada a mi padre porque sabía que una simple camarera no tenía nada que hacer con él.

—¿Qué... qué pasó? —me preguntó—. Tu padre, ¿os abandonó?

—¡Pues claro! —Lágrimas de furia comenzaron a brotarme, sin poder pararlas—. ¡Mi padre era un tipo de familia bien que preñó a una camarera y la dejó tirada! —grité.

—Lo... lo siento.

—No seas hipócrita, Shane —repliqué con desprecio—. Te gusta follar conmigo, incluso puede que sea verdad y te sientas a gusto conmigo, pero nada de eso es suficiente como para renunciar a todo lo que te espera..., ni siquiera si tu ambición y tu orgullo conllevan casarte con alguien a quien no amas.

Me miró fijamente y su pecho subió y bajó con rapi-dez, pero no soltó una palabra.

—Es más —proseguí—, si se hubiera repetido la histo-ria y me hubieses dejado embarazada, ¿habrías renunciado a todo por mí? —Sonreí con ironía—. Al final, va a resultar que mi padre no es el único hijo de puta del mundo.

—No estás embarazada, ¿verdad? —titubeó con pánico.

—Claro que no, no te preocupes —le escupí—. Podrás casarte con tu novia esnob y ascender en la categoría social de «empresarios de élite». Tendrás la vida que has soñado siempre. Tal vez, incluso, acabes manteniendo a una amante en tu *loft*, como buen ricachón. Lo que sí te puedo asegurar es que no seré yo.

Me limpié las lágrimas con furia mientras observaba la oscura y robusta figura de Shane, inmutable, inconmovible. Solo pareció reaccionar cuando me di la vuelta para entrar en el club. Justo antes de acceder al local, oí su voz, vacilante y algo apagada.

—Esta no es la vida que he soñado siempre —musitó.

Lo ignoré y me fui en busca de Cherry Queen, quien me acogió en sus brazos y dejó que llorara sobre su regazo por alguien que no lo merecía.

—¿Por qué te arriesgaste a pasar la noche con él —me preguntó mientras acariciaba mi pelo—, incluso una segunda vez, si sabías que estaba prometido?

—Porque pensé que solo sería una fantasía —sollocé—, que nunca se haría realidad.

—Pero la realidad llegó —susurró—, y te enamoraste del protagonista de tu sueño. Y sabes que él también lo está de ti, pero es demasiado orgulloso para admitir que se equivocó al planificar su vida.

—Menudo príncipe me busqué —gruñí.

—Sí —suspiró—. Deberías haberte esmerado más al pedir tu hombre ideal al genio de la lámpara.

—El puto genio siempre acaba endosándome una calabaza.

—Vuelves a equivocarte de cuento, cielo.

—Ya lo sé. Es que me gusta hacerte rabiar.

Philip/Cherry rio y yo reí y lloré al mismo tiempo.

***

Corrí y corrí y corrí... pero el autobús volvía a marcharse en mis propias narices.

—Mierda —rezongué—. Hoy volveré a llegar tarde.

Y no era eso lo que más me preocupaba, porque, al fin y al cabo, tampoco me apetecía mucho llegar temprano y encontrarme con Nathan. Desde que Abbey se había marchado, aquella casa no parecía la misma. Y él, a pesar de las sonrisas que intentaba regalar, no podía disimular el tono macilento y apagado de su rostro. Me resultaba incómodo encontrármelo y no saber qué decirle.

Miré el horario del próximo bus. Me iba a comer media hora esperando. Bufé, resignada, saqué el paquete de chicles de mi bolso y me llevé uno a la boca.

Lo siguiente que pasó ocurrió en pocos segundos: un coche paró delante de mí, la puerta del conductor se abrió y surgió Vladímir, que me dio un tirón y me metió en la parte trasera del vehículo como si fuese una muñeca de trapo. Cerró la puerta, volvió a colocarse al volante y arrancó.

—¡Pero ¿qué coño...?!

Miré al tipo que me hacía compañía en el asiento trasero. No podía ser otro que el hombre al que me ataba una deuda desde hacía cinco años: Rafael Santos.

—Gracias por invitarme tan amablemente a tu coche, Santos.

Le hablé con toda la ironía y la calma de las que fui capaz. Por la experiencia adquirida, había aprendido que, con Santos, era mejor no demostrar miedo, aunque te aterrorizasen sus ojos oscuros, su bigote, su cabello engominado o su sonrisa lobuna. Vestido con un traje claro y con la piel morena de rayos UVA, era la viva imagen del tipo ilegal que todo el mundo sabe quién es y lo que hace, pero que campea a sus anchas como un ciudadano ejemplar.

—Es lo menos que podía hacer por mi rubia favori-

247

ta... —me dijo, mostrando su perfecta dentadura blanca—... aunque, últimamente, se haya olvidado de mí.

Tragué saliva al verme reflejada en sus negrísimos ojos.

—No me he olvidado de ti —repliqué con una sonrisa por la que hubiese merecido un Óscar—. Hablé con el ruso y le dije que te pagaría, Santos, pero ¿cinco mil? Sabes que me es imposible reunir ese dinero en tan poco tiempo.

—Claro que lo sé, mi querida Summer. —Me dio una palmadita en la pierna de un modo fraternal, aunque lo único que sentí fue un escalofrío—. Pero tú también sabes cómo van estas cosas: yo te presto dinero y te saco de un apuro, y tú me lo devuelves con intereses porque estás muy agradecida. Lo malo es que yo sí que he cumplido mi parte, mientras que tú no.

—Y, si no lo tengo, ¿qué hago?, ¿robarlo? —Intuía que me estaba poniendo un poco chula, pero sabía también por experiencia que, si ibas con la lágrima y la pena, lo único que podías conseguir era un trato más cruel por su parte. Santos disfrutaba haciendo daño al más débil.

Me lanzó una mirada tan diabólica que pronto comprendí el alcance de lo que me había obligado a decir.

—No me jodas, Santos... —me cabreé—. ¡No soy una ladrona!

—Vamos, Summer. Sabes que no hay secretos para mí y pronto me llegó la noticia de que limpiabas en una bonita casa de las afueras.

—No me hagas esto, Santos, joder... No son ricos...

—Hagamos una cosa. —Fingió una expresión de concentración—. Tú me traes lo que sea de valor de esa casa, y la deuda queda saldada. Unas joyas, un par de relojes que vender... o, si encuentras dinero, mejor que mejor. Esa gente siempre tiene efectivo en casa.

Me imaginé robando las pocas joyas que tuviera Abbey y me dieron náuseas.

—¿Y luego qué, Santos? —le dije, como si hubiera tomado en cuenta su proposición—. ¡Sabrán que he sido yo y me echarán! ¡Tanto los dueños como la agencia! ¡No volveré a conseguir trabajo en la vida! Y eso contando con que sean benevolentes y no me denuncien...

—Hay otra opción. —Volvió a esbozar su macabra sonrisa—. Me han dicho en el barrio que estás saliendo con un tipo con clase. Y no me digas que no, porque te vieron subir a un Jaguar.

—Ni siquiera sé quién es ese tío —mentí—. Eché un polvo con él, eso es todo. Así que no me propongas que le quite la cartera.

—Mentirosilla... —Rio. Solo faltó que mostrara sus colmillos de lobo—. Digamos que... podrías pedirle que te hiciera un regalito. Los hombres solemos ser muy generosos con las chicas complacientes.

«Cállate, Summer, respira...»

—No pienso pedirle a un tío que pague mis deudas a cambio de acostarme con él, Santos. No soy una puta ni...

Ni siquiera me había dado cuenta de que el coche estaba parado. Antes de terminar la frase, Vladímir se giró desde el asiento del conductor con una velocidad que nunca hubiese esperado de él debido a su envergadura. Y, antes de pestañear, me había cogido con fuerza del pelo para colocar mi cabeza sobre su regazo y me había colocado una navaja en la garganta. Sentí un fuerte dolor en el cuero cabelludo, aunque nada comparado al miedo que me atenazó.

—Oh, mira lo que me has obligado a hacer. —Santos chasqueó la lengua—. Sabemos que eso que me debes es calderilla, Summer, pero no puedo permitir que se me pierda el respeto, ¿entiendes? Ya nadie tiene respeto por nada, cuando es lo más importante entre los humanos.

¿Cómo se le ocurría hablar a aquel miserable de respeto y de humanidad?

Le hizo un gesto a su esbirro para que me soltase y me vi devuelta al asiento, intentando respirar de nuevo. A Santos se le acabaron las sonrisas, normales o macabras. Las cambió por una mueca de sádico que se ajustaba más a la realidad.

—Me importa dos cojones a quién le robes el dinero —me amenazó sin necesidad de cuchillo—. Vas a pagarme porque me lo debes y, si te preocupa esa gente o perder tu trabajo de mierda, sabes perfectamente que conmigo tendrías la vida resuelta. No seas tan orgullosa como tu madre.

Mi madre no era orgullosa. Sencillamente, prefirió un sueldo miserable de camarera a trabajar en uno de los locales de Santos, donde ganas más pasta, pero haciendo algo más que servir copas. Cuando tuve la brillante idea de pedirle dinero al tipo más peligroso de la ciudad, ya me ofreció aquel trabajo que yo, por supuesto, rechacé.

Estaba claro que ese hombre no estaba tan interesado en el dinero como en que trabajase para él, y no había cuchillo lo suficientemente afilado que me diese tanto pavor como eso. Santos era el dueño de varios locales de dudosa reputación, y se sabía que traficaba con algo más que con drogas. El sexo sigue siendo el artículo más valorado y mueve más dinero en el mundo que cualquier otra cosa. Y pasar a formar parte de la mercancía de Santos era la peor tortura que podía imaginar. Mi madre aguantó sus ataques y yo lo haría también. Preferiría robarle la cartera a Shane, a Nathan y a toda su familia.

Cuando pienso que todavía hay mujeres, solas y necesitadas, a las que siguen engañando para acabar en las garras de esos malnacidos, y que todavía somos tratadas como ganado...

—No voy a trabajar para ti, Santos —sentencié, a pesar de sus amenazas.

—Pues, entonces, ya lo sabes, querida. Me pagas la

deuda en dos días o tu cara dejará de ser tan bonita. —Susurró esto último mientras me acariciaba la mejilla con la yema de su dedo meñique.

Antes de darme tiempo a sentir miedo, el ruso me sacó del coche, me dio un puñetazo en la cara que me dejó aturdida y me tiró al suelo. Intenté no llorar mientras me levantaba con una mueca de dolor y me daba cuenta de que me habían dejado justo enfrente de la casa donde trabajaba.

Por suerte, ya no había nadie, así que fui directa al baño para lavarme la sangre que había manado de mi nariz y de mi labio inferior. El puto Vladímir me había dejado la cara hinchada y amoratada, pero sabía que aquello no sería nada comparado con lo que me haría si no pagaba.

Me puse la bata de rayas y un auricular en el oído, aunque no conecté la música, no estaba yo para canciones. Aguanté la respiración cuando entré en el despacho de Nathan. Me quedé allí parada, en mitad de la estancia, tan fuera de lugar que me pareció que salía de mi cuerpo y contemplaba la escena desde fuera de él. Tras un imperceptible gemido, me acerqué a la mesa y cogí un abrecartas de adorno que utilicé para abrir el segundo cajón, donde yo sabía que Nathan guardaba el objeto que buscaba: una cajita de terciopelo.

Y así fue. Cogí la caja y la abrí.

Me había ocurrido en un par de ocasiones desde que trabajaba allí. Me había encontrado el despacho de mi jefe abierto y lo había descubierto sacando aquel estuche del cajón. Se había limitado a abrirlo, a contemplar su contenido y a volverlo a cerrar tras un suspiro. Y supe lo que contenía: un anillo de pedida.

Cerré los ojos cuando apareció ante mí aquella hermosa joya. ¿Cómo iba a ser capaz de hacerlo? Sí, no era una santa, y había robado algunas veces, pero cosas como maquillaje, colonia o incluso ropa en alguna tienda de donde había salido corriendo con la adrenalina por las nubes.

Por cierto, la primera vez que me pilló mi madre, me castigó durante una eternidad y me dijo que jamás se había sentido más avergonzada y decepcionada. Aún recordaba sus palabras: «No hay nada que te haga más infeliz que desear lo que no es tuyo, Summer. Gánatelo si realmente lo quieres».

Pero aquello distaba mucho de llevarte un frasco de perfume oculto en el sujetador. Y lo que no había conseguido la hostia de Vladímir lo logró el sentirme tan miserable: ponerme a llorar; llorar con fuerza. ¿De verdad iba a robar el anillo que Nathan guardaba para Abbey en espera de que ella aceptase casarse con él?

—¿Summer?

Di un respingo que casi me hizo caer cuando oí la voz de Abbey. ¿Qué hacía allí, después de desaparecer durante días?

Claro, aquello debía de ser el maldito karma, o la ley de Murphy, vete tú a saber. Para ser más claros, la puñetera casualidad de que la dueña decidiese volver a casa justo en el momento en el que yo intentaba robar su anillo de prometida. Aunque, visto en retrospectiva, aquella puñetera casualidad fue lo mejor que me pudo pasar.

Me limpié las lágrimas con rapidez y me giré hacia ella. Su mirada viajó de mi cara a mi mano, que sujetaba todavía el estuche de terciopelo, y de nuevo a mi cara. Ni cuando mi madre me castigó con quince años me sentí tan avergonzada y asqueada de mí misma.

—¿Qué... qué haces con ese anillo, Summer? —titubeó.

Podría haber inventado alguna excusa, como que lo estaba limpiando o que quería probármelo porque nunca había tenido nada tan bonito... pero no tuve el coraje suficiente. Me derrumbé frente a la decepción de aquella buena chica.

—Lo siento, Abbey —balbucí—. Lo siento...

—¿Por qué ibas a hacerlo? —me preguntó conforme se acercaba a mí—. ¿Por qué pensabas robarnos, Summer?

—Porque necesitaba el dinero —le dije sin más.

—Dios mío —musitó—. Debe de ser algo grave para que te arriesgues a perder el trabajo, a que te denuncie...

—Estás en tu derecho de hacerlo —comenté al tiempo que volvía a cerrar el estuche y lo depositaba sobre la mesa.

—No creo que seas una ladrona, Summer —me dijo con demasiada paciencia—. ¿Por qué no me cuentas qué te ocurre? Tal vez pueda ayudarte...

—No necesito ayuda —me limité a decir.

Por nada del mundo le hablaría a aquella mujer de deudas o de matones rusos tatuados.

—¿Y qué te ha pasado en la cara? —Señaló mi rostro con pesar—. ¿Quién te ha pegado? ¿La persona que te reclama ese dinero?

—Será mejor que me vaya —murmuré al pasar por su lado—. Sé que, como mínimo, estoy despedida. Si me denuncias, afrontaré las consecuencias de...

—No voy a denunciarte, Summer —me interrumpió—, y tampoco voy a despedirte.

—¡¿Qué?! —exclamé, alucinada—. No puedes estar hablando en serio...

—Por supuesto que sí —me rebatió—. Suelo ser capaz de ver el lado bueno de la gente, y, en tu caso, estoy convencida de que no habrías acabado llevándote el anillo.

Quizá llevaba razón, quizá no. No tenía ni idea.

—Dime cuánto necesitas, Summer —me preguntó, dejándome noqueada—. Nathan invirtió mucho en la casa, pero yo tengo unos ahorros que...

—¡No! —grité—. ¡Ni hablar!

—Podríamos ir en un momento al banco y sacar lo

que necesites —insistió—. Luego te lo podría ir descontando poco a poco del sueldo y...

—No, por favor —le dije de manera más amable—. De verdad que te lo agradezco, Abbey, pero, para esto, no puedo aceptar esa clase de ayuda. Es algo que hice mal en el pasado y que tengo que solucionar por mi cuenta.

—¿Shane sabe algo...?

—No —la corté—. Y te pediría, por favor, que no le contases nada.

—Está bien, pero quédate, Summer. —Cambió su expresión suplicante por otra más tierna—. Quiero volver a casa y necesito tenerte por aquí.

—¿Vas a volver? —le pregunté, olvidando por un momento mis propios problemas—. ¿Lo sabe el señor O'Brien?

—No. —Sonrió, radiante—. Pretendía darle una sorpresa.

—¿Vas a ir a buscarlo?

—Sí —respondió, emocionada—. Pensaba ir con... eso. —Señaló la cajita de terciopelo.

—Oh, Dios... —murmuré, más avergonzada que nunca—. Has venido a casa a por el anillo, y te has encontrado a la sirvienta intentando robarlo...

—¿Quién ha dicho eso? —Sonrió, cogió la caja y la guardó en el bolso—. No tengo ni idea de lo que me estás hablando. —Se dirigió a la puerta—. ¡Ah, Summer! Cambia las sábanas de la cama, por favor. Y no te entretengas mucho más, puede que volvamos pronto. —Me guiñó un ojo—. ¡Hasta mañana!

**

Tal vez debería haber pensado más en el problema acuciante que tenía encima, pero, después de hablar con Abbey, sentí una euforia difícil de explicar. Me alegraba de corazón que resolvieran sus dudas y sus problemas, y me sentía feliz por no haber llegado a cometer aquel robo tan vil. Sí, tenía a un cabrón como Santos pisándome los talones y no tenía ni idea de cómo iba a solucionar el tema de la deuda, pero todavía me quedaba un día y medio y decidí pasar la tarde con Mel, Yun y Jenny. Tomamos unas copas y reímos un rato, que era algo que necesitaba con urgencia. Cuando bajé del autobús para dirigirme a casa, un leve escalofrío en la nuca me advirtió de que alguien me seguía por entre la atestada acera. Me sentí relativamente segura entre tanta gente, pero sabía que debía cruzar una zona más solitaria, así que aceleré el paso.

No me sirvió de nada. Una fuerza imparable me aferró por el cuello y me estampó contra la pared.

—*Recuerrda*, chica estúpida —murmuró Vladímir. Su manaza apretaba cada vez con más fuerza y empezaba a faltarme el aire. Quise desprenderme de él a base de puñetazos y patadas, pero solo conseguí ahogarme un poco más—. Hoy he venido a *refrescarrte* la *memorria*, *perro* pasado mañana ya no me *molestarré* en *avisarrte*.

Empecé a boquear como un pez recién pescado y creí que me explotaría un pulmón, aunque aún tuve conciencia para ver la afilada hoja de la navaja que el ruso puso ante mis narices.

—Chist —susurró—, no te muevas o *serrá peorr*.

Clavé las uñas en su brazo, lo que no impidió que hundiera unos milímetros la punta de la navaja en mi mejilla. Sentí un dolor punzante y el calor líquido de la sangre bajar por mi mandíbula.

—*Trreinta y seis horras* —me dijo mientras limpiaba el cuchillo en mi camiseta— o te *harré* esto mismo una y otra vez... hasta que no te reconozcas en el espejo ni tú misma.

A continuación, me cogió del pelo y estampó mi cabeza contra la pared. Mi cerebro pareció explotar desde dentro y, después, todo se volvió negro.

Capítulo 25

—¡Vamos, vamos, arriba! ¡Levanta ahora mismo de esa cama!

—¿Qué... qué ocurre? —murmuré mientras trataba de esquivar los hirientes rayos de sol a base de parpadeos. Cuando logré abrir los ojos, me encontré con las siluetas de mis dos mejores amigas, Nora y Avery, que parecían cernirse sobre mí.

—¡¿Que qué ocurre?! —exclamó Nora—. ¡Pues que ya llevas demasiado tiempo metida en esa cama! ¡Y ya ha llegado el momento de que hagas algo! ¿O crees que vas a pasarte el resto de tu vida en mi casa? ¡Espabila!

—Pues cuando vine no me pusiste ningún impedimento —refunfuñé mientras me incorporaba y me apoyaba en el cabezal de la cama—. Ya me pareció bastante raro que no me endosases ningún sermón.

Mis dos amigas se miraron y soltaron un bufido.

—Sí, traté de mantener la calma —gruñó Nora—, pero no sabes lo que me costó. Porque mi primera reacción hubiese sido decirte que ¡eres tonta del culo!

La comprensión de mi amiga se transformó en una auténtica bronca.

—Ya me parecía a mí... —bufé—. Con el dolor de cabeza que tengo...

—¡Es que no te entendemos, tía! —El estallido de Avery me cogió por sorpresa—. ¡¿De verdad has montado todo este pollo porque una petarda con más silicona que cerebro te ha dicho que Nathan te dejará porque no eres una *barbie* tetona como ella?!

—No es exactamente así... —me quejé.

—Mira, Abbey —me interrumpió Nora—, en su momento, Nathan no fue precisamente santo de mi devoción. Lo maldije hasta en sueños por lo que te hizo. Pero tuve que admitir hace tiempo que el chico se había ganado mi respeto. Te quiere con locura, Abbey, ¡y lo demuestra en todo momento, en cada gesto y en cada puñetera palabra! ¡¿Qué más necesitas?! ¡¿Que se tire de un puto avión sin paracaídas por ti?!

—¡Ya lo sé! —exclamé con un sollozo—. ¡Y no necesito que me demuestre nada!

—Y deberías haberle dicho a esa gilipollas —añadió— que la *barbie* descerebrada hace tiempo que dejó de ser el tipo de Nathan; que cuando te conoció a ti descubrió que le gustaban guapas, inteligentes y especiales. ¡Como eres tú, joder!

—¡Vale, vale! ¡No hace falta que gritéis! —protesté mientras me llevaba las manos a las sienes—. ¡Os he dicho que me duele la cabeza!

—Es que no entiendo que esa tontería haya podido con un amor tan grande como el vuestro, Abbey —me dijo Avery mientras ambas se lanzaban a la cama, me abrazaban y llenaban mi cara de besos—. Amas a Nathan y él te ama a ti, así que... ¡a la mierda lo demás! Que tu novio es guapo, encantador y maravilloso lo sabemos todas, pero tú vales mucho, Abbey. Tienes tanta luz que la absorbes toda y todo el que te rodea acaba a oscuras.

—Rio.

—Qué vais a decirme vosotras. —Reí también—. Sois mis amigas y me queréis...

—De eso nada, guapa —gruñó Nora—. No imaginas las veces que nos quejamos Avery y yo en nuestras salidas nocturnas... ¡porque tú eras la primera en ligar siempre!

—Todos los tíos se fijaban primero en ti —señaló Avery—, pero, como te había pasado lo de Carter, los espantabas a todos.

—Gracias por subirme la moral —sonreí—, pero no es necesario que...

—¿Acaso piensas que Nathan es demasiado para ti? —me cortó Nora de nuevo.

—No —respondí de inmediato.

—¿Te crees poca cosa para él? —preguntó Avery.

Ya no sabía a quién mirar de las dos.

—¡No!

—¿Tienes miedo de que te deje? —volvió a atacar Nora.

—No sé... —titubeé—. Supongo...

—¡¿Sí o no?! —insistió Avery.

—¡No! —grité—. Nunca he dudado de su amor, ni de él, ni de mí. Me hace sentir querida en todo momento y, cuando estamos juntos, siento que cada uno es el complemento del otro. Yo lleno sus vacíos y él llena los míos.

—Pues, entonces —exclamó Nora—, ¿quién se va a levantar ahora mismo de esa cama maloliente y se va a meter en la ducha para volver a ser persona?

—Yo. —Reí, con una mezcla de risas y lágrimas.

—¿Y quién se va a plantar delante de una *barbie* y se la va a comer con patatas?

—¡Ni me acuerdo de esa tipeja! —chillé al tiempo que saltaba de la cama y abrazaba a mis amigas.

—Así se habla —me animó Avery—. Pero, hagas lo que hagas, cariño, dúchate antes, porfa.

—¡Ahora mismo! —Reí.

Para eso están las amigas, para echarte una buena bronca cuando se hace necesario.

***

A pesar del disgusto que me llevé con Summer, salí de casa animada y contenta y me dirigí al trabajo. Entré en el edificio que albergaba las oficinas donde trabajaba con la sensación de sentirme poderosa, invencible. Me había vestido con un pantalón negro ajustado, un top blanco y una chaqueta de color azul medianoche, el mismo color de los taconazos que me había prestado Nora y que reservaba para ocasiones especiales de ligoteo.

—Buenos días —saludé al personal, justo antes de acercarme al despacho de la jefa de compras—. Toc, toc —canturreé al mismo tiempo que abría su puerta, tal y como hizo ella—. Buenos días, Elise. ¿Qué tal?, ¿cómo lo llevas?

—Bu... buenos días —balbució—. ¿Cómo llevo el qué?

—Me refiero a saber que un tío como Nathan esté locamente enamorado de mí, de una tía tan... normal.

—Pues...

—Solo vengo a decírtelo porque entre mujeres debemos apoyarnos —le solté con sorna—, y seguro que te alegras por mí al saber que, sí, me siento muy afortunada, pero no solo porque Nathan me quiera, sino porque yo también me quiero. ¡Y mucho!

—Qué bien... —murmuró con ironía.

Demasiado educada estaba siendo cuando ella me había soltado a bocajarro que se follaba a mi novio antes que yo. ¡Pues a la mierda la educación! A veces no tienes más remedio que sacar las uñas y demostrar que ser buena no significa ser tonta.

—Es que me sube la moral —le lancé— que, después de tirarse a tantas tías... como tú, haya decidido que es conmigo con quien quiere casarse y compartir su vida porque todas hayáis resultado ser tan olvidables.

Fue a abrir la boca, pero no la dejé.

—Y sí, hay un futuro con Nathan; un futuro muuuy largo. Porque, debajo de su cara bonita, hay un hombre que tú no tenías ni puta idea de que pudiera existir.

—Ni ganas...

—Las ganas con las que te vas a quedar, bonita. Por cierto —añadí antes de salir del despacho—, he revisado tu último informe y deja bastante que desear. Repásalo antes de que el señor Wallace lo vea. Y de nada por avisarte.

Qué a gusto me quedé, por Dios...

***

Mentiría si dijera que no estaba nerviosa cuando accedí a la planta treinta del Time Warner Center, donde se ubicaban las oficinas de la Atlantic. A pesar de que solo había trabajado allí unos meses, varios antiguos compañeros me saludaron con efusividad... aunque la mayor alegría se la llevó Sally, la secretaria de Nathan, con la que entablé una bonita amistad en mis tiempos como secretaria de Shane.

—¡Madre mía, Abbey! —Se levantó de su silla y me dio un abrazo que casi me tira al suelo—. ¡Qué contenta estoy de verte, hija!

—Y yo a ti, Sally. ¿Cómo va todo?

—Bien, como siempre. —Se encogió de hombros—. Aunque mi jefe, o sea, tu novio, lleva unos días bastante gris, y echo de menos su sonrisa bajabragas. —Me guiñó un ojo y rio—. ¿Qué le has hecho al pobrecillo? —bromeó.

—Dejarlo —suspiré después de asegurarme de que estábamos solas.

—¿Perdona? —Parpadeó, desconcertada.

—Que me fui de casa, Sally, lo dejé. Le dije que necesitaba un tiempo y...

—¡Me cago en la leche! —exclamó—. ¡Con razón parecía un alma en pena! Dime que lo habéis arreglado, por favor... Estoy deseando volver a recibir sus buenos días con un guiño que me alegre el día...

—Todavía no —le expliqué—, pero por eso estoy aquí. ¿Está en su despacho?

—Sí, reunido con el bombón de chocolate negro —me confesó, traviesa.

Recordé con una sonrisa el día que me contó cómo llamaban las mujeres de la oficina a los hermanos O'Brien: bombón de chocolate blanco al rubio y bombón de chocolate negro al moreno.

—Shane es de confianza —suspiré—, así que voy a entrar ahora mismo ahí dentro y voy a arreglar este desaguisado que yo solita he montado.

—Espera un momento, Abbey...

—No, Sally —la corté—, ya no espero más. —Así la manija de la puerta y entré en tromba en el despacho.

—Deberías saber algo, Abbey... —insistió la secretaria, pero no la escuché y cerré la puerta detrás de mí.

Observé un instante a los hermanos O'Brien, que dejaron de hablar y me miraron, estupefactos. Nathan estaba sentado tras su mesa y Shane permanecía de pie, aunque yo me centré en el rostro del hombre al que amaba. Ni en cien años que pasase a su lado me acostumbraría al efecto que causaban en mí aquellos relucientes ojos azules, aquellos tentadores labios, aquel cabello dorado. Se me aceleró el corazón la primera vez que me miró y se me seguiría acelerando por el resto de mi vida.

Shane se dispuso a hablar, pero le hice el mismo caso que a Sally.

—Perdona, Shane, pero lo que yo vengo a decir es

bastante más urgente que cualquier cosa que tengáis que hablar vosotros.

Di un paso más y me acerqué hasta que el escritorio fue la única distancia que nos separaba.

—Nathan —comencé a decir, sin dejar de mirarlo. Tan cerca, descubrí unas sombras oscuras bajo sus ojos y un tono más macilento en su piel, lo que me provocó un dolor en el centro del pecho—. En el pasado, fuiste tú quien me pidió perdón, y esta vez te lo pido yo. Lo siento, cariño. Sabes que te quiero, y yo sé que tú me quieres, pero, a veces, no puedes evitar tener un día de mierda que te haga dudar de todo. Porque yo estaba muy tranquila hasta que apareció una *barbie* siliconada que disfrutaba dándome detalles sobre cómo te la follabas a ella y a tantas otras...

Shane se aclaró ligeramente la voz y Nathan permaneció quieto, callado, pero tranquilo.

—Imagina —proseguí— que tuvieras revoloteando a un tipo por tu oficina que viniera a recordarte cada dos por tres que se tiraba a tu novia antes que tú y que cualquier día te cambiaría por otro porque no eres suficiente para ella...

Por fin, Nathan me interrumpió. Alargó su brazo y tomó mi mano con ternura. Deslizó su dedo pulgar por mi palma y esa caricia casi me hizo llorar.

—No hace falta que te justifiques más, Abbey —me dijo—. Sabía que necesitabas tu tiempo. Solo puedo añadir que no puedo hacer nada por cambiar mi pasado, pero te ofrezco todo mi futuro, cariño. Todo lo que soy, todo lo que tengo, todo lo que siento... todo es tuyo, Abbey.

—Lo sé —sollocé—. Por eso...

Me desasí de su mano y metí la mía en el bolsillo de mi chaqueta, de donde saqué la pequeña caja de terciopelo. Inspiré con fuerza antes de abrirla, coger el anillo y mostrárselo. Después, me alejé un paso de la mesa y me incliné hasta depositar una rodilla en el suelo. Compuse una mueca de incomodidad. No había pensado en ello cuando me puse aquellos pantalones tan estrechos y los tacones.

—Nathan O'Brien —declaré con solemnidad—, estos días sin ti me han causado tanto dolor como si me hubiesen arrancado una parte de mí. Ya no quiero separarme más de tu lado; ya no quiero más amaneceres sin ti. ¿Quieres casarte conmigo?

Nathan exhibió una de sus bellas sonrisas, pero me desconcertó que mirara por encima de mi cabeza, aunque la respuesta a ese gesto me llegara en forma de voces a mi espalda.

—¡Di que sí!

—¡Vamos, acepta!

—¡No la dejes escapar!

Atónita, me giré hacia atrás y descubrí la pantalla desde la que sonreía una multitud de personas reunidas alrededor de una gran mesa ovalada.

—Mierda... —musité.

—Eso pretendía decirte —comentó Sally, que había seguido la escena asomada por una rendija de la puerta—, que estaban reunidos por videoconferencia con la sede de Seattle.

Antes de que me bloqueara, Nathan salió raudo de detrás de su escritorio, se acercó hasta mí, tomó el anillo entre sus dedos y se puso de rodillas frente a mí. Por un instante, volví a ver a aquel hombre demasiado perfecto que se arrodilló un día en mitad de una acera para ayudarme a recoger mis cosas y fue capaz de enamorarme con una sola mirada.

—Pues claro que acepto —me dijo al tiempo que deslizaba la joya en mi dedo—. Sabes que es lo que más deseo, mi preciosa Abbey. Porque te quiero tanto que no puedo imaginar un día más sin ti.

Olvidándome de que teníamos público, lo abracé con

fuerza y busqué su boca con desesperación. Necesitaba tanto volver a saborearlo, sentirlo, olerlo...

—Mi Nathan... —murmuré, aunque tuve que volver a recordar que teníamos espectadores.

—¡Bravo! —gritaron entre aplausos.

—¡Enhorabuena, O'Brien!

—¡Invítanos a la boda!

—¡Y a la despedida de soltero!

—¡Y a la de soltera!

Ambos nos pusimos en pie entre risas y ovaciones. Sally se lanzó a mis brazos, llorando, y Shane abrazó a su hermano. Después, mi futuro cuñado me abrazó a mí con una ternura infinita.

—Ya te sentía parte de la familia —me susurró al oído—, pero me alegro mucho de que os caséis. Tú eres lo mejor que le podía pasar a mi hermano, y él te hará feliz, Abbey.

—Gracias, Shane, lo sé —le susurré también—. Por cierto, creo que hay alguien que necesita tu ayuda.

Summer me había pedido que no le comentase nada a Shane, pero no se lo había prometido y eso me dio alas para confesárselo.

—¿A qué te refieres? —me preguntó él.

—Es Summer, Shane. Ella... creo que tiene problemas.

—Abbey —dijo con desidia—, no necesito una celestina en estos momentos...

—Te lo digo muy en serio, Shane —insistí, aunque obvié el tema del casi robo—. Te daré su teléfono para que la llames al menos. Por favor —le pedí con preocupación.

—Está bien —gruñó—. La llamaré, pero dudo mucho que me hable de cualquiera que sea su problema.

—Eres un cielo, Shane. —Posé mis labios en su mejilla y le di un beso que encerraba toda la gratitud y el cariño que sentía por él.

—Si no os importa —nos interrumpió Nathan mientras me agarraba por la cintura—, mi prometida y yo nos vamos a tomar el resto del día libre. ¿Puedes seguir tú con la reunión, Shane?

—Claro —aceptó—. Que os divirtáis, parejita.

Nathan me cogió de la mano y ambos atravesamos las oficinas ante las miradas curiosas del personal. Nos dirigimos al ascensor y, una vez dentro, Nathan apagó la sonrisa radiante que llevaba impresa desde hacía minutos. Me acorraló contra la pared metálica, enmarcó mi rostro entre sus manos y apoyó su frente en la mía.

—No vuelvas a hacerme esto, Abbey —musitó con la voz quebrada—. Jamás vuelvas a dejarme.

—Te lo prometo —susurré.

—Han sido los días más duros que he pasado en mi vida —insistió—. Ni siendo pasto de burlas o puñetazos en mi infancia me había sentido peor que cuando imaginé mi vida sin ti...

—Lo sé, y lo siento...

—Y en cuanto a esto —señaló el anillo—, solo quiero que sigamos adelante si en realidad lo deseas. No quiero que te cases conmigo por disculparte o para compensar que me hayas dejado hecho una mierda.

—No quiero compensar nada. —Acuné su hermoso rostro con mis manos y lo miré a los ojos—. Deseo que nos casemos, Nathan. En realidad, te hubiese dicho que sí la primera vez que me lo pediste, pero me entró pánico. Y he decidido que el miedo, aunque sea inevitable, no puede tomar las riendas de nuestras vidas; que tengo que enfrentarlo o no me dejará hacer lo que más deseo. Yo te quiero, tú me quieres, así que ¡vamos a por ello!

—Quiero que sea una boda por todo lo alto —me dijo, con una sonrisa tan traviesa y entrañable pero tan suplicante que me hubiese sido imposible negarme—, con familia, amigos, música, flores... de todo.

—Vale. —Sonreí, emocionada.

—Y quiero que, en nuestra casa, como en la de mis padres, haya alguna fotografía de nuestra boda en cada estancia. ¡Por todas partes!

—En el baño y en la cocina no lo veo —le dije, tratando de que la emoción no me rompiera—, pero creo que podríamos debatirlo.

—Lo debatiremos, pero no te prometo nada —declaró, serio.

Justo después, ambos reímos. Él dibujó su sonrisa más bella y me abrazó con fuerza.

—Siento que esa mujer te lo haya hecho pasar tan mal —musitó dentro del abrazo.

—No te preocupes —le respondí—. Ya le he dejado unas cuantas cosas claras y seguro que no vuelve a mencionarte nunca más.

—Creo que voy a darle la razón a mi hermano. —Salimos del ascensor cogidos por la cintura—. Eres un ángel, Abbey, pero llevas una escoba escondida debajo de las alas.

—¿Y qué sería de nosotras si no fuésemos un poco brujas? —Reí.

Capítulo 26

Estuve tan inmerso en la importante reunión que no recordé la petición de Abbey hasta que cogí mi teléfono para hacer una llamada. Había agregado a mis contactos el número de Summer por insistencia de mi futura cuñada, pero lo mejor sería eliminarlo. Aun así, cuando lo tuve frente a mí, ocupando toda la pantalla, dudé un instante. Mi dedo ya casi había pulsado la opción de borrar, pero, en el último segundo, cambié de opinión. Si fue por no hacerle el feo a Abbey o por mi propia preocupación, nunca lo sabré.

Marqué aquel número, pero no estaba disponible. Seguro que la novia de mi hermano se había inventado aquella estratagema para que me pusiese en contacto con la chica del pelo rosa, así que seguí con mi rutina de trabajo. Sin embargo, no podía evitar pensar en que hubiese una ínfima posibilidad de que Abbey se basara en algo real, por lo que, pasados varios minutos, lo volví a intentar, pero seguía sin disponibilidad. Fruncí el ceño. Hubiese entendido que me hubiera colgado o que lo hubiera cogido y me hubiese enviado a la mierda, pero tanto tiempo sin dar señal...

267

Maldita fuera Abbey y la preocupación que me había metido en el cuerpo. ¿De qué problemas hablaría? ¿Summer le habría contado algo? ¿Se lo había inventado para incitarme a verla de nuevo?

—Mierda —rezongué al tiempo que me levantaba de la silla y cogía mi teléfono y las llaves de mi coche. Cuando me echara a Abbey a la cara, me iba a oír.

Me dirigí al barrio donde vivía Summer. Antes de llegar a su calle, di un par de vueltas para buscar un lugar seguro donde aparcar y, al girar una esquina, divisé a un grupo de chicos que parecían arremolinarse sobre algo que había en el suelo. Los reconocí: eran los mismos que se habían interesado por mi deportivo la noche que me presenté en casa de Summer. Uno de ellos, al verme, echó a correr hacia mí y golpeó el cristal de mi ventanilla con una expresión de verdadero pánico.

—¡Es Summer, es Summer! —chilló, desencajado—. ¡Está muerta! ¡Está muerta!

Ni siquiera me paré a analizar aquella última frase. Un doloroso rayo de terror atravesó mi cuerpo justo antes de salir del coche como una exhalación y correr hasta el grupo de chicos, que se apartaron al verme aparecer.

—¡Acabamos de encontrarla! —gritó uno de ellos.

—¡Ha sido el ruso! ¡El ruso!

No entendía nada de lo que me decían. Yo solo era consciente de la chica que yacía en el suelo, como una muñeca rota. Emití un jadeo que se asemejó demasiado a un sollozo y me dejé caer hasta el suelo para levantar su cabeza y acercarla a mi pecho. Noté humedad en mi mano, que pronto se tiñó del rojo de su sangre.

—Summer, Summer —musité mientras buscaba el pulso en su cuello—. ¿Qué te ha ocurrido, por el amor de Dios?

—¿Está muerta? —balbució uno de los muchachos.

—No lo sé, no lo sé...

El pánico se adueñó de mí como hacía muchísimo

tiempo que no me ocurría. A mi mente llegaron las imágenes de Nathan, de pequeño, tirado en el suelo infinidad de veces por el acoso y las palizas de los otros niños, de quienes yo siempre lo salvaba. Volvía a llegar a mí el papel de salvador, algo que se me daba jodidamente bien, pero no por ello me afectaba menos.

Espiré con fuerza cuando encontré el pulso de Summer en su cuello. Debía actuar con celeridad.

—Tú —ordené a uno de los críos—, ve a mi coche y abre la puerta trasera. ¡Rápido!

Cogí a Summer en brazos y la deposité con cuidado en el asiento trasero del vehículo. Sin perder un segundo, ocupé el lugar del conductor y, antes de acelerar, me dirigí al grupo de chavales.

—¡Sabéis dónde vive Summer, ¿verdad?!

—¡Sí! —exclamaron.

—¡Pues corred a su casa y avisad a Philip de lo que ha pasado y decidle que llevo a Summer al hospital!

—¡De acuerdo!

Salí de allí a toda velocidad, sin dejar de mirar de reojo el cuerpo inerte de Summer. Una presión dolorosa me oprimió el pecho al percibir la sensación pegajosa que cubría mis manos y el volante, que procedía de la sangre que manaba de una brecha en su cabeza.

Se me hizo eterno el recorrido hasta el hospital más cercano. Estacioné en la entrada, bajé del coche y cogí a Summer en brazos para entrar con rapidez con ella por la puerta.

—¡Ayuda! —grité—. ¡Ha perdido mucha sangre!

Varios sanitarios me ayudaron a colocarla en una camilla y se la llevaron por un pasillo hasta desaparecer de mi campo de visión. Ya solo me quedaba esperar, caminar arriba y abajo, preguntar cada vez que salía alguien de cualquier puerta y desesperarme por las imprecisas respuestas.

—¡¿Qué ha pasado?! —oí gritar poco después a Philip,

que apareció con el rostro pálido y desencajado—. ¡¿Dónde está Summer?!

—Se la han llevado hace rato —contesté.

Me desabroché la chaqueta y me aflojé la corbata. Ya no soportaba ni el roce de la tela.

—¿Quién coño le ha hecho esto, Philip? —le exigí saber—. ¿En qué cojones anda metida?

—¿De verdad crees que tienes algún derecho a hacer esa pregunta? —me reprochó—. ¿Quién te has creído que eres, orgulloso señor O'Brien? ¿El tipo que se la tira o el que se avergüenza de tirársela?

—Perdona —lo encaré—, pero hace un rato me la encontré tendida en un puto callejón y la creí muerta, antes de traerla yo mismo al hospital. No tienes ni puta idea del miedo que he pasado.

—Supongo que bastante menos del que he pasado yo, que vivo con ella desde hace cuatro años y soy como su hermano.

Ambos nos bajamos del burro en cuanto nos dimos cuenta de que aquello era una discusión absurda.

—Vale —suspiré—. Entonces, dime quién ha podido hacerle esto y por qué.

—Summer no me ha contado nada —bufó—, pero me puedo hacer una idea. El otro día estuvo hablando demasiado rato con Vladímir.

—¿Ese es el ruso que mencionaban los chicos del barrio?

—Sí —respondió—, pero no es más que un esbirro de Santos.

—¿Santos? —pregunté con desconcierto—. ¿Te refieres a Rafael Santos?

—El mismo —me aclaró.

—Pero ¿ese tipo no está relacionado con drogas, prostitución y otras lindezas? —inquirí, turbado—. ¿Qué relación puede tener esa escoria con Summer?

—Es el dueño de la mitad de los edificios del barrio —explicó— y del barrio en sí. Pero no sé nada más. Aun así, no te asombres tanto, señor CEO. Bienvenido al mundo de los suburbios y de la supervivencia. Summer fue criada solo por su madre, que enfermó de cáncer cuando ella era una adolescente. Tuvo que cuidarla, dejar el instituto y ponerse a trabajar. Desde que se quedó sola se ha tenido que buscar la vida. Con toda probabilidad, le debe dinero a Santos y este le ha dado un aviso. Es algo habitual en el barrio.

—Joder —murmuré al tiempo que me frotaba el rostro con las manos. No podía ni imaginar a mi chica del pelo rosa amenazada por un tipo de la calaña de Santos.

Justo entonces, vimos aparecer a una doctora y nos abalanzamos sobre ella para interesarnos por Summer.

—Solo es una conmoción y una brecha que hemos cosido, nada grave —nos explicó—, aunque le hemos dado un calmante y deberá permanecer al menos veinticuatro horas en observación.

—¿Está despierta? —pregunté.

—Sí, pero ha de descansar.

—¿Podemos verla? —quiso saber Philip con angustia.

—Solo una persona y un minuto, por favor.

—Ve tú —le dije a Philip—. Tu presencia la tranquilizará más que la mía.

—Gracias. —El chico posó una mano en mi brazo en señal de agradecimiento y se alejó por el pasillo.

Yo decidí que tenía algunas cosas que hacer... como, por ejemplo, enfrentarme a ciertos acosadores. Fue como retroceder veinte años en el tiempo.

***

Hice un par de llamadas, pedí otros tantos favores y, al final, logré contactar con el mismísimo Rafael Santos. Fue la primera vez que me alegré sinceramente de tener contactos y amigos en las altas esferas que te consiguen casi cualquier cosa.

Lo que no pude conseguir fue verme con él en persona, pero sí a su esbirro, que era quien iba a aceptar un sobre con diez mil dólares que le pasaría a través de la ventanilla de su coche, aparcado en un callejón maloliente.

—Aquí tienes —le dije al ruso—. Ahí va la cantidad que ya he estipulado con tu jefe, más un incentivo para ti.

—¿*Parra* mí? —preguntó con desidia mientras trataba de alcanzar el sobre que yo aún no había soltado—. ¿A cambio de qué?

Me jodía más que nada en el mundo tener que darle dinero al tipo que había enviado a Summer al hospital, pero había sido un consejo de Santos y me pareció razonable. Aquella gente ya no eran niños a los que amenazas con romperles la nariz y se van corriendo.

—De que no vuelvas a tocar a Summer —le contesté—. Y si me entero de que te acercas a ella a menos de cincuenta metros, te juro que te enterarás de que tengo amigos tan poderosos que el propio Santos parecería un jodido botones al lado de ellos. Y lo mismo para cualquiera de sus amigos. ¿Lo has entendido?

—*Porr* supuesto —gruñó al tiempo que cogía el sobre y le echaba un vistazo al interior. Después, arrancó su coche y desapareció al fondo del callejón.

*** * ***

Cuando entré en la habitación de Summer, me la encontré dormida, todavía con el gotero enganchado a su brazo. A su lado, Philip, sentado en una silla junto a la cama, había apoyado sus brazos y su cabeza sobre las blancas sábanas y también se había quedado dormido. Me acerqué a él y le toqué ligeramente un hombro.

—Philip —susurré—, despierta.

—Ah, hola... —murmuró mientras se frotaba los ojos.

—¿Alguna novedad? —le pregunté, sin dejar de mirar a la chica, cuyo cabello rubio y rosa se desparramaba sobre la almohada.

—De momento, todo bien —comentó al tiempo que emitía un bostezo—. Ha estado despierta un rato, pero luego se ha vuelto a dormir.

—Márchate a casa, Philip —le dije—. Voy a relevarte.

—No tienes por qué —me contestó, envarado—. Seguro que tienes miles de cosas que hacer como CEO o lo que sea que hagas.

—Tú tienes a tu padre en casa —insistí—. A mí no me espera nadie.

—¿Y tu prometida? —me soltó en tono mordaz.

—Por favor, Philip. —Disfracé aquella orden de súplica—. Deja que me quede con ella.

—Está bien —suspiró—. No sé a qué estás jugando, pero que sea ella la que decida si quiere que te quedes o no.

Se levantó de la silla, le dio un beso a Summer en la frente y se marchó de la habitación, no sin antes dedicarme una mueca de desagrado.

Tomé su lugar para sentarme. Estaba cansado, preocupado y todavía llevaba la misma ropa que me había puesto esa mañana. Cogí la mano de Summer entre las mías y emití un profundo suspiro mientras contemplaba su rostro. Aún quedaban marcas de presión en el cuello y tenía hinchado un pómulo, además de la gasa que tapaba su herida. Aun así, me deleité en mirar los abanicos que formaban sus pestañas sobre las mejillas, las pecas que salpicaban su nariz y la bonita forma de corazón de sus labios. Aparté un mechón rosa de su frente, me recreé en la suavidad de su piel y, con su mano aún entre las mías, me recliné en la silla y cerré los ojos.

Capítulo 27

Me desperté con un sobresalto. Un dolor punzante seguía atormentando una parte de mi cabeza, pero luché por abrir los ojos y volver a la conciencia. Lo primero que vi fue una silueta apostada en la silla, grande y oscura, que dormía en una extraña postura y se recortaba contra la claridad que entraba por la ventana. Lo siguiente fue notar mi mano encerrada entre dos mucho más grandes, que estaban calientes y no tenían intención de soltarme. Parpadeé un par de veces más para deshacerme del último resquicio de los analgésicos y contemplé en silencio a Shane.

Sonreí con esfuerzo. Incluso dormido, conservaba su ceño fruncido, aunque, en reposo, su expresión se suavizaba bastante. Su negrísimo cabello no estaba tan bien peinado como siempre y su mandíbula se había cubierto de una incipiente barba, detalles que también lo hacían parecer más joven y despreocupado. Vestía su habitual e impecable traje oscuro, que marcaba su recia complexión, incluida su impoluta camisa blanca con gemelos, aunque, al fijarme mejor, noté que ambas prendas aparecían bastante arrugadas, algo que no era muy frecuente en él.

¿Cuántas horas llevaría allí si lo último que recordaba era a Philip durante la noche?

Me removí para intentar ver la hora en su reloj de pulsera sin despertarlo, pero él captó enseguida mi movimiento. En cuanto abrió los ojos y se fijó en nuestras manos unidas, dio por finalizado el contacto. Sin embargo, se enderezó en la silla con aparente preocupación.

—¿Cómo te encuentras?

—Estoy bien —le dije, aunque sin poder disimular una mueca de malestar—. ¿Qué hora es?

—Las tres de la tarde.

—¡Las tres! —exclamé—. ¿Cuántas horas llevo dormida?

—Necesitabas descansar. —Se puso en pie—. Voy a llamar al médico.

—¡Espera, espera! —lo detuve—. Me han dicho que fuiste tú quien me encontró en la calle y me trajo al hospital. Gracias —musité.

—¿Por qué no me dijiste lo que te estaba pasando, Summer?

—Porque no eres nada mío —contesté, envarada—. Tú y yo no tenemos nada. ¿A cuento de qué iba a tener que contarte mi vida? Ni siquiera hubiésemos sabido nunca nuestros nombres si no llego a encontrarte por casualidad en la casa donde trabajo... *limpiando*. —Recalqué la última palabra para que no olvidara el lugar de cada uno.

—Tal vez tengas razón en casi todo. —Se inclinó sobre mí, se apoyó en la cama y acercó su rostro a unos centímetros del mío—. Menos en que tú y yo no tenemos nada.

Tener sus labios exhalando su aliento en mi boca, o contemplando de nuevo tan cerca aquella maravilla de la naturaleza que eran sus ojos, me dejó bloqueada un instante.

—¿Te has quedado sin palabras? —me dijo con regocijo.

—¿Dónde está tu querida prometida? —contraataqué—. ¿Acaso sabe dónde has pasado la noche?

Se limitó a gruñir.

—¿Te has quedado sin palabras? —añadí en tono mordaz.

Se apartó de mí cuando unos toques en la puerta precedieron la entrada del médico.

—Buenas tardes, Summer —me saludó el hombre, sonriendo y mirándome tras sus pequeñas gafas—. ¿Cómo te encuentras?

—Estoy bien, doctor. Quiero irme a mi casa.

—No habrá nada que lo impida... después de que te hagamos las pruebas pertinentes.

—Joder —bufé de forma infantil—. Ya no aguanto más aquí, quiero irme. Recéteme unos calmantes y se acabó.

—No le haga ni caso, doctor —masculló Shane—. Se hará las pruebas que haga falta.

—¡Tú cállate! —exclamé, indignada—. ¡No eres familiar mío, así que puedes largarte!

—Sí, me voy —dijo Shane—, pero únicamente a tomar café mientras te realizan esas pruebas.

Me dio un beso en la frente, me guiñó un ojo y se fue.

—Tienes un novio muy imponente —me dijo una muy sonriente enfermera al tiempo que me ayudaba a levantarme de la cama para sentarme en una silla de ruedas.

—¡No es mi novio! —bufé.

—¿Seguro? —preguntó la mujer mientras empujaba la silla a través de un largo pasillo—. Pues juraría que no parece un simple amigo.

—Solo me lo he tirado unas cuantas veces —refunfuñé.

—¿En serio? —Rio—. Y... ¿qué tal?

Pronto me di cuenta de que la enfermera solo me estaba dando conversación para distraerme de las agujas que entraban en mi cuerpo o del momento en que me metieron en la máquina que me iba a efectuar la resonancia magnética.

—Todo está en orden —me informó el médico, de nuevo en mi habitación—. Voy a darte el alta, pero tendrás que seguir algunas instrucciones que te detallo aquí. —Me ofreció un sobre con unas páginas en su interior—. Y, sobre todo, ante cualquier síntoma, como mareos, vómitos o cualquier alteración que consideres inusual, vuelves aquí sin demora.

—Gracias, doctor.

—Cuídate, Summer.

Abrí el armario para coger mi ropa, pero no encontré nada en su interior, ni siquiera mi bolso.

¿Cómo diablos iba a salir de allí si la camisola verde me dejaba el culo al aire?

—Bonito trasero —dijo de repente Shane.

—Pero ¡¿qué coño...?! —Me di la vuelta con rapidez.

—Tu ropa estaba manchada de sangre —me explicó al tiempo que me ofrecía una bolsa con el logo de una *boutique* de moda.

Casi parecía cohibido por haberme sorprendido de aquella guisa y volví a ver en él al hombre que compartió su cena conmigo la noche que lo abordé.

—Te he comprado algo para cuando pudieras salir —me comentó—. Me ha asesorado la chica de la tienda. Espero haber acertado con la talla.

—Pues muchas gracias. —Le arrebaté la bolsa—. Y, ahora, déjame sola para que pueda vestirme.

—Te espero fuera.

—No es necesario que me esperes...

Suspiré cuando desapareció tras la puerta. A continuación, abrí la bolsa y descubrí unos vaqueros, una camiseta azul de tirantes y unas sandalias plateadas. Flipé bastante al descubrir también un conjunto de ropa interior de color rosa que me quedaba tan bien como el resto de las prendas. Hasta el número del calzado era perfecto.

Salí de la habitación, bajé en el ascensor y me dirigí al mostrador de la entrada, donde me hicieron firmar algo de papeleo. Me pregunté mentalmente dónde estaría Shane, ya que no me parecía normal que hubiese velado mi sueño o se hubiese tomado la molestia de comprarme hasta bragas si pensaba marcharse sin dejar rastro.

Pero, en cuanto se abrieron las puertas automáticas de la salida del hospital, se me despejaron todas las dudas. Shane me esperaba junto a la acera, apoyado en su espectacular coche elegante y deportivo.

—Dicen que los tíos se hacen con coches llamativos para suplir el tamaño de su pene —le solté al acercarme.

Qué estúpida sonó aquella pulla. Ambos sabíamos que su pene, precisamente, no necesitaba de ningún cochazo para compensar nada.

—De nada por la ropa —replicó con una mueca.

—Perdona —suspiré—. Todo esto, lo que me ha pasado...

—No te preocupes, me empiezo a acostumbrar a tus muestras de gratitud —rezongó al tiempo que me abría la puerta del acompañante—. Sube.

—Te agradezco que me hayas comprado la ropa, pero te la pagaré —farfullé mientras comenzaba a caminar—. Aparte de eso, no necesito nada más, gracias.

—Tu bolso se quedó tirado en un callejón —me recordó—. No tienes móvil, ni dinero, ni tarjetas... ni un simple bonobús.

—Puedo ir caminando, no te preocupes.

—No seas cabezota, Summer —bufó mientras me

cortaba el paso—. Sube al coche y déjate de tonterías.
—Me cogió del brazo y me arrastró hasta el vehículo.

—¿Y desde cuándo te has vuelto tú tan mandón?
—gruñí al tiempo que ocupaba el asiento del copiloto.
Shane rodeó el vehículo y se sentó frente al volante.

—Desde que me evitas.

—¡Pues claro que te evito! ¡Debemos evitarnos!

—No si tu vida corre peligro.

—¿Y quién te has creído que eres? ¿Mi ángel de la
guarda?

—Solo alguien que pretende ayudarte.

A veces me desquiciaba que fuese tan inexpresivo y
frío.

—No necesito tu ayuda —afirmé con hostilidad—, ni
la de nadie. He podido cuidarme yo solita durante años.

—Sé lo que es sentirse solo —musitó.

Fui a replicarle y a decirle que no tenía ni puta idea de
lo que era estar solo, pero estaba cansada, volvía a doler-
me la cabeza y no me apetecía discutir, aunque fuese yo la
que había provocado la discusión. Me dejé caer en el
asiento, cerré los ojos y me aislé de lo que me rodeaba,
aunque la presencia de Shane a mi lado me otorgara una
tranquilidad que necesitaba. Por todo ello, no fui consciente de adónde nos dirigíamos hasta que percibí oscuridad a mi alrededor. Estábamos en un aparcamiento sub-
terráneo.

—¿Dónde estamos? —le pregunté, alterada—. ¡Pensaba que me llevabas a mi casa!

—Te he traído a la mía —gruñó mientras apagaba el
motor.

Indignada, abrí la puerta del coche y me apeé de él.

—¡¿Y se puede saber qué hacemos en tu casa?!

—Ahora te lo explico.

Caminó hacia el ascensor y no tuve más remedio que
seguirlo hasta que entramos en su apartamento.

—Bien —le dije, cruzando los brazos—, explícamelo ya.

—No —respondió al tiempo que dejaba las llaves sobre la barra de la cocina—. Vas a ser tú quien me lo explique. —De pronto, su inexpresividad dio paso a la furia, aunque intuí la preocupación que entrañaba aquel arranque—. ¡Llegué a pensar que estabas muerta, joder!

Me conmovió aquella ansiedad que mostraba por mí, pero no me apetecía en absoluto explicarle mi vida y mis mierdas. La presión en mi cabeza aumentaba y sentí la palpitación en mi nuca y en mis sienes. Shane debió de notar mi gesto de dolor.

—Lo siento —se disculpó al tiempo que se acercaba a mí. Hizo el intento de tocarme, pero luego bajó su mano—. Sé lo de tu deuda con Santos. Por eso quiero que pases unos días aquí, por seguridad.

—¡Ya tuvo que abrir Philip su bocaza! —protesté, airada—. Por cierto, hablas de mi seguridad, pero ¿y qué pasa con la de mis amigos? ¡Soy yo la que no ha pagado, pero el puto ruso les hará daño a ellos si desaparezco!

—No te preocupes por eso —señaló—. Van a tener vigilancia. Mi padre es un respetado policía de Seattle y tiene amigos que le deben favores. Ha hecho unas llamadas y ha conseguido una patrulla de protección. Y, tranquila, que ellos no lo sabrán.

—¿Por qué haces todo esto, Shane? —le pregunté—. Entiendo lo que me contaste, que protegías y defendías a tu hermano de críos, pero ¿nosotros? Ni siquiera formábamos parte de tu vida hasta hace poco tiempo...

—De nada, Summer —bufó mientras se acercaba a su armario a coger ropa cómoda.

—Y digo yo —insistí—, ¿cómo es que me encontraste? ¿Qué hacías tú por allí? ¿Venías a mi casa otra vez?

—¿No te basta solo con darme las gracias?

Quería evitar el tema, no había duda.

Empezó a quitarse la chaqueta y la corbata.

—¿Qué haces?

—Voy a ducharme —respondió al tiempo que dejaba las prendas sobre el sofá—. Parece que lleve siglos sin hacerlo.

—A mí también me iría bien quitarme este tufo a hospital —suspiré—, pero puedes ir tú primero. Necesito sentarme.

Me dejé caer en uno de los sillones situados frente a los altos ventanales. Nunca me cansaría de admirar aquellas vistas.

—No tardaré —me anunció antes de desaparecer tras la única puerta que había en su *loft*.

Fue fiel a su palabra. A los pocos minutos salió con un pantalón de chándal negro y una camiseta gris. El cabello estaba todavía tan mojado que dejaba resbalar brillantes gotas de agua hasta sus anchísimos hombros. Volví a deleitarme en aquel cuerpo grande, duro y perfecto.

—No hacía falta que corrieras tanto —apunté—. Ni siquiera te has afeitado. —Señalé su mentón, áspero y oscuro, que, a pesar de ello, no destacaba demasiado en su piel atezada.

—Temía que te quedases dormida —comentó—. Toma, aquí tienes una toalla y una camiseta de las mías, por si quieres dormir más cómoda. Ten cuidado de no mojarte la herida.

—Gracias —musité al tiempo que cogía las prendas que me había ofrecido.

Dejé que el agua caliente me limpiara de cuello para abajo durante varios minutos. Me vestí y salí de nuevo al salón. Shane bebía café, apoyado en la encimera de la cocina, mostrando una atractiva imagen que me aceleró el pulso.

—Te he puesto agua a hervir para hacerte una infusión —me informó.

—Gracias otra vez, pero me gustaría lavarme antes el

pelo —contesté—. Al menos, la parte que pueda... pero no sé cómo hacerlo.

—Te ayudaré —señaló después de darle el último sorbo a su taza—. Ven, vayamos al baño.

Colocó una silla delante del lavabo para que me sentase. Luego dispuso una toalla en el filo del mueble para que apoyase mi cuello y abrió el grifo. Cerré los ojos cuando el agua caliente comenzó a empapar mi pelo. Con la mayor suavidad, Shane cogió un poco de champú y lo extendió por la parte donde no se encontraba la herida. Sentir las yemas de sus dedos masajear mi cuero cabelludo casi me hizo gemir de gusto, lo mismo que, al abrir los ojos, observar sus musculosos brazos sobre mi cara. Su piel cubierta de vello apareció ante mi campo de visión y hasta mí llegó su olor a limpio con el toque picante de su colonia.

—Hum —gemí—. Me quedaría horas así. Me encanta que me toquen el pelo. Me relaja tanto...

—No te muevas —se limitó a decir—. Voy a aclarártelo.

Tras hacerlo, eliminó el exceso de humedad con una toalla, cogió el secador y se sentó en el filo de la bañera para secarme el pelo. Me dejé hacer mientras disfrutaba, en esa ocasión, de las vistas de su tórax, su cuello, su nuez de Adán, que se movía cada pocos segundos. Sentí la imperiosa necesidad de frotar mi cara por su áspera mandíbula y disfrutar de la sensación en mi piel, tal y como ya había apreciado cada vez que nos habíamos besado...

Por primera vez, me atreví a dudar de la frialdad de Shane. Después de pensar en él como alguien frío e impasible, descubrí que, simplemente, se trataba de un hombre reservado, callado, con dificultad para expresar sus sentimientos. No entendía el motivo, puesto que él disponía de una familia que lo quería, un trabajo que lo llenaba y una vida bastante resuelta.

Entonces, ¿por qué parecía siempre tan sombrío y taciturno?

Me bebí la infusión que me había preparado y me tomé la medicación recetada por el médico. Shane abrió las ropas de su cama y me hizo un gesto para que me acostara.

—¿Y tú? —le pregunté—. ¿Dónde vas a dormir tú?

—En el sofá. —Se encogió de hombros, como si fuese una respuesta obvia.

—¡Eres muy grande para acostarte en el sofá! —me quejé.

—No tengo ganas de discutir ahora —refunfuñó—. Métete en la cama y descansa. Y, si te encuentras mal, me avisas.

—No sé cuántos días piensas retenerme aquí —gruñí mientras me tapaba con el edredón y depositaba con cuidado mi cabeza en la almohada. Sentí unas irresistibles ganas de abrazarla cuando el olor inconfundible de Shane me envolvió por entero.

—No te estoy reteniendo —farfulló al tiempo que apagaba la luz y se echaba en el sofá con unas sábanas y una manta.

Mantuve unos instantes los ojos abiertos, contemplando la inmensidad de los ventanales, que dejaban entrar la luz argentina de la luna salpicada por los miles de puntos de luz de los altos edificios de Manhattan. Desde mi posición en la cama no podía divisar la silueta de Shane, pero sí percibía su presencia y oía su respiración o el roce de su cuerpo contra las sábanas.

No supe el tiempo que llevaba dormida cuando unas imágenes comenzaron a inquietarme. Vi a Vladímir, apretando con saña mi cuello, dejándome entrever el brillante filo de una navaja; también la sonrisa macabra de Santos, que mostraba sus perfectos dientes bajo el espeso bigote canoso. Vi a mis amigos en un charco de sangre mientras yo no podía hacer nada: Arthur, Philip, Ruby... Y, después, el golpe, dolor, oscuridad, vacío...

Desperté con un grito y un sobresalto. A los dos segundos, Shane estaba a mi lado.

—Tranquila, tranquila... —me calmó mientras me abrazaba—. Ha sido una pesadilla.

Era cierto que yo había podido apañármelas sola casi toda mi vida. Primero mi madre se pasaba el día entero trabajando fuera de casa, luego enfermó y después murió. No tuve padre, abuelos o hermanos que me ayudasen o consolasen. Lo más parecido a una familia habían sido mis amigos, pero me había tenido que enfrentar yo sola a cualquier contratiempo. Por eso me costaba, a la vez que me disgustaba, permitir que cualquiera me ayudase. Pero no pude dejar de admitir que tener a alguien que hiciera alguna cosa por mí o me ofreciera un abrazo de consuelo era algo que me sorprendía y me gustaba. Y dejarme consolar por el calor y la fuerza de Shane me hizo sentir bien, demasiado bien. El refugio de sus brazos era como tener un hogar.

—¿Estás mejor? —me preguntó al finalizar el abrazo. Un cosquilleo se adueñó de mi estómago al contemplar el rostro preocupado de Shane. Su cabello despeinado y el brillo de sus ojos provocaron el aleteo que me acarició por dentro.

—Tengo miedo, Shane —musité a su silueta oscura—. No por mí, sino por mis amigos. Santos no parará hasta que le pague la deuda y...

—Ya está pagada —me confesó.

Me costó analizar lo que acababa de decirme.

—¿Qué... qué quieres decir?

—Que esa gente ya no te va a molestar más.

—¿Me estás diciendo que has tenido que soltar cinco mil dólares para saldar mi deuda? —Lo aparté de mí de forma hostil.

—En realidad, fueron diez mil.

—Tú... tú... —balbucí con indignación—. ¡¿Con qué derecho...?!

—¡Sí, Summer! —Se puso en pie—. ¡He pagado tu deuda! ¿Y qué? ¡Deja ya de rechazar un poco de ayuda!

—¡Yo no te la he pedido! —me cabreé mientras me levantaba de la cama e iba en busca de mi ropa. Bueno, la ropa que me había comprado él—. ¡No te he pedido que me pagues nada, ni que me traigas a tu casa, ni que protejas a mis amigos! ¡He pasado de tener una deuda con Santos a tenerla contigo!

Lágrimas de rabia inundaron mis ojos al tiempo que trataba de ponerme los pantalones.

—¿De verdad me comparas con Santos? —replicó, dolido.

—Te lo devolveré —aseguré, alzando el mentón—. No quiero tener que deberte nada. Mi madre pudo sola, yo puedo sola... ¡Deja que me coma mis mierdas yo solita! ¡Ni ella necesitó a un hombre ni lo necesito yo!

—No, no me necesitas —comentó, sombrío—, pero no por ello voy a dejar que te pase nada malo.

—¿Por qué, Shane? —le exigí saber—. ¿Por qué lo has hecho? ¿Porque te parece que me debes algo por haber follado contigo o porque te doy lástima? ¡Yo no soy tu hermano ni necesito que me salves! ¡Deja de intentar sentirte bien a costa de los demás!

—Basta, Summer. —Hizo que soltara los vaqueros y volvió a abrazarme—. Ni me das lástima ni creo que te deba nada —murmuró en mi oído—. No quiero que te hagan daño, ¿entiendes? No podría soportar verte otra vez tirada en el suelo y tratar de averiguar si estás viva. Déjate ayudar, Summer —musitó mientras apretaba más su abrazo y acariciaba mi pelo—. Deja que te ayude...

Dejó que llorara un poco más y, cuando emití un hondo suspiro, se apartó de mí.

—Me importas, Summer —susurró—. Eso es todo.

Esas palabras me conmovieron más que cualquier pago que hubiese hecho. Sin mediar palabra, me abalancé sobre él, rodeé sus hombros y busqué su boca. Emití un profundo gemido de placer al saborear mis propias lágrimas en sus labios, al tener de nuevo su boca en mi boca y su lengua en mi lengua... pero me desconcertó que fuese él quien diera por finalizado el beso.

—Ahora soy yo el que no quiere que me beses por agradecimiento —murmuró—. Creo que será mejor que vuelvas a la cama.

Suspiré. No me sentí con fuerzas para aclararle que no me apetecía besarlo por agradecimiento. Me metí en la cama de nuevo y, cuando fue a arroparme, agarré una de sus manos con fuerza.

—No te vayas, Shane, quédate conmigo.

—Summer...

—Solo quiero que me acompañes y me abraces...

Sin responderme, se acostó en la cama y me abrazó por la espalda. Suspiré de alivio al sentir su cuerpo grande pegado a mí, sus fuertes brazos rodear mi cintura. Sentía su respiración en mi nuca y supe que también le costaría dormirse.

—No me has preguntado por qué cometí la imprudencia de pedirle dinero a un impresentable como Santos —susurré en la oscuridad.

Silencio.

—Fue cuando mi madre enfermó. —Me sentí extraña al hablar de algo que no le había contado nunca a nadie—. Los médicos me dijeron que había una única esperanza de tratamiento, pero no podíamos costearlo. Era una esperanza muy pequeña, pero debía intentarlo. —Callé un instante—. Le pedí el dinero al único tipo que no me pondría trabas. Pude pagar el hospital, el tratamiento, a una enfermera que vino a casa sus últimos días...

Shane me abrazó con más fuerza.

—Y también pude pagar su entierro. Aunque mi madre me insistió en que le daba igual lo que pasara con ella después, yo decidí que tendría su tumba y una bonita lápida donde ir a ponerle flores...

Agradecí que Shane no hiciese comentario alguno; que, simplemente, besara mi pelo y tomara mis manos entre las suyas.

—Gracias, Shane —comenté antes de dormirme.

Capítulo 28

Un delicioso aroma a café me despertó de inmediato. Al abrir los ojos, hice un barrido con la mirada por toda la vivienda, ya que podía contemplarla entera, sin tabiques de por medio. El salón estaba recogido, en la cocina aún humeaba la cafetera y, al fondo de la reformada nave, delante de uno de los ventanales que me tenían fascinada, estaba Shane, detrás de un escritorio, absorto en la pantalla del ordenador mientras le daba sorbos a su taza de café.

Una ola de tibieza me inundó. Me pareció formar parte de una de esas imágenes que se encuentran por internet para desear los buenos días a través de Facebook, porque lo tenía todo: el paisaje del amanecer desde la ventana y el tío bueno bebiendo café en una mesa con ordenador y libros... Solo faltaba un gato acostado en su mantita a sus pies.

Despejé mi cabeza de imágenes de Pinterest y me fijé en que, junto a la cama, se hallaba una bolsa de deporte con algunas prendas mías de ropa, calzado, un neceser ¡y mi móvil! Me levanté de un salto, aunque mi cabeza aún no estaba muy centrada y se me volteó ligeramente el estómago, y me acerqué a Shane.

—¿Quién ha traído mis cosas? —le pregunté.

—Buenos días, Summer —me dijo, adusto—. Ruby ha venido esta mañana temprano. No te hemos despertado porque estabas muy dormida y necesitabas descansar.

—¿Ruby? ¿La has llamado tú?

—Sí. Supuse que necesitarías algunas de tus pertenencias, aunque sea para pocos días.

—Sí, claro, gracias —titubeé—. Por cierto, ¿qué haces aquí? ¿No deberías estar en el curro?

Me había confundido su atuendo informal, puesto que llevaba unos vaqueros desgastados y una camiseta negra. Si la camiseta le sentaba de fábula porque marcaba su ancho torso, no quiero ni mencionar los pantalones, que se ajustaban a sus largas piernas y a sus estrechas caderas de una forma que te morías de la envidia y deseabas ser la tela y pegarte también a su piel.

—Mi hermano me sustituirá —me explicó.

—¡Joder! —exclamé—. ¡Ahora que lo mencionas! ¡Tengo que ir a trabajar!

Eso si Abbey y Nathan no me habían denunciado ya a la policía por intento de robo.

—Tranquila —me calmó—. Ya he hablado con Celia, la chica que viene a limpiar aquí. Le he pedido que te sustituya un par de días en casa de mi hermano. Aquí podremos apañarnos.

—No necesito dos días más —gruñí—. Mañana estaré bien, Shane...

—Es mejor prevenir —rezongó, volviendo a su tarea en el ordenador.

Me dispuse a replicarle cuando sonó el timbre.

—¿Esperas a alguien? —le pregunté.

—He hecho una pequeña compra —murmuró—. ¿Puedes abrir, por favor?

Abrí la puerta y me encontré a un chico con un uniforme verde y una gorra del mismo color. Me ofreció dos bolsas.

—Aquí tiene, señorita. Gracias por hacer su pedido. —Y se marchó.

—No hacía falta que comprases nada —le dije a Shane mientras echaba un vistazo al contenido de las bolsas—. Tienes una nevera bien surtida y...

Algo me crujió por dentro cuando contemplé, entre otras delicias, varios botes de helado, algunos paquetes de chicles de menta y un par de bollos azucarados.

—En las indicaciones del médico se menciona que es mejor que no comas pan tostado, por el dolor de cabeza. Por eso he pedido algo tierno.

«Para tierno, tú, hijo.»

Casi me pongo a llorar. No, no necesitaba a un hombre para sobrevivir, como ya había asegurado muchas veces, pero que alguien piense en ti es bastante diferente. De eso me quejé muchas veces de Joshua, de que ni siquiera me dedicara un pensamiento; ni un regalo, ni una caricia inesperada o un beso robado. Con Shane estaba descubriendo, poco a poco, lo bonito que es que alguien haga algo por ti cuando no lo esperas.

Emocionada con todos aquellos pensamientos, con las lágrimas a punto de brotar, corrí hacia Shane y lo abracé con fuerza. Del impulso, acabé sentada en su regazo.

—¡Gracias! —exclamé—. Gracias por ayudarme, gracias por acordarte de pedir mis cosas, gracias por recordar lo que me gusta y lo que necesito...

Él, al principio, se quedó tieso como un palo, pero, un instante después, rodeó mi espalda con sus brazos. Hasta mí llegaron su aroma y su calor. ¡Dios! ¡Qué bien olía y qué calentito estaba!

—Que la gente que te quiere te ayude no significa que seas más débil, Summer —musitó, aún dentro del abrazo.

«¿La gente que me quiere?»

Poco a poco, fuimos deshaciendo el abrazo, pero sin romper del todo el contacto. Nos quedamos únicamente unidos por los brazos, con nuestros rostros a pocos centímetros de distancia. Aquella cercanía y su olor provocaban que me diese vueltas la cabeza... y no era por el golpe.

—Shane... —susurré.

Fue como si ninguno de los dos se atreviera a dar el paso de besar al otro. Nos mantuvimos a aquella distancia durante largos segundos. Sus enigmáticos ojos parecieron beberse cada rasgo de mi cara y yo no dejé de mirar su boca. Su aliento se enredaba con el mío, su piel se fundía con mi piel...

Y volví a sentir aquel deseo que sentí por él la primera vez que lo vi. Un deseo sexual mezclado con algo más que no sabría definir. Solo podría describir sus síntomas, como una aceleración exagerada de mi corazón, un quejido en el estómago y aquellos dichosos timbres en mi cabeza. Claro que, a nivel físico, lo que se hizo más evidente fueron los pequeños bultos que marcaron la camiseta que llevaba puesta. Eran mis pezones endurecidos, adonde bajó la mirada de Shane, que lo único que consiguió fue endurecerlos más.

—Tengo que afeitarme —dijo al tiempo que me apartaba del todo y se levantaba de la silla—. No lo he hecho esta mañana para no molestarte.

La decepción me embargó. Ya sabía que se iba a casar; ya sabía que estaba prohibido para mí; ya sabía que ni loca estaba dispuesta a ser una segunda opción. Pero, cuando te sientes tan atraída por una persona, la lógica se esfuma como el agua por el sumidero.

Qué poco racional resulta enamorarse. Yo, que llevaba toda mi vida segura de que tendría un novio «normal», para formar una familia «normal», cometí el error que más intenté evitar: enamorarme del hombre con la situación menos normal del mundo.

Volví a cometer el error de mi madre. ¡Con lo lista que me creía en ese sentido!

Pero hubiese dado cualquier cosa por que, en aquel momento, Shane me hubiese besado y me hubiese llevado a la cama para hacerme el amor de aquella forma tan cuidadosa y perfecta...

—Claro —contesté, sin embargo, con una sonrisa tan forzada que me dolió la mandíbula—. Ya pensaba que ibas a dejarte barba.

—Tienes café en la cocina —me dijo mientras se dirigía al baño—, y tu medicación junto a la cafetera.

Me acerqué a la barra de la cocina, me serví café y me comí los bollos azucarados, que estaban de muerte. Luego cogí la pastilla y, tras observarla un instante, la tiré por el fregadero. Lo único que hacía era darme sueño, y, en aquellos instantes, no quería perderme nada. Estar con Shane podía resultar parte de la fantasía que yo misma había creado, pero era feliz en esa fantasía. Ya llegaría el momento de la realidad.

Oí el sonido del agua de un grifo y me giré hacia el baño. Shane se había dejado la puerta entreabierta y no dudé en acercarme con sigilo. A través del resquicio, observé su mentón cubierto de espuma y cómo la cuchilla iba abriendo surcos entre ella mientras él componía los gestos típicos de los hombres al afeitarse.

Me quedé ensimismada un segundo, pero, luego, abrí un poco más la puerta y me aposté en la entrada.

—¿Ocurre algo? —Frunció el ceño mientras aclaraba la cuchilla en el agua del lavabo.

—¿Quieres que te ayude? —le pregunté, sonriente.

—No, gracias —contestó con una mueca—. No dejaría que nadie me pasara una cuchilla por la cara.

—Soy la encargada de afeitar siempre a Arthur —le aclaré—. Y nunca le he hecho ni un rasguño.

—Siéntate y descansa, Summer —gruñó antes de volver a deslizar la cuchilla.

—Ya he descansado bastante —refunfuñé—. Prefiero mirarte.

Había crecido sin figura paterna y, aunque parezca una nimiedad, de niña añoré ver a un padre en un acto tan cotidiano como afeitarse.

—Me pondrás nervioso y me cortaré —se quejó.

—¿Por qué iba a ponerte nervioso? —Eché un vistazo a mi indumentaria. Todavía llevaba su camiseta encima de unas simples bragas.

—Porque no estoy acostumbrado a tener público —rezongó.

—Tú olvida que estoy aquí —insistí.

Continuó refunfuñando pero no volvió a negarse. Me senté tranquilamente sobre la tapa del inodoro y apoyé la cabeza en mis manos mientras disfrutaba del espectáculo. Cuando terminó, se lavó la cara y se secó con la toalla.

—¿Satisfecha? —volvió a rezongar.

—Deja de protestar —respondí al tiempo que me ponía en pie—, o te vas a convertir en un viejo gruñón.

—Ya soy un viejo gruñón. —Aplicó un poco de *aftershave* en su rostro y cada molécula de aire del baño se impregnó de aquella esencia picante y perfumada.

—Qué tontería. —Puse los ojos en blanco—. ¿Cuántos años tienes? ¿Treinta y cinco? ¿Treinta y seis?

—Treinta y dos —contestó mientras volvía a dirigirse a su escritorio.

—Oh —parpadeé, desconcertada—, perdona. Seguro que, si no fueses tan serio, parecerías más joven.

—Para eso ya está Nathan —barbotó—. Él es la versión rubia, risueña y guapa de los O'Brien. Yo soy el oscuro, hosco y raro de la familia. Y, ahora —no me dejó replicar—, descansa o haz lo que quieras. Puedes ver la tele, leer o llamar a tus amigos.

¿Ya estaba otra vez con el tema de su hermano? ¿Es que ese hombre no se miraba al espejo, joder? ¡Si cuando terminó de afeitarse me entraron ganas de asaltarlo y darle un bocado en la cara!

—Me aburro sin tener nada que hacer —bufé—. Siempre debo trabajar, y, cuando me quedo sin empleo, salgo a buscar otro.

—Pues concédete una tregua —sugirió—. Dedícate a no hacer nada. Ojalá todos pudiéramos hacerlo de vez en cuando.

Intenté hacerle caso, pero tenía que hacer algo para no morirme del aburrimiento. Me di una ducha, hablé por teléfono con cada uno de mis amigos hasta que me quedé sin batería...

—Desde aquí oigo tus bufidos —se quejó Shane.

—¡Es que no estoy acostumbrada a vaguear todo el tiempo! —refunfuñé—. Si al menos tú no tuvieras que trabajar... ¿No has dicho antes que ojalá todos pudiésemos permitirnos no hacer nada en algún momento? ¡Pues aplícate el cuento!

Me miró un instante, primero ceñudo, después algo más relajado pero igualmente serio. Se puso en pie y se cruzó de brazos.

—Está bien, tú ganas. ¿Te apetece salir a comer fuera?

—¿Lo estás diciendo en serio? —exclamé con voz chillona ante aquella inesperada pregunta.

—Totalmente en serio. ¿Te apetece o no?

—¡Pues claro que me apetece! —grité—. ¡Voy a vestirme! ¿Será un sitio elegante o informal?

Creí verlo sonreír con algo parecido a la ternura cuando me lancé sobre mi bolsa en busca de algo de ropa para ponerme.

—Es bastante elegante, pero, para la hora de la comida, suele ser menos rígido.

—Pues... no sé si voy a tener algo acorde... —rezongué mientras rebuscaba entre las prendas.

Por suerte, Ruby había colado un vestido suyo entre

camisetas y vaqueros. Era sencillo, de color crema y con un cinturón, pero, con las sandalias negras de tacón y una chaqueta del mismo color, daba bastante el pego. Me maquillé y me cepillé el pelo en el baño justo antes de salir y toparme de bruces con Shane, que también se había cambiado.

—Si ya estás —me dijo—, voy a usar el baño.

—Claro —musité mientras lo seguía con la mirada.

Aquel hombre me había hecho suspirar desde la primera vez que puse los ojos en él. Y, de nuevo, volvían aquellos latidos, aquellas campanillas en mi cabeza, aquel hormigueo en el vientre que subía hasta el pecho y se condensaba en una presión caliente. Todos esos síntomas eran la reacción de mi cuerpo a la visión de Shane, a su cercanía y a su olor.

Aunque renunció en aquella ocasión a la corbata o a los gemelos, se volvió a poner un traje oscuro y una camisa blanca de finas rayas grises que hacía resaltar aún más su piel morena. Casi me atraganto al contemplar la uve de piel cubierta de oscuro vello que mostraba la abertura de la prenda.

—Perdona —murmuró cuando casi nos chocamos. Juro que tuvo que verme inspirar con fuerza para disfrutar del olor a perfume que emanaba de todo él.

Traté de despejar de mi cabeza imágenes en las que me veía a mí misma arrancándole la camisa y deslizando la lengua por la aspereza de su vello, la dureza de sus pezones, la suavidad de su cuello...

—¿Estás lista? —Casi suelto un jadeo cuando su voz me hizo volver al mundo.

—Sí, sí —titubeé—. ¿Por qué lo preguntas? ¿Acaso no voy acorde con tu sitio elegante?

—Bueno... yo diría que te falta algo.

Ya iba a enviarlo a freír espárragos cuando lo observé meter la mano en su bolsillo y volver a sacarla con varios objetos en su palma.

—Toma, tus anillos y tus *piercings*. Te los quitaron para hacerte radiografías y resonancias.

—Oh, Shane... —susurré, emocionada—. Pensaba que los había perdido...

—¿Te ayudo a ponértelos?

—Sí, por favor.

Para qué le dije nada. Un gesto tan simple como apartarme el pelo y sujetarlo detrás de mi oreja me hizo temblar las piernas. Y si tuviera que recordar lo que provocó en mí que sus dedos tocaran mis orejas para introducir los pendientes y abrocharlos... volvería a desbocarse mi corazón.

—¿Por qué te perforaste tantas veces? —murmuró cuando me hizo girar la cabeza para ponerse con el otro lado.

—Comencé a los catorce años y ya no pude parar. —Me encogí de hombros—. Es como cuando te haces un tatuaje. Con uno nunca tienes suficiente.

—Supongo que no puedo opinar sobre ello —comentó cuando terminó—. Ya está, podemos irnos. —Puso la mano en mi cintura y nos dirigimos al ascensor. Supuse que aquel gesto lo tenía aprendido de las veces que habría salido con su prometida—. He llamado para reservar y tenemos mesa para dentro de media hora. Cogeremos un taxi.

—Todo controlado. —Sonreí y él me respondió con otra imperceptible sonrisa.

Me sorprendí y me alegré cuando bajamos del taxi en la puerta que custodiaba Jacques, el *maître* del restaurante donde conocí a Shane... mejor dicho, donde lo abordé.

—Buenas tardes, señor. Señorita...

Estuve tentada de recriminarle si ya no le parecía necesario llamar a seguridad, pero no hubiese sido justa con él, que solo hacía su trabajo.

—Hola, Jacques —lo saludé, sin embargo—. Volvemos a vernos.

Eso sí, le guiñé un ojo. No pude evitarlo.

El hombre nos acompañó hasta la misma mesa de la otra vez, puesto que aquel parecía ser el lugar que siempre elegía Shane. Una vez que nos acomodamos, el camarero se acercó a entregarnos la carta.

—¡Hombre, Paul! —lo saludé, contenta—. Pensaba que ya no volveríamos a vernos.

—Encantado de volver a verla, señorita.

—No hace falta que seas tan formal. —Me pareció un chico de mi edad y me incomodaba aquella formalidad—. Y, tranquilo, que hoy no te pediré servilletas de papel.

Paul sonrió y se retiró unos metros.

—Es cierto —comentó Shane—. No te he visto masticar chicle en toda la mañana.

—Me molesta la herida al masticar —le confesé después de beber agua de la copa. Como se suponía que tomaba medicación, no me dejó pedir vino.

—Lo siento —se lamentó. Su expresión se transformó en una mueca de pesar al mirar el pequeño vendaje que tapaba mi herida.

Cuando nos sirvieron los platos, comenzamos a comer en mitad del silencio que solía gustarle a Shane pero que a mí me ponía nerviosa. Comer en compañía significa conversar al mismo tiempo, y no oír únicamente el murmullo de la gente y el tintineo de copas y cubiertos.

—Entonces, Nathan y Abbey han vuelto, ¿no?

—Eso parece —sonrió con ternura—, aunque no me había llegado ni a plantear que no volvieran. Se aman demasiado.

—Yo tampoco lo creí. —Sonreí—. ¿Cómo te enteraste de la noticia?

—Abbey se presentó en la oficina —me explicó con una dulce expresión—, le pidió perdón y, después, se arrodilló para pedirle en matrimonio.

—¡Oh, qué emocionante! —exclamé—. ¿Y tú estabas delante?

—Estaba yo, su secretaria... y toda la sede de Seattle en pleno, que se había reunido con nosotros por videoconferencia. Más público, imposible.

—¡Madre mía! —Reí—. Cuánto me alegro por ellos... Se merecen más que nadie ser felices.

—Yo también lo creo. —Sonrió—. Por cierto, ¿cómo sabías tú que se habían arreglado?

—Vi a Abbey en casa —le respondí—. Fue a buscar el anillo de pedida que guardaba Nathan en su escritorio.

De pronto volvieron a mí las horribles sensaciones que me asaltaron cuando Abbey entró en casa y me pilló con la joya en la mano. Me sentí un auténtico fraude si pensaba lo que aquellas personas habían hecho por mí. Incluso Shane, que me había enamorado a pesar de estar prometido a otra, me había salvado, cuidado y protegido.

Inspiré con fuerza, miré a Shane, a sus extraños y bellos ojos, y me preparé para su censura.

—Justo en el momento en el que yo intentaba robarlo —le confesé, avergonzada pero resuelta.

—¿De qué estás hablando? —me preguntó, ceñudo.

—Que Abbey me sorprendió con la mano en ese cajón. Pensaba robar el anillo.

—No lo habrías robado —afirmó tras mirarme intensamente durante largos segundos—. Estoy convencido de ello.

—¡¿Por qué?! —lo enfrenté—. ¡¿Te crees acaso que llevo el pelo rosa por ser una dulce e inocente chica?! ¡Pues no lo soy!

—Tal vez no, pero tampoco eres una ladrona.

—Santos me amenazó —le recordé—. Y, cuando estás desesperada, solo te queda hacer cosas desesperadas.

—¿Ya lo habías cogido? —me preguntó, sin dejar de clavar en mí el verde y el marrón de sus ojos.

—¿Qué... qué quieres decir?

—¿Te lo habías metido ya en el bolso? ¿En un bolsillo?

—No, pero...

—Entonces, insisto: no te lo habrías llevado, lo sé.

—¿Sabes cuál creo que es tu problema, Shane O'Brien? —le planteé, ofuscada, mientras me ponía en pie—. Que, como te sientes atraído por mí, no quieres admitir que no sea el tipo de mujer que quieres que sea; que te gusto, pero no quieres avergonzarte de mí.

—No me has avergonzado nunca, Summer...

—¡Claro que sí! Tu ansia de poder, tu orgullo, tu futuro ideal..., todo peligraría si admitieras que te has colado por una camarera barriobajera, sin familia y sin padre reconocido. ¡Pues esa soy yo! —Los ojos se me llenaron de lágrimas al tiempo que los comensales que nos rodeaban comenzaron a mirarnos—. ¡Y no una excitante desconocida que has idealizado en tu mente!

Cogí la chaqueta y salí disparada del restaurante. Un velo de lágrimas cubría mis ojos y apenas reparé en Paul o en Jacques antes de lanzarme a la calle y empezar a caminar. Solo había recorrido unos metros cuando Shane me alcanzó.

—Por favor, Summer. —Trató de detenerme—. Espera, no te vayas... Te aseguro que no te he idealizado; que te pienso tal como eres...

«Te pienso tal como eres...» Si hubiese sido en otro momento, me habría parecido lo más bonito que me habían dicho en la vida.

—No quiero oír una miserable disculpa o explicación —le dije mientras me limpiaba la cara con el dorso de la mano—. El último favor que te voy a pedir es que me lleves a tu casa para recoger mis cosas. Después de eso, me marcharé.

—Está bien —suspiró antes de parar un taxi para volver a su *loft*.

Una vez en su apartamento, cogí la bolsa y comencé a llenarla con mis pertenencias.

—Es que no sé qué coño pinto yo aquí —farfullé mientras me movía de un lado a otro—. Una nevera repleta de helado, restaurantes caros, ropa prestada... ¡¿En qué mundo vivo?! ¡¿En el mundo de los sueños imposibles?!

Shane permanecía quieto, envarado como un poste en mitad del salón. Su rostro aparecía más sombrío que nunca. Y yo estaba tan cabreada que no pensaba lo que salía de mi boca.

—Llegué a creer que no eras tan frío como la gente decía —le recriminé—, que eras cariñoso y especial aunque fueras callado y reservado. Pero resulta que, mientras que yo me comporto como una idiota enamorada que se excita con una sola mirada tuya, tú te has limitado a ejercer de buen samaritano, como si tuvieras alguna especie de deuda conmigo. Pues ahí va una noticia fresca: no necesito su protección ni la de ningún hombre, señor O'Brien.

Un segundo después, me sentí dentro de una de esas escenas a cámara rápida en la que lo que ocurre es casi imperceptible para el ojo humano. Shane había permanecido quieto y en silencio, en su línea habitual de aparente impasibilidad, y, una décima de segundo más tarde, se había plantado frente a mí, tan cerca que sus ojos me impactaron más que nunca.

—¿Eso crees? —me dijo de una manera seca y súbita—. ¿Que te he tenido en mi casa para limpiar mi conciencia?

—¡No lo sé! —grité—. ¡No puedo saber nada si estás ahí, sin abrir la boca, esquivando mi mirada mientras yo fantaseo con desnudarte!

—¿Y te crees que yo no fantaseo con lo mismo? —Su respiración se aceleró y sentí cada bocanada en mis labios—. ¡Tuve que dormir contigo, Summer, toda la noche! ¡Y pegado a ti! —Observé cómo apretaba los puños—. ¡Con mi polla encajada en tu culo, joder!

Parpadeé, desconcertada ante aquella expresión tan fuera de lugar en Shane. Él se apartó de mí y deslizó las dos manos por su pelo mientras trataba de calmarse.

—Sentí dolor, Summer —murmuró, un poco más apaciguado—. Tuve que levantarme de la cama, meterme en la ducha y masturbarme —me confesó—. Y después me sentí como una jodida mierda por haberme excitado de esa forma mientras tú estabas herida y triste...

La imagen de Shane aliviándose bajo la ducha se adueñó de mi pensamiento y una súbita humedad brotó de mi sexo al mismo tiempo que se me aceleraba el corazón.

¿Por eso parecía un palo conmigo? ¿Por eso esquivaba mi mirada? ¿Porque se había excitado al tenerme cerca?

Muchas más preguntas se agolparon en mi mente, pero mi cuerpo actuó mucho más rápido. Me acerqué a Shane y me lancé en sus brazos para besarlo como hasta entonces no lo había besado. Jamás había imaginado mostrar tal desesperación por nada ni por nadie, pero, en aquellos momentos, estaba desesperada; desesperada por fundirme con Shane. Mi boca apenas daba abasto, ya que intentaba besar, lamer y morder sus labios, penetrarlos y buscar su lengua para unirla a la mía. Al mismo tiempo, quise hacer real lo que llevaba pensando todo el día: arrancarle la camisa de cuajo para poder hundir mi rostro en la piel caliente de su pecho y su estómago.

Él no titubeó en ningún momento. Mostró la misma ansia y la misma desesperación mientras tiraba de mi pelo y devoraba mi boca, mi mandíbula y mi garganta. Después de subirme el vestido hasta la cintura, forcejeé con sus pantalones al tiempo que, a trompicones y sin estar desnudos del todo, caíamos sobre la cama. Jadeante, observé cómo le temblaban las manos mientras se colocaba el preservativo. Después, me abrió las piernas y se introdujo en mi cuerpo en medio de un largo y profundo gemido.

—No me avergüenzo de ti —jadeó cuando empezó a envestirme con furia—. Y no quiero follarte por sentirme en deuda contigo... Te deseo, Summer. Te deseo como nunca he deseado a ninguna mujer...

Con cada choque de caderas, me enviaba una descarga de placer insoportable. Su negro cabello cayó por su frente, y sus ojos, brillantes y extraviados, parecían encerrar oscuros secretos y pasiones.

Y lo amé en aquel instante, más que en ningún otro. Ya me había enamorado del Shane callado y taciturno, pero, al sentirlo así, tan salvaje, tan desesperado y con tanto deseo por mí, supe que tenía un serio problema.

Porque ya le había entregado mi corazón a un hombre que nunca podría ser mío.

Capítulo 29

SUMMER

Tras la explosión de placer, semidesnudos y sudorosos, Shane se apartó de mí. Él todavía conservaba los pantalones desabrochados y la camisa con los botones rotos, y yo estaba desnuda de cintura para abajo, con el vestido enrollado sobre el pecho. Parecía avergonzado de lo que había ocurrido.

—Voy a ducharme —musitó.

Aquello no podía acabar así, con el mismo desconsuelo de siempre.

—Espera —le dije mientras me levantaba de la cama también—. Voy contigo.

—Prefiero hacerlo solo —señaló—. Yo... siempre lo he hecho solo.

—Pues ya no podrás decir lo mismo —insistí.

Lo cogí de la mano y, una vez en el baño, terminé de quitarle la ropa y después me deshice de la mía. Cuando ambos estuvimos completamente desnudos, nos introdujimos bajo el chorro caliente de la ducha. Me eché una buena cantidad de gel en las manos y lo dispersé por la morena piel de su ancho torso. Pronto, la espuma se mezcló con el vello oscuro mientras mis manos seguían deslizándose por sus fuertes brazos y su estómago plano.

—¿Te sientes incómodo? —le pregunté al ver su expresión seria.

—No... —titubeó—, bueno, sí, un poco. Que me toques y me mires así, tanto y tan cerca... Nunca me he sentido cómodo con mi físico, ni con gente a tan poca distancia. Ni siquiera me gusta verme en un espejo.

—A casi nadie nos gusta mirarnos en los espejos la mayoría de las veces. —Sonreí al tiempo que seguía masajeando sus músculos con la espuma.

—Pues a mi hermano siempre se le ha dado jodidamente bien.

Desconcertada, cerré el grifo para que cesara el ruido del agua y traté de disimular mi sorpresa.

—Sientes envidia de tu hermano, Shane —musité, sin dejar de mirarlo—. ¿Por qué?

—Yo no he dicho eso —refunfuñó al tiempo que salía de la ducha y se anudaba una toalla en las caderas—. Quiero a Nathan.

—Ya lo sé —respondí con ternura al tiempo que también me envolvía en una toalla—. No quieres sentirla, pero no puedes evitarlo.

—Suena demasiado malo como para ser verdad —susurró mientras se pasaba las manos por el pelo para deshacerse del exceso de agua. Varias gotas cayeron por sus hombros y su pecho y se deslizaron hasta llegar al ombligo y la toalla.

—No es malo, es humano...

—Debe de ser malo si me siento como una mierda.

Shane salió del baño y se dirigió a uno de los ventanales. Se quedó quieto, observando las vistas de la ciudad, cubierta en aquel momento por un precioso cielo de color naranja. La robusta silueta de Shane se recortó frente al paisaje de altos edificios y compuso una estampa que me inundó de melancolía, de tristeza, pero también de un atisbo de ira por verlo así, tan apagado.

Me acerqué a él y me mantuve a un paso por detrás.

—Cada vez que conocía a una chica —empezó a contarme mientras yo contemplaba su espalda húmeda—, Nathan aparecía, y ella... lo prefería a él. Todas lo elegían a él, siempre...

—No creo que fuera así... —murmuré, desconcertada.

—Mi propia prometida se acostó con él al poco de empezar a salir conmigo —me contó en un murmullo.

—¿Valerie, la esnob? —inquirí, alucinada.

—Ella... —se frotó el rostro con las manos—... me confesó que solo se excitaba conmigo si pensaba en él.

—Dios, Shane, y te vas a casar con ella...

—Fue un desliz, la perdoné.

—Pero siempre vas a estar resentido con ella —señalé—. No sé quién es o cuál es su posición social, ni me importa, pero sí sé que te casas porque quieres demostrar algo, aunque no entiendo bien qué...

—No hagas como Nathan —me regañó, tenso—. No necesito que me echen más sermones. Tengo mis motivos para casarme con Valerie y no tengo por qué compartirlos. Además, ¿no me estoy yo follando a otra?

Estuve tentada de decirle «¿Y eso quieres, un matrimonio de apariencia para una imagen respetable?» o «¿Acaso te has vuelto demasiado orgulloso como para admitir que tu hermano llevaba razón?».

Pero no lo hice. Yo solo estaba de paso en su vida y no tenía derecho a cambiar sus planes; unos que me seguían pareciendo del todo descabellados e irracionales.

—Si al menos Valerie te quitara esas inseguridades... —susurré, sin embargo—. Si yo fuera ella, tu prometida, te diría: «No te preocupes por nada, cariño. Nathan es un hombre guapísimo y encantador, pero no me tiemblan las piernas cuando se acerca; no se me desboca el corazón cuando me mira; no me excita un simple roce de sus dedos. Porque tú, Shane, eres el hombre más atractivo, tierno, sensible y bueno que he conocido en mi vida. Amo tu cuerpo, amo tu corazón y amo tu alma».

Shane se dio la vuelta para mirarme y sus ojos brillaron con algo parecido a la emoción.

—Eres único y especial, Shane O'Brien —musité—; no necesitas a nadie y nunca estarás a la sombra de otro.

Deshice la poca distancia que nos separaba y extendí el brazo para despojarlo de la toalla y dejarlo desnudo. Justo después, hice lo mismo con la mía.

—Y, por supuesto, me pareces el hombre más guapo y sexy que he visto en mi vida. Jamás he deseado a nadie como te deseo a ti.

Él levantó su mano y la posó en mi mejilla con ternura.

—Y yo nunca he conocido a una mujer como tú, Summer.

—¿Te refieres a mi pelo de dos colores o a la media docena de aros que me atraviesan cada oreja? —bromeé.

Emití un imperceptible jadeo cuando se acercó aún más a mí y noté su calor y el roce de su erección en mi estómago.

—No cambies nunca tu esencia, Summer —me pidió—. Eres única, auténtica, genuina, sin una pizca de la hipocresía que habita tanto en este maldito mundo.

A continuación, posó sus labios en los míos y comenzó a besarme, de la misma maravillosa forma que lo había hecho la primera vez, lenta pero profundamente. Mientras nuestras lenguas se enredaban entre gemidos, su cuerpo, grande y caliente, me guio hasta el sillón que había frente al ventanal y me sentó en él para, después, bajar su boca por mi garganta y llegar hasta mis pechos. Me arqueé sobre el sillón con un grito cuando sus labios apresaron un pezón y sus dedos pellizcaron el otro. Devoró mis sensibles puntas antes de continuar lamiendo mi estómago.

—Shane... —gemí al ver cómo se arrodillaba en el suelo, frente a mí, agarraba mis piernas y las colocaba sobre sus hombros. Observar la morena cabeza de Shane entre mis piernas, tan cerca de mi sexo, y sus ojos mirándome como dos luceros en la oscuridad, fue lo más íntimo y erótico que había experimentado en mi vida.

Pero el placer más sublime llegó cuando su boca comenzó a devorar mi sexo, a conciencia, penetrándome con su lengua mientras sus labios lamían cada centímetro y sus manos sujetaban mis caderas. Clavé los talones en su espalda, aferré con fuerza su pelo entre mis dedos y arqueé mi cuerpo hasta casi no apoyarme en nada. Grité de forma salvaje cuando el orgasmo hizo temblar cada nervio y cada célula de mi cuerpo.

—Madre mía... —jadeé cuando las oleadas se fueron apaciguando.

Shane soltó mis piernas y se puso en pie, pero, antes de que se moviera, aferré sus glúteos y lo atraje hacia mí, hasta que su hinchada erección estuvo a la altura de mi rostro. Sin alertarlo de lo que iba a hacer, me introduje su miembro en la boca y comencé a succionarlo, arriba y abajo, lo que hizo que Shane emitiera un bronco gemido y enredara sus manos en mi pelo mientras movía sus caderas y embestía contra mí. Volvió a conmoverme que, en lugar de acelerar el ritmo, lo hiciera suavemente, como si le hiciera el amor a mi boca. Poco después, salió de mí y me cogió por los brazos para sentarse él en el sillón e invitarme a colocarme a horcajadas. Me ofreció un sobre plateado para que yo misma le pusiera el condón. Lo cogí y lo dejé caer al suelo.

—¿Confías en mí? —le pregunté al tiempo que agarraba su miembro y lo llevaba a la entrada de mi cuerpo.

—Sí —jadeó.

Yo también confiaba en él, así que bajé con fuerza y, cuando quedé atravesada por él, me apoyé en sus hombros y comencé a moverme arriba y abajo, con rapidez, mientras él me ayudaba con sus manos en mis caderas y expulsaba su aliento caliente en mis labios. Presa del erótico momento, uní mi boca a la suya y expulsé cada jadeo en su garganta al tiempo que yo me bebía cada uno de sus gemidos. Y así, unidos por nuestros cuerpos y nuestras bocas, alcanzamos el clímax, abrazados, apretándonos con fuerza, absorbiendo cada estremecimiento del otro.

Todavía abrazada a él, besé su frente perlada de sudor, las raíces húmedas de su pelo y, cuando pude respirar y hablar, susurré un ruego a las sombras de la tarde que se apoderaron de la estancia.

—No te cases con esa mujer, Shane —le pedí—. Te quiero.

***

La mayoría de gente espera que, detrás de una confesión así, la otra persona le responda «Yo también», pero no era mi caso.

La tensión en Shane se hizo evidente de inmediato. Aunque permanecí sentada sobre su regazo y ninguno deshizo el abrazo, Shane clavó su enigmática mirada en mí. Las sombras del atardecer jugaban con las luces de la ciudad y creaban claroscuros en el rostro y el cuerpo de mi amante.

—No me pidas eso, Summer... —Cerró los ojos.

—No lo entiendes —manifesté—. No te estoy pidiendo que dejes a tu prometida por mí, sino por ti.

Shane, absorto en la visión del cielo vespertino que llenaba el ventanal, siguió sumido en su silencio, tan habitual en él. Sus dedos, de modo inconsciente, se paseaban por la piel de mis brazos o mis caderas.

—Yo... —insistí—... no voy a pedirte una relación. Sé que tú llevas años con un objetivo, que no tengo muy claro si es llegar a ser presidente —bromeé—, pero para el que no creo que necesites casarte con una mujer a la que no amas y que no te ama a ti.

Silencio.

—Creo que hay alguna parte de tu pasado y tu vida con la que necesitas reconciliarte —le dije—. Y, cuando lo hagas, vive, Shane, enamórate. Pero sigue siendo como eres. Me encanta cómo eres.

Dejé que siguiera en silencio lo que me parecieron minutos eternos. Continuamos desnudos y abrazados frente a la alta ventana hasta que, sin esperarlo, Shane pronunció ciertas palabras que pensé que no escucharía nunca.

—Ya estoy enamorado, Summer. De ti.

Levanté la cabeza para mirarlo. Finas lágrimas bajaron por mis mejillas.

—Y ahora es cuando viene el «pero». —Intenté sonreír.

—Sí, hay un «pero» —musitó mientras colocaba un mechón rubio detrás de mi oreja.

—No pasa nada... —murmuré.

—Aunque —me interrumpió— tal vez sea un «pero» más fácil de arreglar de lo que yo imaginaba.

Sonrió y me dio un beso en los labios.

—¿Te apetece un poco de helado? —me preguntó de repente, con una sonrisa tan auténtica que alegró mi corazón.

—Pues...

—Vamos, levanta —me dijo, animado, al tiempo que yo me apartaba y él se levantaba del sillón. A continuación, se dirigió al baño, se aseó, fue a su vestidor y se puso un pantalón de chándal—. Voy a prepararme una pequeña bolsa. Mañana salgo de viaje.

—¿De... viaje? —titubeé—. ¿Adónde?

—Ya he hablado demasiado —compuso una mueca—. Elige tú el helado.

Hice lo posible para que no me venciera el desconcierto y me limité a dejarme llevar. Me aseé, me puse una camiseta y me acerqué al congelador, donde encontré toda la gama de helados de caramelo del mercado.

—Dios, Shane, quiero probarlos todos...

—Pues hazlo —me dijo mientras doblaba algunas prendas—. Prueba un poco de cada uno.

—Está bien —gruñí al tiempo que cogía dos cucharas—. Te perdono si te sientas a comerlos conmigo viendo una película.

—¿Que tú me perdonas a mí? —Alzó una ceja—. ¿Por qué?

¡Cuánto tiempo hacía que no le veía practicar su deporte olímpico favorito!

—Sí, por comportarte a veces como un pijo que va de sobrado.

Sonrió un breve instante y se sentó conmigo en el sofá, delante de la pantalla del televisor. Cogió una cuchara, tomó un poco de helado y se lo llevó a la boca.

—¿Qué tipo de cine te gusta? —le pregunté.

—Pues... me gusta el cine eslovaco en versión original.

Casi escupo el helado.

—¿Cómo dices?

—Es broma. —Sonrió.

Entonces sí que lo escupí del todo, sobre la alfombra.

—¡Dios, Dios, Dios! —Me puse en pie—. ¡Estás bromeando! ¡Dime quién eres y cuándo te comiste a Shane!

Y volvió a reír conmigo. Y yo volví a reír con él.

—Ahora en serio... —Cogió mi mano y tiró de mí para que me sentara de nuevo a su lado—. Si te digo el tipo de cine que me gusta, ¿me prometes que no te voy a parecer más rarito todavía?

—Prometido.

—Vale. —Inspiró—. Me gustan las películas posapocalípticas.

—¿En serio? —exclamé sin pestañear.

—Totalmente. No imaginas las veces que he visto *Soy leyenda*, *El día de mañana*, *La carretera*, *2012* o *Guerra mundial Z*.

Tan congelada como el helado me quedé. ¡No podía ser!

—¡No puedes estar hablando en serio! —exclamé—. ¡También son mis películas favoritas!

—Te dije que no somos tan distintos, Summer. —Sonrió.

Echamos a suertes qué película ver, comimos helado y palomitas y, al final, acabé dormida sobre su hombro. Shane me cogió en brazos para depositarme en la cama y se acostó a mi lado.

—Yo... —balbucí—... debería marcharme si mañana te vas de viaje...

—Es muy tarde —susurró él antes de besar mi frente—. No te preocupes, podrás marcharte mañana. Puedes dejarle la llave al portero.

Cerré los ojos y me acurruqué contra Shane. Más tarde, deduje que tuvo que ser en sueños cuando lo oí decirme «Quiero que te quedes conmigo, Summer».

Capítulo 30

Hola, mamá. Esta vez he tardado más de la cuenta en hablar contigo, pero ha sido por un buen motivo: ¡la he cagado! Y no una, sino ¡muchas veces!

La primera, cuando me enredé con alguien como Santos. Tú no lo habrías permitido, ¡lo sé!, pero no tenía más remedio. Eras lo único que tenía, mamá, y no podía resignarme a perderte. Tenía que intentarlo y no había otra forma de conseguir el dinero. Hipotequé mi vida, pero no me arrepiento. ¿Qué sentido tendría vivir, trabajar y luchar si no es para intentar conseguir lo que deseamos?

La segunda, cuando abrí aquel cajón con la intención de robar un anillo. ¡No, por favor!, no me digas nada, aunque me merezca la mayor bronca de mi vida. Recuerdo perfectamente lo que me enseñaste, pero, en esta ocasión, no robaba algo para quedármelo, sino para salvar mi vida y la de mis amigos.

¿Crees, como Shane, que no lo hubiese cogido? Seguro que sí, pero de ti no puede extrañarme. Eres mi madre y siempre ves lo mejor de mí. La verdad, no tengo ni idea de si hubiese sido capaz de robarlo. Es algo que no sabré nunca.

La tercera, cuando acabé en un hospital. Pero no te preocupes, no fue nada. Tengo la cabeza demasiado dura.

La cuarta, cuando me cabreé con Shane y le di como motivo que no necesitaba su ayuda, que dejase de hacerse el héroe o de intentar parecer mejor persona ayudándome a mí y a mis amigos. ¿Cómo se me ocurrió decirle ese montón de chorradas si lo único que sentí fue un miedo atroz por él por haberse mezclado con esa gentuza? El muy idiota corrió un peligro innecesario y, si el ruso le hubiese hecho algo, te juro que no habría podido soportarlo.

Ah, y la última, al enamorarme irremediablemente de Shane O'Brien.

Capítulo 31

Apreté con fuerza la pequeña bolsa de viaje que llevaba en la mano al tiempo que contemplaba de nuevo la casa de mis padres. Me asaltaron sentimientos contradictorios, mezcla de nostalgia, emoción y tristeza.

De todos modos, respirar el aire salado que Elliott Bay acercaba hasta la costa y a Alki Beach siempre me relajaría y me traería recuerdos entrañables, lo mismo que la visión del perfecto sendero bordeado de arbustos que había construido mi padre y cuidaba mi madre, o de la fachada de piedra de la casa, salpicada de ventanas azules.

Después de atravesar la puerta, que siempre permanecía abierta, me encontré a mis padres en la cocina, que comunicaba con el salón. Mientras el televisor emitía algún partido de rugby, mi madre le daba los últimos toques a la mermelada que había elaborado, y mi padre preparaba tarros de cristal para envasarla. Ambos levantaron la vista cuando entré y esbozaron una sonrisa de alegría que consiguió calentar mi corazón.

—¡Hijo! —exclamó mi madre mientras se limpiaba las manos en el delantal—. ¡Qué sorpresa!

Pero la pregunta que les hice detuvo sus pasos y sus risas.

—Mamá, papá, ¿qué os parece que me case con Valerie?

Se miraron un instante.

—Es decisión tuya, hijo —señaló ella—. Nuestra opinión no importa. Además, no la conocemos muy bien. Solo la has traído una vez...

—Porque no creo que hubiese aguantado ni una más —farfulló mi padre.

—Ewan... —lo reprendió ella.

—¿Qué pasó? —pregunté—. ¿Qué es lo que no me habéis contado?

Aunque mi progenitor parecía incómodo, acabó por contestar.

—Valerie... no dejó de quejarse todo el tiempo, sobre todo del olor.

—¿El olor? —inquirí— ¿Qué olor?

—¡Todo! —respondió él—. Decía que olía a humedad y a podrido. Le dije que debía de estar acostumbrada al olor del humo y la contaminación, porque a mí me parecía que olía a mar y a lluvia. Y entonces me soltó que no le gustaba este lugar, que, si queríamos verte alguna vez, fuéramos nosotros a Nueva York, pero que nos alojáramos en un hotel y que avisáramos con antelación para no coincidir con alguna visita...

Cerré los puños con furia. Y lo peor de todo fue que esa ira no iba toda contra Valerie, sino contra mí mismo, por haber permitido que se avergonzase de mi familia y no haber hecho nada.

—Pero nunca me recriminasteis nada —les dije.

—Yo solo me preguntaba para qué querías emparentar con esa familia —señaló mi madre—. Eras un alto ejecutivo, admirado y respetado. ¿Por qué tanta ambición, hijo?

Ahí estaba, la pregunta que llevaba esperando responder tantos años.

—Porque quería ser mejor que Nathan en algo —respondí.

—¿Mejor que tu hermano? —preguntó, perplejo, mi padre.

—¡Sí, eso he dicho! —vociferé—. ¡Quería destacar en algo en lo que no destacase él! ¡Nathan era el mejor en todo! El más atractivo, el más encantador, ¡el más, el más, el más!, mientras que yo no tenía su atractivo, ni su encanto, ni su carisma... ¡Nada!

—¡Pues claro que no tienes nada de eso! —se indignó mi madre—. ¡Porque tú no eres Nathan, eres Shane! ¡No eres atractivo como él, sino como tú!

Apoyé las manos en la encimera de la cocina y traté de calmar la ansiedad que me carcomía por dentro, como la pregunta que les hice a mis padres justo después.

—Mamá, papá —musité—, ¿me queréis tanto como a Nathan?

Mi padre parpadeó, atónito, y mi madre se tapó la boca con estupor. Mientras había permanecido sentado en el avión, había imaginado que mis padres pondrían el grito en el cielo por aquella pregunta, pero su reacción no fue exactamente la que yo pensaba. Dieron la sensación de haberla esperado durante muchos años.

—Siempre vimos a Nathan tan frágil... —musitó mi madre—. Sentía una necesidad imperiosa de protegerlo, de que no le hiciesen daño, y supongo que, cuando tú ejerciste ese papel de protector, debería habértelo impedido, porque eras solo un niño...

—Yo sentía esa misma necesidad —confesé—. No era una obligación para mí.

—Lo sé, pero cargaste muy pronto con esa responsabilidad... —Mi madre miró a mi padre y sus gestos se volvieron apesadumbrados—. Todavía recuerdo el día que te vi por primera vez. Ya llevaba un tiempo saliendo con tu padre, pero todavía no te había conocido. Aquel día, Ewan vino a buscarme, contigo de la mano, a la peluquería donde trabajaba. Yo me acerqué a ti, me agaché a tu altura y, cuando vi tus ojos, pensé que no había visto nada más hermoso en mi vida. Me enamoré de ti, Shane, y ya te sentí como mi hijo. Te cogí de la mano y te llevé a un patio trasero, donde Nathan jugaba sentado en el suelo. Él te sonrió y te ofreció uno de sus juguetes. Tú te limitaste a sentarte a su lado y a jugar con él. Todo sucedió de forma tan natural... Os entendisteis nada más veros y sentisteis amor de hermanos con la primera mirada. Porque, sin llevar la misma sangre, sois hermanos de corazón.

—Fue cuando me dijiste —intervino mi padre—: «Mira, Ewan, mis hijos, nuestros hijos. Serán las dos personas a las que más quiera en este mundo».

—Oh, mi niño... —mi madre se lanzó sobre mí y me abrazó con toda la ternura y el amor de siempre—... pues claro que os queremos a los dos igual. —Levantó la vista y contemplé sus ojos azules inundados de lágrimas—. Sé que tal vez no lo hicimos bien, protegiendo siempre a Nathan, dando por sentado que tú eras fuerte... Lo siento mucho, mi pequeño —sollozó—, lo siento...

—A pesar de que los hijos sean la razón de nuestra existencia —musitó mi progenitor—, muchas veces, los padres no actuamos de la mejor forma. También nos equivocamos. —Se acercó a nosotros y nos abrazó con fuerza.

Los tres nos mantuvimos unos instantes así, derramando unas lágrimas que llevaban años pugnando por salir. Después, deshicimos el abrazo y tratamos de limpiar la humedad de nuestros rostros.

—Yo... —inspiré profundamente— solo quería que estuvieseis orgullosos también de mí. Pensé que, si llegaba a lo más alto, os parecería tan perfecto como Nathan.

—Voy a decirte algo, hijo. Sé que los dos nos ocultasteis que Nathan intentó quitarse la vida una vez.

—Mamá...

—Déjame acabar. A pesar de nuestra protección, nuestros abrazos y nuestros besos, uno de mis hijos pensó en matarse por el acoso escolar que sufría. Pero fuiste tú, su hermano, mi otro hijo, quien consiguió que se le quitara esa idea de la cabeza. ¿Sabes cómo? Queriéndolo. —Me miró con dulzura—. ¿Crees que se puede estar más orgulloso de vosotros?

—Hemos estado orgullosos de vosotros toda la vida —murmuró mi padre—. Y no porque llegarais a lo más alto, sino porque sois buenas personas.

Nunca creí que pudiese ser posible que doliera el corazón, pero yo mismo comprobé en aquel instante que era cierto.

—Si nosotros somos buenas personas es gracias a vosotros. —Traté de no llorar, pero me fue imposible.

—Perdónanos, Shane —sollozó ella—, por haberte privado de una parte de tu infancia, por pensar que tu madurez podía suplir nuestros abrazos. Sentimos muchísimo haberle dedicado más cuidados al hijo que siempre venía magullado y llorando...

—No hay nada que perdonar —sollocé yo también—. El problema es mío por compararme todo el tiempo con Nathan; por tratar como rivalidad el mero hecho de ser diferentes.

—Y por no ser consciente de tu atractivo y de tu propia personalidad atrayente —señaló mi madre después de limpiarse los ojos con el mismo delantal—. ¿Acaso no recuerdas a las chicas que se asomaban a la valla para verte? Y todas mayores que tú, porque aparentabas más edad de la que tenías.

Me asaltó de golpe una reminiscencia del pasado. Me vi en el jardín, ayudando a mi padre a recoger hojas secas, y me vi también quitándome la camiseta por el calor, quedándome con el torso desnudo. Dentro de aquella escena, recordé oír unas risitas que provenían de la calle y observar a un grupo de adolescentes que me miraban con ojos ávidos.

Aturdido, reconocí que aquello era cierto, que había sucedido. Entonces entendí que, a veces, la memoria nos juega malas pasadas, ayudándonos a recordar solo lo que queremos o nos interesa.

—Hubo una de ellas, incluso —prosiguió mi madre—, que llegó a decirme que Nathan resultaba ser un premio de consolación, porque él sí les hacía caso siempre, mientras que tú ni las mirabas. Estabas absorto en tus estudios y eras más tímido, pero eso no quería decir que no les gustases y no las hicieses suspirar.

—Pero... Sharon... —musité—. Ellas siempre lo han elegido a él...

—Porque con Nathan obtenían un revolcón rápido —rezongó mi padre—. Tú querías algo más, eras más soñador y romántico. No todos los hombres sueñan con tener una mujer diferente cada día. Hay algunos, como tú, que desean otra cosa.

—Siempre pensé que el soñador era Nathan...

—Pues yo creo que no —señaló mi madre—. Tú hablaste mucho antes de relación o familia, de amor y de futuro, por eso nos chocó tanto que te conformaras con esa mujer y con un matrimonio sin amor.

¿En qué momento de mi vida me había convertido en alguien tan frío, apático y orgulloso?

—Y si os dijera —tanteé— que he conocido a otra mujer... ¿me censuraríais?

—¡¿Te has enamorado?! —preguntó mi madre, eufórica.

—Sí —contesté con decisión—, me he enamorado.

No sabía si merecía amar y ser amado, pero así había

ocurrido. Summer era luz, color y música allí donde yo albergaba oscuridad y silencio. No entraba en mis planes tan programados, pero había tenido el privilegio de tropezar con aquella chica tan especial en mi vida y ya no pensaba renunciar a ella.

Tanto afán por ayudarla y resultaba que era yo quien más la necesitaba a ella.

—Y tendría que romper el compromiso —dejé caer.

—Ya ves tú qué problema —rezongó mi padre. Sabía que había heredado de él su inexpresividad y su aparente frialdad—. Por mí, se pueden ir al carajo todos los malditos Vanderberg.

En realidad, mi padre no era frío ni inexpresivo; únicamente era alguien más serio y silencioso, como había salido yo. Quizá, incluso, fuéramos mucho más sensibles y emocionales de lo que creíamos nosotros mismos.

—Oh, bendito sea el Señor —se alegró mi madre—. Ya pensábamos verte triste toda la vida... ¿Quién es la chica?

—Se llama Summer —les expliqué—, lleva una parte de su pelo teñida de rosa y trabaja como empleada doméstica en casa de Nathan y Abbey. Aunque, en realidad, la conocí un tiempo antes y... —me aclaré la voz—... fue la primera vez que me acosté con una mujer la primera noche, y la primera vez que le fui infiel a Valerie. Nunca había actuado de manera tan impulsiva.

—Eso es porque actuó tu corazón, hijo —señaló mi madre con ternura.

—¿Ella te ama a ti? —preguntó mi padre—. ¿Es buena persona?

—Sí —respondí—. Ella es preciosa, valiente, fuerte... y me quiere. Y yo la quiero, a pesar de haber sido demasiado orgulloso como para admitirlo y romper con Valerie. Maldito sea el orgullo, que me dejaba ciego...

—Solo queremos que seas feliz, hijo.

—Lo sé, papá.

—¿Tienes que volver ya? —me preguntó mi madre con comprensión al ver que miraba la hora en mi reloj de pulsera.

—Sí —respondí—, tengo que coger un vuelo a Nueva York en pocas horas, pero voy a bajar antes un rato a la playa.

Descendí por el sendero del acantilado y llegué a la parte de costa que bordeaba nuestra casa. Me quité los zapatos, me remangué los pantalones y me adentré en el agua, que me trajo el olor a salitre, la brisa húmeda, los graznidos de las gaviotas y restos de madera flotante que se iban acumulando en la orilla... Objetos, sonidos, olores y sensaciones que me transportaron a mi infancia, un tiempo en el que, aunque quizá sufrí demasiado por mi hermano, fui feliz. Tan feliz como me sentía en ese momento.

Quise evitar pensar en Valerie, en John Vanderberg o en mi puesto como CEO en la Atlantic. Porque todo lo que hasta entonces me había parecido tan primordial no me pareció en aquel instante más que un peso del que debía desprenderme.

Y me sentí más ligero que nunca.

Capítulo 32

—Summer, cielo —me pidió Abbey—, no es necesario que recuperes el tiempo que no has podido venir. Llevas dos días planchando sin parar.

—No importa, así adelanto —le dije mientras doblaba sábanas y toallas.

Sonreí a la vez que observaba de reojo el bonito anillo que lucía Abbey en su dedo, visión que me emocionaba al mismo tiempo que me hacía sentir vergüenza. Lo único que había conseguido hacerme volver a aquella casa y no huir de la ciudad fue la conversación que ya había mantenido con Abbey un día antes. En ella me había hablado de perdón y de confianza, y le agradecí de corazón que depositara ambos en mí.

—Por favor, Summer, olvídalo —me pidió al leer el pesar en mi mirada—. Soy feliz y eso es lo que importa.

—Me alegro, Abbey, de verdad. Sois geniales y os merecéis lo mejor.

—Estar con Nathan es lo mejor.

Alcé la vista para encontrarme con su prometido, que se detuvo un instante en la puerta, sonriente, apoyado en el marco, con las manos en los bolsillos del pantalón mientras no dejaba de mirar a la mujer que amaba. Había vuelto el Nathan de siempre, con su atractiva sonrisa, su pícara mirada azul y su sensualidad desbordante.

—Y me alegro de volver a verlo bien, señor O'Brien.

—Gracias, Summer —me dijo al tiempo que sonaba el timbre de la entrada.

—No se preocupen, yo abro.

Me acerqué al vestíbulo, todavía con mi bata de rayas y los auriculares colgando del cuello, y abrí la puerta. Me quedé tan boquiabierta como la persona que esperaba al otro lado.

—Shane... —musité.

Él, todavía sorprendido por encontrarme allí tan tarde, dio un paso adelante y se colocó frente a mí, en toda su altura. Seguía dejándome sin aliento aquel morenazo de metro noventa con los ojos de diferente color.

Y, entonces, sonrió. Compuso la sonrisa más auténtica y preciosa que había visto jamás en sus labios. Por primera vez, el gesto llegaba a sus ojos y formaba unas finas líneas de expresión a su alrededor.

Una sensación suave y caliente se apoderó de mí al verlo de nuevo, tan igual y tan distinto a la vez. Llevaba unos vaqueros y un jersey de color marrón que, junto a su cabello revuelto y a su genuina sonrisa, lo hacían parecer más joven, más despreocupado... como si, de alguna forma, se hubiese desprendido de una tonelada de peso.

Lo siguiente que hizo fue cogerme de la mano y tirar de mí hacia la oscuridad del porche de la entrada, acunar mi rostro entre sus manos y besarme, con un beso tan dulce que tuve que hacer un gran esfuerzo por no llorar.

Aunque lo que en realidad consiguió que mi corazón explotara de amor fue que Shane me sostuviera por la cintura y comenzara a dar vueltas sobre sí mismo, hasta que los dos acabamos riendo de felicidad.

—Te quiero, Summer —me regaló cuando me volvió a depositar en el suelo—, y quiero tenerte en mi vida.

Lo de esforzarme por no llorar quedó en intento. Shane me abrazó y yo hundí el rostro en su pecho, contra la lana de su jersey, y me llené de su olor, una mezcla de su perfume y de la leve capa de humedad que había dejado la fina llovizna que caía.

Y ya no sentí timbres en mi cabeza. Aquel sentimiento traspasaba el enamoramiento que hubiese experimentado al sentirme atraída por aquel hombre tan especial. Lo único que oía era mi propio corazón, latiendo con fuerza, por el amor tan profundo que sentía por Shane.

—Yo también te quiero, Shane —murmuré contra su pecho—, pero recuerda que...

—Chist. —Apartó mi rostro y puso un dedo sobre mis labios—. Todo se arreglará, ya lo verás.

Vi, entonces, cómo elevaba la vista sobre mi cabeza y volvía a sonreír. Con tantas sorpresas y emociones, se me había olvidado que estaba en la casa donde trabajaba y que, con toda probabilidad, los dueños habían presenciado la escena. Giré la cabeza y, por supuesto, ahí estaban, los dos, abrazados por la cintura, en el vano de la puerta. Nathan sonreía, satisfecho y emocionado. Abbey se limpiaba con el dorso de la mano la humedad de sus ojos.

—Hola, Nathan —saludó por fin Shane—. Hola, Abbey.

—Nos alegramos tanto... —musitó Abbey, que soltó a su prometido para lanzarse en los brazos de su cuñado—. Verte feliz me hace tan feliz, Shane...

—Gracias, Abbey. —Shane le dio un beso en el pelo antes de que ella me abrazara a mí también.

Mientras Abbey me sonreía, observé cómo Shane y Nathan se fundían en un emocionado abrazo de hermanos.

—Sabes que habrá problemas —murmuró Nathan—. Has llegado demasiado lejos.

—Lo sé —contestó Shane—. Esta vez seré yo el que necesite tu ayuda.

—Lucharemos juntos, Shane. —Nathan sonrió, con sus ojos azules brillantes de la emoción—. Ya es hora de que no libres tú solo las batallas... y ya no habrá quien pueda con los gemelos O'Brien.

¿A qué se referían? ¿De qué problemas hablaban? Supuse que debían de referirse a la influyente familia de Valerie y, de pronto, una terrible congoja se adueñó de mí. Tuve un mal presentimiento y sentí preocupación al pensar que Shane debería afrontar problemas en el trabajo.

—Tendré que solucionar algunos asuntos con mi hermano —me dijo Shane, después de acercarse a mí de nuevo, rodear mi cuerpo con sus brazos y darme un beso en la frente—. Y quizá pasemos algunos días sin poder vernos. Por eso quería pedirte que vinieras conmigo a un viaje de trabajo y así aprovechar unas pocas horas para estar juntos antes de la tormenta. —Miró a su hermano y a Abbey—. Si no os importa volver a quedaros sin ella...

—¿Lo dudas, Shane? —planteó Nathan—. Prescindiremos de Summer encantados si es por esa buena causa...

—¡No puedo volver a pedirles más días! —protesté—. ¡Se quejarán de mí y con razón! ¡Estoy abusando de su confianza!

—Pues claro que abusas. —Sonrió—. Eres la novia de su queridísimo hermano gemelo. —Le guiñó un ojo a Nathan.

—¿Tu... novia? —balbucí.

—Vete tranquila, Summer —señaló Abbey con una sonrisa—. Todo apoyo es poco si es para ver feliz a Shane.

—Sobre todo si es para verlo lejos de Valerie —añadió su hermano con una mueca.

—Nathan... —lo reprendió Abbey, aunque todos sabíamos que pensaba igual que él.

—Pues, entonces, todo aclarado —sentenció Shane—. Ya podemos irnos.

—Pero ¿adónde? —le pregunté mientras me quitaba la bata y cogía mi bolso.

—Solo es un viaje de trabajo —me explicó mientras nos metíamos en su coche—. No puedo posponer más un asunto laboral, pero ha coincidido con una decisión personal, así que voy a intentar compaginarlo todo.

—Con «decisión personal», ¿te refieres a romper con Valerie?

—Por supuesto que voy a romper con ella —manifestó mientras se incorporaba al tráfico—. Y, en cuanto lo haga, seguiré todos los trámites. En primer lugar, te pediré una cita, por fin. Una cita en la que podamos salir, pasear, estar juntos cuando queramos...

—Deberías haber hablado con ella ya —suspiré—. Me siento mal al pensar que me hagas sentir como tu novia si todavía eres oficialmente prometido de Valerie.

—Acabo de venir de Seattle —se justificó—, y en pocas horas tengo que estar en Miami Beach, porque un cliente muy importante se niega a interrumpir sus vacaciones y me toca presentarme en su hotel, así que entenderás que no me dé tiempo a pararme y hablar con Valerie y sus padres. No es algo que pueda hacer en cinco minutos.

—¡Miami Beach! —grité, alterada—. ¡¿Y crees que yo sí que voy a tener una maleta preparada en cinco minutos?! ¡Estamos en octubre! ¡Mientras aquí ya vamos con chaqueta, allí hace calor!

—Tu equipaje va en el maletero —concluyó con una chispa que nunca antes había visto en su ojo verde—. Llamé por teléfono a Philip y él lo preparó todo para poder estar a tiempo.

—Cuando lo vea, me lo cargo —gruñí—. ¡Debería haberme avisado!

—Estuvo demasiado ocupado en amenazarme —me dijo con una mueca—, tanto él como su padre. No imaginas las veces que llegaron a decirme que, si te hacía daño, me colgarían de las pelotas, junto a los pollos que expone en su escaparate el vendedor chino de vuestro edificio.

—Entonces los perdono. —Sonreí.

Una vez en el aeropuerto, cada uno cogimos nuestra maleta y echamos a correr hacia el embarque correspondiente. Tuve que frenar en seco para detener el arrebato de velocidad que se había apoderado de Shane.

—¡Espera, espera! —grité.

—¿Qué ocurre? —me preguntó, nervioso—. Vamos a perder el vuelo...

—Es que... hay algo que...

—Lo sé, cariño, todo es muy precipitado, pero te prometo que mañana estaremos de vuelta y solucionaré la situación con Valerie...

—¡No es eso! —Respiré hondo, avergonzada, tratando de encontrar las palabras—. Yo... nunca he subido a un avión.

Esperé sorpresa por parte de Shane, incluso desconcierto, pero, una vez más, su mirada especial consiguió llenarme de ternura.

—Pues dame la mano —me ofreció la suya— y no te la soltaré.

—Vale —musité mientras le hacía caso.

Él enlazó sus dedos con los míos y, sorprendentemente, me sentí mejor.

No lo esperaba, pero no me impresionó tanto como yo imaginaba. En el momento del despegue, abrí los ojos al máximo para no perderme ni un detalle, aunque tengo que reconocer que dejé a Shane junto a la ventanilla y que no me soltó la mano ni un instante. Incluso, cuando sacó su iPad para consultar los detalles que iba a tratar con el cliente, lo hizo de manera que pudo sujetar el aparato sin dejar de rozar mis dedos. Decidí ofrecerle un poco de movilidad y dejé caer la cabeza en su hombro.

—Así que ahora soy tu novia... —murmuré mientras él seguía concentrado en la pantalla.

—Ajá —susurró.

—Y me pedirás una cita.

—Eso es...

—Y todo eso lo has decidido después de venir de... —pregunté más que afirmé.

—De casa de mis padres.

—Has dicho que venías de Seattle. ¿Viven allí?

—Sí —dijo con expresión soñadora—, en Alki Beach, frente a Elliott Bay. No hay lugar en la tierra más bonito que ese. Muy pronto te llevaré para que los conozcas.

—Yo... —titubeé—, ¿crees que les gustaré?

—Me gustas a mí, que es lo importante —sonrió—, pero te aseguro que también les gustarás a ellos.

—Me encantaría conocerlos. —Sonreí también—. ¿Y qué es lo que has hablado con ellos para volver tan radiante?

—He cambiado yo y mis prioridades —masculló—, pero no voy a volverme de lo más locuaz de un día para otro. Ya te lo contaré algún día.

—Vale. —Sonreí—. Todos guardamos algún secreto.

Seguimos unos minutos en silencio antes de continuar conversando, y esa vez fue él quien habló.

—No te sientas mal porque rompa mi compromiso —musitó—. Como tú bien me dijiste, el motivo no eres tú, sino yo mismo y mi propia dignidad.

—Me alegro —comenté, emocionada—. Pero ¿qué has querido decir en casa de tu hermano con lo de «antes de la tormenta»? Supongo que es porque Valerie se lo tomará bastante mal...

—Tú no te preocupes ahora por eso. —Me dio un beso en la frente—. Todo irá bien.

Algo en su voz me hizo pensar que no todo iba a ser tan fácil como intentaba hacerme creer.

Capítulo 33

—¡Madre mía! —exclamé cuando el taxi nos dejó en la puerta del hotel y pude admirar el enorme edificio blanco—. ¡Es el puto The Miami Beach Edition! ¡¿Y se supone que has venido a trabajar?!

—Yo, al menos, sí. —Sonrió y me guiñó un ojo.

¡Joder con mi nuevo novio! ¡Qué guapo era, por favor! ¡Y mío!

Bueno, mío, mío, aún no era, pero esperaba que lo fuera muy pronto. De momento, me mentalicé para vivir aquel nuevo sueño con mi bombón de chocolate negro. Abbey me había contado cómo llamaban a los hermanos en el trabajo y no pude reírme más.

«¡Me encanta! —le dije entre risas—, aunque te aseguro que él es bastante más dulce que el chocolate negro...»

—¡Oh, tenemos balcón! —volví a exclamar cuando subimos a la habitación—. ¡Y con unas impresionantes vistas a la playa! ¡Menudo chollo lo de ser CEO de la puñetera Atlantic!

—Paga la empresa —señaló Shane con una mueca

mientras sacaba ropa de su maleta—. No te creas que mi sueldo da para tanto.

—¿Y no tendrás problemas por venir con acompañante?

—Les he ahorrado acompañante durante muchos años —rezongó mientras se quitaba a toda velocidad la ropa que llevaba puesta.

—¿Nunca te ha acompañado Valerie?

—No, nunca —suspiró al tiempo que comenzaba a vestirse—. Si no viajaba con mi hermano, lo hacía solo. Siempre me ha gustado estar solo... hasta ahora.

Durante la conversación, no pude desviar los ojos de cada uno de los movimientos de Shane. Si alguien me preguntara alguna vez qué es lo más sexy que he visto en mi vida, respondería que ver vestirse a Shane, porque seguí embobada cada movimiento suyo como si mis ojos los pudiesen captar a cámara lenta. Observé cómo introducía los brazos por las mangas de la camisa blanca, cómo abrochaba cada botón... o el gesto tan masculino de meter la tela bajo la cinturilla del pantalón y abrochar después la hebilla del cinturón, o hacerse el nudo de la corbata frente al espejo, colocarse unos gemelos en los puños de la camisa y acabar poniéndose la chaqueta oscura. Y, como colofón, humedecerse las manos para deslizarlas por su cabello y repartir un poco de su perfume por su rostro y su cuello.

—Tengo que irme ya —me informó mientras cogía un maletín y se acercaba a mí—. Te avisaré cuando haya acabado. Mientras tanto, cualquier servicio que necesites del hotel está incluido.

Depositó sus labios en los míos y, cuando fue a abrir la boca, lo aparté de un empujón.

—¿Qué ocurre? —me preguntó, turbado.

—Que, si tienes prisa, es mejor que te vayas —refunfuñé—, porque, como se te ocurra meterme la lengua en la boca, juro que vuelvo a arrancarte toda esa ropa que te acabas de poner y te tiro a la cama para comerte entero.

—No pienso irme a una reunión de un montón de horas sin darte un beso —gruñó antes de tomar mi nuca y apoderarse de mi boca en un beso rápido y casi brusco que me dejó temblando y jadeando—. Hasta luego, Summer. Diviértete.

***

Por segunda vez en poco tiempo, alguien me había hecho la maleta y yo me encontraba ante ella como si fuese una caja de sorpresas. He de decir que confiaba mucho más en Philip para pensar en cada detalle, algo que quedó confirmado en cuanto encontré, entre el resto de las cosas, un bikini, un vaporoso vestido amarillo, unas chanclas, unas gafas de sol y crema solar. ¡Todo el *pack* de verano! En cuanto tuviera a mi amigo frente a mí, llenaría de besos su cara.

Cuando me puse cada una de las prendas y me embadurné de crema para no quemar mi piel blanca y delicada, decidí bajar a la piscina y darme una vuelta. Antes de llegar a ella, pasé por un edificio anexo que contenía diversas tiendas de ropa, calzado, joyas... O sea, nada que me pudiese permitir. Lo que sí que echaba de menos era algún tipo de sombrero que me librara del sol en la cara y no tener que sufrir por ver brotar nuevas pecas en mi nariz, así que me acerqué al expositor y me probé un par de ellos. Casi me da una insolación antes de tiempo cuando comprobé el precio que rezaba en la etiqueta.

—Permítame decirle que el que se acaba de probar le sienta de maravilla —me soltó la dependienta.

—Bueno, yo... —Rebusqué entre el contenido de mi bolso, como si buscara el monedero que supuestamente habría olvidado, más que nada para disimular, porque no llevaba ese dinero encima ni de coña.

—No, por favor, no es necesario que lo pague aquí —me tranquilizó la chica—. Si me dice el número de habitación y el nombre de la reserva, será suficiente.

Ah, entonces, eso era diferente. Según Shane, todo estaba incluido, ¿no? Pues había llegado el momento de comprobarlo.

—Sí, claro. La 520, a nombre de Shane O'Brien, de la Atlantic Group Corp.

—Perfecto —respondió con una sonrisa después de comprobarlo en el ordenador—. ¿Se lo va a llevar puesto?

—Por supuesto que sí. —Sonreí, satisfecha.

—Que lo disfrute. Y que tenga un buen día.

Por la costumbre, me fui de allí a toda prisa, como cuando crees que la cajera del supermercado se ha equivocado con la cuenta y te ha cobrado de menos.

***

Pensé que las horas se me iban a hacer más largas y tediosas sin Shane, pero he de reconocer que pasearme por aquel resort de Miami Beach me estaba aligerando bastante la espera. Me tumbé en una de las hamacas de la piscina, me pedí un par de combinados y, en vista de que Shane no daba señales de vida, decidí ir a comer. Elegí una de las terrazas para poder vestir de manera informal, desde donde se podía admirar la playa privada del hotel, un pedacito de océano Atlántico bordeado de arena blanca y palmeras.

Mientras esperaba a que me sirvieran, cogí el móvil y volví a hacerme varios selfis para enviar a mis amigos o subir a unas redes sociales que tenía demasiado abandonadas. Posé con gafas y sombrero, sin ellos, sacando la lengua... hasta que, rápidamente, me contestaron para llamarme de todo y decirme que me odiaban de pura envidia, aunque luego todo fueran corazoncitos y besos.

Casi se me pasa por alto un mensaje de WhatsApp que me aceleró el corazón. Era de Shane y me hizo sonreír como una tonta enamorada, porque nunca nos habíamos comunicado de aquella manera. Leer sus pensamientos en mi teléfono fue como hacer de nuestra relación algo un poquito más real.

> Shane: La cosa se va a alargar todavía durante horas. Espero que no te estés aburriendo. Nunca había estado en una reunión contando los minutos para que terminase. Acabo de encontrarte y ya te echo de menos ♥♥♥♥ 😊 13:50

Casi me derrito al leerlo, pero tampoco iba mal que supiese que no me estaba aburriendo ni un ápice.

> Summer: No te preocupes, me lo estoy pasando de fábula. Esto es el puto paraíso. Tarda lo que haga falta. 13:52

Vale, lo admito, después de morirme de amor con su mensaje, no podía enviarle esa mierda y quedarme tan tranquila.

> Summer: Pero no olvides ni por un momento que te quiero. 13:53

> Shane: Ahora lo que voy a contar son los malditos segundos. Y voy a tener que pensar un plan para escabullirme

de aquí. Si se te ocurre alguno,
me lo haces saber. 13:54

Shane: Y yo también te quiero. 13:54

Emití un profundo suspiro antes de observar de reojo al comensal de la mesa situada a mi derecha. Se trataba de un tipo de unos treinta y tantos, con el cabello castaño ondulado y una sonrisa realmente sexy. Llevaba gafas de sol y vestía de una manera que delataba su estatus de rico que se permite ropa de firma. En cierto momento, levantó su copa y bebió de ella sin dejar de mirarme. Por si acaso no se había percatado, me quité el sombrero y las gafas, para que pudiese observar mi aspecto y dejar que se arrepintiera de haber coqueteado conmigo... pero nada más lejos. Terminó su bebida, se levantó y, al pasar por mi lado, dejó una servilleta sobre mi mesa al mismo tiempo que murmuraba unas palabras.

—Te espero, preciosa.

Cuando desapareció en el edificio, desdoblé la servilleta y descubrí un número de habitación escrito en ella.

Sonreí mientras rompía la servilleta en dos y recordaba que solo una vez en mi vida me había ido a la cama con un desconocido; el mismo desconocido del que me enamoré y que ya amaba con todo mi corazón.

De todos modos, siempre es agradable sentirse deseada, aunque aquel tipo no tuviera nada que hacer conmigo.

Después de comer, di un paseo por la playa, tomé un mojito bajo una palmera y, cuando presentí que me quedaría dormida allí mismo, subí a la habitación, cogí mi teléfono y me tumbé sobre la cama. Antes de que el sueño me venciera, busqué el número de mi madre y accioné el símbolo de mensaje de voz.

Capítulo 34

¡Oh, mamá, mamá! ¡Si supieses desde dónde te estoy hablando, ibas a flipar! ¡Esto es el puto paraíso!

Estoy en un resort de Miami Beach, ¿te lo puedes creer? Claro que, para llegar hasta aquí, he tenido que montar en avión. ¡Sí, en un jodido avión! Pero no te preocupes, no me ha dado miedo ni nada. Ha sido superemocionante. Además, con Shane a mi lado, dándome la mano, nada me da miedo ya.

Todavía no te he contado que estamos saliendo, pero saliendo de verdad. No, no ha roto con Valerie, pero sé que lo hará, porque Shane es un hombre de palabra.

¿Verdad que no debería sentirme mal?
Él me ha repetido una y otra vez que
es una decisión que ha tomado por él,
no por mí, así que... ¿por qué tengo la
impresión de que me he metido en
medio de algo?

Aunque, no me jodas, mami (y
perdona por mi lengua, pero esta vez
tengo motivos), pero esa mujer es una
auténtica víbora, porque se muerde y
se envenena. Es una zorra mala
manipuladora a la que no le importa
nadie una soberana mierda, que no
solo me ha insultado a mí, sino a la
propia familia de Shane.

Así que, ¿sabes qué te digo?, ¡que a
tomar por culo Valerie! Ella nunca va a
querer a Shane como lo quiero yo.

Vale, dejaré de decir tacos...

En fin, mamá, como te iba diciendo,
menuda pasada de hotel. La
habitación es enorme y estoy viendo
la playa desde aquí. Ahora mismo está
atardeciendo y las vistas son tan
alucinantes...

337

Capítulo 35

El agudo sonido de mi teléfono me despertó sobresaltada. Tuve que parpadear varias veces para asimilar que
me había quedado dormida tanto rato, puesto que la oscuridad reinaba en la habitación y la brisa nocturna on-
dulaba las cortinas del ventanal.

Me incorporé sobre la cama y miré el móvil. Además
de varios mensajes de mis amigos, tenía uno de Shane,
que fue lo que me terminó de espabilar.

Shane: Te espero en la playa. 20:26

—¡Mierda! —grité al tiempo que me levantaba y me
lanzaba sobre mi maleta. Revolví todo su contenido y, sin
apenas pararme a mirar, cogí unos vaqueros, una vaporo-
sa blusa blanca y unas sandalias. Nunca había tardado
tan poco tiempo en vestirme, maquillarme y peinarme.

Bajé hasta la zona de la piscina, que, a aquellas horas,
aparecía envuelta por filas de luces que sobrevolaban
nuestras cabezas, componiendo una especie de toldo ilu-
minado y brillante. Y lo mismo ocurría en el jardín que

llevaba hasta la playa, donde los destellos de luz salpicaban cada árbol, cada arbusto, cada recodo de cada sendero. Todo ello, unido a la gente que ocupaba las terrazas, y cuyas conversaciones y risas llenaban el aire nocturno, creaba un ambiente mágico, como estar inmersa en un cuento y ser la protagonista.

En cuanto pisé la arena, divisé la alta figura de Shane. Todavía llevaba el traje, pero se había quitado la chaqueta y se la sujetaba sobre un hombro. También se había desprendido de los zapatos y los calcetines, pues dejaba que las suaves olas acariciaran sus pies y mantenía la cabeza baja mientras observaba las ondas de espuma blanca.

Caminé hacia él y mi estómago se inundó de los aleteos de mariposa que siempre me otorgaba la visión tan bella de Shane. Sonreí al pensar en cuánto me haría falta todavía para acostumbrarme a su presencia. Al mismo tiempo, me deshice también de las sandalias y las dejé colgando en mi mano derecha para caminar descalza sobre las olas y sentir las frescas caricias en mi piel.

—Hola, guapo —lo saludé al llegar.

Él, sin embargo, no dijo nada. Levantó la vista y compuso una expresión de alivio antes de acercarse, rodearme con sus brazos y estrecharme con fuerza. Entendí ese ademán, porque alivio fue lo que sentí yo también al encontrarme de nuevo en sus brazos.

—Hola, mi chica del pelo rosa —musitó, con su rostro hundido en la curva de mi cuello. Posó sus labios en esa sensible zona y un suave escalofrío recorrió todo mi cuerpo.

Justo después, acunó mi rostro entre sus manos y me besó dulcemente.

—Nunca antes el trabajo me había parecido tan duro. —Resiguió mi pelo, mis mejillas y mi mandíbula con sus dedos. Había tanta ternura en sus caricias que me temblaron hasta los dedos de los pies—. Siento haberte dejado sola tantas horas.

—Oh, no te preocupes. —Sonreí—. Mi tiempo de espera no ha sido tan duro como el tuyo.

—¿Qué has hecho? —me preguntó con una sonrisa.

—Un poco de todo. —Me encogí de hombros—. He tomado el sol, me he bebido unos cuantos mojitos, me he comprado un sombrero... ¡Ah!, y he ligado. Un tipo me ha plantado su número de habitación en una servilleta.

Shane apagó su sonrisa un instante mientras clavaba en mí sus ojos de diferente color y me miraba con una tempestuosa intensidad.

—Para tu información, no me he presentado —bromeé.

—Seguro que ese hombre ha sido capaz de percibir la luz que yo veo en ti; la misma que me cautivó la primera vez que te vi.

—Pensaba que te pondrías más celoso —señalé con un mohín.

—Y lo estoy. —Compuso una mueca—. Lo que ocurre es que estoy tratando de asimilar un sentimiento que no experimentaba desde hacía mucho tiempo. Y no me está gustando nada.

—Siento decirte esto, pero te lo mereces un poquito. Bastantes celos he sentido yo todo este tiempo al pensar que te acostabas con tu prometida.

Una sombra de pesar cruzó el hermoso rostro de Shane.

—Lo siento —se lamentó—. Yo... no esperaba que...

—Chist, tranquilo. —Posé un dedo sobre sus labios—. Ninguno de los dos nos lo esperábamos.

Justo en aquel instante, las notas de un piano llegaron hasta nosotros y, después, una voz. En alguna de las terrazas del hotel, un cantante amenizaba la noche con una canción.

—¡Oh, madre mía! —exclamé—. ¡Es *All of me*, de John

Legend! ¡Me encanta! —. Cogí a Shane de la mano—. ¡Vayamos a bailar!

—¿Bailar? —preguntó al tiempo que me detenía—. Lo siento, Summer, pero bailar no es lo mío.

—¿Cómo no va a ser lo tuyo? ¡No me digas que no has asistido a eventos, veladas y toda clase de fiestecitas que incluyeran baile!

—Siempre me escabullía. —Se encogió de hombros—. Dejaba a Valerie con su padre o con cualquier otro invitado y me marchaba de allí.

Me seguía desconcertando aquella búsqueda de la soledad por parte de Shane. Pero, tal y como decía la canción, lo amaba todo de él. Podría pretender que sonriera un poco más, pero nunca intentaría cambiarlo.

—Está bien —suspiré—. No iremos con la gente, pero bailaremos aquí mismo.

Hice que me abrazara por la cintura y rodeé su cuello con ambos brazos. Sin dejar de mirarlo, tarareé moviendo los labios sin emitir sonido alguno la letra de la canción mientras él rozaba con su boca mi pelo y mi sien y cada vez me estrechaba más fuerte contra su cuerpo. Y así seguimos hasta el final de la melodía, meciéndonos bajo el cielo estrellado y dejando que las suaves olas del mar lamieran nuestros pies descalzos.

Y, luego, sin música, seguimos igual, unidos, conectados, ajenos al mundo que nos rodeaba y siendo solo conscientes el uno del otro.

—¿Quieres que te invite a cenar —musitó Shane en algún momento— o prefieres que llame al servicio de habitaciones?

—Ya veremos lo que prefiero después —murmuré.

—¿Después? —Alzó una ceja y compuso una sonrisa traviesa.

¡Si supiese lo que le ocasionaba a mi corazón cada una de aquellas sonrisas...!

—Sí. —Deshice el abrazo, cogí su mano y tiré de él a través de la arena—. Ya sabes a qué me refiero. Ya me has dejado esta mañana con todas las ganas del mundo.

Una vez en la habitación, ni siquiera encendimos la luz. Dejamos que la estela que formaba en el mar el reflejo de la luna fuera lo único que nos guiara.

Durante mucho rato no hubo palabras, únicamente el sonido de nuestras ropas al caer al suelo, de los chasquidos de nuestros labios o de los suspiros de nuestras bocas. Caímos desnudos sobre la cama y me coloqué encima para poder lamer su tórax, su estómago, sus caderas, sus piernas y su miembro. Y cada pasada de mi lengua arrancaba un gemido a su garganta, lo mismo que consiguió él cuando devoró mis pechos y mi sexo. Ansiosa y excitada, observé cómo se sentaba sobre la cama y me invitaba a colocarme encima de él, para hacer el amor como la primera vez, abrazados, mirándonos. Cuando me sentí penetrada por él y comencé a subir y bajar en busca del placer, volví a experimentar aquella extraña conexión del principio, pero mucho más intensa, teniendo ya asimilado que lo amaba y que él me amaba a mí. Y volvimos a temblar de placer mientras nos besábamos y dejábamos que el orgasmo nos estremeciera durante gran parte de la noche.

***

¿Alguien se ha despertado alguna vez de pura felicidad?

Pues eso mismo me pasó a mí cuando el sol de la mañana abrió mis párpados y me encontré el rostro de Shane a pocos centímetros del mío, mirándome, sonriendo. La luz del día extrajo un brillo dorado de su ojo marrón y un destello cegador de su ojo verde. En mitad de las sábanas blancas, destacaba su reluciente cabello negro sobre la almohada.

—Buenos días —me saludó.

—Buenos días —murmuré. Alcé la mano y acaricié su ya áspero mentón. ¿Se podía tener un despertar más bonito?—. ¿Llevas mucho rato mirándome?

—No lo sé, no lo he contado. —Sonrió.

Inspiré con fuerza para paliar la presión en mi pecho y asimilar que aquel hombre iba a ser mío, el mismo desconocido que abordé solo un par de meses antes y que ya me pareció el hombre de mis sueños. Lo que nunca imaginé fue que aquel sueño fuera a hacerse realidad.

—¿Tenemos que marcharnos pronto? —le pregunté mientras acariciaba su cabello con la punta de mis dedos.

—En un par de horas —compuso una mueca de fastidio—, así que tendríamos que aprovechar el tiempo.

—¡Estoy de acuerdo! —Reí al tiempo que apartaba las sábanas y me situaba sobre su cuerpo desnudo.

—¡No me refería a eso! —Rio mientras trataba de zafarse de mis besos. Sentí una dulce tibieza en mi corazón al verlo reír tan despreocupado, tan feliz—. ¡Me refería a salir contigo y dar una vuelta!

—Pues no parece que tu amigo esté pensando en dar una vuelta. —De forma perversa, hundí mis caderas y presioné mi sexo contra el suyo, que ya se había endurecido y adoptado el tamaño conveniente.

—Si te restriegas de esa manera, no me extraña. —Me cogió de la cintura y me colocó de espaldas sobre la cama para ponerse él encima y hacerme cosquillas. Reí y reí hasta que observé cómo él cesaba su risa y paraba sus juegos para solo mirarme—. Eres tan bonita... —musitó.

—Gracias —respondí mientras recibía el impacto de la mirada que me enamoró desde el primer instante.

—Yo... —titubeó— no soy muy locuaz con estas cosas, y tal vez no te haya dicho todo lo que pienso, pero quiero que sepas que eres lo mejor que me ha pasado nunca, que quiero hacer todo lo posible para que seas feliz conmigo, y... y...

—Ya está —lo interrumpí, poniendo mis dedos sobre sus labios—. No hace falta que digas nada más. Todo lo que no dices con palabras me lo demuestras continuamente. Solo con sentir tu mirada, tus besos, cada sutil caricia... Nunca me había sentido tan amada.

En respuesta, Shane bajó la cabeza para besarme, pero, antes de dejar que sucumbiera y acabáramos haciendo el amor, lo aparté hacia el otro lado de la cama y me levanté de un salto.

—¡Acepto salir contigo! ¡Me pillo la ducha yo primero!

Claro que, como no podía ser de otro modo, Shane corrió para compartir la ducha conmigo y acabamos haciendo el amor bajo el chorro de agua.

Una vez vestidos —ambos con vaqueros y camisetas, algo que seguía siendo novedoso en Shane y que me encantaba—, nos fuimos a pasear por Collins Avenue o Lincoln Road, lugares que solo había visto en películas y que, posiblemente, no visitaría nunca más, pero que nos hicieron disfrutar, reír y hacernos docenas de fotografías.

Cuando llegó la hora, cogimos de nuevo el avión y volví a hacer el viaje con la mano de Shane entre las mías, hasta que, al anochecer, me acompañó en taxi a mi casa.

—Y ahora es cuando despertamos y aparece la realidad —le dije en el portal.

—La realidad es que estaremos juntos —me tranquilizó Shane—, pero he de hablar con Valerie y su familia. Puede que no nos veamos en varios días —suspiró—. ¿Me esperarás?

—Por supuesto. ¿Qué te habías creído? —bromeé—, ¿que iba a ser un rollete de unos días?

Shane sonrió y me dio un beso antes de montarse en el taxi y desaparecer entre el tráfico. No le dije nada, pero, durante un diminuto instante, sentí aquel beso como la antesala del desastre.

***

Cuando entré en mi apartamento, encontré a Philip y a Arthur frente al televisor, aunque ninguno parecía estar pendiente de la pantalla. Daban la impresión de haber estado manteniendo una conversación que, al llegar yo, decidieron interrumpir.

—¡Hola, mis chicos! —los saludé, aunque sin dejar de dirigirme a mi habitación con la maleta—. ¡Un momento, ahora mismo vuelvo y os abrazo!

Tenía algo que hacer y no podía esperar. Tras dejar a un lado el equipaje, me arrodillé frente a la mesilla de noche y saqué el cajón inferior. Introduje después la mano en el hueco que dejó y cogí el móvil que guardaba en aquella especie de compartimento secreto. Por suerte, aún le quedaba un poco de batería, pero lo conecté a un cargador y lo enchufé a la toma de corriente de la lamparita. La pantalla se iluminó justo antes de pulsar sobre el icono correspondiente. Y allí estaban, todos mis mensajes de voz, entremezclados con algunas fotografías que yo misma había enviado... sin haber sido escuchados ni vistos por nadie...

—¿Es el teléfono de tu madre?

Di un sobresalto al oír a Philip, que se había apostado en el vano de la puerta sin que me diera cuenta de ello.

—Sí —respondí con tranquilidad—. ¿Cómo lo sabes? ¿También has estado fisgando en mis cosas?

—No —respondió—. Una vez olvidé mi cartera y volví al poco de marcharme. Tú no me esperabas y te oí a través de tu puerta. Fui testigo mudo de cómo le contabas a tu madre las anécdotas del día.

Suspiré y sonreí con un deje de tristeza. Había llegado

el momento de dejar de tener tantos secretos con Philip, una de las personas a las que más quería.

—Seguro que parezco una loca —le dije con una mueca—, pero es algo que me tranquiliza, me relaja, me calma. Y me hace sentirla un poco más cerca, un poco más... viva.

—Nunca me parecerías una loca. —Se sentó en mi cama y acarició mi mejilla—. Yo hablo con la mía, aunque no le puedo enviar mensajes porque ella no tenía teléfono. Me limito a despotricar de mi padre en voz alta y a recriminarle que hubiese podido liarse con semejante señor. —Sonrió.

—¡Te estoy oyendo! —gritó Arthur desde el salón.

—¡Uy, qué preocupación! —ironizó Philip.

—Pues ya sabes un secreto más de mí —le confesé—, aunque no es el último.

—Lo sé —suspiró y se mantuvo un instante en silencio antes de hablar—. Sé lo de tu padre.

—¡Gracias, Arthur! —Me puse en pie y me planté en el salón—. ¡Quería contárselo yo!

—Necesitaba decírselo a alguien —gruñó el anciano—. Ya sabes, chica, no hablo con nadie, en mi vida no hay más distracciones que vosotros... Ya que voy a morirme cualquier día de estos, que no sea de aburrimiento.

—¡Oh, pues genial! —bufé—. ¿Era de eso de lo que cuchicheabais cuando he entrado?

—En realidad, no... —respondió Philip—... o sí, según cómo lo mires.

—¿Qué quieres decir?

—Siéntate un momento —me pidió mi amigo—. Creo que tendrías que ver algo.

Philip comenzó a deslizar su pantalla del móvil y, cuando encontró lo que buscaba, hizo una larga inspiración.

—¿Tú buscaste información sobre Shane el día que supiste quién era?

—Lo primero con lo que me topé fue información sobre su cargo en la Atlantic y ya no me interesó nada más —respondí—. ¿Qué ocurre, Philip? —le pregunté, escamada—. ¿Has descubierto algo turbio de Shane?

—No es nada turbio, tranquila. Es algo a lo que, en su momento, ni presté atención. No me hubiese importado un comino si mi padre no me hubiese hablado de... tu padre.

—No estoy entendiendo nada... —musité antes de encontrarme con el móvil de Philip en mis manos.

—Lee —murmuró.

Obedecí y bajé la vista hasta la pantalla. Lo primero que vi fue la fotografía que mostraba a Shane junto a Valerie... pero fue el texto que la acompañaba lo que me produjo un frío que congeló hasta el último de mis huesos.

«Anuncio del compromiso de Shane O'Brien con Valerie Vanderberg. El magnate John Vanderberg anuncia la próxima boda de su primogénita con el joven CEO de la Atlantic Group Corp.»

Lo siguiente que me apareció al deslizar la noticia hacia abajo fue una fotografía de Shane junto a él, junto a John Vanderberg.

El que iba a ser su suegro.

El padre de Valerie.

Mi padre.

—¿Qué coño significa esto? —susurré, con la única fuerza indispensable para sujetar el teléfono entre mis manos.

—Significa todo lo que estás pensando, Summer —señaló Philip—. Que la familia política de tu amante/novio es más importante y poderosa de lo que imaginábamos. Que va a romper con la mujer que, en realidad, es tu...

—¡No lo digas! —grité—. ¡Ni se te ocurra mencionar ese parentesco!

—Pues el tal Vanderberg tiene más hijas —intervino Arthur—, así que tienes unas cuantas.

—¡Basta! —volví a gritar antes de comenzar a dar vueltas sobre mí misma mientras me frotaba el rostro—. ¡Dejad de pensar en eso! ¡Lo importante ahora es saber que ese hombre destrozará a Shane!

—¿Te refieres a cuando rompa el compromiso a un mes de la boda con su hija? —Philip compuso una mueca.

Dicho así sonaba tan horrible...

—Sé lo influyente que es ese hombre —insistí—. Mi madre me lo contó. Por eso nunca me molesté en acercarme a él. Me daba miedo pensar que pudiese quitarme de en medio para que no se conociese su desliz. Me da más pavor pensar en él que en Santos, porque es mucho más poderoso...

En aquel instante, sin embargo, el miedo que sentí fue por Shane. ¿Qué sería capaz de hacerle ese hombre? Como mínimo, destrozar su vida laboral, su puesto en la Atlantic, todo por lo que él había luchado...

—Va a tener que renunciar a todo por mí —musité—. Puede que ese tipo lo relegue a chico de los recados y lo condene al destierro laboral por mi culpa...

—Tú no tienes la culpa de nada, cielo —murmuró Philip.

Mi cabeza no dejaba de dar vueltas, de pensar, de considerar cada opción...

—Tal vez yo no sea la culpable —argumenté—, pero quizá sea la única que puede evitar que le ocurra algo tan injusto a Shane.

—¿Qué estás tramando, chica? —rezongó Arthur—. Me estás dando un miedo...

—Summer, por favor. —Philip tomó mis manos—. No hagas ninguna locura. Sabemos que tus razones siempre son buenas, como cuando decidiste pedirle dinero a Santos para ayudar a tu madre, pero luego llegan las consecuencias...

—Esta vez tampoco tengo otra opción —suspiré—. No pienso permitir que Shane renuncie a todo por lo que ha luchado. Acabaría odiándome, y eso sería lo peor...

Emití un sollozo antes de que mis amigos me abrazaran.

—Aunque tenga que enfrentarme a mi padre.

Capítulo 36

SHANE

—¿Qué cojones es esto, Shane? —murmuró Nathan al contemplar los documentos que le estaba tendiendo.

—Ya lo estás viendo —respondí—. Mi dimisión, por un lado, y, por el otro, tu nombramiento como nuevo CEO de la Atlantic.

—¡No me jodas, Shane! —exclamó—. ¡No es necesaria tanta paranoia!

—Sabes que sí, Nathan —le rebatí—. Sabes perfectamente que Vanderberg me castigará por romper el compromiso con su hija y dejarlos en ridículo. Ya me amenazó cuando le pedí un tiempo a Valerie en la fiesta de petición de mano, al enterarme de su desliz... contigo.

—Shane, joder... —insistió mi hermano—. Ese puesto es tuyo, te lo has ganado...

—Sí, pero prefiero adelantarme a los movimientos de Vanderberg. No me podrá quitar lo que no es mío.

—No... no sé qué decir...

—Di que me ayudarás, Nathan. —Coloqué mis manos sobre sus hombros—. Di que juntos podremos con él.

—Está bien —suspiró—, te ayudaré. Los hermanos O'Brien siempre hemos sido imparables.

—Gracias —suspiré—. Y, ahora, me voy a ver a Valerie.

—Suerte, hermano.

***

Ya había quedado con mi prometida para vernos en la que iba a ser nuestra futura casa. Ella se estaba trasladando allí y solía ocupar algunas tardes en la supervisión de los detalles de la decoración y la recepción de los regalos de boda. Cuando entré en el enorme salón, la encontré frente a la gran mesa destinada a reunir invitados cuando se organizaran cenas y reuniones sociales.

—Oh, Shane, me alegro de que hayas venido. —Se levantó y se acercó a darme un rápido beso en la mejilla—. Últimamente no coincidimos más que unas pocas horas a la semana. —Señaló después las cajas que se amontonaban sobre la mesa—. ¿Has visto? El fiscal general y su esposa nos han enviado una cristalería Baccarat. ¿No te parece preciosa?

—Valerie, tengo que hablar contigo.

—Sí, yo también. —Se acercó a mí y rodeó mi cuello con sus brazos—. Ya han traído la cama nueva y no la hemos estrenado —susurró al tiempo que posaba sus labios en mi cuello.

—Valerie —hice que me escuchara mientras me desprendía de su abrazo—, quiero romper el compromiso.

No era persona de endulzar las cosas ni de darle vueltas. Además, no había otra forma de encarar lo que había ido a hacer.

—¿Qué? —musitó antes de alzar la voz—. ¡¿De qué demonios estás hablando?!

—De que este matrimonio es un error —afirmé—. Siempre lo ha sido.

—¡Falta menos de un mes para la boda! —exclamó—. ¡No puedes hacerme esto!

—Creo que lo que te hago, en realidad, es un favor.

—¡No me vengas con esas, Shane! —Se apartó de mí y cambió su semblante de sorpresa por una expresión de puro odio—. ¡¿Qué te ocurre?! ¡Y no me digas que no estamos enamorados porque eso ya lo sabíamos!

—La diferencia estriba en que ahora me parece un detalle demasiado importante.

—¿Es por lo de tu hermano? —insistió—. ¡Ya te dije que aquello no había vuelto a ocurrir! ¡Nathan me parece insoportable, odioso y un fracasado! ¡Y ni siquiera folla bien porque ni me acuerdo!

Inspiré con fuerza. Al fin y al cabo, era yo el que la estaba dejando y me merecía unos cuantos insultos. Preferí pensar que aquellas lindezas iban dirigidas a mí.

Pero era hora de acabar con aquello.

—He estado con otra mujer —confesé.

—¡¿Ese es el problema?! —Rio con desdén—. Nunca nos prometimos fidelidad, Shane. ¿Te crees que yo no me he acostado con nadie desde que salimos juntos? ¡Pues sí! ¡Y con varios hombres! Me arrepentí de haberlo hecho con Nathan, pero porque es tu hermano y la familia es la familia, no porque me pareciera algo criticable. ¡No seas ingenuo!

—Yo nunca te había sido infiel hasta ahora —le dije, completamente consternado.

—Bueno, pues ya lo has sido. —Se encogió de hombros, como si le hubiese confesado que me había comprado un traje—. Deja de mirarme como si acabaras de matar a alguien. No pasa nada, te perdono.

—No lo entiendes, Valerie. Me he enamorado de esa mujer.

—Oh, por favor... —Rio con desdén de nuevo—. ¿Enamorado? ¿Tú? Tú estás por encima de eso, Shane, como yo. Ambos buscábamos lo mismo, recuerda: una relación para acompañarnos en nuestros triunfos, sin dramas y sin estar pegados todo el día. ¡Y lo habíamos conseguido! ¿Acaso vas a permitir que un polvo arruine tu carrera y la posición que alcanzarás conmigo?

Quería llevar el tema de la manera menos dolorosa posible, pero aquel diálogo estaba empezando a cabrearme.

—Sé perfectamente a lo que me enfrento, Valerie, pero lo que te estoy diciendo no es cuestionable. Me he enamorado de otra mujer y la he elegido a ella por encima de todo eso que acabas de mencionar.

Su hermoso rostro tomó un tono por encima del encarnado.

—Tú... estás loco, Shane, ¡totalmente loco si crees que puedes romper conmigo y seguir con tu vida como si nada! ¿Sabes lo que te hará mi padre en cuanto se entere? ¡Te hundirá, Shane! ¡Adiós a tu prestigio, a tu carrera y a todo por lo que has trabajado! ¡En realidad, yo misma me encargaré de que no puedas conseguir trabajo ni de vendedor ambulante! ¡¿O es que ya te has olvidado de quiénes somos los Vanderberg?!

—No, no lo he olvidado —le dije, tratando de mantener la calma—. Pienso hablar con tu padre, renunciar a todo lo que me había ofrecido y recordarle que su hija no necesita un marido para dirigir sus empresas.

Valerie se quedó sin palabras un instante. Aquel afán de su familia por que se casara para que su marido fuera el que dirigiera su imperio resultaba del todo absurdo. Ella estaba tan preparada o más que yo para estar al frente de las empresas Vanderberg.

Pero ni aun recordándole algo tan obvio iba a dejar pasar aquella afrenta, y yo sabía que me la haría pagar muy cara. Su orgullo estaba en juego.

—En cuanto salgas por esa puerta —siseó con los dientes apretados—, juro que te arrepentirás, Shane O'Brien.

—No, no me arrepentiré —le respondí—, porque será lo mejor y más sensato que haya hecho en mi puta vida.

Me di la vuelta para marcharme, pero una exclamación de mi ya exprometida hizo que detuviera mis pasos.

—¡¿Quién es ella, Shane?!

—Eso no importa...

—¡Dime quién es! —insistió—. ¡Necesito saberlo! ¡Me lo debes!

Durante un diminuto instante me pilló con la guardia baja. Porque, en realidad, yo era el cabrón hijo de puta que la estaba abandonando casi a las puertas del altar. Y, al fin y al cabo, ella acabaría enterándose de una forma u otra.

—Se llama Summer, pero no es de tu círculo, así que... qué más da...

—¡Espera, espera! —Frunció el ceño al oír el nombre—. Summer, Summer... Tengo muy buena memoria para los nombres y las caras de las personas. —Abrió los ojos al máximo y parpadeó varias veces—. ¡Joder! —exclamó—. ¡Joder, joder! ¡Summer es la chica de la limpieza! ¡La barriobajera que limpia en casa de tu hermano! ¡La del pelo teñido de rosa!

Dicha la última palabra, Valerie estalló en una sonora carcajada, tan llena de crueldad que tuve que cerrar los puños para frenar la ira que me embargó.

—¡Dios mío, Shane! —Siguió riendo—. ¡Vas a tirar tu futuro a la basura por... esa!

—Esa, como tú dices, es la mujer que amo.

—Pero mira que llegáis a ser patéticos y básicos los hombres —me reprochó con menosprecio—. Os topáis con una vulgar camarera con la que os dais un revolcón y ya os creéis que estáis enamorados.

—Piensa lo que quieras —repliqué de manera cortante—. Será mejor que me vaya...

—Soy una mujer y me conozco todas las tretas que usamos, cielo —insistió en torturarme—. Seguro que, cuando follaste con ella, te pareció el polvo más sublime de tu vida, ¿verdad? Más adelante, te ha dicho que le pareces el tipo más atractivo del mundo, incluso más que tu hermano. ¿Voy desencaminada?

—Basta, Valerie...

—Y, como remate, te ha pedido que confíes en ella y habéis acabado follando sin condón. —Suspiró teatralmente—. Qué poquito has tardado en caer en sus redes, cariño. Verás como el siguiente paso es endosarte un embarazo y aprovecharse de ti, porque lo único que ha visto esa mujer en ti es un simple medio para salir de su mísera vida. ¿O acaso has pensado que puedas resultar tan interesante?

—Tú... querías y quieres casarte conmigo... —farfullé, envarado.

—Porque eres ambicioso pero fácil de manejar, cariño —soltó con expresión maléfica.

No llevaba razón, solo me estaba atormentando como parte del castigo, pero no pude evitar tensarme una vez más.

—Así que he acertado en todo, ¿no es cierto? —Volvió a reír con crueldad.

—No tienes ni idea de lo que estás hablando, Valerie...

—Una semana, Shane. Te doy una semana para que recapacites y te des cuenta de que ha sido un calentón y no merece la pena echar tu vida a perder. Solo te esperaré ese tiempo, ni un día más.

—No voy a volver...

—Adiós, Shane —me cortó—. Hasta la semana que viene. Y márchate ahora mismo de mi casa.

***

Las consecuencias de mi decisión no tardaron más que unas horas en salir a la luz. A la mañana siguiente, en la entrada de la sede de la Atlantic, se me negó el acceso al edificio. Nathan pasó su tarjeta por el lector y este se iluminó en verde, pero, al deslizar mi propia tarjeta, una luz roja impidió que se me abriera la barrera.

—¿Qué demonios...? —gruñó Nathan antes de llamar al jefe de seguridad—. Jim, ¿qué ocurre?

—Lo siento, señor O'Brien. —Me miró a mí de reojo—. Órdenes de arriba. Solo se le permite a usted el acceso, pero no a su hermano.

—Esto ¡es de locos! —vociferó Nathan—. ¡Él es todavía el CEO!

—Eh, tranquilo —lo calmé—. Sabíamos que esto ocurriría. Ha sido más pronto de la cuenta, pero no por ello más inesperado. No te preocupes, trata tú de apaciguar los ánimos por aquí y yo iré a hacerle una visita a mi exsuegro.

Salí del edificio y, nada más pisar la calle, la mano de mi hermano en mi brazo detuvo mis pasos.

—No vas a ir a ninguna parte tú solo —me aseguró de modo enérgico. El sol de la mañana impactaba en su rubio cabello y sus ojos me parecieron más azules que nunca—. Iré contigo a ver a ese malnacido de Vanderberg.

—No es necesario, Nathan...

—¡Sí, sí que lo es! —exclamó con vehemencia—. Ya es hora de que yo también te defienda, Shane, y me enfrente a los matones. Tú lo hiciste demasiado tiempo por mí.

Atisbé un amago de sonrisa triste en el rostro de mi hermano.

—Lo siento, Shane —me dijo, apesadumbrado—. Siento de veras haberte robado un pedazo de tu infancia y de tu vida...

—Has hablado con papá y mamá, ¿verdad? —lo interrumpí.

—Tanto ellos como yo somos responsables de que tuvieses que ser adulto antes de tiempo y...

—Aquí no hay culpables de nada, Nathan —volví a interrumpirlo—. Puede que no seamos la familia perfecta, pero no la cambiaría por ninguna otra del mundo. Y, si pudiese volver atrás en el tiempo, juro que volvería a enfrentarme a todo aquel que te hiciera daño. No cambiaría ni uno de los momentos vividos contigo.

Los ojos de Nathan se llenaron de lágrimas y, antes de que sucumbiera yo también, me acerqué a él y posé mis labios en su rubio cabello. Después rodeé sus hombros con un brazo y él me correspondió.

—Vayamos a por ese matón de Vanderberg —me dijo al tiempo que parábamos un taxi.

***

El edificio Vanderberg, un rascacielos negro con estructura de acero, se ubicaba en el Lower Manhattan, entre Broadway y Liberty Street. En un principio, no tuvimos ningún problema en acceder al interior ni a las oficinas de Vanderberg, algo que me escamó por su facilidad. Incluso su secretaria, amablemente, nos hizo pasar a la enorme y elegante estancia.

—Hola, John —saludé al que hubiese sido mi suegro en unas semanas y que permanecía frente a su escritorio con aspecto inalterable.

—Vanderberg —saludó mi hermano.

El magnate del transporte marítimo levantó su vista por encima de sus gafas y nos miró con desidia.

—Vaya —comentó con desdén mientras volvía a centrarse en los documentos que revisaba—, si son los genuinos hermanos O'Brien en persona.

—Lo siento, John —me limité a decirle, en mi línea de pocas palabras—. Supongo que me lo merezco.

—No, Shane. —Volvió a levantar la cabeza y se quitó las gafas—. No te mereces solo eso. Debería desterrarte para el resto de tus días. ¡¿En qué cojones estabas pensando?! ¡¿Te imaginas a lo que me enfrento ahora?!

—Lo sé y lo entiendo...

—¡No! —vociferó—. ¡No entiendes una jodida mierda! El día que tengas hijos sabrás de lo que te estoy hablando. Mientras tanto, lo único que me queda como padre es hacer más llevadera esta situación contentando a Valerie.

—Oh, claro —intervino Nathan—. Con contentar a su hija se refiere a joderle la vida a mi hermano porque ella está cabreada.

—Nathan... —lo amonesté.

—Todavía estás a tiempo de arrepentirte —señaló John tras una mirada de reprobación a mi hermano—. Si vuelves con mi hija, todo quedará olvidado. Volverás a tu trabajo, a tu despacho y a la posibilidad de dirigir un día las empresas Vanderberg.

—No voy a volver con tu hija, John, métetelo en la cabeza. Y deja de ofrecerme la dirección de tus compañías. Valerie podrá dirigirlas ella solita perfectamente. No me necesita a mí para nada. ¿O es que eres de los que piensan que una mujer debe tener a un hombre al lado para triunfar?

—No, claro que no —gruñó—. Y no le des la vuelta a la tortilla. Aquí, el único que la ha cagado eres tú. Te has tirado a otra, has dejado a mi hija y te has reído de nosotros. ¡Y nadie se ríe de mí! —Dio un puñetazo en la mesa que hizo temblar cada elegante objeto que la adornaba.

Intenté mantener la calma, pero Dios sabe lo que me estaba costando.

—Aquí nadie se ríe de nadie —volvió a intervenir Nathan—. Aquí lo único que pasa es que su hija es una niña caprichosa y mimada a la que le ha dado una rabieta y que papá va a consolar jodiendo a su exnovio. Pues escúcheme una cosa, Vanderberg. Puede que usted sea un tipo millonario y poderoso, pero nosotros tampoco estamos solos. Conocemos a personas influyentes que están de nuestro lado y que no dudarán en ayudarnos si la recompensa es joderlo a usted.

—Va a ser una guerra absurda —se mofó el empresario.

—Pero que no dudaremos en llevar adelante.

—Pues buena suerte. —Se colocó de nuevo las gafas y continuó con su tarea—. Mi secretaria os acompañará a la salida.

De nuevo en la calle, en mitad del caos del distrito financiero de Manhattan, le pregunté a mi hermano quiénes eran esas personas influyentes que, según él, nos ayudarían.

—No tengo ni puta idea —contestó.

Capítulo 37

Ya llevaba dos días sin saber de Shane. Tras nuestro viaje relámpago a Miami y nuestra despedida, había seguido con mi rutina en espera de noticias. Y las recibí el segundo día, cuando Nathan y Abbey aparecieron en mitad de la mañana con semblantes muy serios.

—Hola —los saludé—. Han llegado muy pronto.

—Me voy a mi despacho —murmuró Nathan—. Espero una llamada.

—¿Qué ocurre? —le pregunté a Abbey cuando nos quedamos a solas.

—Se supone que no debería contarte nada...

—Es Shane, ¿verdad? —le dije—. Está teniendo problemas por romper con Valerie. John Vanderberg ya se está vengando.

Casi me atraganto al pronunciar ese nombre.

—Oh, están cabreados y es normal. —Sonrió de forma forzada—. Mi anterior novio también me dejó por otra a unos días de la boda y lo pasé fatal. No me di cuenta hasta más tarde de que, en realidad, me había hecho un favor. Valerie también recapacitará.

360

—¿Qué ha ocurrido? —pregunté.

Abbey titubeó.

—¿Qué ha pasado, Abbey? —insistí.

—Le han negado la entrada a la Atlantic —anunció tras un suspiro.

No hubiese esperado menos de mi querido padre.

—Todo esto es por mi culpa...

—No vuelvas a decir eso, Summer —me cortó—. Si Shane no te hubiese conocido, se habría casado con ella, y hubiera sido infeliz toda su vida. Di mejor que gracias a ti ha dado el paso que nunca se hubiera planteado dar. —Suspiró—. ¿Por qué no te vas ya a casa? Nathan y yo podremos apañarnos hoy.

—Sí, será mejor que me vaya. Gracias, Abbey.

Me quité la bata, cogí mi bolso y salí de la casa en el momento en que pulsaba en el móvil el teléfono de Shane, pero saltó el contestador una y otra vez.

Ya no había más que esperar. Mi siguiente llamada fue a mi amiga Jenny.

**

—Me cago en todo, tía —refunfuñó mi amiga al volante de la furgoneta con la que entregaba a domicilio los encargos de la tintorería—. Esta vez te has pasado. Ya no se trata de pedirme un vestido prestado, ¡sino de colarte en la casa del cliente más importante! ¡Y agáchate un poco más para que no te vean!

—Vale, vale —respondí al tiempo que me escondía a los pies del asiento del copiloto y ocultaba mi melena bajo la capucha—. Te prometo que te lo explicaré todo y que entenderás esta locura.

—Más te vale —volvió a gruñir—, porque, esta vez, no te van a valer unas cuantas cervezas para pagarme.

—De acuerdo. —Sonreí.

Jenny paró ante la verja de entrada de la mansión de los Vanderberg y se identificó antes de que le abrieran el paso. A continuación, condujo hasta la puerta de servicio, donde la esperaba el ama de llaves.

—No bajes hasta que haya cogido los trajes de la parte de atrás —me explicó mi amiga antes de apearse del vehículo—. Te daré un par de ellos por si alguien repara en ti, para que podamos decir que has venido a ayudarme.

—Entendido.

—Y mientras distraigo al ama de llaves con la queja de alguna mancha difícil, aprovecha y mézclate con el resto de personal y proveedores que a estas horas vienen a entregar los pedidos de la mansión.

—Gracias, Jenny. —Fui a abrazarla, pero ella me apartó con un bufido.

—¡No! —exclamó—. No me des las gracias hasta que compruebe que no me han despedido y que a ti no te han metido en la cárcel por intrusa... ¡y a mí por cómplice!

—Vaaale. —Volví a sonreír.

Preferí no decirle a mi amiga en aquel momento que, a pesar de sus protestas, bufidos y dramatismos, volvía a ayudarme por enésima vez, porque siempre estaba ahí, para lo que necesitara. Me habría quedado sin familia, pero no podía tener amigos mejores.

—En fin —suspiró—, vamos allá.

El plan salió tal y como lo habíamos planeado. Jenny accedió a la cocina con varias fundas en los brazos y yo la seguí con alguna más. Cuando el ama de llaves la recibió, ella comenzó a quejarse del trabajo que les había dado una mancha de tinta en una camisa, y ese fue el momento en el que me escabullí por un pasillo y solté mi mercancía sobre la primera mesa que encontré.

Con sigilo, recorrí diversos corredores mientras alucinaba con los detalles lujosos y las obras de arte que me rodeaban..., cuadros, esculturas, jarrones... Durante un instante, pensé en lo diferente que habría sido mi vida si...

Pero solo fue un efímero instante. Que yo compartiera genes con aquella gente no me convertía en uno de ellos.

Seguí caminando mientras trataba de encontrar alguna puerta que pudiera esconder el despacho del dueño de la casa. Pero, justo al llegar a una especie de antesala de lo que sería la siguiente ala de la casa, me topé de bruces con quien menos hubiese deseado hacerlo: Valerie.

—Pero qué demonios... ¡¿Qué coño haces tú aquí?! —vociferó.

—Tranquila, tranquila —intenté calmarla mientras miraba a mi alrededor—. Solo he venido un momento a hablar con tu padre.

—¡¿Con mi padre?! —me soltó con desdén—. ¡Tú no tienes nada que hablar con mi padre! ¡Lárgate ahora mismo de mi casa antes de que llame a seguridad!

—Por favor, por favor —le pedí—. Te prometo que solo será un segundo. Tengo que hablarle de Shane...

—¡¿De Shane?! ¡¿Y qué vienes a decirle?! ¡¿Que sientes habértelo follado?!

—¡No! De verdad, Valerie, es algo entre tu padre y yo... —intenté explicarle, pero vi cómo se llevaba el móvil al oído.

—Sí, hola, Alfred. Acércate a la sala sur. Sí, una intrusa.

Colgó y me miró con una expresión de suficiencia.

—Por favor —insistí—. Te juro que si tu padre me concede un minuto...

Mi súplica se perdió en cuanto el empleado de seguridad apareció en la sala con toda la intención de cogerme de forma expeditiva y sacarme a rastras de la casa. Desesperada, traté de pensar en un segundo cómo podría evitarlo.

Miré a mi alrededor. De las paredes colgaban diversos cuadros muy valiosos, aunque pude distinguir los que eran originales y los que eran copias. Justo a mi espalda se hallaba *Campo de trigo con cipreses*, de Van Gogh, que reconocí como original, así que, a toda velocidad, saqué una navaja de mi bolso —que había decidido llevar desde el ataque de Vladímir—, la abrí y coloqué la punta sobre el lienzo.

—¡Alto o me lo cargo! —grité.

El gorila se detuvo al instante y miró de reojo a Valerie.

—¡Menuda estupidez! —Rio con desprecio—. Como si fuéramos a tener un Van Gogh en una sala de paso. ¡Es una copia, inculta!

—Seré una inculta —repliqué, nerviosa pero sin apartar la navaja de la pintura—, pero en esto no me puedes engañar.

—Bueno, pues rájalo. —Valerie se cruzó de brazos y compuso un mohín de petulancia—. Te estoy diciendo que es una burda copia y me importa un carajo que te la cargues.

Apreté los dientes al tiempo que presionaba la empuñadura de la navaja y trataba de que no me temblase el pulso de lo nerviosa que estaba. Nunca me atrevería a dañar una obra de arte, pero ya no me quedaban más oportunidades.

—¡¿Qué son esos gritos?! ¡¿Qué está ocurriendo aquí?!

John Vanderberg apareció de pronto en la estancia. Me sentí tan agitada que apenas pude pararme a pensar en la pregunta que me había hecho tantas veces en mi vida, desde el momento en que supe la identidad del hombre que me había engendrado.

«¿Qué sentirás cuando lo tengas a él delante?»

—Solo quiero hablar con usted. —Traté de que no se notase mi inquietud.

—¿Conmigo? —preguntó—. ¿Y pretendes conseguirlo atacando uno de mis cuadros? Baja esa navaja ahora mismo.

—No quiero —respondí—. Solo lo haré si se marchan su gorila y su hija para que podamos hablar.

—¡No le hagas caso, papá! —chilló Valerie—. La muy tonta se cree que el cuadro es original.

—¡Es que es original! —insistí.

Me desconcertó que, tras mi última exclamación, los ojos del hombre desprendieran un brillo extraño y se fijaran en mí.

—¿Por qué crees que lo es? —me preguntó con un sibilino interés.

—Porque he pasado muchas horas contemplando a Van Gogh como para reconocer su trazo, el color, la antigüedad del lienzo...

El hombre a quien más odiaba en el mundo no pudo esconder una expresión de sorpresa y de curiosidad.

—Alfred, puedes marcharte —le indicó al jefe de seguridad, que lo obedeció al instante—. Y, ahora, baja la navaja, por favor —me dijo a mí.

Usó un tono tan calmado que yo también lo obedecí, aunque seguí manteniendo el arma en mi mano.

—¡Por favor, papá! —se quejó Valerie—. ¡Esta... barriobajera que se ha colado en nuestra casa es la que se ha liado con Shane!

—¿Es eso cierto? —me planteó el hombre con bastante tranquilidad. Se sentó en el borde de una mesa y cruzó los brazos.

—Sí —respondí—, pero he venido a hablar de otro asunto.

—No hablaremos de nada hasta que, al menos, te presentes —replicó con toda la seguridad que parecía envolverlo. Llevaba un simple pantalón claro y un fino jersey color teja, pero su cabello entrecano, su porte y sus movimientos elegantes conseguían otorgarle un aire de autoridad y de poder.

—¡¿Es que pensáis mantener una conversación normal?! —chilló Valerie—. ¡Es la maldita criada que mi prometido ha puesto en mi lugar! ¡¿O es que no me has oído?!

—Quiero oírla a ella —insistió su padre—. ¿Quién eres? —me preguntó.

—Me llamo Summer Kelley. —Alcé la barbilla—. Soy hija de Eden Kelley, aunque no le diga nada ese nombre.

Ante mi asombro, John Vanderberg se tensó visiblemente. Descruzó sus brazos e irguió su cuerpo.

—Sí que recuerdo a Eden Kelley —musitó—. ¿Y dices que eres su hija? ¿Cómo está ella?

—Murió hace cinco años.

El hombre palideció.

—Yo... lo siento. No lo sabía.

—¡Ni lo sabía ni le importa! —exploté—. ¡No finja que siente que haya muerto si fue capaz de abandonarla a ella y a su hija!

—¿Hija...? —titubeó.

—Sí —le dije, elevando de nuevo mi mentón—, su hija: yo. La guapa camarera era buena para una aventura, pero no para tener un hijo con ella, ¿no es cierto? Usted tenía una familia y una posición social demasiado importante como para reconocer a una hija ilegítima.

—Eden no me habló nunca de un embarazo —afirmó el hombre, con aparente consternación—. Yo... no lo sabía.

—Oh, vamos, no me crea una imbécil. Ella se lo dijo pero usted la envió a paseo.

—¡Papá! —intervino Valerie—. ¡Ni se te ocurra escucharla! ¡¿No te has dado cuenta de que no es más que una cazafortunas, oportunista y sin escrúpulos?! ¡Primero caza a Shane y, no contenta con eso, viene a reclamar la paternidad de John Vanderberg! ¡No me parto de la risa porque no tiene ni puta gracia!

—¡Yo no he venido a reclamar nada! —bramé—. ¡No me importa una mierda su puto dinero ni su maldito apellido!

—¡¿Entonces?! —preguntó Valerie—. ¡¿Qué diantres quieres?! ¡¿Chantajearnos?!

—Quiero que dejen en paz a Shane, solo eso —señalé.

Mi respiración se agitó en cuanto John Vanderberg comenzó a caminar hacia mí. Se plantó a un palmo de distancia y me miró con algo parecido a la ternura, si eso era posible en él.

—Eres hija de Eden —musitó—. Tienes sus mismos ojos y su misma sonrisa. Y eres mi hija...

—¡Tú solo tienes tres hijas, papá! —intervino de nuevo Valerie—. ¡Es todo mentira!

—Mi madre me lo confesó en su lecho de muerte —le susurré al hombre, que no dejaba de mirarme—, pero le juro que no he venido a reclamar nada.

—¿Y por qué no vino a decírmelo? —preguntó el magnate—. ¿Por qué me lo ocultó?

—¡No se lo ocultó! —insistí—. ¡Ella se lo dijo y usted no quiso saber nada!

—¡Eso no es cierto! —sentenció él.

De pronto, la conversación fue interrumpida por una voz femenina. Anne Vanderberg irrumpió en la sala y su tono cortante nos hizo desviar la vista hacia ella.

—Sí que es cierto —señaló—. Esa mujer apareció aquí un día con un bebé en un carrito para hablar contigo, porque, según ella, tenías derecho a saber de tu paternidad, pero yo la eché de nuestra casa.

—Anne... —murmuró su marido.

—¡¿Qué querías que hiciera, John?! ¿Dejarla entrar en nuestra casa? ¿Aceptar que tuvieses una hija solo un año menor que la nuestra? Suficiente tuve con dejar pasar todas tus aventuras e infidelidades —lo reprendió—. Pero otra hija, no, John. No podía permitir que la bastarda de una camarera con la que te habías liado viniese a quitarles la herencia a mis propios hijos.

—Pero un hijo es algo muy serio, Anne —protestó—. No debiste ocultármelo...

—Le ofrecí dinero, John —le dijo su mujer—. ¿Y sabes qué me dijo? Que no quería tu dinero, que te quería a ti, pero que, como no podía tenerte, criaría a su hija ella sola.

Intenté imaginar a mi madre en aquella situación, sola y desamparada con un bebé al que cuidar. Había cometido el error de enamorarse de un hombre casado y tendría que afrontar las consecuencias.

Se me hizo más indudable que nunca el hecho de que el amor sea tan a menudo así de imprevisible, de inoportuno, de inconveniente, hasta el punto de obligarnos a hacer cosas que nunca nos habríamos planteado.

John Vanderberg deslizó los dedos por entre su cabello plateado y suspiró, cabizbajo.

—Yo también me enamoré de ella —me confesó, ante el estupor de su hija y la ira de su esposa—, pero le dejé claro desde el principio que no podía esperar nada de mí, porque tenía una familia y un imperio que dirigir. No podía abandonarlo todo por...

—¿Por una camarera? —respondí por él.

No contestó, pero su mirada dio a entender su respuesta afirmativa.

—¿Qué necesitas? —me preguntó—. No intento resarcirte de nada, pero si necesitas algo...

—¡Por el amor de Dios, papá! —Valerie volvió al ataque—. ¡¿La vas a creer, así, sin más?! ¡¿Y si no es quien dice ser?! ¡¿Y si a esa camarera la preñó otro?!

—No voy a permitir demandas de paternidad ni escándalos semejantes, John —señaló su esposa.

—No va a hacer falta nada de eso —comenté—, siempre y cuando... me ayude.

—Lo sabía, maldita zorra —siseó Valerie—. Esto no es más que un burdo chantaje...

La ignoré y seguí con la vista puesta en su padre.

—Solo quiero que Shane vuelva a tener su puesto en la Atlantic —fue un ruego, pero con un punto de exigencia—, que lo deje tener lo que tanto ama, que es su trabajo, aquello por lo que tanto ha luchado. Sé que usted ha tenido el poder de arrebatárselo. Le suplico que use ese mismo poder para devolvérselo.

—Está bien —respondió con un fulgor inesperado en sus ojos claros, como si, de alguna forma, hubiese sentido admiración por mí—. Podré hacerlo.

—¡Oh, claro, perfecto! —ironizó su hija—. ¡Dejemos que sean felices y coman perdices!

—¿Vas a ayudar más a esta desconocida que a tu propia hija? —le reprochó su mujer.

—Ella también es mi hija, Anne.

—¡La que ha provocado que tenga que anular una boda y sea el hazmerreír de todos! —explotó Valerie.

—¿Y qué sugieres, Valerie? —le preguntó su padre—. ¿Seguimos hundiendo a Shane, como si eso fuese a desagraviarte de alguna manera?

—No —respondió ella con una sonrisilla tan diabólica que me puso los pelos de punta—. Pero sí que voy a imponer una condición. —Me miró a mí directamente—. Tendrás que romper con él.

—¿Qué? —musité.

—Lo que has oído, chica de la limpieza. No evitaré que mi padre mueva sus hilos para que Shane vuelva a su vida, pero no permitiré que tú estés en ella. O aceptas o no hay trato.

John Vanderberg me miró y suspiró.

—Creo que no es un mal acuerdo —me dijo—. Además, debes comprender que Valerie es la parte agraviada de esta historia.

Un dolor punzante se instaló en mi corazón. Amaba a Shane, él me amaba a mí y queríamos estar juntos, pero ¿y si él era infeliz por haber renunciado a lo que le gustaba? Nadie debería renunciar nunca a sus sueños por amor. Él insistía en decir que no había sido por mí, que había sido por él mismo, pero ¿y si un día hallaba tristeza y decepción en sus hermosos ojos?

¿Qué me sería más difícil, vivir sin él o vivir a su lado sabiendo que podría haberlo ayudado...?

La respuesta apareció clara en mi mente, lo que no pudo evitar que un sollozo escapara de mi garganta.

Madre e hija me dirigieron sendas miradas de soberbia. Yo había ganado... pero ellas también.

—De... acuerdo —musité—, pero les prometo que, si Shane sufre alguna represalia más, montaré tal escándalo que no se hablará de otra cosa en el país que no sea de la hija bastarda de John Vanderberg.

—Fuera de aquí —me exigió Anne, con voz gélida—. Y no aparezcas por esta casa nunca más.

—No se preocupen —señalé mientras me dirigía a la salida—, estaré encantada de cumplir su deseo.

Antes de irme, logré atisbar una fugaz y pesarosa mirada de mi padre.

***

—¡Joder, tía! —gritó mi amiga Jenny en cuanto subí a la furgoneta, donde me había estado esperando—. ¡Ya no sabía si largarme o llamar a los SWAT para que te sacasen de ahí!

—Gracias por ayudarme, Jenny —suspiré, con la mirada puesta en la calzada, pero sin ver realmente nada—. Espero que no tengas problemas en tu trabajo.

—Eh, Summer, ¿estás bien? —me preguntó con preocupación—. ¿Qué ha pasado ahí dentro? ¡Te has colado en casa de los Vanderberg, joder! ¡Tiene que haber algún motivo de peso para hacer semejante temeridad!

—Te prometo que te lo contaré algún día —le dije cuando me dejó frente a mi portal. Le di un abrazo, bajé de la furgoneta y subí los tres pisos hasta mi apartamento. Tras abrir la puerta y acceder al salón, casi se me sale el corazón por la boca.

Arthur y Philip reían y conversaban despreocupados con Shane, que se puso en pie de un salto nada más verme. Cuando lo tuve cerca, apenas pude articular palabra. Llevaba unos vaqueros, una sudadera y una chaqueta tipo aviador, atuendo que, junto a su sonrisa y su negrísimo cabello alborotado, consiguió que me flaquearan las piernas por el mero placer de verlo.

—Hola, cariño —me saludó. Tuve que contener un gemido de pena y de rabia—. Lamento haber estado tan ausente, pero ahora estoy aquí. Ya está todo solucionado con Valerie, aunque aún me queda algún asunto más que resolver. Pero necesitaba verte o me hubiese vuelto loco. En medio de tanta locura, solo imaginarte entre mis brazos ha sido capaz de mantenerme cuerdo.

«No llores, Summer, no llores.»

A continuación, acercó sus labios a los míos y me besó con una ternura tan infinita que fui capaz de sentir físicamente cómo se quebraba un pedazo de mi corazón: ¡crac!

—Papá, creo que ha llegado la hora de tu ducha —oí decir a Philip.

—¿Ahora? —gruñó el anciano.

—Sí, ahora —insistió mi amigo, que arrastró a su padre hasta el baño y nos dejaron a solas en el salón.

—¿Estás bien? —me preguntó Shane al tiempo que deslizaba el dorso de sus dedos por mi mejilla.

—Sí, sí, estoy bien —rezongué mientras me apartaba de él—. Es solo que... no te esperaba.

Shane frunció el ceño, seguro que al captar mi desasosiego y mi frialdad.

—Ven a mi casa, Summer —murmuró—. Pasa la noche conmigo. Necesito que estés a mi lado para saber que todo está en su lugar...

—Sí, esta noche la puedo pasar contigo, Shane, pero ¿y luego? ¿Qué pasará después?

—¿A qué te refieres?

—A la vida, a la realidad. Abbey me contó lo que había pasado.

—Si estás preocupada por mi trabajo, deja de hacerlo —señaló—. Acabo de recibir un mensaje que me comunica que ha habido un error con mi pase de acceso, pero que ya ha sido restablecido. —Compuso una mueca que delataba su propia sorpresa; era algo que no acababa de entender del todo... algo que solo yo sabía y entendía.

Al menos, mi querido padre había cumplido su palabra. Entonces me tocaba a mí.

—¿Y mi trabajo, Shane? Sabes que limpio en casa de tu hermano. Eres un CEO y todo eso, pero yo necesito trabajar...

—Puedes trabajar en lo que quieras —me dijo—. Si no te sientes cómoda en casa de Nathan, puedes cambiar de lugar de trabajo, o dejarlo si lo prefieres...

—¿Quieres decir que podrías mantenerme? —Tuve que provocar yo misma un tema con el que poder discutir con él.

—No he querido decir eso y lo sabes. Pero me gustaría que vivieses conmigo, en mi apartamento. Quiero compartir contigo mi vida, mis momentos grises, esos que tú pintas de colores.

Pude imaginarlo en aquel instante, como mi más ansiado sueño: despertares, amaneceres, anocheceres, simples instantes, tras los grandes ventanales de aquel bonito lugar, junto a Shane.

—Yo... no quiero vivir contigo, Shane —le dije, sin embargo.

—¿Por qué? —me preguntó con desconcierto.

—Porque prefiero ir a mi aire. Mira, Shane —suspiré—, creo que deberíamos darnos un respiro. Todo lo que nos ha ocurrido, tan rápido... Creo que ni tú ni yo lo hemos sabido gestionar.

Fue como si, de repente, la luz desapareciera del rostro de Shane. La misma luz que vi aparecer la noche en que lo conocí; la primera vez que lo vi sonreír. La angustia me arañaba tanto por dentro que estuve tentada de acercarme a su oído y susurrarle que no pasaría nada, que nos amábamos tanto que nuestro amor sería lo suficientemente fuerte como para defendernos de todos aquellos que quisieran separarnos.

Pero no podía hacerlo.

—¡No me mires así, Shane! —le grité para evitar llorar—. Nos encontramos en un momento muy complicado de nuestras vidas, ambos con relaciones que no nos llenaban. Fuimos un gran apoyo el uno para el otro, pero...

—¿Y nuestra relación, Summer? —me interrumpió, con un deje de tormento en su voz—. ¿Te refieres a lo nuestro como una simple excusa para dejar a otras personas?

—¡¿Qué relación, Shane?! —exclamé, fuera de mí—. ¡Lo nuestro no existe, nunca ha existido! ¡Nos hemos limitado a pasarlo bien, a reír, a follar...!

«Por Dios, que acabe esto ya, que no puedo más...»

—Sí que existe lo nuestro —señaló Shane mientras clavaba en mí sus hermosos ojos dispares, aquellos que no olvidaría en la vida—. Existe porque estamos locos el uno por el otro; existe porque nos deseamos con solo mirarnos; existe porque nos amamos con toda nuestra alma, Summer.

«Cuándo acabará esta tortura...»

—Suena muy bonito todo, Shane, pero...

—¡¿Bonito?! —exclamó, con un atisbo de furia—. ¡No es bonito, es la verdad! ¡Dime, si no, que no me quieres! ¡Dímelo ahora mismo!

Nunca había sentido que mi garganta se cerrase, literalmente. Intenté responder, lo juro, pero no fui capaz más que de soltar un gemido ahogado.

—No puedes decirlo porque no quieres mentirme, Summer, ni mentirte a ti misma.

«Joder, Summer, piensa, por favor. ¡Piensa!»

—Yo... he seguido viéndome con Joshua, mi ex.

Silencio y mirada turbulenta de Shane.

—Hemos seguido acostándonos de vez en cuando.

—No me lo creo —replicó, todavía estático y frío.

—¡Pues créetelo! —chillé—. ¡Y no se te ocurra decir que yo nunca lo haría y que soy buena persona porque no lo soy! ¡Me he tirado a Joshua al mismo tiempo que follaba contigo!

Siguió sin moverse y sin despegar su mirada turbulenta de mí.

«¿Me vas a odiar ya?»

—¿Por qué me haces esto, Summer? —murmuró, apesadumbrado.

—¡Y yo qué sé! ¡Pues porque me aburro contigo, supongo!

Shane dio un paso atrás, con el rostro desencajado. Y le di la estocada final.

—Tengo que ser sincera contigo, Shane. Físicamente no eres mi tipo para nada. Y tu carácter... uf, un muermo total. No me extraña que te hayas pasado la vida comparándote con tu hermano, porque menuda pérdida de tiempo. Si al menos fueses tan sociable y extrovertido como él...

Compuso la misma cara que habría puesto si le hubiese clavado un cuchillo en el estómago.

—Siento... siento haberte hecho perder el tiempo de esa manera —musitó.

Y se marchó. Así, como si nada. Como si no acabase de sentirme el ser más despreciable de la tierra. Ojalá se hubiese enfadado más, hubiera gritado y despotricado. Pero no, él no era así. Shane, en su modo silencioso, se fue, sin más, comiéndose su pena y cada sentimiento de odio que albergara en su interior hacia mí.

—Mi niña —murmuró Philip mientras intentaba levantarme del suelo, donde había caído de rodillas en un desconsolador llanto—. Tranquila, mi niña...

Capítulo 38

Mami, mami... lo siento mucho; lo siento de verdad. Y entenderé que, esta vez, te enfades conmigo muy en serio. Seguro que te cabrearás más que cuando me pillaste fumando en el baño o encontraste preservativos en mi mochila del instituto.

Me presenté en casa de los Vanderberg. Como lo oyes. Me planté allí y solté quién era y quién era mi madre. Por supuesto, se armó la de Troya, pero era necesario hacerlo, mamá, te lo aseguro. Tenía que ayudar a Shane. No siempre tiene que ser el chico el que salve a la chica, ¿verdad? Él me salvó de Santos y de Vladímir, y, esta vez, era yo la que debía salvarlo a él. Aunque no me sienta como la gran heroína del cuento.

¿El precio? Pues demasiado alto, mamá. Y no solo porque no vaya a exigirle nada a ese hombre, o porque tuviese que aguantar lo que dijo de ti su mujer, o porque deba ignorar que tengo un padre y unas hermanas por los que no siento más que desprecio.

Lo peor de todo fue salvar a Shane a cambio de romper con él. ¡Y me odio por ello!

Si hubieses visto su cara, mamá... también te habría roto el corazón. No se merecía nada de lo que le dije y te juro que estuve a punto de enviarlo todo a la mierda y lanzarme en sus brazos para abrazarlo y decirle que lo quiero como nunca he querido a nadie, además de a ti. Shane es bueno, mamá. Tan bueno que, a veces, pienso que todo esto ha tenido que pasar porque no me lo merezco.

Perdona por haberme centrado en mi desgracia y no hablarte de... él. Lo estaba dejando para el final, porque seguro que no te va a gustar lo que te voy a decir, pero espero que no te lo tomes como una traición.

¿Sabes una cosa, mami? Él no me pareció tan malo como pensaba. Sí, es un tipo rico, poderoso, altivo, orgulloso y, posiblemente, tenga tras de sí un historial de chanchullos ilegales tan grande como el Everest, como cualquier millonario. Pero, cuando le dije quién era, me miró de una forma tan íntima... Creo que te quiso de veras, mamá, porque su cara, al mencionarte, se cubrió de nostalgia y tristeza.

No sé, llámame ridícula, pero sentí algo al tenerlo cerca. Fue una sensación extraña, diferente, chocante, pero que, de alguna manera, me conectaba a él.

¿Debe de ser que la sangre llama a la sangre de algún modo? Aunque no lo creo mucho, porque mi supuesta hermana me sigue pareciendo insoportable y odiosa, la misma zorra de siempre. Ahí no ha habido llamada de la sangre por ningún lado.

En fin, mamá, eso es todo. A partir de ahora tendré mucho menos que contarte, porque mi vida vuelve a ser tan corriente como antes de conocer a Shane. Lo único que tendrás que aguantar de vez en cuando es mi llanto, como ahora mismo, porque me es muy difícil hablar de él sin llorar. Pero, al compartirlo contigo, se me hace un poquito más soportable. Es como si sintiera tu hombro bajo mi cabeza, tu mano en mi pelo, tu cálida voz diciéndome que todo va a ir bien...

Capítulo 39

Tres meses después

Summer

Terminé de subir las sillas sobre las mesas para poder fregar cómodamente el suelo del bar. Ya no quedaba nadie, excepto Silas, el dueño, que contaba el dinero de la recaudación, y yo, que deslizaba el mocho por las baldosas cubiertas de pegajosas manchas para que el local volviera a estar presentable a la mañana siguiente. Para hacerme más ameno el momento, solía conectarme los auriculares al móvil. Aquella noche tarareaba *Backwards*, de Alexander Stewart. Últimamente no estaba para mucho baile ni reguetón.

—¡Summer! —Pude oír a mi jefe porque solía conectarme solo uno de los auriculares—. Ya está, puedes dejarlo. Aquí tienes tu paga. ¿Podrías venir mañana un poco más temprano? A eso de las doce.

—Sí, claro.

Mi nuevo jefe no era de muchas palabras, pero era bastante más soportable que Ben. El horario era larguísimo, acababa a las tantas, y la paga no era mucha, pero

379

agradecí haber encontrado algo no muy lejos de casa después de despedirme de Abbey y Nathan. Aún me apenaba recordar el rostro de pesar de ella y el de desagrado de él.

—No entendemos qué ha pasado —me dijo Abbey aquel día—, pero creo que eso es algo entre Shane y tú. Me gustaría que siguieras con nosotros, Summer, por favor...

—No creo que sea buena idea —intervino su novio—. Mi hermano ha vuelto a su hermetismo de siempre y apenas pronuncia una maldita palabra desde que ella lo dejó, a saber por qué jodido motivo.

—Eso es cosa de ellos, Nathan...

—Preferiría no tener que verla —sentenció él antes de entrar en casa.

No se lo reproché nunca. Su cariño de hermano lo obligaba a odiarme por haberle hecho daño a Shane.

—Lo siento, Summer...

—No te preocupes, Abbey. He venido, precisamente, para avisar y para que podáis buscar a otra persona. Nathan tiene razón. Ya no puedo trabajar aquí.

—¿Qué ocurrió? —me preguntó—. Sé que no es de mi incumbencia, pero pensé que amabas a Shane...

«Más que a nada», estuve a punto de decir. Por suerte, callé a tiempo.

—Ha sido un placer conoceros —le dije a Abbey al tiempo que me alejaba del porche de la entrada—. Te prometo que no olvidaré todo lo que hicisteis por mí.

Volví al presente mientras me quitaba el delantal y le cogía el dinero a Silas. Me puse el abrigo y salí al frío de la noche que a esas horas cubría Nueva York. Todavía quedaban rastros de nieve en las calles que aumentaban la sensación de baja temperatura, por lo que tiré con fuerza del gorro de lana para taparme las orejas. Un suspiro que brotó de mi boca se convirtió en una nube de vaho en la oscuridad.

Sonreí al encontrarme junto a la acera el destartalado coche de Melanie, que me esperaba en su interior junto a Jenny, Yun y un termo de apetecible chocolate caliente.

—Gracias, chicos —les dije tras darle un sorbo al vaso de papel. El calor del chocolate inundó mi garganta y mi estómago y me sentí reconfortada—. No es necesario que vengáis a buscarme tan a menudo.

—Así charlamos un rato —comentó Mel mientras conducía entre el tráfico de Manhattan, un poco menos caótico a esas horas de la noche.

—¿Qué tal te va con Silas? —preguntó Jenny—. He oído decir que es buen tipo, a pesar de pertenecer al gremio de los jefes cabrones.

—Ahora que has entrado en calor —añadió Yun—, te han vuelto los colores y estás tan guapa como siempre. ¿Te estás dejando crecer el pelo?

Y así, casi todas las noches, desde mi obligada ruptura con Shane, se presentaban mis amigos en el trabajo con la excusa de llevarme a casa, pero con toda la intención de acompañarme y hacer más llevadera mi tristeza.

No les había podido explicar toda la historia, pero no había hecho falta. Ellos no preguntaron más y se limitaron a recordarme que estarían ahí siempre.

—Gracias otra vez —les dije cuando me dejaron frente a mi portal, después de darles un abrazo—. ¿Nos vemos en el club?

—Por supuesto —respondió Melanie—. Hoy toca actuación estelar de Cherry Queen.

—¡Pues hasta luego, chicos! —grité mientras cerraba la puerta del coche.

En el interior de mi apartamento encontré a Arthur acompañado por Ruby y el pequeño Ian, que ya daba sus primeros pasos agarrado a los muebles. El anciano no dejaba de refunfuñar, ya que el crío aferraba cada objeto que encontraba y lo tiraba al suelo con una sonrisa de satisfacción.

—Hola, guapo —saludé al niño al tiempo que lo cogía en brazos y le daba un beso en su moflete rosado y calentito. Después besé a su madre y a Arthur, que se hallaba en su inseparable sillón—. ¿Ya se ha marchado Philip? —pregunté.

—Sí —respondió Ruby—. Puedes irte cuando quieras. Yo me quedo con mi viejecito preferido. —Sonrió.

Antes de dirigirme a la ducha, unos golpes en la puerta me hicieron detenerme. Abrí y me encontré con la persona que aún no había logrado que me acostumbrase a su presencia en mi casa.

—Hola, Joshua —lo saludé.

—¿Qué tal, Summer? —Me dio un beso en la mejilla y se adentró en el salón para, después de saludar a Ruby con un beso en los labios, coger en volandas al pequeño Ian y hacerlo volar sobre él.

Sí, Joshua y Ruby habían comenzado a salir hacía un par de meses. Joshua había intentado hablar conmigo varias veces, pero, como no me encontraba nunca en casa, Ruby lo invitaba a entrar y a una cerveza. Y parece que, entre trago y trago, surgió algo más. Se me hacía raro, pero me alegraba por ellos. Había que reconocer que formaban una atractiva pareja.

—Oh, no te esperaba, Joshua —le comentó Ruby—. Pensaba quedarme con Arthur para que Summer fuese al club.

—No importa —les dije—, ya me quedo yo con Arthur. Salid y pasadlo bien.

—No pasa nada si tenemos que quedarnos aquí —se ofreció Joshua—. Es cierto que tendría que haber avisado...

—Que no me importa, de verdad...

—A nosotros tampoco...

Una ronca exclamación detuvo la absurda discusión.

—¡Ya basta! —rugió Arthur—. No voy a permitir que todos vosotros canceléis vuestros planes por mí.

—No vamos a dejarte solo, Arthur —afirmé.

—No lo harás. —Se dirigió a la pareja —. Vosotros, marchaos por ahí y disfrutad, que todavía tenéis que conoceros mejor y afianzar la relación. —Luego me miró a mí—. Y tú, cámbiate para ir al club.

—Pero Arthur...

—¡Pero nada! Esta vez, iré contigo. Ya va siendo hora de que vea a mi hijo actuar en directo.

—¡¿En serio?! —grité antes de echarme en sus brazos y besar su ajada mejilla mientras esquivaba la cánula que le proporcionaba oxígeno.

—Vamos, vamos, deja de besuquearme y dúchate, que hueles a pescado frito.

—¡Ahora mismo! —Reí, feliz.

**

Con el brazo de Arthur en mi propio brazo, accedí a la sala de espectadores del Club Divine y nos sentamos a la mesa donde ya nos esperaban Melanie, Jenny y Yun, junto a Shirley, la camarera que me había sustituido en el bar de Ben y que también había ocupado mi lugar en el corazón de mi amigo.

—¡Hostia, Arthur! —exclamó Jenny—. ¡Al final has decidido venir!

—¡Philip va a flipar! —terció Mel—. ¡Se le va a caer la peluca de la impresión! —Rio.

—Al primero que me haga una bromita más, le arreo con la máquina de oxígeno —refunfuñó.

—Entendido, mayor Caldwell. —Yun le hizo un saludo militar.

—Muy gracioso, el vietnamita —gruñó el anciano.

—Soy estadounidense —insistió Yun por millonésima vez en su vida—, y mi origen es coreano.

—Chino, coreano... —volvió a gruñir Arthur—, qué más da.

Mi amigo puso los ojos en blanco antes de que todos centráramos la vista en el escenario. El animador del *show* anunció a Cherry Queen y, en ese instante, miré a mi viejo amigo. Yo estaba nerviosa, pero él parecía estarlo mil veces más. Sus acuosos ojos brillaron y una especie de tic se apoderó de un lado de su boca. Estaba temblando.

Philip salió al escenario, como siempre, enfundado en su ajustado vestido, violeta, sus largos guantes, las botas altas y la pomposa estola púrpura. Su exuberante melena pelirroja brillaba más que nunca bajo los focos color fucsia, y sus ojos y sus labios estaban tan espectacularmente maquillados que parecían irreales.

Unas notas musicales comenzaron a sonar justo en el momento en el que Cherry encontraba a su padre entre el público. Levantó una mano para que detuvieran la música y, tras unos segundos de silencio, se acercó al micrófono.

—Esta noche voy a cambiar mi actuación —anunció—. Ha venido a verme la persona más importante de mi vida y quiero celebrarlo. ¡Arriba esa música!

La sala se convirtió en una fiesta justo cuando Cherry Queen comenzó a mover sus labios al ritmo de *I will survive*, de Gloria Gaynor, aunque yo, no sé si por mis difíciles circunstancias personales, no pude evitar derramar un montón de lágrimas al ver a Arthur tan orgulloso de su hijo. Al final de la canción, Philip bajó del escenario, se acercó a nuestra mesa y le dio un abrazo a su padre. Creo que ahí consiguieron que lloráramos todos los integrantes del grupo.

Pero aquellas lágrimas no fueron arrojadas por tristeza. Estábamos felices, y fui consciente en aquel instante de que la vida está compuesta por pequeños momentos y por emociones. Y son esos momentos y esas emociones los que hacen que la vida en sí valga la pena.

***

Colgué el teléfono después de tener la conversación más extraña de mi vida. Todavía en zapatillas y pijama de franela, trataba de despertarme con un café mientras sacudía la cabeza pensando en la inesperada llamada.

Acababa de hablar con George Bowman, el director del Museo Metropolitano de Arte de Nueva York, el Met. Me había pedido una cita para esa misma mañana en su despacho del museo.

Me dije que tal vez había participado en cualquier concurso en el que sorteaban alguna especie de pase especial, pero lo habría recordado. Quizá, en una de mis asiduas visitas, me había dejado algún tipo de documentación, pero no creía que para eso me llamase el director.

La idea que tenía más peso era la de que fuese una broma, pero, a esa hora de la mañana, no tenía nada que hacer, así que, si al final resultaba ser todo una mera burla, aprovecharía para darme una vuelta entre las joyas de las culturas clásicas, que era lo que más tiempo hacía que no visitaba.

Mi primera sorpresa tuvo lugar nada más subir la escalinata del museo, donde el director parecía esperarme en persona junto a las enormes columnas de la entrada.

—Señorita Kelley —me saludó con un firme apretón de manos. Era más joven de lo que me imaginaba, de unos cincuenta años, e iba vestido con un elegante traje gris y peinado con la raya al lado—. Si me permite, hablaremos más tranquilos en mi despacho.

—Encantada, señor Bowman —musité.

Ya había visitantes admirando cada tesoro guardado bajo las altísimas arcadas del techo del enorme templo, pero nosotros nos dirigimos directamente a una puerta que se hallaba junto a las taquillas. El hombre me invitó a pasar y cerró la puerta detrás de él.

Aquello me intimidó y me dio mala espina. ¿Qué estaba ocurriendo allí? ¿Me había llevado algo en el bolsillo sin darme cuenta en alguna ocasión?

—Voy a ser breve y directo, señorita Kelley, que ambos debemos de andar escasos de tiempo. ¿Le gustaría trabajar en el museo?

Si el tipo se llega a convertir en una babosa verde fluorescente, me hubiera sorprendido menos.

—¿Cómo dice?

—Tenemos algunas vacantes como guía, y sabemos que usted conoce bien cada parte y cada objeto del Met, su historia, cada detalle...

Sí, había ido allí en cientos de ocasiones, pero...

—¿Cómo pueden ustedes saber eso?

—Información confidencial —contestó, ufano.

—Pues... de verdad, le agradezco la oferta, pero seguro que hay gente más preparada para ello...

—Oh, sí, claro, se me olvidaba. Usted firmaría un contrato de formación, que correría a cargo del museo. Comenzaría cobrando un sueldo base que iría subiendo conforme su formación fuese concluyendo.

—Yo... —parpadeé— no sé qué decir.

—¿No es este su sueño, señorita Kelley? —me dijo con una expresión paternal—. Yo le recomendaría, si me lo permite, que no lo dejase pasar. Porque hacer realidad un sueño es algo que no ocurre todos los días. —Sonrió de nuevo con afabilidad.

—¿Quién es usted? —susurré—. ¿Santa Claus?

—¡No! —Emitió una carcajada—. Solo soy alguien que le está brindando una oportunidad. La oportunidad de cambiar su vida.

—¿Y le parece poco?

Aquello no podía estar pasando. Decidí asentar los

pies en el suelo y pensar con frialdad en lugar de permanecer con la boca abierta. Podía creer que los sueños se hicieran realidad, pero no que cayeran del cielo.

—Me gustaría aceptar, señor Bowman...

—Espléndido...

—... si me dice de quién ha sido la idea.

—No sé a qué se refiere, señorita Kelley.

—Me refiero a que puedo no haber terminado mis estudios, pero no por ello soy idiota.

Él me miró desconcertado, sin saber qué responder... hasta que una de las puertas del despacho se abrió y apareció la persona que, en el fondo, yo ya sabía que debía de andar detrás de ese asunto.

—Déjalo, George —intercedió John Vanderberg—. Yo tampoco creo en la suerte tan inesperada.

Apreté los puños cuando tuve delante de mí al hombre que, según me confesó mi madre, era mi padre. ¡Claro!, ¿quién si no él tenía el poder para manejar a su antojo los sueños o las vidas de otros?

El director del museo desapareció como por ensalmo.

—Debería haberlo imaginado —le reproché—. No quiero de ti ni la más mísera limosna. —Me di la vuelta con la intención de marcharme, pero él me detuvo con sus últimas palabras.

—Eres mi hija, Summer, y tengo la prueba.

Me giré hacia él, que me mostraba un documento recién sacado de un sobre. En él rezaban los resultados positivos de una prueba de paternidad. Fruncí el ceño, desorientada.

—Fue muy fácil —me explicó—. Solo necesité un vaso usado por ti en ese bar en el que trabajas.

—Yo nunca lo dudé. —Alcé la barbilla—. Mi madre jamás me habría mentido en algo así.

—Lo imagino —suspiró—, pero tienes que entender que debía asegurarme.

—Por supuesto —bufé—. ¿Algo más?

—Sí, que no seas orgullosa y aceptes la oportunidad que te brindan.

—No me la brinda nadie —protesté—. Es algo que me das tú para arreglar algo que no tiene arreglo; para resarcir veinticinco años.

—No te regalo nada, Summer. Tendrás que estudiar y trabajar al mismo tiempo, dedicarle muchas horas. No es un simple cheque en blanco.

¡Menudo dilema! ¿Qué hacía? Del orgullo no se comía, aunque también era cierto que yo no necesitaba de su caridad para comer. Me las había arreglado siempre sola.

Pero ¿qué haces cuando puedes conseguir el sueño de tu vida? ¡Trabajar en el Metropolitano, por favor! ¡No habría jamás nada en el mundo laboral que me hiciera más feliz!

Más que nunca, deseé hablar con mi madre, pero de verdad. Preguntarle, consultarle, pedirle consejo... pero ella no estaba. Solo estaba mi padre.

—Aceptaré, pero con una condición —contesté al fin—. No quiero más ayuda de tu parte, ni una más.

—Pero...

—No más regalos, señor Vanderberg.

—Está bien.

—Nada habrá que nos vincule a usted y a mí —añadí.

—De acuerdo —suspiró—, pero si un día necesitases mi ayuda, prométeme que me la pedirás.

—Fue mi madre quien la necesitó, no yo —le recriminé.

—No sabía de su situación, ni siquiera de tu existencia, ya lo sabes.

Por un instante, un diminuto y casi imperceptible instante, sentí lástima del todopoderoso John Vanderberg. Su aura de poder, su elegancia innata, su dinero... nada parecía ser capaz de sustituir la falta de un amor perdido veinticinco años atrás.

—Pues, si ambos hemos sobrevivido sin el otro todo este tiempo —le dije mientras abría la puerta del despacho y aparecía el director—, lograremos hacerlo de ahora en adelante. Gracias por el trabajo. Espero no tener que agradecerle nada nunca más.

«Por el trabajo de mis sueños», me reprimí decir.

—Señor Bowman, ¿cuándo le parece que empiece?

—¿Cuándo le iría bien?

—El lunes, si es posible, en cuanto ponga en orden un par de cosas.

Sonó demasiado importante para lo que tenía en mente, que no era otra cosa que despedirme de Silas y hacerme a la idea.

—Perfecto, señorita Kelley. —El hombre fue requerido por alguien del personal del museo y se alejó de nosotros.

Sentía todavía la presencia de mi padre detrás de mí, y decidí comentarle una cosa más.

—Lo supiste por el cuadro, supongo.

—Sí —respondió—. Identificaste perfectamente un Van Gogh original, incluso en un momento de tensión y nervios. Supe que, de algún modo, el arte formaba parte de tu vida. Además —esbozó una sutil sonrisa—, no hay más que ver los tatuajes que llevas en los brazos.

—Pasé muchas horas aquí con mi madre —le dije con nostalgia.

—Lo sé —musitó—. Ojalá os hubiese visto, aunque solo hubiera sido desde la distancia.

—¿Habría cambiado algo si hubieses sabido de mi existencia? —le pregunté.

—Habrías tenido más dinero, más comodidades, estudios... y un padre, aunque solo hubiese sido a ratos.

—No habría estado mal —susurré antes de que ambos nos dedicásemos una fugaz mirada cargada de emociones silenciosas y yo me marchara.

Capítulo 40

SHANE

Di por zanjada la reunión con los jefes de departamento. Los objetivos se estaban cumpliendo y no dudé en felicitarlos. Mientras se dispersaban, llamé la atención de mi hermano, al que le pedí que se quedara para nuestro próximo encuentro con los accionistas. Debíamos comunicarles los logros que se estaban llevando a cabo y nadie mejor que Nathan para acompañarme.

—Quédate —le dije—. Necesito que apoyes mi próxima estrategia de mercado.

—Tómate un descanso, Shane —respondió—. Últimamente te pasas la vida aquí, incluidos los fines de semana.

—¿Y qué sugieres que haga? —repliqué con desinterés mientras echaba un vistazo a gráficos y estadísticas.

—No sé... Salir con gente, distraerte, echar un polvo...

No pude evitar tensarme ante la última sugerencia de Nathan.

—Antes me recriminabas que saliera con gente con la que no me unía nada; ahora te quejas de que no salga...

—Porque no eran amigos tuyos, sino de Valerie. En

serio, Shane —suspiró—, deberías ocupar tu vida con algo más que con trabajo. Hace tiempo que ni siquiera te pasas por casa, y Abbey te echa de menos, igual que yo.

—Lo dudo —murmuré, todavía absorto en los documentos—. Debéis de estar liados con el tema de la boda.

—Tal vez, pero aún nos queda tiempo para nosotros y para nuestra familia...

Sabía que Nathan evitaba hablar de boda o de preparativos en mi presencia. No sabía si era por la anulación de mi propia boda tres meses atrás, algo totalmente absurdo, o por mi ruptura con Summer.

«Mierda, ya he pronunciado su nombre mentalmente. ¡Vuelve a pensar en trabajo, que es lo único que se te da bien!»

—Quedan solo diez minutos para la reunión con los accionistas —le recordé, mirando mi reloj de pulsera—, así que aprovéchalos para llamar a tu prometida o para lo que te dé la gana.

—Y tú, por supuesto, los aprovecharás para bañarte en café —refunfuñó al ver cómo me volvía a preparar la cafetera, que era mi bien más preciado—, no vaya a ser que te duermas y sueñes lo que no debes —rezongó.

Maldito fuera Nathan y lo que me conocía.

—En fin —suspiró mientras abría la puerta de la sala—, en diez minutos nos vemos y...

—Señor O'Brien —nos interrumpió Susan, mi secretaria, visiblemente molesta—. Hay unos señores abajo que insisten en verlo, y no tienen cita.

—Jim se encargará —le dije, despreocupado, en referencia al jefe de seguridad del edificio.

—Perdone, señor —reiteró la mujer—, pero están poniéndose muy agresivos...

—¡Pues que Jim les ponga las esposas! ¡¿A mí qué coño me cuentas?! —respondí, demasiado furioso. Llevaba varios meses en los que mi carácter había pasado directamente de huraño al de jefe cabrón.

—Ese es el problema —suspiró Susan. La pobre se estaba acostumbrando a la antipatía que estaba creando mi insociabilidad—. El caso es que a Jim le preocupa hacerle daño a un anciano en silla de ruedas y conectado a una máquina de oxígeno.

Alcé la vista hacia Susan en ese mismo instante y fruncí el ceño. ¿Arthur estaba allí?

—¿Ha venido solo? —le pregunté.

—No. Lo acompaña un hombre joven que parece ser su hijo.

«Philip...»

—Está bien —acepté—. Dígale a Jim que les entregue un pase y los deje subir.

—Pero, señor O'Brien —protestó la mujer—, la reunión con los accionistas es en cinco minutos...

—Lo sé, Susan, todavía tengo memoria —repliqué con hostilidad—. Haga lo que le he indicado.

—Como usted diga —murmuró antes de cerrar la puerta.

—Joder. —Nathan emitió un silbido—. Ahora mismo soy fan de la pobre Susan. Aguantarte a ti y a tu mala leche debe de ser toda una proeza.

—No me toques los huevos, Nathan. ¿Qué cojones hacen aquí Arthur y Philip?

—Y yo qué sé. Imagino que saldrás de dudas en cuanto aparezcan por esa puerta, porque sospecho que tendré que ir yo a hablar con los accionistas.

—No —negué de forma tajante—. Tú te quedas aquí, conmigo. Necesito a alguien que medie para que no la tome con un pobre anciano.

Todo lo que me recordara a ella me ponía de muy mal humor.

Un minuto después, el aludido entró por la puerta que

abrió Susan, sentado en una silla de ruedas que empujaba su hijo.

—Espero que sea algo importante —dije mirando de nuevo mi reloj—. Tengo una reunión crucial en pocos minutos.

—Por mí como si te espera el presidente de Estados Unidos en persona —refunfuñó Arthur—. Tú te quedas a escuchar lo que tengo que decirte.

—No tengo tiempo. —Hice el amago de pasar por su lado, pero la mano de Philip en mi brazo me lo impidió.

—Lo siento, señor O'Brien —dijo, alzando la barbilla—, pero va a tener que hacer lo que le dice mi padre.

—Creo saber que ustedes son las personas que viven con Summer —intervino mi hermano por primera vez—. Yo soy Nathan O'Brien, hermano de Shane.

—Ya sabemos quién eres —dijo el anciano—. Solo nos interesa hablar con el CEO —soltó con evidente mordacidad.

—Él se queda —afirmé—, así que soltad lo que tengáis que decir y luego os largáis.

—Maldito ejecutivo, pijo de mierda... —musitó Arthur, con una furia que apenas se molestaba en reprimir—. Si no fuera por lo que quiero a mi chica, iba a venir a darte explicaciones tu puta ma...

—Papá, ya es suficiente —lo cortó su hijo—. Recuerda que él cree que Summer lo envió a paseo por gusto.

Fruncí el ceño. ¿Qué cojones había querido decir con eso?

—Mira, Shane —continuó Philip—, será mejor que hable yo o mi padre acabará tirándote la máquina de oxígeno a la cabeza. Summer no te dejó por lo que tú crees; se vio obligada a hacerlo.

—Muy interesante —rezongué—. Y ahora, si me permitís, he de irme...

—¡Espera, coño! —exclamó Arthur—. ¡Venimos a decirte que Summer es hija de John Vanderberg, joder!

Ni aunque el edificio entero hubiese amenazado con caerse sobre nuestras cabezas habría sido capaz de moverme.

—¿Cómo dice? —preguntó Nathan, que, al menos, pudo hablar.

—Yo lo resumiré —protestó Philip, haciendo callar a su padre con una mirada hostil—. El padre desconocido de nuestra amiga es, ni más ni menos, que el que iba a convertirse en tu suegro. Ella nunca se había acercado a él porque pensaba que la había abandonado y lo odiaba, pero, aun así, se presentó en su casa para pedirle que no te destrozara la vida por haber roto con Valerie.

—Por supuesto —añadió el anciano—, ella no sabía de la relación de tu prometida con Vanderberg hasta que se enteró poco antes de romper contigo.

—¡Jo-der! —murmuró Nathan—. ¿Tu chica del pelo rosa es hija del capullo de Vanderberg? —Abrió al máximo sus ojos azules—. ¡No me jodas, Shane! ¿Significa eso que también es hermana de Valerie?

—Lo malo —prosiguió Philip— fue que tu querida ex le exigió que, a cambio de que su familia te dejase tranquilo, Summer debía romper contigo. Si no eras para ella, no serías para ninguna de las dos.

Tuve que sentarme... o, mejor dicho, dejar caer el peso de mi cuerpo en una de las butacas de la sala. Me daba vueltas la cabeza y algo demasiado doloroso taladraba mi pecho.

—Así que —añadió Arthur—, si hoy puedes apoyar tu culo en esa silla de jefazo, es gracias a mi niña, que prefirió perderte a que un día le hubieses echado en cara tu desgracia.

Seguía sin poder hablar. Me dio la sensación de que, por momentos, una cuerda invisible de culpa estrangulaba cada uno de mis bronquios y me dejaba sin aire en los pulmones. Nathan me miraba, contrariado, sin tampoco mucho que decir.

—Somos los únicos que sabemos lo de Vanderberg —musitó Philip, algo más calmado—, y le prometimos a Summer que no se lo diríamos jamás a nadie, sobre todo a ti, pero creemos que no es justo. No es justo que la sigas creyendo una cría inmadura que patea tu corazón por capricho.

—Yo... —conseguí articular— jamás le habría recriminado nada. Hubiese renunciado a todo por estar con ella.

—Y eso es, precisamente —señaló Philip—, lo que Summer no quería. No dejaba de repetir que nadie tiene derecho a privar a nadie de sus sueños, ni siquiera por amor.

En algún momento, respirar pasó de ser algo complicado a convertirse en una tarea imposible. Tuve que ponerme en pie y sujetarme al filo de la mesa para que el aire encontrase el camino.

—Shane, hermano, ¿estás bien? —me preguntó Nathan con preocupación.

—No, no estoy bien —dije con dificultad—. Porque no sé si pensar que la mujer que amaba no confió en mí o que no fui capaz de averiguar la verdad cuando me dijo que yo no le importaba una puta mierda.

—¿Amabas? —musitó Philip—. ¿Hemos llegado tarde?

—Por supuesto que no —respondí—. Jamás he dejado de quererla. Ni siquiera cuando me dijo que no le gustaba porque no era como mi hermano.

—¿Eso te dijo? —Nathan volvió a soltar un silbido—. La verdad es que la chica se lo curró bastante. ¡Como para no cabrearte con ella!

—¿Dónde está? —pregunté, tratando todavía de recomponer el caos de mi cabeza. No me importaba un carajo quién fuese su padre o su maldita familia. Yo solo quería volver a tenerla en mi vida—. Necesito verla ahora mismo...

—Espera, espera —me detuvo Nathan—. Si quieres que tu hermano te ayude por una vez en la vida, deja que te aconseje sobre esto. Estás tan en *shock* ahora mismo que no serías capaz de decirle ni que la quieres. Espera unas horas a calmarte.

—No quiero calmarme —bufé—. Quiero verla.

—Yo estoy con Nathan —intervino Philip—. Además, tengo una idea. Una idea que, cuando la lleves a cabo, agradecerás haber esperado.

—Somos todo oídos... —Mi hermano sonrió mientras me obligaba a permanecer en aquella asfixiante sala.

Capítulo 41

SUMMER (*MENSAJE DE AUDIO*)

Sigo echándolo de menos, mamá. Tres meses y sigo añorando a mi chico de los ojos bonitos...

Vale, hablaré de algo menos triste. He conseguido trabajo en el Museo Metropolitano. Sí, ya sé que debería parecer más feliz, y lo estoy, pero es que ha sido gracias a John Vanderberg.

¿Verdad que es la primera vez que te menciono su nombre?

No lo entiendo, pero no me ha costado mucho trabajo hacerlo. No me he sentido tan dolida, resentida o asqueada al nombrarlo como creía hace solo unas pocas semanas. Y creo que a ti tampoco te parece tan mal. ¿Me equivoco?

Porque os quisisteis, ¿verdad?

Él no lo supo nunca, mamá. No digo
con eso que vaya a sentir de repente
que tengo padre, una palabra que no
ha existido en el vocabulario de mi
vida, pero tampoco me quedan
fuerzas para seguir odiándolo. ¿De
qué me serviría?

Ya te iré contando cómo me va,
porque no puedo evitar estar
ilusionada.

Perdona, mamá. Aunque haya sido
posible gracias a su influencia, eres tú,
y nadie más que tú, quien me
acompañó todas esas tardes al
museo, aunque no hubieses dormido,
aunque no hubieses comido, aunque
ya te empezases a encontrar mal...
Gracias, mami, por ayudarme a
realizar mi sueño. Gracias por estar en
mi vida aunque me dejases demasiado
pronto. Gracias por ser mi madre.

Y, hablando de sueños, sigo soñando
con Shane, mamá. Sigo
contemplando su rostro atormentado,
su rictus de dolor mientras yo le decía
todas aquellas mentiras...

¿Crees que habrá dejado de odiarme?

Capítulo 42

Toda aquella gente en mi casa estaba empezando a mosquearme.

—¿En serio creéis que debo ir tan elegante a la inauguración de la nueva exposición? —les pregunté mientras Jenny me ataba a la espalda los lazos del vestido. Se trataba del mismo vestido rojo que ya me dejó en una ocasión que me dolía demasiado recordar—. ¿Y por qué has vuelto a traerme este vestido? —le pregunté cuando terminó de abrocharlo—. ¿No podías prestarme otro?

—Porque me lo tuve que quedar, Summer —confesó mi amiga—. Siento tener que contártelo, pero, cuando lo devolviste, a pesar de tus esfuerzos por plancharlo, la clienta montó un pollo al verlo arrugado y exigió que se lo pagáramos. Mi jefa me lo ha estado descontando del sueldo.

—¡Dios mío, Jenny! —exclamé, aturdida—. ¿Por qué no me lo contaste? ¡Tendría que haberlo pagado yo!

—Qué más da. —Se encogió de hombros—. Soy de mucho ladrar pero de poco morder. Y, ¡qué coño!, eres mi amiga.

399

—Gracias, Jenny. —La abracé con fuerza—. Te lo debo.

—Ahora no me puedes pagar con cervezas. —Rio—. Tendré que conformarme con una ruta guiada por el museo. —Compuso una mueca.

De nuevo, Philip se encargó de maquillarme y Ruby de peinarme, aunque se limitó a planchar mi cada vez más larga melena rubia y rosa.

—Y, esta vez —terció Philip—, no vas a pasar frío. —Me colocó un suave y cálido abrigo blanco—. Tranquila, lo pillé del vestidor del club. Si llueve y se estropea, nadie lo echará en falta.

—Gracias, Philip.

—Oh, y los zapatos. —Mi amigo mostró un par de zapatos de brillante color rojo—. En esta ocasión, son buenos y de tu número. Los hemos pagado entre mi padre, Ruby y yo.

—Gracias a todos, de verdad —les dije, emocionada—. A este paso se irá a la mierda el maquillaje de Philip.

Les di un abrazo, incluido a Arthur, que parecía mirarme con una extraña expresión en sus encogidos ojos.

—Hasta luego, mi viejecito favorito.

—Espero que nadie se arrepienta de esta noche —refunfuñó.

—¿Qué ha querido decir con eso? —le pregunté al resto.

—Nada, nada... —Entre todos me empujaron hasta la puerta—. Date prisa, que ya te están esperando.

Bajé la escalera sintiéndome una princesa de cuento y salí del edificio para encontrarme con Mel y Yun, que me esperaban en el viejo coche de mi amiga. Antes de subir, cogí de mi bolso uno de mis chicles de menta y me lo eché a la boca. Se trataba de un evento importante para mí y los nervios empezaban a aflorar. Tras explotar un par de globos contra mis labios, me sentí un poco mejor.

—No es una limusina, pero hará el mismo trabajo —bromeó mi amiga.

—No necesito una limusina —comenté—. Ya me habéis hecho sentir como a Cenicienta la noche del baile. No acabo de entender tanto esmero, pero tampoco voy a quejarme. —Sonreí.

Iba tan entusiasmada hablando con ellos que no me di cuenta del lugar donde Mel estacionaba su coche.

—Ya hemos llegado —señaló Yun.

—¿Dónde estamos? —pregunté, con el ceño fruncido—. Esto no es el museo...

Antes de terminar la frase, un hombre se acercó a abrirme la puerta. Parpadeé del desconcierto al reconocer a Jacques, el *maître* del más elegante restaurante del SoHo.

—Buenas noches, señorita. Si me permite... —Me dio la mano y me ayudó a salir.

—¿Qué significa esto? —balbucí al divisar la puerta del restaurante. Miré hacia el coche y observé a mis amigos con una sonrisa malévola en sus rostros antes de que salieran disparados de allí—. ¡Eh! —grité—. ¡No os vayáis!

—No se preocupe, señorita —me dijo Jacques con una sonrisa demasiado meliflua—. Después llamaremos a un taxi.

—Después, ¿de qué? —pregunté mientras me dejaba arrastrar hasta el local. El hombre me ayudó a quitarme el abrigo y me señaló la puerta del comedor.

Y entonces lo comprendí todo: aquella era una réplica exacta de la noche en la que conocí a Shane. Él, precisamente, permanecía sentado a la misma mesa, leyendo la carta.

El corazón me dio un vuelco al verlo de nuevo. Su negrísimo cabello le había crecido un poco y un mechón oscuro le caía por la frente. Vestía igual de elegante, con su impecable traje y su prístina camisa blanca. Su expresión concentrada era igual de seria.

Hasta que, después de dar unos pocos pasos, me acerqué a la mesa y me senté en la silla vacía que había frente a él. Porque fue cuando levantó la vista y me volví a encontrar con los ojos más alucinantes del mundo. Dos finas lágrimas cayeron por mis mejillas, imposibles de retenerse más, cuando oí *The reason*, la misma canción que sonaba de fondo aquella noche.

—Lo siento, cielo —le dije, emulando aquel momento—, disculpa la tardanza, pero es que el tráfico estaba imposible. No es preciso que me pidas nada de comer, pero sí agradecería un poco de ese vino.

Paul, solícito como siempre, se acercó y nos llenó las copas.

—Gracias, Paul —murmuró Shane.

Y no hubo forma de detener mi llanto silencioso.

—Hola, chica del pelo rosa —me saludó al tiempo que intentaba secar mis lágrimas con la yema de sus dedos.

—Hola, jefe. —Sonreí a pesar de seguir sintiendo la humedad en mi rostro.

—Te ha crecido el pelo —musitó—. Y me alegra que lo sigas llevando rubio y rosa. Estás preciosa.

—A ti también te ha crecido —le respondí—. Estás más guapo que nunca.

Ambos sonreímos y casi nos sonrojamos, como si fuera la primera vez que alguien nos dedicaba un cumplido.

—Me he tomado la libertad de pedir la cena —me dijo mientras nos servían dos platos idénticos a los de aquella noche. La única diferencia eran las gambas, que estaban peladas.

—Gracias —musité. Y otro reguero de lágrimas volvió a brotar.

—Oh, y también le he pedido esto a Paul, por si te hacía falta.

Una mezcla de llanto y risa escapó de mi boca al contemplar la servilleta de papel.

—Pues la verdad es que sí. —Escupí el chicle e hice una bola de papel que me guardé en el bolso—. Ahora ya puedo beber vino, ¿no?

—Ahora, sí. —Shane sonrió.

Y volvieron los timbres a mi cabeza al contemplar aquella sonrisa, una de sus escasas y preciosas sonrisas, que llegaba a ser tan poderosa que sentía que con ella podía iluminar el universo entero.

—Supongo que... —titubeé—... algo te habrán contado.

—Sí —respondió—, y te admiro por lo que hiciste por mí, pero quiero que sepas que no me importa absolutamente nada si tu padre es un desconocido o el hombre más rico del estado. Y que tampoco me hubiese importado renunciar a mi cargo para poder estar contigo.

—Pero yo no quería que renunciaras a nada, Shane. Amar no significa abandonar tus sueños, sino tener a alguien que te acompañe a cumplirlos.

—¿Me acompañas, entonces? —musitó al tiempo que buscaba mi mano y la envolvía en la calidez de la suya.

—Siempre.

Más lágrimas... Nunca creí que se pudiera llorar tanto de pura felicidad.

—Perdóname —le dije pasados unos minutos—. Siento haber llegado a tal extremo para que te alejaras de mí, siento todo lo que te dije...

—Chist. —Posó un dedo sobre mis labios—. No hay nada que perdonar. Le plantaste cara a los Vanderberg y me ayudaste. Has demostrado ser más valiente que yo.

—Valiente —repetí—. Me gusta que pienses eso de mí.

Comimos entre risas y miradas, y no olvidamos pedir un café, que me siguió pareciendo el más delicioso que había probado nunca.

—¿Nos vamos? —me propuso después mientras se ponía en pie.

Solícito, me dio la mano y me acompañó hasta la entrada, donde Jacques me entregó el abrigo. Fui yo la primera en salir a la calle, por lo que no pude reprimir el gemido de sorpresa que escapó de mi boca.

—No puede ser —susurré—. ¡Mira, Shane! —Reí, emocionada—. ¡Está lloviendo, como aquella noche! ¿Te lo puedes creer?

—Un momento, le pediré un paraguas a Jacques...

—¡No! —Lo detuve al tiempo que tiraba de él hacia el exterior—. No importa que nos mojemos, Shane. Quiero sentirlo. Quiero sentir plenamente cada una de las sensaciones de esta noche.

Abrí los brazos y elevé mi rostro al cielo y a la noche. Cerré los ojos y sentí en mis párpados la fina llovizna que empezaba a empapar mi pelo y mi ropa. Cuando los abrí, vi a Shane frente a mí, que me contemplaba con una inmensa ternura. Él también se estaba empapando y los negros mechones de su pelo se pegaron a su frente. Y así, bajo la fría lluvia de una noche de febrero, Shane se acercó a mí hasta pegar su cuerpo al mío. Admiré, embelesada, sus inolvidables ojos, rodeados por largas pestañas que dejaban resbalar las gotas de agua.

—Por esto me he sentido perdido estos meses sin ti —musitó—. Por esto he llegado a pensar que nada valía la pena ya. Por esto me pareció horrible la soledad por primera vez en mi vida. —Acunó mi rostro entre sus manos—. Porque me faltabas tú y el color con el que habías pintado mis días. Te amo, Summer.

—Yo también te amo, Shane.

Sentí que me explotaba el corazón cuando posó sus labios en los míos y abrió mi boca para enredar su lengua con la mía. Y volví a temblar con su sabor a café y a lluvia, el mismo sabor que aprecié la primera vez que lo besé y que nunca fui capaz de olvidar.

—¿Podríamos ir a tu casa? —le pregunté, evocando de nuevo nuestro primer encuentro.

—Sí —respondió—, pero para siempre.

***

A pesar del frío, de la incomodidad de la ropa mojada o de las ganas de comerme a Shane, lo primero que hice al subir a su apartamento fue correr hasta uno de los ventanales y plantarme allí, con las manos sobre los cristales, para poder contemplar el enorme pedazo de ciudad y de cielo que parecían poder tocarse desde allí.

—Me encanta este lugar, Shane —murmuré.

—¿Quieres estar conmigo solo para vivir en esta casa? —bromeó antes de colocarse a mi espalda, apartar mi pelo a un lado y depositar sus labios en la curva de mi cuello.

—Shane... —gemí al sentir el calor de su boca en mi piel.

—Puedes seguir admirando las vistas —susurró en mi oído—. Quédate quieta.

Lo obedecí y, todavía con las palmas sobre el cristal, percibí cómo bajaba la cremallera de mi vestido, deslizaba los tirantes sobre mis hombros y dejaba que cayera al suelo. Emití un gemido de anticipación cuando me quedé tan solo con las bragas rojas sobre mi cuerpo.

—Sigue disfrutando —volvió a susurrar mientras sus manos cubrían mis pechos y sus dedos hacían rodar mis pezones, duros y erguidos. Después, depositó su boca en mi espalda y fue dejando con su lengua un sendero húmedo y ardiente al mismo tiempo que me despojaba de la última prenda de mi cuerpo. Me había dejado desnuda, exceptuando los zapatos.

—Oh, Dios... —jadeé cuando Shane abrió mis glúteos y depositó su boca en lo más oculto de mi cuerpo. Al mismo tiempo, sus dedos alcanzaron mi sexo y pellizcaron la parte más sensible, consiguiendo que llegara al orgasmo apoyada todavía en el ventanal al tiempo que lanzaba un grito de placer al cielo nocturno.

Apoyé la frente en el frío cristal mientras me recuperaba, pero, un solo instante después, me di la vuelta y comencé a tirar con fuerza del cinturón de Shane.

—Te necesito ya, Shane —jadeé—. Te necesito ahora...

Sin desprenderse de una sola prenda de ropa, Shane extrajo su miembro del pantalón y lo sujetó con una mano al tiempo que con la otra me tomaba de la cintura y me elevaba sobre su cuerpo. Yo me abracé a sus hombros mientras él se introducía en mi interior.

Me pareció la forma más erótica y fascinante de hacer el amor. Yo, desnuda, Shane, vestido, el roce de la tela de su traje en mi piel, sus manos en mis glúteos, nuestras bocas expulsando cada jadeo en la boca del otro...

El clímax nos atravesó como un rayo nada más llegar a la cama, donde terminamos cayendo, donde nos abrazamos, donde volvimos a reír cuando nuestros rostros quedaron casi unidos sobre la almohada.

—Tengo que advertirte una cosa, chico de los ojos diferentes —le dije, bromeando con él—. Que mi padre sea rico no significa que yo vaya a serlo. He renunciado a cualquier tipo de reclamación o herencia, por lo que, si pensabas que liarte conmigo iba a ser un chollo...

—Estar contigo me ha hecho rico, cariño. Porque es la primera vez en mi vida que siento que lo tengo todo.

Las emociones estaban todavía a flor de piel, así que, para evitar nuevas lágrimas, lo besé en los labios antes de decirle:

—Y ahora, quítate la ropa, Shane.

***

Me desperecé sobre las sábanas cuando la luz del día y el olor a café me envolvieron por completo. Me levanté, busqué una camiseta de Shane en el armario y fui al baño antes de acercarme a la cocina, donde mi atractivo novio preparaba un par de tazas. Solo se había puesto un pantalón de chándal, nada todavía en la parte superior de su cuerpo, y se me hizo la boca agua, literalmente.

Y ya era mi novio de verdad.

—Buenos días. —Lo abracé desde atrás y lo besé entre los omóplatos—. Hum, qué bien huele ese café. Y qué rico hueles tú.

—Buenos días, cariño. —Se dio la vuelta, me besó en los labios y frunció el ceño. Hay cosas que nunca cambian—. Vuelves a llevar una de mis camisetas...

—Sí —suspiré—. Creo que tendrías que hacerme un hueco en tu vestidor para empezar a traer mis cosas. —Lo miré fijamente a sus ojos dispares, esperando ver su reacción.

—¿Te parece bien hoy mismo?

—¿Hoy? —pregunté, divertida pero emocionada a la vez.

—No quiero volver a pasar un día más sin ti, Summer.

—Tranquilo, no estoy tratando de convencerte. —Reí cuando me cogió de la cintura y me sentó sobre la encimera—. Ya sabes lo mucho que deseo vivir aquí, contigo.

Shane alzó una ceja —me seguía fascinando que lo hiciera— al percatarse de que no llevaba nada bajo la camiseta. Sus manos se posaron en mis caderas y empezaron a subir hasta alcanzar mis pechos, que se endurecieron al instante por el contacto. Yo acaricié sus hombros y su torso caliente, y acerqué mi boca a la suya. No podía existir mejor forma de empezar el día... si no tocaban al timbre.

—¿Esperas a alguien? —le pregunté después de separarme de él y bajarme de la encimera.

—No —respondió él a la vez que se acercaba a la puerta a abrir. Los dos nos quedamos algo estupefactos cuando nos encontramos con Nathan y Abbey.

—Hola, chicos, buenos días —saludó ella—. Espero que no nos odiéis por habernos presentado en un momento tan... —se aclaró la voz mientras echaba un vistazo a nuestras pintas—... inoportuno.

—No pasa nada —gruñó Shane—. Prepararé café para todos.

—Que conste que ha sido idea de Abbey —se defendió Nathan, que acompañó a su hermano a la cocina.

—La verdad es que sí. —Sonrió—. Por cierto, estáis juntos, ¿verdad? Nathan me lo ha contado todo, Summer, y me pareció... ¡guau!, lo más inverosímil y fascinante que había oído nunca.

—Sí —reí; era imposible no caer bajo el influjo y la ternura de Abbey—, estamos juntos. Hoy mismo traeré mis cosas y me trasladaré aquí.

—¡Oh, eso es genial! —Abbey me abrazó con fuerza y sentí un pellizco en el corazón, porque desde el principio se lo había ganado—. Vendrás a nuestra boda, por supuesto —me dijo.

—No me la perdería por nada. —Sonreí.

—El caso es que...

Abbey compuso una expresión extraña y miró a Nathan, que le respondió con una sonrisa llena de cariño. Shane y yo nos miramos, extrañados.

—Vamos, díselo —la animó Nathan.

—Decirnos, ¿el qué? —protestó Shane.

—Pues que... —titubeó Abbey—, había pensado que, como sois hermanos, os lleváis tan bien y nosotras también... ¿Por qué no nos casamos el mismo día?

Casi me da un pasmo. ¿Casarme? ¿En un mes?

—Yo... —miré confundida a Shane—, nunca hemos hablado de boda, no nos ha dado tiempo...

—Podéis pensarlo ahora —sugirió Abbey.

Volví a mirar a Shane. La propuesta de su cuñada lo había dejado sumido en el silencio, con expresión taciturna y la mirada algo perdida. Yo me había quedado sin respuesta, pero estaba claro cuál era la de Shane.

—Gracias por la propuesta —le dije a la pareja—, pero creo que es demasiado pronto para nosotros y...

—A mí me gustaría hacerlo —me interrumpió Shane—. Me gustaría casarme contigo. Y sería genial hacerlo el mismo día que mi hermano.

Fue al oírlo a él cuando fui consciente de que yo quería hacer lo mismo. Siempre había sido mi sueño formar una familia, algo que yo no había tenido. ¿Y con quién mejor que con Shane, el hombre al que amaba y amaría siempre?

La única pega era que me parecía un momento un poco surrealista para una petición de mano.

—No sé, Shane... —titubeé—. Mira las pintas que llevamos, ni siquiera tienes anillo...

—En realidad, sí. —Se alejó hasta su mesilla de noche y extrajo un estuche de un cajón. Después se acercó a nosotros y miró a Nathan—. Es el de mamá —explicó—. Me lo dio el día que fui a visitarlos y les dije que me había enamorado.

—Dios, Shane —musité—, el anillo de tu madre... —Casi me derrito de amor cuando abrió la caja y me mostró un solitario de oro blanco.

—Pues, entonces —intervino Nathan—, todo arreglado, ¿no?

—¿Nos habéis visto? —Reí, nerviosa—. Shane no lleva camiseta, y yo ¡ni siquiera llevo bragas!

—Yo tampoco pensaba que sería Abbey la que me pediría matrimonio —comentó Nathan—, y mucho menos que fuese en mi despacho, delante de una docena de desconocidos, así que...

Miré a Shane, que todavía sujetaba la caja en su mano, como si no supiese bien qué hacer.

—Yo... —titubeó— nunca me había planteado cómo hacer esto...

Seguro que con Valerie habría sido todo muy práctico y formal, sin escenas melifluas, sin emociones...

—Vamos, Shane, no fastidies —gruñó Nathan—. ¡Ponte de rodillas de una vez!

Y Shane le hizo caso. Algo inseguro, colocó una rodilla en el suelo y me ofreció el anillo. Y yo, en pie, delante de él, recibiendo el impacto de su enigmática mirada, me sentí la mujer más afortunada del planeta.

—Yo... no soy hombre de muchas palabras. Solo puedo decirte que te adoro, Summer, y que quiero acompañarte a cumplir todos tus sueños. ¿Me acompañas tú a cumplir los míos?

—Sí —respondí, llorando y riendo al mismo tiempo—. Claro que sí.

Shane se puso en pie y nos besamos antes de que Nathan y Abbey se abalanzaran sobre nosotros. Los hermanos se abrazaron, emocionados, y Abbey lloró mientras me abrazaba a mí.

Y, en mitad de aquellos abrazos, supe que ya tenía una verdadera familia.

Capítulo 43

SUMMER (*MENSAJE DE AUDIO*)

Ay, mami..., ¡me he casado! ¡Me he casado! Ahora soy Summer Kelley O'Brien, y no puedo estar más orgullosa de cada uno de mis apellidos.

Si hubieses estado allí... Tú fuiste lo único que eché de menos.

¡Ah! ¡Y fue una boda doble, junto a Nathan y Abbey! Fue tan bonito y emocionante...

Nos casamos en Alki Beach, junto a Elliott Bay, en el lugar más bonito que había visto en mi vida. Como Abbey no tiene padres y el mío no vino a la boda por razones obvias (por cierto, me envió un cheque como regalo, que yo, por supuesto, no acepté), ambas

411

recorrimos juntas el camino hacia el arco de flores donde nos esperaban nuestros futuros maridos. Pero no pienses que íbamos vestidas iguales ni nada parecido. ¡No había que llevar la cosa tan lejos! Abbey llevaba un vestido más clásico, de encaje blanco, y yo, uno de corte griego de color champán. Philip nos maquilló a las dos y Ruby se encargó de colocarnos una corona de flores a cada una en el pelo.

Y entonces comenzó a sonar la música nupcial y nos fuimos acercando a los dos hombres que nos esperaban, tan guapos que nos hicieron suspirar nada más verlos: Nathan, con un traje claro, su cabello dorado y sus ojos azules; Shane, con un traje oscuro, su pelo negro y sus ojos alucinantes.

«El bombón de chocolate blanco, para mí, y el de chocolate negro, para ti», murmuró Abbey durante aquel breve recorrido. Tuve que concentrarme en la niña que iba delante de nosotras sembrando el suelo de pétalos de rosa para no ponerme a reír.

Pero, cuando estuvimos junto a ellos, el resto del mundo dejó de existir... aunque supiéramos que allí estaban los padres de Nathan y Shane, junto a más familiares y amigos. También habían viajado, hasta Alki Beach, Philip, Arthur, Mel, Yun, Jenny y Ruby, junto a su madre, su hijo y Joshua. Y, por la parte de Abbey, su hermana Candace y su novio Liam, amigos y compañeros de trabajo.

No faltaba nadie. Solo tú, mamá, aunque te sentí a mi lado en todo momento.

Y, ahora, tengo que dejarte, mami. Estoy en París, de luna de miel, haciendo realidad uno de mis sueños: visitar el Louvre. Estoy solo con Shane, no te vayas a imaginar que también hemos viajado los cuatro. Entre todos dejamos claro que solo compartiríamos día de boda, no la luna de miel.

Shane ya está aquí, a mi lado. Y no te preocupes, que él sabe que hablo contigo. Ahora mismo está sonriendo y te manda un beso.

Volveremos a hablar muy pronto. Te quiero, mamá.

Epílogo

Doce años después

CANDACE

Regresar a Nueva York en Nochebuena es volver a sentirte rodeada de magia; es como si pudieras introducirte en una de esas bolas que se agitan y formar parte de su mundo diminuto, donde eternamente es Navidad.

Desde el interior del taxi observo, sonriente, todo lo que me rodea y me dispongo a disfrutar del espectáculo. Las luces navideñas cubren e iluminan cada calle, cada establecimiento y cada edificio. Los villancicos llenan el aire de notas alegres, y Santa Claus agita su campanilla en casi cada esquina. Las tiendas y los grandes almacenes agotan sus últimos minutos de apertura y los clientes más rezagados aprovechan para hacer compras de última hora. Mire donde mire, hay gente, hay colas de personas para pagar, hay otros que corren con las bolsas en las manos porque les espera la familia o tienen que preparar aún la cena o envolver los regalos...

Yo, por suerte, ya hice mis compras con antelación y mi familia me espera con la cena lista.

¡Oh!, y, por supuesto, está nevando. ¿Se puede pedir más?

Dejamos atrás el bullicio de la ciudad para dirigirnos a una de sus zonas residenciales. Nos adentramos en mi antiguo barrio, que no es que sea mágico, es que es magia pura. Sería casi imposible decir cuál de todas estas casas está más iluminada y es más bonita, puesto que, a estas horas de la noche, las formas de los tejados y las fachadas se componen de ristras y ristras de luces de colores. Y los jardines son otra oda a la decoración navideña, entre los cuales puedes elegir entre trineos de Santa Claus con Rudolf al frente, pesebres con el Niño Jesús, elfos, renos, muñecos de nieve o bastones gigantes de caramelo.

Evidentemente, mi favorita es mi casa, el hogar que he estado alternando con el piso que compartía en Boston durante mis estudios de Medicina en Harvard. No es una vivienda espectacular, pero me pareció la más bonita cuando Nathan, mi cuñado, la compró pensando en mí porque disponía de un ala independiente para mi intimidad. Yo tenía diecisiete años todavía, y me parece que ha pasado tanto tiempo...

Bajo del taxi y, arrastrando mi pequeña maleta, recorro el sendero de pizarra que me lleva hasta el porche de la entrada. Observo abrirse la cortina de una ventana y sonrío a las dos personitas que abren la boca al verme y que no tardan ni tres segundos en salir por la puerta y echarse en mis brazos.

—¡Tía Candace, tía Candace! ¡Te estábamos esperando!

—¡Mis chicas! —grito a las niñas.

Me agacho para poder abrazar a Isabella y Olivia, de ocho y seis años, mis sobrinas, por las que he descubierto lo que es el amor más desinteresado. Ambas van vestidas con vaqueros y jerséis rojos de lana con un reno estampado y que hacen destacar más todavía sus largas y lisas melenas rubias. Hundo el rostro en sus cabellos e inspiro su aroma infantil, y me impregno en sus risas y su alegría.

—¡Ven, tía, ven! —Olivia tira de mí con todas sus fuerzas hacia el interior de la vivienda—. ¡Tienes que ver el árbol de este año! ¡Es mucho más grande, para que quepan todos los regalos de Navidad!

No puedo evitar ser arrastrada hacia el cálido y festivo ambiente. Huele a galletas, a pino, a hogar. Hay bolas de purpurina, lazos brillantes y muérdago por todas partes, aunque nada me hace tan feliz como el recibimiento de mi hermana.

—¡Candace! —grita mientras me abraza.

—¡Hola, hermanita!

Cuando finalizamos el abrazo, observo el rostro sonriente de Abbey. Viste con un jersey idéntico al de sus hijas y me parece más guapa que nunca. A sus cuarenta años, mi hermana conserva su expresión dulce y algo enigmática, un conjunto que consigue que te enamores al instante de la dulzura que desprende.

—Lo más apropiado sería decir doctora Howard —me dice con cariño.

—Ya era hora de que lo consiguiera. —Sonrío.

—Hola, hola.

Una voz infantil nos interrumpe al tiempo que una manita tira de mi ropa. Me inclino y abrazo con fuerza a Daniel, el pequeño de cinco años que me mira sonriente y al que considero un sobrino más. Summer, su madre, aparece un instante después para darme otro abrazo mientras carga con Lucas, su otro hijo, de un año.

—Hola, Candace, bienvenida. —Ella y sus hijos llevan también jerséis iguales al resto, pero de color verde.

—Hola, Summer —la saludo. La cuñada de mi hermana está guapísima con su larga melena rubia. Me dio pena cuando en su día decidió dejarse su cabello rubio natural y prescindir del rosa, pero, al igual que nuestro físico, las personas cambiamos y evolucionamos—. Madre mía, están los dos enormes y guapísimos, aunque ninguno haya heredado los alucinantes ojos de su padre.

—No —ríe—, los han sacado azules, como su abuelo. —Compone una mueca—. Solemos bromear y decir que los han heredado de su tío Nathan.

—Por supuesto. —Rio—. Y hablando de los hermanos O'Brien, voy a saludarlos.

Desde el vestíbulo accedo al salón, que, tal y como me ha dicho mi sobrina, está presidido por un enorme árbol de Navidad decorado con una infinidad de adornos dorados. Una dulce tibieza me invade por dentro al contemplar la mesa puesta con tanto mimo y la chimenea encendida, delante de la cual conversan Nathan y Shane. Es una delicia verlos también con un jersey rojo y otro verde y un reno estampado en pleno pecho, algo que, a pesar de la gracia, no consigue restarles un ápice de su atractivo. Ambos han pasado ya de los cuarenta, pero siguen tan guapos como siempre. El cabello rubio y los ojos azules de Nathan continúan alterando a la población femenina, lo mismo que la tez morena y los ojos de diferente color de Shane, que siguen levantando pasiones entre las mujeres, aunque él no parezca ser consciente de ello.

—Los gemelos O'Brien —bromeo al tiempo que los abrazo con fuerza.

—Hola, Candace —me susurra Shane, con su voz profunda y envolvente.

—Mi doctora favorita —me dice Nathan con su habitual encanto—. ¿Cómo va el trabajo? Seguro que ya se pelean por ti en los hospitales.

—Hasta que consiga un puesto en un buen hospital, no lo consideraré un trabajo. Quiero ser buena, quiero mejorar, para lo que necesitaré experiencia y que algunos no me pisen y me consideren inferior por ser mujer. Parece que a los hombres no les gusta que las mujeres los manden.

—Pues yo tengo tres que mandan más que yo. —Nathan ríe.

Está claro que lo dice con todo el cariño, porque sus hijas lo rodean mientras parlotean las dos a la vez y él acaricia sus cabellos con ternura. Al mismo tiempo, Daniel corretea hacia su padre mientras su hermano intenta seguirle el ritmo gateando por el suelo. Shane lo agarra del jersey y lo alza para cogerlo en brazos.

—¿Dónde vas, pequeñajo? —El niño lo abraza con sus manitas regordetas y le lanza una sonrisa con solo unos pocos dientes.

Después de tanta escena familiar, decido aceptar la llamada de mi hermana, que me reclama desde la cocina. Me encanta estar aquí, me encanta mi familia y me encanta pasar la Navidad con ellos, pero, a mis veintinueve años, todavía no he recibido la llamada de la maternidad ni de las relaciones estables. En este momento, solo me interesa mi trabajo y lograr un puesto en un buen hospital.

Me encuentro a Abbey sacando galletas del horno mientras Summer las coloca en bandejas.

—¿Y vuestros maridos? —les digo—. ¿No echan una mano?

—Todo ha sido en equipo. —Summer sonríe—. Ellos han hecho la compra y han puesto la mesa, y luego recogeremos entre todos. Pero la preparación de la cena es mejor dejarla a cargo de Abbey, a quien se le da cocinar bastante mejor que a mí. Yo aporto apoyo moral. —Ríe.

—Un año más, vienes sola —comenta mi hermana mientras manipula las galletas.

—No empieces, Abbey —suspiro—. No tengo tiempo para novios y lo sabes.

—Vi a Liam por última vez hará unos tres o cuatro años —me dice, como si hablara del tiempo y no del novio que tuve durante siete años—. Me contó que se iba de la ciudad.

—Abbey —vuelvo a suspirar—, hace mucho tiempo que lo dejé con Liam. Ni siquiera sabría nada de él si no hubiese sido por tu información constante.

—Es que fue una pena que lo dejarais...

—Nuestra relación se volvió insostenible —le explico una vez más—. La carrera de Medicina es demasiado exigente y, a veces, pasábamos meses sin poder vernos. Al final, no se comparten prioridades ni sentimientos. Todavía me pregunto cómo fuimos capaces de durar tanto.

—Porque os queríais mucho —asegura Abbey.

Desvío un instante la vista para que no vea la sombra que acaba de cruzar mis ojos. Sí, amaba a Liam, muchísimo, y él me quería a mí, pero, a veces, el amor no es suficiente. Una relación necesita nutrirse, como si de un ser vivo se tratase. Si no la alimentas, si la dejas a un lado y priorizas otras cosas, acaba por agonizar y morir.

—Fue mi primer amor —le justifico—. Con Liam viví muchas cosas, mis primeras veces, el fuego y el entusiasmo de la edad, esa clase de amor que crees que será eterno y sin el cual te morirías. Pero, con el paso de los años, maduramos, cambiamos, y nos damos cuenta de que la vida es algo más que risas, besos y hacer el amor bajo las estrellas.

—Pero fuiste tú quien dio por finalizada la relación —insiste mi hermana—. Él estaba destrozado. Todavía recuerdo aquel día, cuando volvió de Boston, después de que lo dejaras. No imaginas la congoja que me invadió cuando se echó a llorar en mis brazos. Supongo que es lógico que aceptase un trabajo en otra ciudad. Vivir aquí le traía demasiados recuerdos.

Decido no revelarle la verdad, la auténtica verdad. ¿Para qué?

—Déjalo ya, Abbey —la corto—. No quiero seguir hablando de mi exnovio, al que hace años que no veo. Estoy centrada en mi futuro y únicamente me permito rollos esporádicos. No tener pareja no significa no poder pasarlo bien de vez en cuando.

—Perdona. —Sonríe—. Los años me han debido de volver una sentimental. Elegiste tus estudios y tu profesión y me siento orgullosa de ti, hermanita.

—Además, eres muy joven —interviene Summer—. Encontrarás el amor cuando menos te lo esperes. Recuerda cómo lo encontró tu hermana —ríe— o cómo lo encontré yo. No sé cuál de las dos historias es más surrealista.

—La verdad —le digo al tiempo que muerdo una galleta—, no es algo que me preocupe ahora mismo.

Doy por zanjado el tema justo antes de avisar a los demás de que la cena está lista. Todos nos sentamos alrededor de la mesa, incluido el pequeño Lucas, que se acomoda en el regazo de su padre, y comenzamos a comer.

Por un instante, por un diminuto instante, vuelven a mi pensamiento el pálido rostro y los ojos oscuros de Liam. Nunca me arrepentiré de la decisión que tomé, pero, aun así, no puedo evitar soñar con él muchas noches, algo que nunca le he contado ni siquiera a mi hermana. Y, por supuesto, tampoco le he contado que, después de esos sueños, me despierto con el rostro bañado en lágrimas.

—¡Tía Candace! —Olivia me saca de mis pensamientos más privados—. ¡Cuéntanos qué le has pedido a Santa Claus!

—Uf —río—, menuda lista he hecho. No creo que me traiga nada, por avariciosa.

—¿Le has pedido un novio? —me pregunta Isabella, con una sonrisa traviesa.

—¡No! —Río de nuevo.

—Eso no hay que pedirlo —interviene Summer mientras mira a su marido—. Eso aparece solo, cuando menos te lo esperes.

Tengo que centrarme en mi plato para no dejarme

arrastrar por el amor que desprenden todavía los gestos de Nathan y Abbey, de Shane y de Summer.

Tal vez, y solo tal vez, sea lo único que eche de menos: unos ojos oscuros que me miraban de la misma forma.

Referencias a las canciones

We found love, © 2011 Def Jam Recordings, interpretada por Rihanna con la colaboración de Calvin Harris.

Don't go yet, © 2021 Epic Records, una división de Sony Music Entertainment, interpretada por Camila Cabello.

The reason, esta compilación © 2010 The Island Def Jam Music Group, interpretada por Hoobastank.

Falling, © 2019 Erskine Records Limited, bajo licencia exclusiva de Columbia Records, una división de Sony Music Entertainment, interpretada por Harry Styles.

Born this way, © 2014 Interscope Records, interpretada por Lady Gaga.

Beggin', © 2017 Sony Music Entertainment Italia SpA, interpretada por Måneskin.

Bad habits, un lanzamiento de Asylum Records UK, una división de Atlantic Records UK, © 2021 Warner Music UK Limited, interpretada por Ed Sheeran.

Man! I feel like a woman, © 1997 Mercury Records, una división de UMG Recordings, Inc., interpretada por Shania Twain.

All of me, © 2013 Getting Out Our Dreams y Columbia

También en Booket: